艾约堡秘史

（插图版）

THE SECRET HISTORY OF AIYUE CASYIE

张炜 著

人民文学出版社

张 炜

当代作家，中国作家协会副主席，山东省作家协会主席。山东省栖霞市人，1956年11月出生于龙口市。1975年开始发表作品。

2014年出版《张炜文集》48卷。作品译为英、日、法、韩、越、德、塞、西、瑞典、俄、阿、土、罗、意等多种文字。

著有长篇小说《古船》《九月寓言》《刺猬歌》《外省书》《你在高原》《独药师》等21部。作品获"八五期间优秀长篇小说奖""百年百种优秀中国文学图书""世界华语小说百年百强"、茅盾文学奖、中国出版政府奖、中华优秀出版物奖、中国作家出版集团特别奖、《亚洲周刊》全球十大华文小说之首、中国好书奖、畅销书奖、全国"五个一工程奖"、南方传媒大奖杰出作家奖等。

近作《寻找鱼王》《独药师》《艾约堡秘史》获中国好书奖、年度文学类好书奖等多种奖项。

内文插图：杨 枫

图书在版编目（CIP）数据

艾约堡秘史/张炜著. —北京：人民文学出版社，2018
ISBN 978-7-02-014333-7

Ⅰ.①艾… Ⅱ.①张… Ⅲ.①长篇小说—中国—当代 Ⅳ.①I247.5

中国版本图书馆CIP数据核字（2018）第121090号

责任编辑	杨新岚　孔令燕
装帧设计	崔欣晔
责任校对	王筱盈
责任印制	苏文强

出版发行	人民文学出版社
社　　址	北京市朝内大街166号
邮政编码	100705
网　　址	http://www.rw-cn.com
印　　刷	三河市西华印务有限公司
经　　销	全国新华书店等
字　　数	273千字
开　　本	880毫米×1230毫米　1/32
印　　张	13.125　插页3
印　　数	1—10000
版　　次	2018年10月北京第1版
印　　次	2018年10月第1次印刷
书　　号	978-7-02-014333-7
定　　价	52.00元

如有印装质量问题，请与本社图书销售中心调换。电话：010-65233595

第一章

一

艾约堡主任蛹儿又一次低估了自己的风骚，犯下了难以挽回的错误。她已经坎坎坷坷地度过了四十岁生日，像一艘历经风雨的船泊在港湾，自以为万事大吉，再也没有足以摧毁自己的巨浪拍过来了。谁知完全不是那么回事，凶险仍旧存在。她比所有人都惧怕青春的逝去，同时又渴望在大多数时间里像一个色衰的老妪那样，变成最不引人注目的角色。随着年龄的增长，这种矛盾化成的焦灼一天天强烈，常常在夜深人静时纠缠和折磨自己。清晨要做的第一件事就是伏在镜前，以犀利的目光细细挑剔一番，花上三十多分钟的时间从额头看到脚踝，不放过任何一个细节。她带着怨怒和厌恶拭去内眼角的一点分泌物，扭转身体感受腰肌的柔韧，打量自背部而下的曲线。臀部过于突出了，因为韧带及皮脂股骨肌之类的组合，生生造就了一种致命的弧度和隆起，它收敛而又炫耀，于沉默中显现出活力四射的挑衅的品质。可以毫无夸张地说，这是一个令无数人滋生愤怒的部位。她在长达几十年的阅历中深深地体味：只要世上的男人体内还能够分泌某种神秘的腺素，他们的怒火就不会平息。她不愿用欲望和爱意去理解和描述那些异性，而只能根据切身的体验使用这两个字去概括：愤怒。

就因为那种无以名状的情绪渐渐变得强烈，他们开始展示种种怪异的举动，最后只想强烈地击打对方。无论这些肢体动作伴有多少柔情蜜意，她最终感受的却是那种源于生命底部的怒火。这火焰燃烧的是绝望和羞耻。

她在镜前微张嘴巴，露出洁白晶莹的牙齿，翘起比一般人丰厚的上唇，忽闪着不输于假睫的浓密长睫，发出一声若有若无的叹息。未见随时间演进的衰变痕迹，一丝都没有。光阴在这儿停滞了，一直停在许多年前的那个时段：丰腴紧实，水润鲜滑。没有办法，无论做出怎样含蓄的表情和沉稳庄重的举止，都透出一种巨大无匹的风骚气。她深知自己所有的幸与不幸、悲哀和骄傲都源于此。将这种周身内外无以言表之物加以综合并给予命名的，是她经历的第一个男人，据他说，这一切都属于气质范畴，严格讲和漂亮与否并无直接关联。是的，她明白自己远非绝色，甚至连足斤足两的美人都称不上，只不过由于一些极为特殊的元素，才在许多时候成为一个可怕的存在。

她执掌艾约堡已经三年。这个堡的主人是董事长淳于宝册，她在出任要职的第一年就对主人说："我难以担当这个重任，因为自己很快就要姓徐了。"董事长机敏地回应："哦，'半老徐娘'？不会的，你永远都是现在这个姓氏。"主人不苟言笑，却喜欢给人取外号，身边人一律都有，她刚来艾约堡就得到了一个。在她眼里这个男人绝对是一位传奇人物，而今不过是又一次对她施展了一点魔力：一晃三年，她真的像初来时一样，青春永驻，一点姓徐的迹象都没有。四十岁生日那天本来是独自消磨的夜晚，想不到日理万机的淳于宝册竟有时间与自己对饮一杯，在温温的烛光下待了半个多小时。这是多大的奖赏，她那会儿心跳都加快了，心里说："天哪，他甚至记得我的生日！"除了饮酒，她多想以另一种方式庆祝一下，但董事长那会儿实在太忙，最后还是不无匆促地离开了。

由于感慨和激越，她失眠了。在烛光熄灭之前她嗅着缓缓燃烧的石蜡味儿，忍不住又饮了半杯，这是那个人留下的。堡内安静得就像坟墓，连同昏昏的光色一起，使人想起另一个世界的死寂和永恒。她索性一丝不挂地站在橱镜前，打开高瓦数顶灯看这被纷乱尘世打磨了四十个春秋的胴体，从头回忆难忘的岁月，历数一些懊悔、仇恨和感激，以及不知该怎样描述的奇特遭遇。最值得纪念的还是三年前的那场结识，从那一天开始，才算有了不枉为人的种种悲欢，这得感谢命运。艾约堡的主人双目锐利，透过千万重俗障投射过来，然后彻头彻尾地改变了她。比起他，所有的男人都显得贪婪和小气。整个过程至今回顾起来都像一个梦，让人有颤颤的惊惧。漫长而又短促的三年全是幸福和颠簸，整个身心的旧有痕迹给打磨得精光，唯独没有除掉那种令人痛苦的风骚气。

她在这个值得纪念的夜晚一会儿赤裸踱步，一会儿在宽大的柞木雕花床上仰躺。有一刻，就是烛光燃尽的那段时间，她隐约觉得有一对黄狸鼠那样的目光在偷窥，这使她随手拉过一条丝巾遮住胸部。当然一切都是错觉，她置身于一座石头大宅的顶层一隅，奢豪隐秘而又不修边幅，绝无任何扰烦，即便四门大敞也固若金汤。尽管如此她还是揿亮壁灯，去长廊和大厅，又到几个隔间里巡视一遍。她从微弱的光色中嗅到了麦黄杏的气味，那是自己的体息：作为一个秘密，这世界上也许只有三个人知道。回忆像不可遏制的潮水一样涌来，她一瞬间就被淹没了。

一夜无眠，脸上却无一丝倦容。清晨她照例在镜前从头到脚审视一遍,然后开始洗漱。简简单单用过早餐,乘电梯下到一层大厅,在那个属于她的金丝绒沙发上端坐,鼻翼微翕,一丝丝滤过周边的气息。她只用嗅觉就可以掌握堡内运转:所有的混乱无序一定会掺杂在气味之中。这是一种无法解释的本领,那个叫锁扣的女领班对此早有领教。紊乱的丢掷、没有及时打理的角落,最后都化为令人不安的味道。锁扣企图用浓重的清洁剂和劣质香水加以掩饰,这让她格外气愤。蛹儿采用的是董事长的管理方式:严苛,简明,一丝不苟。她好好惩罚了一次锁扣,令对方再也无法忘记。

她在上午十时得到禀报:董事长正在东厅会见一位重要客人。这令她稍稍吃惊,因为除非是极尊贵的友人,类似的接待都是在总部大楼里进行的。艾约堡只是他的起居休憩之地,一年中难得几位外客跨入。她不知为什么有些不安,各处徘徊了一会儿,忍不住往长廊那儿睃:从这里往东十几米就是那个专用电梯,它直接通向东厅。那是一处西式厅堂,四壁镶了榉木,有壁炉,有填满漆布精装书籍的两个胡桃木橱柜,有红茶和咖啡。她觉得自己这个上午有些特别,只想见到他。双脚不由自主地往前移动,直到最后止步,抬手触动那个电梯按钮。

就这样,她犯下了一个令自己长时间后悔的错误。

二

步出电梯进入侧厅,一个服务生正要端茶出去,她伸出了手。对方那双戴了白手套的手略微耽搁一下,还是交出了托盘。侍者推开大门,她进入散着淡淡香气的东厅,将肢体动作收束至最小,视点略低,嘴角透出隐而不彰的微笑。尽可能用眼睛的余光去感知,且要分毫不差地确定主客两人的位置。先给上座的客人添茶,而后是董事长淳于宝册。厅内只有三个人,除了宾客之外还有速记员小溲,这个姑娘正埋头工作。也许因为蛹儿没有穿服务生制服的缘故,客人在她走近那会儿面色有些异样,陡然生出了惊讶,接着目光沉沉地掠过脸部颈部,顺势而下,在臀部那儿久久停留。这个人平头,不足六十,细长眼,嘴巴紧绷,双唇薄到可以忽略不计。这个无唇的男人握有重权,这是她一瞬间做出的判断。淳于宝册扫来一眼,在堆了鲜花的椭圆形茶几上叩一下食指,感谢她的服务。她在离开的那一会儿,瞥到了对方眸子里闪烁的一丝焦虑,还有掩入嘴角的一点厌烦。

　　蛹儿在退出大厅前的几秒钟里,再次看了一眼主人。她在刚刚度过四十岁生日的这个早晨竟然急不可待地要见到他,到底为什么自己也说不清。如果主人当众给予责罚,她将无以抱怨,只是无法回答自己突兀地出现在东厅的缘由。她端着托盘往前移动,就在离那个包了皮革的双扇大门还有两米远时,身后响起一声呼叫:"小姐留步。"是客人粗糙而急促的声音。她站住。"小姐!"呼唤又一次重复,她转过身,收回了嘴角那丝隐隐的笑意。留了平头的男人旁边是开得正妍的一束鸢尾和玫瑰,还有几枝红掌。她上前两步,离一对放肆的眼睛保持了一米的距离。"我们好像见过的啰?"他回头看看主人,又在上衣口袋摸了一会儿,摸出了一张名片。淳于宝册未置一言。她对客人摇头,因为真的不曾见过。"让我们认识一下吧,喏。"他欠身递上名片。她还未来得及放下托盘,董事长却上前代她接过,顺手放到托盘里,动作快得出人预料。接下去是董事长替她报出名字，还应客人要求写在了一张纸上。那个人的目光不愿离开她，低头瞥一眼纸片又说："电话，唔，没有电话？那就地址！"这位客人可能一时忘了正在与谁说话，竟然使用了命令的口气。淳于宝册弓着腰，顺从地一笔一画写下地址：合欢大街小鸟路六号甲艾约堡。

她记住了最后这一幕。客人将那张纸片放到了上衣口袋，拍一拍，伸出戴了戒指的手。她被他握住左手，因为右手要费力地抓紧托盘。可怜的左手被蹂躏了长达两分钟，手心被两根纤细的指头狠狠地扣住。

这就是发生在东厅的事情，前后不过十几分钟。可是在场的三个人，即她和董事长，还有那个客人，心里都明白：一切还远未结束。至于这缕余音要拖多长，她全无预料。只是无论怎样，结局都是一样。她知道自己是令男人伤心的好手，这辈子都是。她难以忘记这些年来接受的一些告诫，当然都来自关系特异的男人，这些人说出的大意全都一样，就是劝她尽可能做一些内部工作，待在家里最好不过了。他们无非要对她实施变相囚禁，说穿了无非如此。最难忘的是出任堡内要职之初，淳于宝册对她说："喏，你的领地不大也不小，就待在这里吧。一般来说，以你目前的情况、你的条件，似乎不宜在大庭广众面前活动。"他说得文雅、含蓄，但内容并无二致。奇怪的是她当时并没有被囚禁的屈辱，反而认为这个男人说出的不过是某种实情，甚至包含了一点变相的恭维。对于后者，她想起来还有一丝感动。

那个危险不祥的上午只一闪就过去了。董事长送走客人又要出门，去总部大楼。她从他连日来匆忙的行程和肃穆的神色判断，这个人一定遇到了非同寻常的事情。这不会是一般的难题，而是令其为难的、不可逾越的什么阻碍。就因为如此，她发现他持之以恒的一些习惯都改变了。她甚至不敢去宽慰他。他什么都不说，而任何人都不能去问。客人走了，他就要离去，秘书白金手挽一件风衣侍立一旁。他回头看她一眼，她赶忙上前一步，把握得汗津津的那张名片交出："董事长。""哦，给你的，留着吧。"说完取过白金手中的衣服。外面起风了，透过窗户，她看到一排蜀葵在摇动。

事情比她预料的来得还要快。第二天上午，一封精致的信函寄到了。她打开它，映入眼帘的是一排过分文雅的客套话，包含的粗鲁与贪求却不难察觉。她对这种自信狂妄的男人太熟悉了，他们仿佛是一个模子里的复制品：极为困难地扮演着绅士，只为了尽快还原为下流坯。什么雅宴、小巧价昂的礼物、随手抛撒的金钱，用以稍稍遮盖那种不堪入目的、堆积了大半生的恶臭。在这个人看来她只是自己急于品尝的一碟小菜，势在必得，而且时间紧迫。瞧这家伙甚至并未在公务结束后马上离开，而是待在了离这里不远的市区，要在下榻处摆一道小宴，结识这位"高妙的、令人过目不忘的女子"。她把这张纸片扔在垃圾篮里，想了想又捡回来。她要尽快把这封邀约函交给董事长。

她在淳于宝册归来之前稍稍想了想那位客人。这家伙肯定是一位极重要的人物，这从他的恣意和率直就不难理解。他竟然当着主人的面全无禁忌地将她唤到跟前，一连串的言辞和动作，还有眼神，几乎等于直接说出了一个粗蛮的字眼。她觉得脖子胀疼，下颌发热。这种侮辱虽然并不陌生，可就因为发生在淳于宝册的眼皮底下，才格外令人难以忍受。她为他感到难过和恼恨，还有一丝心疼。她不知接下去会发生什么，因为那个重要的客人一定会迁怒淳于宝册，也许会让这里招致不愿承受的损失。

傍晚时分锁扣向她报告：董事长回来了，今晚就在家里用餐。那间小餐厅是堡内最温情的地方，通常安静和煦，除了由速记员姑娘提着食盒传菜，大部分时间都是董事长一个人。唯有这时候蛹儿可以随意进出，站立一旁看他细细咀嚼的模样，如果对方高兴，还会邀请她坐下来。这往往是忙碌一天的主人最松弛最愉悦的时光，他会揪下洁白的餐巾说点什么，时而妙语连珠。大约是几杯红酒的缘故，他的话多起来，速记员小姑娘就会放下一切为他记录。堡内通常有两个速记员，一个叫"小溲"，一个叫"昆虫"，都是外号。这两人肩负的可能是至为重要的工作：随时随地记下主人的话，不管是即兴发挥还是郑重叮嘱。几年来她们不知留下了多少色彩缤纷的文字，这其中有插科打诨，有集团大会上的激情言说，甚至还有偶尔酒醉的呓语。所有记录文字都要整理清晰，然后交到集团秘书处，那里有专门接收的人。

蛹儿一踏进小餐厅就觉得自己来得不是时候：他正夹一支芦笋，夹了三次都未成功，索性扔了筷子直接捏到嘴里。他愤愤地用餐巾揩手，咀嚼肌比往日更为用力。她轻吸一口，蹑手蹑脚。"坐吧。"他说，目光停留在她有些突兀的翘鼻和唇部。她觉得自己昨天上午的唐突是一次冒犯，愧疚之情不知从何表达。她心里明白那时急于去东厅源于一种奇怪的冲动，它无法言喻，唯一说得清的，是年届四十这个事实让自己变得大意了。她把那封邀约函呈上，怕对方嫌脏，又抽出展开。"我不知该怎么办。一个小丑。"她说。

他比她想象得更为审慎，几乎是一字不落地看过了，然后说：

8　　艾约堡秘史

"我从来不会在家里接待小丑。这个不能怨他。""我知道自己错了。可是……我知道不能得罪这个人。"他搓着手,伸展着眉骨,"那怎么办?"她吞吞吐吐,他大声鼓励:"说吧,我想听听你的主意。"她马上回答:"当然不理。"他缓缓摇头:"这就失礼了。"她听出了董事长的潜台词:一切都是你招来的,那就责任自负吧。她急得眼泪都快出来了,说:"我,我会设法和他周旋,让他明白这是不可能的……"一丝冷笑凝在他的嘴角。他伸出筷子取一支芦笋,只一下就夹牢了,说:

"那人不可能失手,只要你敢进他的门。"

她差一点跳起来:"啊?为什么?"

"因为他们这些人个个都是豹子。"

三

事后很久回想起来,蛹儿都觉得"豹子"的比喻并没有过多的夸饰,也没有恐吓的意思。她当时面有惊愕,但很快就平静了。晚餐时间不长,主人不太有深谈的欲望,所以速记员直到收拾残羹时才出现。他步出餐厅折向右边的小池塘。从玻璃屋顶投入的星光映在水中,他通常会在这儿伫留片刻,抚摸一下汇集到脚下的日本花鲤,让它们亲吻他的手背,发出吧唧吧唧的声音。可是这一次他没有止步,而是一直走到了电梯旁。她揿了按钮,搀他上到二层。进入卧室的那一刻她闻到了浓烈的体息,这是一种沉滞不化的气味,就像一头老公牛。她知道身边这个男人邋遢起来,屋内肯定堆了一摞内衣。她估计得不错,它们码在一只吊了绸里的柳条筐中,她麻利地将其团到一个袋子里。离开时要携走这个袋子，这时顺手放在门外。她让他在沙发上仰一会儿，尽快将床上龙凤图案的缎子被铺好。她扶他到床上，脱去那双死沉的鞋子，一手托住颈部褪下外套，拉过被角，然后离去。她转身的那一刻脑海里再次闪过：董事长真的遇到了麻烦。

蛹儿将那包内衣提到自己屋里，准备第二天捎到洗衣房。一阵疲倦袭来，使她来不及洗漱就躺在了床上。奇怪的是总也不能入睡，辗转反侧。她把那包东西拎起来放到门外，可是屋内残留了一些气味，只好打开窗户。她趴在窗前看着一天繁星，微风吹拂的凉气很快赶走了倦意。合上窗户再也没有沉闷的气息，而且听到了蛐蛐的鸣叫。睡不着，干脆读书。这是一本情诗，它很快让她忘记其他，泪花闪闪。嗜读作为一种不可根除的恶习，是十八年前的一个男子传给她的，如今那个家伙已杳无音讯。具有类似恶习的还有艾约堡主人淳于宝册，这个男人读啊读啊，其实他本人就是一本看不尽的大书。哈欠出现了。睡前她再次想到了那个上午，不知道自东厅开始的这场纠缠该如何了结。

一大早领班锁扣就接收了一大束鲜花，这是送给蛹儿的。蛹儿只瞧一眼就明白它来自哪里，对不明就里的领班说："以后还会接到，只要递进来，你就堆到花君那儿。"锁扣说知道了。花君是一头粉丹丹的小母牛，已经养在堡内两年，是董事长亲手选中的一个宠物。他亲自为它设计了居所，那已经不能说是一处牛厩，而是穿过一条短廊即可抵达的宽敞美居：约一百平方米的空间由玻璃罩顶，地面是白沙，一角堆了干草；一条小溪沿墙淌过，周围是四季常青的花草；小母牛或躺卧干草，或溪边徜徉，身上一尘不染。

与它的领地相挨的是不大的一间小厅,二者由玻璃拉门隔开,厅内有驼色沙发和青檀酒柜。因为花君离大厅直线距离只有三十多米,曾有人担心那里会充斥畜生的臭气,董事长却大不以为然:"怎么会?肯定不会。再说了,谁能比它更干净?"日后证明一切恰如淳于宝册所言,花君的居所永远散发着芬芳,而那里也成为他流连最多的地方之一。

每天都有大束鲜花送来。"这可怎么办啊,董事长!"她不无惶恐地叫起来。淳于宝册盯她一眼,问:"这就算'递了哎哟'?"她无语。这是当地人挂在嘴边的一句话,也是他们之间的一道密语,因为只有他、他的一生,才能做出最切实最生动的诠释:像递上一件东西一样,双手捧上自己痛不欲生的呻吟。那意味着一个人最后的绝望和耻辱,是彻头彻尾的失败,是无路可投的哀求。几乎没有任何一句话能将可怕的人生境遇渲染得如此淋漓尽致,可以说是形容一个人悲苦无告的极致,也是一种屈辱生存的描述。淳于宝册看着她,不由得心生怜惜。他明白她过于夸大了自己的困境,但也不想难为她了。"那好吧,这件事由我了结吧,不过你最好吸取教训。""一定会的。""多么奇怪,一般来说女人都会高估自己,你倒正好相反。"他说完刮了一下她的鼻子,转身离去了。

她看着那个背影,感激的潮水在心中涌起。瞧他步履轻快而瓷实,带着一股风,完全不像一个五十七岁的人。如果谁贴近过那张脸庞,才会知道那片细细刮过的胡楂只小半天就会变成粗粝的砂纸,火辣可怕,好比他的心。终于可以不再考虑这件麻烦而又不无风险的事情了,蛹儿大大地松了一口气。只是前一天她还担心堡中流行的传统惩戒会落到自己身上:当众被人剥下裤子,露出惨白的屁股，噼噼啪啪打上十几下。这种方式曾让她吓得大气不出。那还是进堡的第一个春天，秘书处一个戴眼镜的书生吹嘘自己文才如何了得，董事长听到耳朵里，对处里的头儿说："该打屁股了。"原以为只是一句警告和责备，哪知眼镜小子真的被剥下裤子揍了一顿，而且有几位同事在场。几年来受到这种责罚的不在少数，受罚人虽然渐渐不以为怪，却也会终生难忘。私下里她曾流露出颤颤的恐惧，认为届时将是自己最难以忍受的场景，他却安慰说："放心吧，这种事一般不会轮到你的。"她更加害怕了，因为她听出这句话中所包含的严密的分寸感：只说"一般"，而没说"绝对"。

那些鲜花还在源源不断地涌来，这让蛹儿悬着的一颗心还是放不下。可就在她有些慌促的时候，每天早晨都由女领班亲手接过并送给花君的那束花再也不见了。这种戛然而止在淳于宝册那儿仿佛是自然而然的，他脸上一丝异样的表情都没有，就像什么都不曾发生。他究竟怎样阻止了那个疯狂的男人，他没有提起，她也没有问。突然轻松下来的蛹儿像往常那样在堡中巡视，尽着主任的职责。三年来她无一日松弛，深知肩负之重，担心百密一疏。偌大一个艾约堡可能是天底下最庞大最怪异的私人居所，严格讲是一座隐秘府邸。它分成东西两大区域，二者又紧联一体。第一次被领到这座堡前，也就是三年前的那个下午，她在橘红色的晚霞中看着依傍一座葱茏山包筑起的两层小楼，不禁泛起稍稍的失望。这栋建筑的体量至多有五百多平方米，这对于声名巨隆的集团主人实在小得不成比例。她事前被主人许以主任一职，为其掌管私邸的全部内务。她站在山包前十几分钟，左右打量。一条不宽的柏油路呈弧形环绕，这就是"小鸟路"。这条路转过山根一直往前，消失在法桐树笼罩的总部办公区。小楼南向开启的大门上镶了牌号，上面有"艾约堡"三个字，字号不大，显得羞涩恳切和煞有介事。

她对那个下午的最初印象一直簇簇如新。她还记得董事长极有耐心地站在一旁，一直等她看过了周边的一切、有些迟疑地往楼内走，才上前一步引导入内。这幢楼房不大，却给人格外敦实的感觉，内里修葺毫不花哨，但一眼即可看出简洁严谨。西洋风格，有壁炉，有弥漫出来的咖啡香气。她满意地站在一个精致的书橱前，被其中的精装书籍吸引了。主人引她参观。最使她吃惊的是被称为"东厅"的地方，这儿足有一百五十多平方米，风格同样是严整收敛，透出庄重沉实的气质。她猜测这儿是整个建筑的中心，推算除去附属空间，余下的可用面积至多三百平方米，这对于淳于宝册这样的大动物而言，办公加吃喝拉撒，还要养活一帮内勤人员，实在说不上宽绰。这样想着，接下去发生的事情却让她大吃一惊，可以说瞠目结舌。

当时的天光已经不够，室内亮起灯光，温温的光色将周围的一切镀上一层尊贵。淳于宝册继续带她熟悉这个即将开始的工作环境，可能是第一次也是最后一次使用了这样的细致和耐心，陪在一边，甚至像一个职业门童那样抢先一步开门。也许由于目不暇接的惊喜，她竟然将主人的周到服务视为理所当然。两层楼很快看完了，沿着长廊往西，乘电梯而下，通过一段长廊，竟然抵达了一个更大的厅堂。这儿有刚刚看过的东厅三四倍大，显然是又一个中心。可是这个巨大的空间到底从何而来，她完全迷茫了。更令其惘然的是接下去发生的一切：从大厅出去或乘电梯或穿廊道，先后进入数不清的区间，它们大小形状不一，却一律细致讲究，透着含蓄悠长的香气。让她震惊的是自己的居室：在最上层，由厅与廊连接起大约一百五十平方米的套居；卧室大窗开为南向，她走到窗前，正看到东南方缓缓升起的一轮圆月……窗侧摇动的绿枝让她呆住了，一时想不出它从哪里生出，疑惑中推窗探望，这才发现窗户竟然开在了山包上部，月色下远远近近的翠绿闪烁摇曳，仿佛正向初来乍到的她致以问候。她那一刻咽下一个惊叹，轻轻地带严了窗扇。

　　那个夜晚她终于明白，依山而建的小楼只是整个堡垒的几分之一，准确点说它的主体只能是这座山包，山旁的建筑也就等于它的前庭了。这个令人震惊的挖在山石下面的私邸就像一个神话，更是一座迷宫，太过隐蔽与私密，即便是花上几天的时间，也无法将这个领地全部熟悉过来。那一会儿她切实感知了那种超出一般意义上的信任，更有沉沉的压得人透不过气来的重责。她站在散发着檀香味的回廊上出神，淳于宝册又引她参观一处更重要的地方。这是位于一层大厅西北部的一个特别区域，从她的居所往前十米即可乘电梯直接下到一扇深棕色的门前。推门而入，原来是一座贮藏丰厚的图书室。至此她才明白，董事长之前对自己的许诺并无落空，她真的拥有了比原来多出许多倍的藏书。当然，这些书为整个堡里所有，但光顾最多的仅仅是他和她。如果说那些在东厅和长廊时时可见的书橱是源于主人嗜读的心性，那么比起这座扎实深邃的库藏，它们也只能算是一些点缀了。一年以后，这座书库的东邻还将增设一座特殊的牛厩，即花君的居所，这二者的相连相挨也多少透泄出主人内在的心绪、他的牵挂与嗜好，还有令人费解的怪癖。那会儿在书库中的蛹儿只有感激和喜悦，一时还来不及想得太多。

就这样，她成为艾约堡的主任，即这个神秘庞大的私人府邸、整个集团的心脏与中枢的主理。从此这里时钟般准确的运转全赖于她。她指挥领班锁扣，后者是早来两年的中年女子，此人手下又有守门人和保洁工，包括两位速记员。所有角色分工严格，有的只待在东厅，几年来未越雷池一步。保洁员只在特别的时段中完成自己的工作，必须规避主人。所有人员恪守最严的即是管住嘴巴，不能对外言说堡内任何物事。蛹儿任职一个星期之后还要常常迷路，全靠锁扣指点。她逐步熟悉了东西两个部分含纳的所有区间，弄清长短交织的廊与大小厅堂如何连接，上下层的位置与捷径。她发现这里拥有绝妙的构划设计，比如主要房间都能享受充裕的自然光，有顺畅的空气流通。在大白天需要借助人造光、依赖换气设备的地方少之又少。这一切在一座几乎被掏空的山包内得以实现，该是多么巨大和艰难的工程。而且施工前还需对石质进行采样研究，完成山体内部放射物检测等诸多繁琐，绝对是一次综合的现代高难度尝试，集中体现了主人的执拗和想象力，还有过分的任性与恣意。好在这个人成功了。

四

上午九时，蛹儿来到了花君的领地。这头浅棕与白色交织的花斑牛温良和善地凑近她，一边咀嚼一边直视。有一股青草气混合了草莓的香甜扑面而来，她忍不住抚摸它的额头。当她的手指触碰到那密密的金色睫毛时,它就依偎过来。这样站了一会儿,她回到隔间,一眼看到了未放到柜子里的半瓶酒,还有案上的杯子。这说明淳于宝册来过这儿,而且极有可能在深夜无眠时光顾过。那是他面对花君的独酌。坐了多久?他有慢品的习惯,半瓶酒至少需要一个小时。她收拾着留在案上的东西,小心地拭去一点红渍。她接通了领班的电话,询问董事长何时出门,对方说用过早餐就回自己房间了。

　　淳于宝册午休的时间稍长,下午三点多召唤蛹儿过去。她第一眼就被这个人的憔悴吓了一跳:头发没有梳理,双眼布满血丝,胡楂没有刮过,嘴唇挂着焦干的白屑。他的呼吸里有一种霉味儿,就像刚刚吞食了一枚烂苹果。她明白了,他是昨夜到花君那儿的,有什么心事搅得他睡不着。而这个人的睡眠之好是有口皆碑的,都知道他想睡就睡,这正是保持强健体魄的主要秘诀,瞧那一头微鬈的黑发,仍然像年轻人一样致密,闪着石墨的幽光。他嗓子有轻微的沙哑:"今晚上我要宴请一位,不,两位重要客人,你和我一起吧。"他嘴角那儿颤了一下,眼睛转向一边。"嗯。几点出门?""就在东厅那边。"蛹儿忍住了惊讶,因为她不记得有过这种情形,他会让她出现在那样的场合。她垂下眼睫,想说一句"我害怕"或"我担心",最终还是咽了回去。她明白所有言说都是多余的,只需遵命。"你今晚要穿最好的衣服,那件浅绿色有金线的套装。"他看着她,神色慈祥而又沉重。她愉快地点头。不知为什么,她对即将来临的这场晚宴有点不安。到了傍晚四点多钟,这种不安又变成了惧怕。

　　为了舒缓一点紧张,她开始关心不需过问的一干屑琐,叮嘱了几遍领班，还要来菜单看了。菜点过于简单，西式，实在说不上丰盛。所有的灯都亮起来，艾约堡的盛装除了华贵的灯饰，再就是无处不在的深沉的檀香气，这种香型是董事长亲自选定的。蛹儿踏上长廊的第一步，就从变得越来越浓的气味上，得知即将开始的是一个难忘的夜晚。淳于宝册已经站在长廊一端，不知是等她还是独自冥思，直到她走近了才抬起头。她发现他已经好好打理过了：头发齐整，修了脸，眼中的血丝也消退了大半；穿了笔挺的藏青色西装，领带是酒红色的，整个人不像平时那么洒脱，却足够庄重；下巴那儿有隐隐的一处疤痕，这会儿显得清晰。她想去搀他的胳膊，但他好像要故意保持一段距离，一个人走在前边。

领班锁扣已经在二楼等候了。这儿的一间西餐厅一年里用不了几次，记忆中还是去年中秋他在这儿宴请堡内的人，他们是主任和领班、两个速记员，全是女的。那个夜晚他与大家饮酒，吃月饼和干果，打开东窗赏月，兴致很高。长条西餐桌铺了亚麻布，有枝形烛台，壁炉也点燃了，银餐具闪着迷人的光亮。这一切蛹儿以前只在荧屏上见过，这会儿将兴奋隐藏起来。这里是东厅最讲究的地方，无论使用与否都要保持高度整洁。蛹儿发现整个堡内没有一间餐厅摆放传统圆形桌，也没有一件雕花硬木家具，即便是董事长自己使用的那个小厅也是西餐桌。今夜，这间常年闲置的大餐厅烛光闪闪，壁炉象征性地燃着几支劈柴，驱散了微微的秋寒。蛹儿等待着，留意楼内所有的声息。到处一片安静。

夜幕降临了。蛹儿在东厅陪了一会儿淳于宝册，忍不住走出大门。身穿灰色制服的门童左边的耳朵动了一下，转过脸庞：左边传来一阵引擎声。随着粗糙的摩擦颠簸声增大，一辆破旧的蓝色出租车叹息着拐到坡道上，费力地爬到门前。门童的白手套还没有挨近车子，里面的人已经敏捷地推门跳出。蛹儿的目光最先接触到的竟是那双刚刚沾地的脚：穿了不合季节的人造革凉鞋，没穿袜子。这人一下车就弓身为后座开门，所以一时看不清他的脸。一男一女两个人走入门前光晕中，蛹儿惊呆了。男子有五十左右，清瘦，戴了眼镜，有些短的夹克袖子中露出了一双触目的大手。他旁边是一位不足四十的女人，肩上背了带子长长的挎包，微笑的长脸庞上是一双心不在焉的、分得很开的眼睛。两个人好像刚刚从田野上跋涉而来，这会儿稍有不适地看着灯光下的建筑。蛹儿上前做了自我介绍，欢迎他们来艾约堡，在前边引路。男子进门前在垫子上蹭了蹭鞋，还扶了一下眼镜，礼让身后的女子。

淳于宝册已经等在前厅，迎上来握手。他的目光一直停留在男客人身上，寒暄的时间稍长，有些喜出望外的样子，紧紧攥住那只比他大一些的粗手。两只手松开后，主人好像迫不得已地转向女子，点头微笑，说了"幸会"两个字。女子耸了耸挎包，那过长的带子别扭极了，两道散散的目光渐渐收束到主人脸上，重复了对方说过的短语，点点头，把垂到额前的长发拂到后面。淳于宝册好像更急于介绍旁边的人，明显提高了声音对那个男子说："这是我们蛹儿主任，哦，就是这里的总管了。"他松松地揽住蛹儿的肩膀，将其拢到离客人很近的地方："这是吴沙原先生，矶滩角村的领导，年轻，了不起……这一位是民俗学家，著名学者，她的名字你一下就会记住的！"话刚落，那位女子对蛹儿点头，递上自己的名片。

蛹儿低头看了一眼，深深地记下了那三个宋体字：欧驼兰。同时她脑海里漫洇出一个遥远而荒凉的图像，并感到一丝焦渴。

一片无边无际的荒漠，一只骆驼在跋涉，然而，突然出现了一蓬碧绿的兰草。她双唇嚅动，看着这位陌生的民俗学家，一位突兀地出现在面前的女子，心口慌乱地跳了几下。在明亮的灯光下，她这会儿更为清晰地看清了对方：稍高一点的个子，长腿，下身着粗布裤，上身是一件宽松的藕荷色外套；敞怀，浅色针织毛衣下伏着小小的一对；最让人难忘的是眼睛，仿佛一直在走神；双唇也令人印象深刻，因为它显然是最温软最可爱的部位，一旦开启就会有迷人的吐露，不过大部分时间是沉默的。蛹儿由她想到了一种动物，准备以后告诉董事长。主人是给人取外号的高手，这种习惯和能力已经深深地感染了周边的人，特别是蛹儿，每见了一个生人都会将其想象成一个什么动物。

淳于宝册与客人在东厅坐了不到十分钟。这是正式晚宴前的一段交谈。两位客人第一次访问艾约堡，对这儿的一切，从气息到各色陈设却没有表现出多少讶异，就好像待在了早就习惯的环境中，比如仍旧置身于那个叫矶滩角的小渔村。蛹儿隐隐觉得主人将自己呼唤到这两人身边来一定要派做什么用场，而从客人出现至今，她仍然感觉不到一点用处。至于这一男一女，他们对于艾约堡和它的主人又会有何价值？她细细观察了他们，认为这个女子神情特异，大概就因为那双无法形容的眼睛，一张脸庞显得生僻而又迷人。不过这人与其说是有名的学者，还不如说是在野外出没的地质勘探员，她从前见过这一类人。那个男人比以前熟悉的村头稍有不同，清瘦，一看就知道是常年于室外奔波的人，皮肤被风沙打磨出异样的色泽。最可笑的是有一只眼镜腿坏掉了，临时用胶带粘了一下。他脚上那双过时的黑色凉鞋空隙中闪着粗笨的脚趾，它们在跷动，这让她生出一丝同情。

淳于宝册努力使自己放松下来，可是有些颤抖的嗓子说明他最后也没有做到。蛹儿甚至不敢盯住他看。好像董事长正在别人的客厅里做客，竭力适应着什么，掩饰着深深的不安和艰涩。好在这段时间很快就要过去，他做个手势站起，与客人步出客厅，往二楼走去。两个男人走在前边，蛹儿陪女客走在后边。上楼时她抬头望了一眼董事长沉沉的后脑、有些弓的后背，仿佛有一只手掌在心口那儿不轻不重地拍了一下。她为了镇定自己，在扶手上倚了几秒，然后若无其事地向前，两眼盯着脚下，生怕绊倒。楼梯毯是沉闷的酱红色，实在太厚了。

蛹儿好像解开了许多天来的心结，胸间豁亮起来，似乎明白了走在前边的主人发生了什么、遭遇了什么。一切都与这两个客人有关，不，严格讲只能是这个欧驼兰，是她让董事长遇到了一个坎、一个麻烦。蛹儿觉得这件事尽管古怪到极点，但它的确发生了，而且两个主角都在眼前。至于整个事件从发生到现在过去了多久，缘何到了时下一步，却完全超出了她的想象。她料定今天的晚宴是主人精心筹划的结果，也许这之前已经耗去了他的许多心思。想到这里她不禁疼惜起来。她知道像这样一个坎坎坷坷九死一生的人，再也经不住任何颠簸了。如果那样，老天对他就过于残酷了。

她最担心的是他能否熬过这一场，再次加重身上的病：那对艾约堡来说简直就是灾难。她来到他身边的三年中，曾亲眼看到他三次发病。这种严重的疾病尽管在这之前由他亲口预告过，但一朝暴发起来也还是把她吓坏了。一个如此严谨理智深谋远虑的人，发起病来竟然无所不为，狂躁骇人，几乎完全不能自理，变成了堡内一头巨兽。这期间只有几个人能够接近他,集团内所有人都小心翼翼地遮掩秘密,心照不宣,心惊肉跳。三次发病都在秋天,大约是季节的变化再加上某些刺激,通常要经过一个多月痛不欲生的煎熬才算过去。为他诊治的是高薪聘用的一位老中医,老人使出浑身解数为他缓解,却无论如何难以根除,甚至无从判定病因,最后只好使用三个字加以概括:荒凉病。蛹儿对这个命名钦佩之至,因为她深知病人在那个时刻有多么"荒凉"。

眼下又来到了凋零的秋天。蛹儿心口那儿一阵抽疼,长时间挪不动步子。

第二章

一

那天，从两个有些怪异的客人出现到晚宴结束，蛹儿思考更多的只是一个简单的问题，就是主人要在这个非同一般的场合给自己派什么用场。也许这不难领悟，可事实上并非如此。大概无形中过于将心力集中在淳于宝册身上了，留意他与客人交流时的每一个眼神和动作，比如碰杯时身体是否前倾，比如沉默时莫名抽动的上唇。她明显地感到了这个人今夜的不同，所有细微的变化都难逃她的眼睛。也就是这样的缘故，她迟迟没能明白主人让自己出席这场晚宴的真实用意。那会儿她不无殷勤地应酬，热情适度，举止得体。有一次她注意到男客人不耐烦地瞥了一眼发出噼啪声的壁炉，明白这个更喜欢野外凉爽的男人嫌热，就去轻轻拉合了挡板。那个欧驼兰熟练地使用刀叉，神情松弛，就像旅途中走入了一家中意的路边餐馆，慢慢享用面前的美食。矶滩角的男人一边吃鱼排一边议论："小鱼味道更好，改日请您去村里喝红鱼汤。"淳于宝册说"一定"，站起来敬酒，目光长时间看着对面的男人，只偶尔转向欧驼兰。在酒宴的下半场，他望向蛹儿时眉头微蹙，神情中有一丝无奈。她已经多次对男女宾客劝饮，但不知说什么相宜，因为这两人身上的陌生感从未消失：一个是海边村落的粗人，另一个的来路似乎又过于偏僻了。她见过许多资深文化人，有些来自高深莫测的学府，这会儿却对眼前的女子难以确认和定位。她从第一眼就没有将其视为真正的学者，因为对那一类人并不生疏。与之同来的吴沙原也有些异样，只凭那双不合时宜的露趾凉鞋，就可判定这是一个既难驯服又不会随时代进化的土著。如今在飞速城镇化的乡村中已经很难看到这种人了，一般的街区和村落头目全都衣冠楚楚。不过这样两个人为什么会结伴走进艾约堡，还是让她迷惑。

客人离开后淳于宝册即回去休息。他今夜未像平时那样谈笑风生，尽管一直彬彬有礼，但似乎有些拘谨了。席间的几句对话令人吃惊和费解，比如吴沙原说："这该不会是一场鸿门宴吧？"还说主人："您大概已经是箭在弦上了！"蛹儿发现董事长当时极窘的样子，既想解释又要回避，汗都出来了。也许正因为如此，客人一走他就疲倦了，脸上的神采立刻暗淡下来，背部也挺不直了。他往回走时领班和蛹儿一起陪伴左右，在踏上那部专用电梯前，他才让锁扣走开。蛹儿一个人搀扶他，觉得今夜的董事长沉得快要拖不动了。进屋后她像过去那样为他脱下鞋子和外套，将领带仔细放好，在黑影里待了一会儿。她想听他说点什么，骂骂人或抱怨几句都可以。没有，他脱得只剩一件背心，用被子卷裹一下肩头，像个孩子似的歪到了一边。她知道接下来不会有什么吩咐了，静立一旁，听到粗粗的鼾声才退出屋子。

从这里到自己的居室要穿过一条短廊，上到三层。也就在这短短的一段距离中，蛹儿终于明白过来。"啊，我……"她惊叹的是答案其实一直就在手边、在眼前，根本无须去想，一切都明明白白。艾约堡的主人第一次变得这样无助和可怜，他在晚宴上的手足无措、拙讷，都无一遗漏地呈现在面前。这之前他一定有过游移，即是否把两位客人请到这儿来。他决定了,希望她能陪在一边,这会踏实一点。他想看到做客的男子因为她的在场多少变得傻里傻气的。如果这样就好多了。女客人将会看到艾约堡的神奇与力量,这力量是怎样作用于那个赴宴的男人身上。是的,在一个敏感聪慧的女人面前,男人的些微变化都无法遮掩。这可能是他长夜无眠手端一杯红酒来到牛厩,在花君身旁想出来的一个馊主意。没错,他在那个女人面前太紧张了。想到这里蛹儿害冷一样抱起了双臂。没有开灯,无边的黑色围得紧紧的。

她回顾了吴沙原从露面到离去的每一个细节,特别想着那双眼睛。这个习惯了海风的男人根本没有在意一个女子,她好像并不存在。这个男人吃饭,说话,时而转脸看看欧驼兰,顺便问一句什么,十分随意。整个场面完全是失衡的。最后的印象是吴沙原好像嫌菜肴不够丰盛,将作为甜点的夹心饼一下抓起填到嘴里,拍拍手,一餐就结束了。欧驼兰感谢了主人的盛情款待,不过是例行套话而已。两人出门时谢绝了主人停在一旁的汽车,坚持步行,说吹吹凉风好极了,随便什么时候再搭一辆出租车。而这会儿主人显出了极大的执拗,他让司机一直驾车随行,直到这两个人吹够了凉风为止。

这个夜晚,蛹儿担心的是自己让淳于宝册失望,辜负了他的重托。然而又觉得这真的怨不得自己:一个过了四十岁生日的女人又能怎样。

二

他遇到她时她正独身,已届三十七岁,像一条失舵的船儿。已经许久了，这里缺少一个舵手，这个人迟迟没来。她在这样的年纪里已经练就了一双锐目，一眼就能看穿那些弄潮儿的心。一个三流水手冒冒失失来到甲板上，却大言不惭地想当船长，见鬼去吧。她盼望一个满脸胡茬，叼了烟斗，身上满是风霜的人出现。她眼巴巴地看着潮起潮落，漂荡的时间够长了，这是危险的岁月。以前经历过的那两个人一开始都曾让她着迷，后来却发现全都是些小角色。不过她闲下来仍然会怀念他们，想着他们不无迷人的眼神，包括种种怪癖和恶习。她身上的一些痕迹就是他们留下来的，已经很难被时间消磨。"这两个可恨的浑蛋，有一天重新遇到时，我倒要看看你们长了本事没有。"这是她深夜不眠时的自语。她真的想念他们了。当时她躺在自己装了三万多册图书的屋子里，嗅着这里让人兴奋的气味，觉得这是自出生到现在积起的全部财富。这是全市最体面的一家私营书店，坐落在一个僻静的不适合做生意的角落。一幢不大的两层楼房，一楼营业，有书架和茶吧，铺了地毯；二楼一半是书，另一半留作起居。这是书香茶香交织的日子，读不尽的书，看不尽的各色人等。巨大的寂寞锁藏在这幢小楼中，然而还嫌寂寞得不够：绝不允许任何人踏上二楼。这是一片独享的领地，有一个女王。

　　她出身于教师之家，父亲是讲师，母亲是幼儿园资深职员。如其所愿，她十九岁即考入一所艺术院校，迷恋歌舞，可惜天资不足。不过她是校内走路最好看的一个女孩，不久以后她才明白，这可绝对不是一件小事。另一院系有一个绘画专业的男生，长脸，毛发旺盛，深眼窝高鼻梁，因见多识广和生性风流而名声大噪。这人是个跛子，却因此更加风度翩翩。他拖腿走路的样子并不难看，据说这腿疾至少有一半是因为得意而伪装出来的。许多女孩都愿与之交往，传说他住在部队大院的一座洋房里，家里的各种奇巧物件太多了，比如热气腾腾的浴室和钢琴，还有满屋图书。跛子与她的结识是在通往校图书馆的路上，他在她身后跟了许久，终于气喘吁吁追上来，严肃地盯住她说："真棒！"她费了好长时间才弄懂这是恭维。那时她的眼睛多么明亮，一眼就看穿了这个走路拖脚的毛脸家伙的用心，除了记住他的走相，还有那双火烫逼人的眼。

半月之后她就成了跛子的客人。啊，多么宽大的居所，而且有无数的书。跛子父亲不在了，母亲由一位中年保姆照看，活动范围限于底层。整个二楼和阁楼都成了跛子的空间，他将这里装扮成古怪的模样，初来时她被吓得大气不出。屋内悬挂了一些面具，他特别愿意扮成一个咧着大嘴的妖怪与她谈话，还要叼上一根雪茄。他懂得太多了，这些芜杂而高深的知识她料定自己一辈子都无法掌握。他要为她画几幅人体素描，她的衣服越穿越少，最后也就一丝不挂了。那时的她有多么窘迫，却有一种站在崖边的惊惧与快乐，还有无力抵挡的羞惭和耻辱。她被剥光了，变成了出生时的模样。跛子手捧托板远近观赏，一副欲哭无泪的样子，说："这肯定是、这铁定是千年一遇的神奇造物。""什么是'造物'？""就是你了。"他捏捏她比常人大出许多的坚挺的乳房，又按按她翘得有些过分的臀部，顺着脊沟由上往下地挪动食指，止于尾骨，就像一把利刃欲将其剖开一样。这肤色比粉红更为深沉，比棕色多出白润，就像在某个田垄上见过的红薯，呈浑厚的亚光。他拂开她黏在额上的长发，嗓子嘶哑："我不能说你漂亮。可你有高于俊美的那一切。美好的灾难，流血的快感。"她听不明白。"当然了，天然小物,绝无雕饰。"他弹击一下她的脑瓜,指了指四处的书籍:"我们一起读,我每天都抱着书睡觉。"

他们试着一起入浴。这是她第二次感到了死亡的恐惧。她生来第一次看到男性裸体,差点于慌促中咬破双唇。跛子在入水前格外严厉,渐渐愤怒起来:猛烈地捶打水面。她害怕了,扳过他的脸,见泪水一串串落到池中,同时觉得自己的下体被什么抵住。她后退一步,他就挨近一步,最后索性将她抱起,嘤嘤悲泣,抱上台阶,放到那张大床上,用一块有补丁的毛毯将她飞快包裹,还顺手缠上一根布带。她先是惊吓,后来终于笑了:"我一点都不冷。"他泪水干了,揩着鼻子,回头端来两杯咖啡。"我们艺术家都是浑蛋,"他一边喝一边吃着圆圆的小甜饼,喂她一片,"你说这事怪不怪?都是浑蛋。"她觉得这种奶油食物香极了,一口气吃了十多块,从破毯子里钻出,问:"都是流氓吧?"跛子伸出舌头舔一下干燥的嘴唇:"我希望自己是一个伟大的流氓。""还有这事?""让我试试吧,也许有的。"

整整一个下午再加半夜,跛子都在说服她做一件事,即进入她的身体。她故意装得懵懂,问:"那可不行。为什么要那样?""那样才好,那样是最好的。"她勉强同意一试。他的汗水像小溪一样从额部流到小腹,越流越多,呼吸也急促到极点。她问他怎么了?他说这可能是人世间最劳累最烦琐的工作了。她拒绝,他说那可不行。"试到一半停下,我会那样。""会怎样?""死。"尽管他说得平淡,可她还是吓坏了。他们继续试着。记得午夜钟声敲响了,他们还是没有成功。两个人都绝望了。下半夜有一多半时间聊天,再就是耐心尝试。对她而言一辈子都不会忘记的,就是黎明来临的那一刻：一道橘红色的光束从帘隙射入，她尖叫了一声。

因为悔疚和惧怕，他们两人一个星期都没有再见。她回到家里，母亲欢天喜地抚摸她："孩子长大了。"她哭了，眼睛红红的。她突然觉得一刻都不能等待，必须马上见到那个跛子。她像他那样在屋里一跛一跛地走路，鼻孔前竟然飘过了他的烟味儿。她匆匆吃过饭，告别了有些惊讶的母亲，乘上哐哐当当的交通车，一口气奔向了那个树木蓊郁的大院。

他们整整一个星期没有下楼。七天的时间一闪而过。所有的光阴都被充分利用，吃饭喝水睡觉都马虎潦草，主要是缠在一起，不能分离。大白天不穿衣服的感觉十分特异，好在终于习以为常了。跛子真的是个天才，只几笔就画出一个活灵活现的女子。她的胴体竟然在黑白纸页上闪烁原有光色，羞处楚楚动人。她比面对镜子更为清晰地洞悉了自己，感激的水流在胸间蹿跳，不顾一切地拥住这个多毛男子，附在他的耳旁小声说："知道吗？我从见你一拖一拖走路的样子，从第一眼，就毫无办法地爱上了。"他慌了："真的？""真的。我失眠了。"她其实说了一半假话：失眠是真的，但不是因为爱，而是被他那会儿的大胆挑逗吓住了。

整座小楼都因为过度的缠绵而微微颤抖。大院一隅的鸟雀突然变得无声无息，连最能聒噪的喜鹊都安静地伫立枝头。老母亲问搀扶的保姆："我觉得有什么不对劲儿，昨夜里梦见失火了。"保姆安慰说："梦见火是喜事，红红火火，您老就等着享福吧。"跛子将二楼的门封住，捉迷藏，不知疲倦地玩耍，大声说脏话，一会儿又吐出一串文雅无比的词儿。两个人用红绸互拴，一个移动，另一个必得跟上，而且全都用一跛一跛的姿势走路。她从心底认为这个男子挺拔俊美,无与伦比,特别是走姿,多么优雅沉着,一看就是一个富有勇气和才华的、主意笃定的男人。她甚至认为这样一个人因为过于风流了,所以也就从事了艺术,其实他更大的才能极可能是指挥千军万马。

他们相互崇拜。跛子认为人体的美来自神秘的黄金分割率,也就是某种难以辨析的元素,造就了一个举世无双的尤物。他目前最担心的就是无法掩藏自己的拥有,因为这种无可比拟的美太显赫太突出,一旦暴露在众目之下,就会造成无法逆料的悲剧。他如实向她坦露:自己多想效法西方的古法,用一把铁锁封住你的下体,小小钥匙攥在自己手中!她大惊失色嚷叫:"啊,多么阴暗,多么残酷!"他不停地亲吻她,说:"我是被美逼到了绝路,这你是明白的。"他在屋内拖着一条腿快速走动,一只手举在耳侧宣讲:"艺术院校啊,多少美人!然而没有一个像你这样,让人丧魂!奇妙的发育,古怪的身材,而且这一切才刚刚开始!"

她那时凝住了神,被他接近于书面语的有力谈吐惊呆了。她深知这来自痴迷的阅读。她决心跟随他,亦步亦趋。

三

她越来越相信,心爱的跛子每一句预言都会变成现实。从将自己交给他的那一天起,她就注意到了从躯体到心灵的一系列变化,因为实在激动和惊奇,就在深夜独自写满了一个笔记本。她记下了腰臀的尺寸,还有胸部,以及腿根的些微变化。有一些接近幻想的描述连自己都迷惑起来。多么孤傲地走在行人中间,旁边全是异性的眼神。她心里知道，自己之所以还能够安然无恙，在阳光下来去自如，全要依赖起码的人类文明，即法律的护佑。如若不然，她将悲惨极了，这从无数贪婪攫取的神色中就不难预测。也许自己会被撕扯成碎片，吞进那些无法餍足的胃里。她觉得有一种人生就是在刀锋上行走，比如自己。极度的危险来自极度的诱惑，几年后一个老色鬼在黑影里向她吐出一句："你早晚把我给馋死！"这个人牙齿咬得咯咯响，恶狠狠的。更可怕的是那些沉默者，他们用眼角瞟过来，手指发黏，正谋划一些阴毒的计策。这些散在暗处的阴谋哪怕实施了万分之一，她就会落入恐怖的境地。还好，两年过去了，总算有惊无险。

他们一直同居。她准备毕业即结婚。他说："真正的好姑娘，她们都具备了两手。""哪'两手'？""一手是'开发'，一手是'开放'。"她琢磨他的话，他解释："至于你，就由我来'开发'；你也只能对我一个人'开放'。"她尽管有些委屈，也还是送上了浅浅的亲吻。两年多来这个多毛男子以各种方法"开发"她，从未放慢节奏。他在深夜饮酒，流着泪水，莫名其妙地抽泣，说："我会用一生来挖掘你的宝藏，寻找你的秘密。"她翘着湿漉漉的双唇问："我被挖空那天，你又怎么办？"他跳起来："这怎么会？这根本不可能！我初步估计，你这座富矿，起码需要十几个壮男不吃不喝干一辈子才行……"他最后发现这种比喻有点粗俗，就补充道："我是说，这可不是一个人能够完成的任务。""那真是难为你了。"她终于学会了幽默，这让他哈哈大笑："我愿意承担这个沉重的任务，一句话，本人责无旁贷！"

跛子过人的精力和突如其来的激情，是她此生遇到的唯一。

她明白自己依赖于这种"开发"，既是被索取者又是受惠者。她常常在他鼾睡时起身看着，不放过一寸肌肤。她发现这家伙的小腹生满了钢丝般的毛发，肚脐深凹，胸肌发达，两臂如同猿人一样强大。他在梦中露出了谦逊的表情，面容温驯，微微开启的唇内闪出几颗整齐洁白的牙齿。她觉得自己着迷的人将历久不衰，百折不挠，一到夜晚就散发出一种宠物猪那样的怪味。这种小猪以前在一位女伴那儿见过，它鼻孔那儿的气味甜腻腻的，再闻下去又有一丝丝臭。她紧紧地抱住了他，他却依旧不醒，吐出几句梦话。

大学毕业的前一年，人们私底下流传关于她的一些议论：知道吗？快看看去吧，百闻不如一见！在他们的描述中，她是一个沉默寡言的、有着强大感染力的人。令人迷惑的是，这个姑娘正派无比，无论谁对她传递媚眼，她连看都不看一眼。可越是这样越是危险，这真是个可怕的女子！当年正是风气剧变的时代，类似传言多起来，结果就引来诸多麻烦。除了青春少年，最后连老翁都沉不住气，以至于素以庄重著称的学人也惶惶不安了。他们有时急于见她并非为了尝试什么，而只为扩大见闻，以证明坊间所言不虚。

她在毕业前的最后一年受尽打扰，得意而又慌促，事后对跛子说："可以说我历尽沧桑。"他笑了："这都是'力比多'那玩意儿造成的，没什么奇怪。真正的险峰他们一辈子都攀不上来。"她在这段时间里收获最多的就是阅读，像他一样，有许多时间沉迷于纸页之中。原来这当中埋藏了沉睡的世界，翻开它，沿一行行字迹走入深处，就能经历震耳欲聋的喧哗，还有令人颤抖的隐秘。她想自己和跛子有时也像这些故事中的角色，不同的是一直站在了书的外边。她有时幻想：有一天会不会走进书的里边？她与他在书架间游戏，常常把彼此想象成书中人物。她用另一种腔调说话，觉得有趣极了，而且还生出高人一等的感觉。她一个人时将几年来收到的特异礼物摊开来看，它们平时就装在一只木匣中：带泪痕的情书、照片、一缕头发。最奇怪的是一些小玩意儿，如纽扣大的贝壳、羽毛、一只死麻雀、一把小刀。她对这些寄来物品的人充满了怜悯，伴随着惊诧和大惑不解。有些杂七杂八的小零碎看了让人害羞而又愤慨，可她仍然保留了一段时间。她想象那些藏在暗中的切近或遥远的人，如果他们早一点出现，与之接触，那将是多么烦琐和惊悚的事情。她想将这些贮藏拿给亲爱的跛子，犹豫一会儿还是作罢。有一些故事差点发生，她只将其藏在心中。

有一位年届古稀的退休教授手捧一枝玫瑰拦住她，琥珀似的眼睛盯住她高耸的胸部，语无伦次地说："啊啊啊啊！"他瘦弱的下肢在一阵旋起的风中抖瑟，喉结上下滑动，泪水潸潸。她问他要怎样？他磕磕巴巴："我能做的还有很多。现在主要是表达……敬献！"那个黄昏她想起这是个教过自己的老人，为难之极。她用尽办法摆脱他，充满愧疚。她能为老人做的事情其实还有很多，但是，说实在的，年轻人每天也蛮紧张的，比如匆匆赶到一个地方去会那个冤家，还要顺路买些东西。类似的敬献者层出不穷，方式各异，有时就像做了一个噩梦。她就读艺术院校时的班长一直像兄长一样被自己尊重，可毕业后的某一天两人相遇，正高高兴兴沿街角往前，他哼一声就将她顶到了墙上。她挣扎，从对方的剧烈抖动中抽身，问："刚刚一年不见，你怎么就变得这么坏？"昔日的班长大口喘息，绝望地看着她："这哪里是坏，这是时间……时间让人想明白了。""明白了什么？""我耽误了多少正事儿啊！"

她跑开了,班长在后面跺脚:"我怎么办哪?"出乎意料的是还有更为率直的人。有一天她应老师邀请去参加一个晚宴,而且被安排在一位要人身边。宴会刚刚进行到一半,那位彬彬有礼的五十多岁的男子从桌下抓住她的手,准确无误地按在自己两腿之间。她毫无准备,抽了两下没抽动,因为对方手劲实在太大了。事后她对老师抱怨,老师说:"他们有时就这样,无妨。"

毕业后她到一个大机关工作,任图书资料员。虽然远离了专业,可有书就能安顿自己。只上了两天班跛子就阻止她,她问:"还能不上班吗?"跛子说:"别人能,你不行!""为什么?""老天,你是揣着明白装糊涂。你这样的,也敢在人们眼皮底下活动?这太冒险了,这是决不允许的!"他不由分说地让她失业了,从此活动的范围只局限在那个大院的小楼里。也就在失业后的半年,满院槐花开得正浓,意想不到的事情发生了:跛子又开始痴迷于另一位女子。这位女子细细高高,是个医生,是他就医时认识的。跛子并不在意她得知了这件事,她泣哭,他就陪着,于是她忍受下来。然而不久又发生了类似的几件事,她终于忍无可忍。跛子这次使出了看家本领,一连几个小时背诵和引用书上的话,从哲学到爱情,强调她绝不能离开,因为她还需要继续接受"开发"。她直直地盯住他:"可以,但我还要向别人'开放'!"跛子惊愕地一歪头,喊:"说得好!不过,你是天才吗?"她被问住了。跛子跺脚:"那就好!我告诉你,你没有这个权利!"

她哭了一夜,为对方的一再背弃,也为自己不曾拥有的权利。天亮了,她下了一个彻底的决心:离开这里,离开这个唯一的"开发"者。她发现自己留在这座生活了三年多的小楼中的东西很少,只用一个大挎包就背走了。走在大街上，她觉得自己可怜极了，就像一个孤儿。

四

她设法重新回到了那个机关资料室，与一屋图书为伴。她为自己设定了一份相对简单而沉寂的生活。可她又一次错了。这个常年冷清的地方不久就热闹起来，读者纷至，都喊着一句有名的套话："书籍是人类进步的阶梯"，赖在书架旮旯里不走，她为此常常要耽搁下班。好在她住单身宿舍，早晚也是独自一人。他们在这儿留下了各种东西：吃的用的，还有的只能藏到那个让人脸红的木匣里。一位处长光顾次数很多，却几乎没说一句话。她因此而记住了这个沉默的人，注意到他那近乎光头的极短发型、杏仁似的大眼。但是此人很快又消失了，问了问，说辞职走人了。她有些意外。

一年之后，机关领导关心起她的"个人问题"，说："多么优秀的女青年，这样不得了。"他原来要为她介绍一个"极为难得"的伴侣，说这个人其实你是熟悉的，他从这儿离去做实业，如今是很大的老板了。仔细描述中她终于得知那是辞职的处长，在心里感叹：转眼间成了另一种人，变魔术一样。她努力回忆那人的样子，感到满意的一是少言寡语，二是那对大孩子般的眼睛。她如今最讨厌和警惕的，就是那种夸夸其谈的浪子。但她既没有同意也没有拒绝。领导进一步强调：这是一个千载难逢的机会，知道多少人想和他在一起吗？她认真地问："多少人？"领导一愣，说："反正很多的,这个你想想就知道。"

他们见面了。她发现对方仍旧是印象中的模样,矜持地点点头,笑意深藏。她心中是满意的。在离开跛子的这段时间里,白天还好,深夜常常一个人捂着脸,让泪水从指缝间渗出。那些喧闹热烈的夜晚是诱人的,而今却到了另一个极端。她感到自己真的像一座被过度开发的矿山,被抛弃后长满了荒草。她恨那个人,恨所有打她主意的人,这些人的目光和气息全都如出一辙,无非是那一套:爱啊恨啊,活啊死啊。而面前的这个人没有过多的热情,甚至没有多少话。在她的要求下他谈了一点自己:离异,无子,做房地产。认识两个星期后她乘他的车子看了一个带湖的花园,园内有大小几座小楼,有莳弄花草的穿制服的人。她原以为这是一起游园散心,后来才知道这就是他的家。

他们准备结婚了。她如实地告诉对方:自己从未结过婚,但曾和男伴同居多年。想不到他点点头说:"可以。"他们真的结婚了。从结识到洞房花烛夜的几个月里,两人竟没说一句亲昵的话,也没有那类肢体语言。但只有真正走到一起,她才得知这是一个讷于言而敏于行的人。这个男人双腿结实,上身很瘦,胸骨肋骨一块儿凸显出来,皮肤苍白。她好像刚刚看清,这个人的脸色也是苍白的。而在此之前许久她都没能留意这些生理特征。大概是沉稳的仪表以及过分的富有,这二者最能遮蔽另一些显在之物。她将他与那个强壮的跛子暗暗做了对比,不快中又有些庆幸。她不希望再经受以前那样的剧烈颠簸了,自认为是一个饱经沧桑的过来人,现在只需要一个切实稳定的家,就像大多数人一样。浪漫的冒险已然过去,未来的日子安然富有。

新婚之夜她例行公事一样吻了他,发觉他口腔中有一种微微的苦味。她的手松松地揽住了干瘦的躯体,而后仰身等待,好像说:"来吧。"他一点声音都没有,动作简洁有力,稍微有些突兀和出乎预料。他的力量让她吃惊,后来才明白:他有一双多么强壮的下肢。原来这个人每天都坚持在湖边长跑,每周至少两次登山。他有时就像一个复仇者那样对待她,好像要将她一怒举起,然后扔进一道深崖。有一次她借着帘隙透过的月光端详过,发现这张苍白的脸上的确是含有恶意的。

她在心中叫他"瘦子",暗中呻吟说:"谁想到弱弱的一个人会这样凶!跛子啊,你嘴巴是硬的,比起瘦子不过算个绵羊!"她努力忘掉绵羊的缠绵,可就是不能。奇怪的男人啊,差异如此之大,一个满是花拳绣腿,一个却是刀刀见血。她多想与长相厮守的这个人一诉衷肠,可是直到最后也没能找到机会。这是一个埋头苦干的人,一个将万般辛苦和无数快乐隐于心间的人。也只有这样的人才能够在短短一年间成为富翁。后来,一个偶然的机会她才得知,瘦子的叔父是权倾一方的人物。这使她明白了这个男人的力量和傲慢从何而来。她更奇怪和沮丧的是,自己没有地方撒娇,这种需求憋在心里,很快就成了一块硌人的硬结。

有一天她正在整理图书卡片,楼下响起了引擎声,这是再熟悉不过的声音。离下班时间还早,他不会是来接她的吧。果然是他,而不是那个司机。他在室内踱步,等最后的一个读者走开,立即回身把门关了。他转身说:"收拾东西走人,不再来了。"她终于听得明白:男人已经找这里的领导谈好,从今以后不再来上班。"这怎么可以啊!我总需要一份工作啊!"一对杏仁眼瞥了一下,垂下说："别人可以，你不行！"那一瞬间她惊呆了。因为她想到了跛子说过的话。两个人从性情到形貌差异巨大，说出的话却一字不差。于是她知道瘦子隐去的也只能是相同的理由。这个人不允许自己的女人在众目睽睽之下活动。跛子曾经清清楚楚阐明道理：你太不该大意，你会惹出大麻烦的，尤其在这样一个开放的时代，你只能待在人少的地方，那里除了你谁都不能有。她愤愤地问："那不就是关到牢房里了？""牢房里还有看守呢！"

她当即被瘦子驾车拉走。从此以后她就在一个有湖的花园中活动了，这儿的花工都是女子，她们几乎不和她说话。她在湖边看自己的倒影，端量全部苦恼的来源：微胖的身材，不，顶多是挺拔而丰腴的身材；臀部有点过分了；背与胸还好，但据说是太好了；双唇比常人多了十分之一的丰厚，有人就想送上无休无止的磨损。有时恨不得投湖自尽。这种囚禁会让人慢慢死去。"我要工作，我必须做自己喜欢的事情。"她在黑影里对他说。瘦子脸上的恶意隐在夜色里，可是无比的怨怒全表现在粗壮的双腿上：他靠下肢的力量将她顶起，用肩部扛起一个手足无措的人，尽力举到虚无的高处，然后狠狠抛下。她觉得脊骨跌在床上，幸有席梦思保护才没有折断。她呻吟、痛苦和乞求，可对方的怨怒才刚刚开始。从午夜到凌晨，他一直尽心尽力地折磨她，一声不吭。当她好像真的气息奄奄了，他会用双手把她揉醒，让她绝望地睁开眼睛。黎明就要来临，她死死地盯住他。

就这样过了又一年。这一年她随花工去市里购物，两次甩开陪伴失踪了半天，成了园内大事。一连三拨人出动寻找，直到她若无其事地回到家中。瘦子坐在黑魆魆的餐厅里等人，面前只有一个汤钵。她归来了,他如释重负,顾不得吃饭,细细地解开衣衫看她的周身,在臀部上方找到了一处不甚明显的划痕。他把她移到灯下看了又看,深长地嗅着肌肤,打了个喷嚏。他说:"嗯。"她吓得不吭一声,不敢穿上衣服。进来送菜的女子看着赤裸的夫人和穿得整整齐齐的男人,一下僵住了。"下不为例。"他对仆人挥挥手。她绝食了。在空腹多日之后的夜晚,她享受了空前的恩爱:对方温柔地一寸寸吻过了她的身躯,拍打,在隆起处用稍粗的油质速干笔签上两个花体字:同意,写上年月日。他附在她的耳旁呵气说:"骚马是关不住的,去吧。"

即便如此,她还是在无声无息中等待了三个多月。准确点说是自上次绝食后的一百天之后,一个上午,瘦子突然要亲自拉她去市里。车子在离开闹市稍远一点的地方停住。眼前是一幢别致的棕色小楼,原来是新开张的一家高档书店,带茶吧,正散出诱人的咖啡香气,一些穿制服的年轻女子在里面穿梭,招待顾客。她一眼就被吸引了,正要进入,瘦子却伸手将其揪住。他引她转到小楼西侧,那儿有一条不起眼的过道,尽头是通向二层的楼梯,他们登上去。他把钥匙交给她,她迟疑了一下还是打开。啊,多么雅致的办公室,连着一个大大的书房、一套带卫生间的卧室。这儿有一扇门通楼下营业间,她打开门,热腾腾的茶和咖啡香气就伴着人声涌进来。他把门合上:"如果需要,服务员会上来。"他指了指桌上的一个按钮。这是她多年来最喜悦的一天。这么多书,足够她享用了。

他离开后,她在宽敞的空间里走动,翻弄簇新的一本本书。如果打开那扇门,楼下的小声交谈和走动就一下拉近了。通往下边的楼梯铺了红毯,她明白只有下面的人全都离开时才可以踏上去。

那是她的禁区。不过她终于有了一份工作,这个能够陪伴自己很久的可恨可爱的男人就像一个君王,好不容易恩准了一次。她对这儿有说不出的喜爱,差一点伏下身去亲吻坚硬的木地板。这儿的营业时间是上午九时至傍晚六时,刻板而规范,主人谢绝了不祥的夜生活。差一刻六点时她按了一下写字台上的钮,一位额头鼓鼓的小姑娘立刻快步上楼,叫着"经理",像军人一样挺胸。她问了店员人数、日常事项,极力掩饰自己的一无所知。小姑娘告诉,刚刚试营业一周,本人就是领班,还有副领班;她们被告知经理几天内到任,有一个铁的纪律:不允许任何顾客打扰楼上。"雇员全是女的吗?""全是。"

六时整,所有人都离开了。她探险般下到一楼,抚摸一排排书架、温吞吞的吧台。原来这儿像楼上一样讲究:木地板上铺了地毯,还有供顾客阅读的桌子和沙发。她沉浸在一片欣悦中,全无察觉有人从楼上下来,当然是他,从后边将人搂住。他是来接人的。

每天她都可以出门上班,带一只手提包,坐上早已等在门前的汽车,只用十几分钟就来到这家全市最雅致的书店。车子总是悄声停在了小楼西侧,她要从那里进入自己的办公室。这儿几乎与待在自己的居室差不多,生活用品齐全,有冲浪浴盆,有带卫星天线的电视机,有四五种健身器材。不同的是书多了许多,有一个近在咫尺却不得随意踏入的更大的楼下书林。她在这儿认真办公,一遍遍看领班送来的各种报表,从进书细目到每天咖啡和茶的消费量,她都看得津津有味。她总是忍住去揿桌上的按钮,可她需要对话,特别想讨论经营。当她渐渐知道女工们难以避免的一些小摩擦、嫉妒和自私引起的不大不小的纷争时,立刻觉得这才是必不可少的分内事。她分别把她们唤到楼上，细细询问，话题常常溢出边界。她乐于为她们调解矛盾，分担忧愁，总是送上过分的关心。她乐于知道她们的私生活，交友，对方的性格，保持了多长时间的关系等等。她有时也提一些使对方脸红的问题，甚至直接而简要地指出："这个年纪，腰带一定要扎紧。"她有一次走神了，不知为什么咕哝了一句："对那些拖着一条腿进书店的人，千万不要理睬。"对方惊讶地看着她，她解释说："不正经的青年有时也喜欢阅读，这并不矛盾。"偶尔的几次顾客争吵声从楼下传来，她立刻觉得此时最需要自己，手搭在那扇门上，想了想还是忍住。她站在门前倾听，觉得这种争吵正是发展与繁荣的一部分，是"题中应有之义"。

五

她心里清楚，自己正是凭借超人的毅力才避免了犯错，而这样的过错一旦犯下，其代价将是双重的：瘦子的震怒，还有再也不得清闲的烦扰。这是不需要尝试和验证的，她全都明白。为了使楼上岁月充实而且具体，她变得琐碎忙碌，亲手制订了并不实用甚或无的放矢的"经营规划"，还有不断修补的"员工守则"，其中连如何对陌生顾客点头微笑这样的细节都囊括了。她除了言传身教之外，还在六点以后的空寂时段给楼下留一些叮嘱的纸条。有一张纸条上写了："这个角落请及时通风，屁味明显。"还给吧台上操作咖啡机的人留言："你的个人物品一丝都不能丢在这儿，包括头发。"在空无一人的营业间，她徜徉在休闲区、阅读区，在书的丛林中穿行,是一天中最满足最快意的时光,只有这一段光阴才能获得活下来的滋养。她让接人的司机在楼下过道前停留半个钟头或更长的时间,闭上眼睛大口呼吸,细细滤过空气中残留的气味。那些刚刚消逝的纷乱的脚步、喘息和窃窃私语,还有飞来飞去的眼神,打情骂俏,都一一浮现眼前。她最后在暗下来的光色里再次检查每个角落,摸黑抓住楼梯扶手攀上去,像醉酒一样摇晃着身子回到二楼,拎上公文包出门。

几年的时间少不得触犯一两次禁忌,好在都是轻微的,不至于引起什么难以挽回的后果。每天上下班,还有不顾家人劝阻的星期天加班,这些似乎固定下来的节奏和习惯对她而言是太重要了。她对整座小楼中发生的一切都了如指掌,对微不足道的利润、有些过分的水电消耗,全都记到小数点后面的三位数,这让女领班十分惊讶。由于这种扎实的、高高在上却又毫无疏失的管理,终于训练出比所有服务行业更严整更亲和的气氛,渐渐使这里声名远扬。顾客以光顾此地而感到光荣,连不肖之徒也想到这儿喝一杯茶。媒体宣传过这家有名的书店,却总也采访不到它的主人。传说这间华丽排场的雅地有一位不幸的经理,这人身患残疾,面目丑陋,没有勇气见人。他们向那些店员姑娘打听,得到的全是一致的套话:"他(她)是正常的人,他(她)不过是太忙了,国内国外奔波。""这店不过是个小不点儿,他(她)每天要打理更大的事业。"

瘦子对星期天都要出门的妻子感到好奇,突袭般出现在二楼,发现她正用一支红笔在书目单上做着标记,一旁是看到一半的诗集和一杯浓浓的香茶。他按着自己发痒的喉部看着,过了许久,从西侧下楼,一会儿上来,手中是刚刚购到的两本书。他翻开加盖了购书章的扉页让她签名,她看了看,就写上了自己的名字。这几个稚拙的小字刺激了他,使他不顾一切地拥住她,不管她如何反抗都无济于事,仍像过去那样不吭一声,郁郁不快地将她按住。他的力量较往日更大了,没有一丝赘肉的身躯果敢坚毅,一双眼睛在任何时候都是一副若有所思的样子。他最后回到写字台前,把她剩下的半杯凉茶一饮而尽。他离开了,带门时轻轻的。她一直躺在那儿,泪水细细地流下来。

在类似的周日之后,当然是星期一,一个最好的阳光灿烂的日子。到处都没有什么恶兆,随处都预示着美好的开端。她捕捉楼下的各种声音,能够分辨出她们被溅出的一滴咖啡烫着时的吸吭。新的顾客登门会有稍高的欢迎声,而老面孔光临则有呵气似的声音。架子上的书被翻动着,这种只翻不买的行为让人想起没有婚姻的友谊。她在每天开始的头两个钟头耳朵格外敏锐,而后就专注别的事情了。她在跑步机上踱步和慢跑,身上稍稍发热时才停下。如果不小心出了一身汗,她一定要在那个宽大得有些过分的浴盆中泡一会儿。这个时候她用来怀念大学时代,常常想起被一再惊羡的走姿,那挺挺的颈与肩招来的目光。自然了,那个跛子不久就出现在回忆中,她直到如今才发现这个男子浅薄而又善良,事过境迁,她认为他是好的,算是一个胡闹的良伴。与后来的男子相比,跛子不那么阴郁和严肃,他与她可以无所不用其极地玩耍。他是嫉妒的,但像勾兑的白酒,度数不高。他有一些使自己大惊失色的淫荡行为,一开始就用一张咧着大嘴的妖怪面具吓唬她,如果不是稍有防范,那么极可能在初次见面时即被奸污了。这是个除了淫秽再无大志的官家子弟,事业上料无前程,按当时的记录和频率推算，在分手的这些年里至少会有上百个女伴了。她回忆着与之一起的不眠之夜，意识到那些荒唐的多姿多彩的日子将一去不再复返。夏天过去，秋天来临。秋天如此冷肃，冬天又怎么办？她不敢去想。在绝望和悲凉交织的时刻，她叫着跛子的名字，真想让自己沉到水底窒息而死。

突然楼下传来尖叫声，这让她扑棱一下跃出浴盆。果真听到了下面的骚乱，而且一阵大过一阵。尖叫的是女领班，还有另一个，是待在咖啡机前的那个。后来嗓子略为沙哑的姑娘也叫了一声，这姑娘有双大得过分的眼睛，通常一天里不说一句话。这说明事态变得严重了。她气愤，不可忍耐，知道有恶人光顾了，说不定是久已酝酿的什么阴谋。如果冷静一下，最好的处理方法当然是报警，或者简简单单给司机打个电话，那样不费吹灰之力就可以把事情平息。可她没有想过这些，甚至没有细细擦干身体就穿好了衣服，冲到通向一楼的门旁。不过最后她还是没有打开这扇门。下面有男子在叫骂。过了十几分钟，门被敲响了。"谁？""经理！"是领班的声音。她赶紧开门。女领班头发乱了，衣服撕破，往下使个眼色，指指自己的胸部小声说："捏我这儿！"她觉得一股怒火烧到了脸上，几乎没想别的，呼一下打开门，噔噔跑了下去。

一楼秩序大乱。顾客还不够多，但吵嚷声响成一片。突然，所有的声音都平息了。一屋子人都盯住了从楼上下来的她。他们像一群参与盗窃的人遇到了警察，惊呆了。这其中有三个二十左右的小恶棍，他们不愧是全市最无耻的家伙，一张脸很快由呆滞变成了狞笑，相互之间连看一眼的协调都没有，几乎一块儿张大了贪婪的嘴巴，流下了口水："啊呀！这是……啊哈！"他们搓手，跺脚，嚷：“老天爷，这可怎么办！”"馋死人不偿命啊！"“天上掉馅饼了！”"咱们这一下全完了！"她听不懂具体内容，但从他们的神气即可看出极度的放肆和下流。一个留了小胡子的蒜头脑袋冲她嚷：“有这么服务的吗？咖啡洒到了裤裆里，把下边烫坏了！”另外两个起哄，做黄色手势。她一个个盯了几眼，像是要记住他们的模样，最后往那个自称受伤的青年跟前走近一步，说：“是吗？你脱下裤子我看看。”蒜头脑袋毫无预料，看看身旁的伙伴，缩到了他们中间。另两个人怔了几秒，然后一齐推拥蒜头脑袋：“脱呀，到楼上脱去。”她一脸冷肃，冲一旁的女领班说：“给警察打电话，让他们来验伤，把门关上，别让他们走了！”她完全醒过神来，说过这番话之后，又把司机的电话号码塞给身边一个姑娘。

　　结果可想而知：三个作恶多端的恶少得到了严厉惩罚，但招致最大损失的却是女经理本人。从此许多人都得知这儿到底是怎样一个地方：有几万册图书，有浓浓的咖啡和香茶，特别是有一位真正的美人。关于她的美丽在私下传言中完全走形，成为惊世骇俗的美艳，倾国倾城。实际上并非如此，她绝无一副完美到无可挑剔的面容，而仅仅是拥有汇集到一起的致命之物：说不清的诱惑从全身散射出来，浑然恍惚，难以概括到某一个器官的媚与魅。她让人失语并鲜有例外地记忆深刻，让人像害了热病一样不安。他们会倾力摆脱一见之下带来的烦躁和不适，想方设法再睹芳容。这些行为甚至和正派与否并无直接关系，不过是某种正常的生理反应。于是，他们来了。买书，喝茶，长长地逗留。他们先后失望地离去，然后又不约而同地再次出现。最大的引诱原来是隐藏，是可望而不可即，是锁在深闺人不见。官人们常在巡查街区时拐进来，最后仍旧是无果而终。唯一称心如愿的是一位负责消防的官员，他借口检查防火设施看过了整间书店，而且不可阻挡地登上二楼。他看了一眼女经理即大惊失色，口中喃喃："非常危险，太不安全了！"

随着时间的推移，书店生意好到不能再好。以前女领班端上的报表中，徘徊此地的主要是青年，而中老年与之平分秋色。而今知识分子与机关干部逐渐成为按期光临的主体，稍有财力的企业家成捆地买走各色图书，并为求得女经理的一个签名纠缠不休。一位中风的老教授买书后勘察了周边环境，最后拄着拐坐在小楼西侧的一块石头上耐心等待。天色已晚，接人的汽车已在原地待了一个钟头，楼上的女子才出现。司机为她拎包，走过老人时故意侧身挡住视线，这惹得一根拐杖咚咚捣地。她这时表现出令人感动的怜悯，轻轻推开身边的年轻人，落落大方地在老人面前站了足有三分钟。老人浑浊的目光自上而下看了一遍，透风的牙齿吐出三个字："好姑牛（娘）！"

瘦子与之摊牌的时刻来到了。这多少有些出乎预料，因为这之前竟然毫无预兆。他照旧少言寡语，默默地与之一起用餐，用餐巾小心地拭一下唇部，点点头先一步离开。他入睡前在自己屋里翻看一些文字，大致是公文之类。至十点左右回卧室，熄灯，轻咳一声扳过她，让她感受那种熟悉的力量。没有多余的话，所费言辞几年加起来还顶不上那个跛子一夜之多。同样是这样的一个夜晚之后，用过早餐她正准备提着包出门，一个头发梳得溜光的四十多岁男子拦住了她，原来这人的汽车早就停在十几米外。他无比恭顺地躬躬身，从西服内兜掏出一张名片。她看了一眼还不相信，再看一眼，确认对面正是自己男人常年雇用的专职律师。她认真盯了一下他的小眼睛：有些灰，闪着过人的精明。"我们是否可以进屋谈？"他问。她点点头。他们在通往内厅的一个小间里坐了，有人端来茶又退去。灰眼睛为难地搓搓手，语气却十分笃定地讲了如下意思：鉴于雇主即您先生的崇高地位及影响，您在外面的行为实在有碍观瞻，准确点说对他是一种侮辱。她惊讶万分，马上打断他的话："我有什么'行为'？"他两手做一个下压的动作，声音轻淡而凿实："是的，没有实际性的接触，这个我们已经全部了解。但是，即便引起其他，比如类似围观和近距离接触等等，也不能容许，这同样是冒犯和侵犯，也就是说，非常不妥，且非常危险。"她有几分钟的时间一声未吭。她在想怎样解释，怎样说服面前这个人。还没等她想好，灰眼睛从包中抽出了一张打印好的纸，说："我想，解决的办法只有两条，一是终止您的工作，那间店盘出去非常简单；还有一条就是你们分开，这个你懂的。"她不能相信自己的耳朵，大声问："就这么简单？"灰眼睛盯住她："你是说不难做到？你指哪一条？"她以更大的声音喊道："哪一条都不行！"

　　这天她不知从哪里来的勇气，与之谈过之后即徒步往市里走去，一口气走到了上班的地方。她在办公室待了一天，直到天黑司机来接人。她没有跟车返回，只说："我有许多事情要打理，今天不回了。"这是她第一次在外面过夜，空腹而眠。第二天一早她让女店员买来食物，午餐和晚餐照样吃盒饭。这样一直过了三天，第四天那个灰眼律师来到了二楼。他进门即打开又薄又亮的皮包，将它放在膝上，取出比上次厚了一倍的文件，微笑着："看来今天我们需要解决这个问题了,因为实在不宜再拖。"她不再看他。他问:"您考虑得怎样了?"她没有回答。她想到了跛子,这时候觉得孤独。他拍拍手中的纸页:"您最好放弃这个地方,这实在是不必考虑的。您意下如何?"

"我绝不会离开这间办公室,还有我的书。"

这是她最终的选择。小灰眼睛叹了一声,不再劝导。他说真是遗憾啊,那就只好分手了。"请您仔细看看条款再签字,因为这具有法律效力。"他展开几张纸,在几行字那儿移动手指以作提醒。她这才看清:如果分手,那么这座书店算作她的财产,两人再无经济纠葛。她心里有些意外,庆幸这样的结局。灰眼睛补充说:"他料定这是夕阳产业,今后不会有什么收益的,担心日后您会无法生活,决定每月补助您五千元,每周三次来看望您,不过是以朋友的身份。"她像被蜇了一下似的跳起:"不,我不要这笔钱,也不想让他来看望我。""您确实想好了吗?""确实想好了。""那就在这里签字,再按个手印。"

第 三 章

一

后来的日子,诗人们给了她深刻的教训,使她认真地思考了性与身体、荷尔蒙与青春,以及与之有关的一沓子冗繁。她甚至觉得自己很像个思想家了。她担心可怕的性冲动会不会把这幢小楼摧毁。与瘦子分手后,一些接连发生的事件进一步加剧了日益沉重的心绪。当然,她知道这也是日常生活所致,自己大部分时间是一个人,过分的静谧和孤单势必令人多思。沉迷地阅读也会引发联想,那些大大小小的词儿先是喜爱,然后就粘到了身上,扑打也是枉然。当她意识到这间书店已成为自己的全部资产时,即有了一种沉甸甸的感觉。怎样在维持收支平衡的基础上有所盈余,已变为切近而具体的问题。她关心客流,也多少能够忍受他们了。就在这些日子里几个神情怪异的中青年来到店中,他们与大多数顾客不同,对架上的书吹毛求疵,议论横生,只不购书。这几个人建议:如此高雅之所最宜于搞定期的诗歌朗诵会。陌生的动议将她从高处引下来,一楼的人不再走动,一起观望和倾听。一位男青年甩动着女人似的长发,双眼像锥子一样扎过来。

朗诵会是在下午晚些时候开始的,因为据说诗与灯火天然谐配。男男女女多起来,长发青年像喝了酒一样脸色红润,好像施了魔法,只十几分钟就让这里群情激奋。一串串诗句美妙可人,但没有一句听得懂。诗人轮番上场。在最热闹的时候长发青年挤过来,附在她耳边大声说:"'你是令人销魂的尤物,你是本市固有的芬芳'。"她听不懂,他就握紧她的手:"这是我的献诗。"她好不容易将手抽出,却瞥见了对方眼角的泪水。事情有些猝不及防,她已经听到了这台欲望发动机的隆隆声。他说:"除了你,一切都不重要!"她只想躲开。他跟上一步,加重语气说:"时代一日千里,您却在浪费青春!"她穿着人空闪开,他一直紧随;她想快步上楼,他则提前踏上了台阶。她只好往一个角落挪动,着急中看到了洗手间,就把自己关在里边。他在门外一下下拍打,喊着:"快些放我进去,我已经不行了!"她紧咬牙关,拧开水龙头,让哗哗水声冲走那个狂躁的声音。

这真是个可怕的夜晚。纷乱中不仅丢失了许多书,砸毁了一些杯盘,还有店员被人趁乱抓伤了。可这仅仅是开始,日后的扰乱一直持续了很久。古怪的情书和微薄的礼物不断塞到小楼中,还有醉酒的男人躺在书架间打滚。警察渐渐见怪不怪,他们也实在管不了那么多。受挫的长发青年连续半年投进淫秽的诗章,用词越来越泼辣。她在深夜里读过一些句子,吓得心惊肉跳。世上最可怕的是韧性,瞧他多么执着,除了自吹自擂的文字还配有图解,强调他们的相逢是难以逃避的命运,她遇到的是一个"史无前例的人"。这些夜晚她愤慨,烦躁,有时浸在浴盆中一边泣哭一边等待黎明。她回忆从中学到大学,再到和两个男人共同生活的日子,惊讶地发现这个世道正变得愈加淫荡,自己有点招架不住了。她不知这个世界将走向何方,为未来深感忧虑。这个长发青年引起了久违的慌乱,她知道这些人会层出不穷,随着年龄的增长,谁来保护自己?

就在她被深深困扰的日子里，清寂却突兀地降临了。好像雨过天晴一般，乱哄哄的营业间一下就平静下来，三三两两的读书人声低脚轻，一两声清脆的玻璃杯磕碰都能传到楼上。那些接连送达的情诗也终止了。这和几年前刚刚开张的日子有些相似。女领班喜忧参半，原来报表显示，收支平衡已不能维持，经营远不如从前了。"您如果经常下楼招呼一下，也许……"领班仰头看她。对方半年前成婚，她却第一次注意到其变化之大：胸部高耸，撅臀，唇上还生出浅浅一层胡须。她忍住惊叹，与之一起下楼。顾客真的不多，咖啡机也闲置了。她以前闻着咖啡味儿，觉得这里溢满了幸福。阅读区的一角坐了一位五十多岁的男子，一手端杯，眼睛却始终不离书页。她走近了，男子没有抬头。

后来她又遇到了埋头读书的同一个人。这人表情冷漠，大致在黄昏前一小时左右到来，在关门前一刻钟起身，把刚进门买到的三两本书装到挎包里。他穿了一件半旧的机械师常穿的制服，头发微鬈，背挺得很直。他出门即往左拐去，那儿停了一辆老式帆布篷吉普。破旧的吉普噪音却很小，无声地来去。领班见她正注视那个离去的人，就说："这个人不爱说话。我猜是哪个工地上的工程师。"她没有置评，因为无从判断。当那个人再次到来时，她在其进门扬头望向柜台的一刻，突然觉得有些面熟。她用了很长时间去想，记不起在哪里见过，后来认定是错觉。这人又坐在了角落里。当他饮最后一杯时，她接过店员的托盘为他添水。他轻轻道一声谢，仍旧低头看书。时间到了，他像过去那样出门往左，去停车场。她一直立在窗前，看着夕阳把他的一侧照得金黄。她的心突突跳了两下，下意识地捂了一下胸口，转身往楼上走去。"这是他,肯定是他。"她坐在写字台前咕哝,又伏到窗前看晚风中轻摇的杨树。她记起了一年前在电视上见过这个人:狸金集团董事长淳于宝册。此人是极少露面的神秘人物,所以给她留下了印象。不过这会儿她又有些犹豫:"这可能吗?开一辆破吉普来读书?"她觉得这未免滑稽。不过她还是放心不下,就起身去搜索网络。奇怪,该集团头头脑脑的照片多极了,要找的人却只有一张,还是不清晰的侧脸。她将其放大了端详,不敢肯定。第二天临近黄昏,那个人却没有来。等了两天,穿机师服的男子终于出现了。她想找个试探的机会。待店员们准备下班时,她端了茶走过去,对低头阅读的人叫了一声:"董事长先生。"男人缓缓抬起眼睛四下一睃,才将目光落到她身上。"快下班了,如果先生不介意,请到楼上吧。"她说这句话时,一颗心都加快了跳动。男子一声不吭,慢慢将书放到包里,一口饮掉剩下的茶。

"自然,我是为你而来。在下也未能免俗。"这是他上楼后的第一句话,并递上一张小小的名片。她后来一直没能忘记这句开场白,既为对方的坦率所惊讶,又有一种面对食肉动物那样的恐惧。这个男人身上有一种沉闷而又深长的檀香气,以后她才知道这是艾约堡的味道。那会儿她不敢直视,只察觉到他微微皱眉,仿佛正在处理一件至为棘手的事情。他开口说的第二句是:"我们不妨从合作开始。我是说,本人就是酷爱读书的人,完全是兴之所至,想投资这家书店,条件怎么都好说。"这简直是一种玩笑,她兴奋得一句话都说不出。"放心吧,只是兴趣和喜爱,不需回报,也没有任何风险。"她的双手不知怎么按住了自己的胸部,这在事后回想起来有点脸红,不明白为何做出如此不雅的动作。可她仍然不失时机地吐出一句:"我不信没有任何条件。"他点点头,深沉的目光穿透了她紧按胸口的双手:"只为了能偶尔进来坐一下。"

事后证明真的如此。大把的投资进来,人却不见影子。她常常端详他留下的那个比一般名片要小许多的硬纸卡,感受着一个神秘傲慢、执拗自尊的男人。也许这个人太忙了,也许需要更郑重的邀约。"事不过三,我如果在男人身上再次犯傻,也许就该死无葬身之地了。"深夜,她在记事簿上写下这样几句,白天却几次拿起话筒。不敢拨那串号码,伸出的手总是发颤。又到了一个黄昏,她终于忍耐不住。"嗯,当然是我。是的,等了很久。"他在电话里说。这个夜晚他们要一起用餐:她将亲手为客人准备晚餐,极简朴的一餐。菜肴一为芦笋春卷,一为煎青鱼,外加蘑菇汤和蛋炒饭,最后是甜点。她常常在周末这样犒赏自己,那会儿要有一瓶上好的红酒。这是她与那个跛子一起养成的习惯,竟顽固地保留下来。令人意外的是淳于宝册似乎十分满足,吃得很香,但只抿了一口酒。他整个过程很少说话,咀嚼很细,用西餐巾小心地在嘴边按拭,这个动作很像以前的男人。因为彼此无语,空气凝滞,整间屋子里似乎塞满了火药。她好像又一次经历了许多年前的那个夜晚,胸口搏动着一颗少女的心。她坐在他对面,等候谁来打破什么。桌上只有微弱的灯光。她离开一点,站在窗前看远处的夜景。他走近了,双手抚上她的肩头。她触动这双手,发觉它们像冰一样凉。原来对方此刻极度紧张。这使她一时变得勇敢和自信:迅速反身拥住,左膝抬起一点,好像碰疼了他。微微的呻吟。这是漆黑的角落,他们在一起。

"许多年来,这是我的第一次。"她说。他不吭一声,将所有的灯全部打开。淋漓的光线让她羞不可支,也让他慌促,犹豫了一会儿才敢靠近。"你是不可战胜的。"他沙哑的声音响在她的肩头。"你也是。"她回道。这样待了一会儿,她把手伸进他的鬓发中,悄声问:"先生,能告诉我为什么吗?"想不到这一问让他变得冷静和清醒了许多,退开一点,整了整衣装,回答说:"这很简单,我必须要你。"

这句回告让她愣了一瞬。磊落率真,不愧是日理万机之人,这种人天生就是做大事的,没有时间啰唆。不可抵御的臣服感淹没了全身,她忍了许久才没有问:你还需要什么?她这会儿才确凿地知道自己在等一个人,这人让她服从,会把她领到很远的地方。他真的出现了,不到六十,上下肢皆有力量,色欲强大却毫无下流。最后这一条多么重要啊,这对她来说是全新的体验:她从他坚定严肃的目光中看到的是清澈。无浑浊,无淫邪,甚至还有与年龄极不相称的天真气。她认为这是衡量一个男人正派与否的唯一依据。她知道既有这样的一双眼睛,也就不必费心猜测他漫长复杂的性史,因为一切皆不重要了。她暗中对比这个年龄和经历显然要多出许多的男人,有一会儿甚至将自己看成了历尽沧海难为水的人,产生了微微的歉意。一阵冲动之间,她差点向他倾诉起前两个男人的故事,那些丰富斑驳一言难尽的岁月,那些欢乐与疼痛交织的日子。"他们有时像驴,有时又像小狗。"这是她没有来得及说出的一个比喻。

二

有人既有过人的激情,又表现出强大的节制力。他们第一次进餐之后，足有十余天没有见面。尝试了几次，电话不通，这让她不悦，但又很快释然：他是掌管一个庞大帝国的人。她在这些日子里把很多精力用在了狸金集团上，越来越惊讶于自己的无知。对方是远超预想的一个存在，实力及规模当在数省区之首，产业分布海内外，囊括矿业、钢铁、房产、远洋、水泥、造纸、运输、医药、金融……真正的巨无霸。这个王国用尽办法隐缩，通过实体分拆、公司切割等方式，将财富排名成功地置于一个长串之后。如今其家族成员分别在英国和澳洲分设公司，妻子与一双儿女生活在国外。一个孤单的帝王，身边没有一个亲人。她想象着这个人怎样度过清冷的夜晚，既好奇又怜悯。她并无奢望，知道在所有大动物面前，一只小鼹鼠是无法给予安慰的。这是大动物的悲哀，也是小动物的卑微。她又想起了那双放在肩头的冰手，这手直到一点点温暖起来，才小心谨慎地伸到胸窝：缓慢，优雅，有稍稍掌控的力度。关于这方面的记忆太多了，她在心中做着对比，不由得暗暗钦敬，只嫌相见恨晚。这个人于巨量操劳中取得了不可估量的成就，却有孩童一样的单纯。她在那个时刻主动打开心扉，附在他的耳边悄语："亲爱的，您请便吧。"

在期待他的日子里，她更愿独自待在楼上，抚摸那些薄薄厚厚、简装或精装的书籍。这些男人哪，即便不能相守一生，甚至是不靠谱的家伙，也仍然会留下一些什么，比如嗜读的习惯，比如长夜不眠。每本书都好比是锁闭精灵的小木盒，只要打开它，就有一次惊人的放飞。她回忆与各种男子的结识，一一闪过他们的面孔。最初的跛子就像一个开拓者，虽然不良于行却能积累跬步，伴自己走过不短的一段路。那个冷漠的瘦子最令人称道的是坚如磐石的躯体，是不容他人置喙的霸气。就连那个飘飘长发的怪物也写了一些费解的词儿，尚能让人记住，如"大物"一词，显然不是指自己的体量。她将这两个字玩味了许久，最后认定它特指她的作用和本领。还有"本市固有的芬芳"一句，这大概是在强调她的籍贯，一种地方自豪感洋溢其中。她叹息，觉得这个人的荒诞狂热中再有一点深沉就好了。她还想起了几次拄着拐杖赶到这儿的老教授，在他那双令人怜惜的琥珀色眼睛里看到了过人的真挚和渴望。啊，瞧瞧这些人和这个时代吧，正一块儿迎接迟来的狂欢、发掘一种快乐的秘诀，不择时日地赶来，不再顾及其他。在这些忆想中，她觉得最后出现的淳于宝册集中了所有男人的优长与魅力：沉着、坚毅、神秘、率真，而且还有未能消磨净尽的纯洁。后者多么难能可贵。她相信自己的感受力，认为纯洁是某种天生的能力，它不会因为性伴侣的多寡而改变，是赠予对方的最昂贵的礼物。这让她庆幸。这次结识意味着什么，是不言而喻的。

可惜这个人好像失踪了一般。又是十多天过去，就在她一天到晚不安地踱来踱去时，他才出现。这一次他脱掉了那件带油渍的机师服，西装革履，气宇轩昂，与之前形成了强烈的对比。他登上二楼恰是一个黄昏，刚刚反身关上楼梯的门，她就拱在了他的怀中。她蹭着他坚硬的胡楂，垂下头，享受一双沉沉的大手在头顶的抚摸。突然砰的一声，他扔掉了手中的公文包。这就像一声发令枪的响起，让她立刻激越起来。他们没有时间说话，相互拥有，顶多发几声叹息。是他突兀停止的。她说："这么久了，让我猜猜您去了哪里。""不用了，猜不着的。"他问这些天来店里是否安静？

她点头："除了几位老人麻烦一点，别的还好。"他接过咖啡饮一口，"对老教授是另一回事，那是法外之人。对小痞子们就不必客气了。"她终于证实了一个揣测：前一段正是他暗中终止了那几个诗人的闹剧。她说："现在我一点都不怕了。""唔，那好。麻烦还有，如果您不介意，我想实话实说：您对社会的危害期，至少还有十年。"他语气平静，不像幽默，于是进一步加重了她的委屈和无辜感。她带着哭腔问："那我怎么办啊？"他站起："如果您愿意，就到我那里去工作吧，艾约堡正好需要一位掌管全局的主任。这里让领班打理就可以了。"

她当即表示同意。可是淳于宝册让她至少考虑一周，认为这是一次重大的抉择，需要对方充分地了解和权衡，"我还能嚼得动硬东西。"他说着张大了嘴巴，让她看一口整齐的略显内扣的牙齿。她笑了，泪水都渗出来。她说："您壮得就像一头小牛犊。""光这样还不够。我必须告诉您，我会把不好的一面掩藏起来，日子久了就会暴露。我有一个急躁烦人的毛病，平均一年里会犯一次，到时候您会被吓住的。"他挑衅地看着她，她却丝毫没有退却的意思，反而觉得连这眼神都是可爱的。当时她无论如何都想不到淳于宝册所言，即日后真的让其大惊失色的那种"荒凉病"。

这个男人的病状之严重，可以说闻所未闻。此病来势汹汹，无从疗救，连最好的医生都望而生畏，既找不到准确的病因，也难以根除。她在对方限定一周的思考期内从未游移，反而认为这个人所说的病况是夸大其词，不过是欲擒故纵的小小伎俩而已。但她喜欢这样，尤其着迷于一个男人深藏不露的幽默感。七天眨眼而逝，她正式回应：出任艾约堡主任一职。这一天是两个人的节日，他特意带来一瓶昂贵的红酒，以示庆祝。她比往日更为妩媚，举手投足令人沉迷。他在温吞吞的光色中默默打量，惊异于这个阅人无数的女子仍有一种深藏的羞涩，有着极力遮掩的小鹿般的慌乱。她大概正为蓬勃丰腴的形体感到不好意思，流露出无可奈何的歉意。就一张脸庞来说可能还谈不上惊艳，可致命的是超越它之上的某种因子正一刻不停地投射四周。这种奇异的感受不止一次领受，那是一种灼伤般的疼痛。他揉着发胀的下颌，克制着，以便有一场像样的谈话。他总结说："既然这样，那就开弓没有回头箭了。"一句出口，才觉得自己并未找到更好的比喻。她点头："我明白，董事长先生。"

他在剩下的时间里简要介绍了那个地方、她的职责何为。她认真倾听，嘴巴微张。"我会赋予您相应的权力，把这个乱堡治理好。"他咽了一口唾液。"'乱堡'？"她睁大眼睛。"可以这么说。自从老政委离开，加上我的病，堡里就少了章法。""'老政委'是谁？"他做个手势："抱歉，我太太的外号，狸金那儿人人都有外号，将来你也不会例外。"她笑起来，笑得腰都弯了，抬起头说："那就给我取个外号吧。"他说："我得想想。"轻拍脑瓜，身子转向暗处。这样过了几秒钟他从暗影里探着头，伸出食指说："就叫'蛹儿'吧，就是变成花蝴蝶之前的那种东西。"她愣住了，害冷一样缩在他宽大的怀抱中，突然嗅到了大动物才有的膻气，尽管不重，但真的是那种气味。她用力吸进一点，想记住它。他在想：这个外号说的已经是过去时了，其实你早就变成了一只惹眼的花蝴蝶。很不幸，我在你招摇的时候一眼看到了，真的不幸。

三

艾约堡原来远比她想象的还要复杂许多。这是一座地上地下交织的迷宫，曲折到不可思议。她实在想不出主人为什么要有这样别出心裁的建筑，真的只有一个"堡"字才能传达出它的神韵。如果不是出于某种怪异的心理和奇特的嗜好，没人会想起掏空一座小山。她几次想在私下合适的时间里探询这个秘密，比如问董事长：您是否在少年时代喜欢挖洞，热衷于捉迷藏？对了，您能说说自己小时候吗？她忍了又忍，终于没有这样问。她相信自己的审慎是对的，她必须记住这一点。在必要的、合适的时间与空间里，这个腹富口俭的家伙自会说出一切，旁边的人只需足够的耐心等待。也许他自己某一天吐露的秘密，将远远超过他人的期待。

艾约堡结构怪异。其实偌大的狸金全部的力量和神秘，都由这儿蕴藏和释放。它平时多么安静，悄无生气，仿佛进入一片虚无寂地。不可揣测的能量就隐入其间，在暗处闪烁。蛹儿把这里看作整个集团的心脏，它靠沉睡中的搏动维持了一个大动物的生命，却没有噪音。她后来终于明白"乱堡"二字蕴含的内容，那是失序的征兆。主人选中一个新人来收拾摊子，认为不会让他失望。一切都是主人的疾病引起的，自从经历了一场场暴风雨般的疾患袭扰，这里已经再也恢复不到从前了。蛹儿受命于危难之时，她的到来既恰逢其时，又危难重重。当她置身于肃静、豪华而又过分旷敞的套居中，常于半夜无眠中生出隐隐的渴望。她甚至听到空洞的山中回响着那个人粗壮的喘息，好几次蹑手蹑脚出门。这空旷安谧的长夜，没有温热的怀抱是难以度过的。她后来才知道自己这些设想错得离谱，他实在太忙了，灵与肉都穿梭在另一个世界，根本无暇顾及。自来到堡中以后，好像只有一次发生了意外。那是春末的一天，南风把金色连翘的香息灌满了所有空间，董事长沉沉的脚步传到了长廊这端。她过去搀扶，他的手搭过来。进屋后她为他脱下有些大的鞋子，将带厚里子的外套挂起，然后弯腰铺展床上的被褥。就在这会儿，一只大手伸来。她一动不动。后来两人仰躺着聊天，没有一点淫荡的气氛。最初的日子里她想象的是另一种生活，即因为不可割舍的欲念和彼此吸引，再加上极度的方便和就近，起码在相当长的时间里会有忘乎一切的纠缠，温热黏稠并稍有节制，是有别于年轻人蜜月期的那种连连不断的眩晕。而今她总算明白，这个人实在是太苛刻太严整了，过人的克制力战胜了同样强大的欲望。她认为自己必须适应他和他的艾约堡。

她发现西厅，也就是这座掏空的山包内部，几个女人各有统辖的领域，她们可以支使地位更低的人，一个个全都有着无法掩饰的得意与傲慢。她们洞悉许多秘密，而且做出过许多贡献，所以也就自大起来。这些女子面容姣好，各有所长，所以骄傲在所难免。这种人性的特征在别处是自然而然的，有时还可以说有益无害，但在艾约堡就不同了。这会形成相互倾轧或其他，使一个坚如磐石的堡垒四分五裂。这儿的气息很成问题，蛹儿凭嗅觉而不是靠眼和耳，就能感受那种争风吃醋和逞强好胜，它们影响了清新的气流交换，耽搁了一架庞大机器的高效运转。蛹儿发现锁扣作为一个领班并无相应的权威，因为手下人很容易被速记员呼来遣去。这几个女子自大、懒惰，除非由董事长亲自支派，否则对一切分内事都不太上心。

因为爱，所以忧伤。她日日想的都是怎样做好。她并不认同这样的见解：凡是女子挤成团的地方都有类似情形。儿女情长是好的，但需要一个合适的时间与地点。她越来越明白，董事长让她来这里料理的，是非同一般的乱摊子。要解决这一切，既不能靠金钱的魔力，也指望不上铁的纪律。这里没谁缺钱，而且除了一个人，再不听任何人的管束。蛹儿觉得自己作为一个后来者，两眼一抹黑，孤零零地站在明处，被人猜测和嘲笑。

她有些生自己的气了，为无能、为愧对一个人的信任而自我埋怨。在痛苦的日子里，她不仅要忍受困惑，而且还要默默地接受许多。她不能行使或不会行使被赋予的全部权力，眼睁睁看着一座复杂庞大的堡垒发出腐烂的气味。为了驱除烦闷和忧虑，她命令保洁工加大空气交换机的功率，并将边边角角来一个彻底的大扫除。这些人啊啊哈哈点头离开，仿佛得令而去，事后却什么都没做。她发出责问，她们就坦然相告：领班锁扣说没有这样做的必要。后者的话也许是对的，但有人公然违抗指令，还是让她震惊和愤怒。她没有表现出怨气，因为凡事都要一点一点来，她不会贸然出击。

她最初踏入这个领地正是一个夏末。火热的仲夏是在原来的店中度过的，单薄的夏装色彩明丽式样新颖，再好不过地传递出那时的心情：欣悦而兴奋，期待和讶异，还伴随着大喜过望。她觉得这个季节简直是为她和他预先设定的一样，在那个远比一般人更为冷肃和深沉的男人眼里，只有这样的温热时光再加上浅露的服装才能迅速消除两人的矜持，把由于年龄及其他造成的距离感消除净尽。当他有力的脚步响彻在楼梯上时,她的嗓子那儿就会有一种胀感。也就是这个酷热的季节加快了她的步伐,使她在夏天还未结束时就走进了艾约堡。她在陌生而巨大的堡中不无忐忑地行走时,第一个恼人的秋天已经来到:大家的脚步变得匆忙,那位年纪很大的老中医频频光顾东厅,手里攥紧一个紫色陶罐。

浓浓的煎剂味儿从董事长口腔里泛出,这才让她想起关于那场可怕的疾病的提醒。果真,它随秋风而至,来势汹汹无可抵挡,届时整个艾约堡全乱了套。

四

除了淳于宝册本人,堡内所有人都没有提前向她透露疾病的细节。她不敢询问,只有等待和观测。她曾设想是类似癫痫的某种毛病,以前见过邻居的大男孩有过这样的情形:紧咬牙关口吐白沫,翻眼昏厥人事不省,身体痛苦地扭曲。那是地狱前的挣扎。

风越来越凉了。一堆落叶旋在艾约堡门前,锁扣见了神色慌张,立刻让人打扫。领班穿过连接东西两厅的长廊,仿佛踏入无人之境,额上冷汗涔涔。她在走廊尽头堵住了蛹儿,大声问:"董事长出门没?"蛹儿盯着那双鼓鼓的青蛙眼,觉得最初看到的那张妩媚的面庞全然不见了。当她直直地闯进通往二层的电梯时,蛹儿不得不强行阻拦。锁扣好像刚刚明白了眼前的人才是整个堡垒的统辖者,叹一口气:"我害怕死了……听说他凌晨在堡里走,一个人。"蛹儿没有吱声。锁扣说的远远不够,其实淳于宝册已经连续几天于凌晨爬起,披一件浴袍四处游走。蛹儿曾经尾随他,发现他乘电梯上下几个来回,好像打不定主意要去哪里。他在大厅那儿喝一杯,怔怔地坐一个多小时,起身时仿佛变成了八十多岁的老人,臃肿虚弱,腿突然拖起来。

经历了几个夜晚之后,蛹儿知道事情已到至为紧急的关口。她发现老中医的紫色陶罐已交给锁扣。有几次她想把这只陶罐据为己有,因为有一个充足的理由:堡内不允许任何人像她一样随意出入主人居室。后来还是忍住了。淳于宝册口中的苦味儿一天比一天重了,老人显然正施以重剂。一天深夜,蛹儿又听到有人在门外徘徊,几次出来却没见到什么。她忍不住乘电梯去了大厅,马上闻到了熟悉的苦味。她候在角落,过去半个多小时,另一个女人出现了,是锁扣。蛹儿不吭一声看着女领班,惊讶地看到她手中还攥着那只紫色陶罐。一个男人不知从哪儿冒出来,还没等锁扣反应过来就攫住了对方,含混不清地叫着"蛹儿"。这个人像老熊一样有力,豹子一样凶猛,当然是他。蛹儿吓得屏住了呼吸,两行长泪顺着脸颊流下。

那个夜晚的惊吓只是小小的开始。淳于宝册面色发青,手足抖动,两眼闪着尖利骇人的光,整夜不睡,饮酒或乱嚷。他白天大部分时间都在昏睡,偶尔醒来衣衫不整地出门,呼叫一些陌生的名字。没人敢与他对视。蛹儿真的害怕了。

老中医不再离开艾约堡,入夜后就在大厅沙发上和衣而卧。那个外号叫"老肚带"的总经理将所有人召集到东厅训话:我们正经历非常时期,大家要严守纪律,不得擅自离堡,不得消极怠工;不允许任何人进入,东西厅全部封闭;所有恣意滥言、走漏消息者,格杀勿论。老中医除了让病人按时服下紫陶罐中的煎剂,又频频施以针灸，在其额颈及两腿扎上了颤颤的银针。蛹儿在心里呼叫：你造下了怎样的罪孽，要接受这般责罚？煎剂越来越浓，老人对忧心忡忡的"老肚带"说："用来镇慑的煅龙骨加了一倍，还用了大剂量朱砂。"蛹儿听不明白，但知道他正罄其所有，全力施救。

五

秋日将尽。随着主人没白没黑地沉睡，老中医悄然离去。那个紫色陶罐不见了。蛹儿每天到厨房取熬得喷香的"五合粥"，在他半睡半醒时一手挽住脖颈喂上几匙。粥由五样米谷熬制，掺了细细的海参颗粒。床榻上的人总算坐起，僵僵的眼珠转过来，好像要验证什么似的，伸手抚摸。"没错，是我。""哦，你还在。"他一句出口，双眼已经湿润。她用五指一下下梳理他的乱发时，他直直地看着前方，好像在盯视自己长达一个多月的奔跑。他说："对不起，吓着您了。"她安慰他："谁也不愿得病啊，好在过去了，又像从前一样了。"他长时间看着她，好像问："我侵犯您了吗？"她欲哭无泪，不会说出可怕的那一幕：某个夜晚他甚至将锁扣当成了自己。

淳于宝册终于走出了自己的房间。他衣服笔挺，结了一条灰色丝质领带，穿过长廊，乘电梯抵达东厅，秘书白金正夹着皮包等候。他向一路上遇到的所有人点头示意，并未停下脚步。整个艾约堡又透出勃勃生机，那种沉沉的香味与一个多月前的时光连接一起，不露痕迹地抹去了三十二天可怕的光阴。这是蛹儿扳着手指算出来的，一天不多一天不少。她吃惊的是一切就这样恢复了，仿佛压根就没有发生什么。她又一次面对了自己的困惑和忧愁：主人的病好了,她却重新陷入一筹莫展的境地。

堡内运转紊乱,气氛混浊,完全不是理想中的模样。她有时会怀念书店小楼的日子,特别是刚开张的时候：洁净,安然,稍稍的寂寞。那时除了读书,还有独自楼上踱步和啜饮,特别是入夜后来到一楼,抚摸小小王国的每一寸土地。而这个堡对她来说是太大了,曲折到令人茫然无措,差不多是花费了一个多月的时间才避免了迷路的窘境。这里的女子面容姣好而诡谲,个个都像玻璃后面的游鱼,近在咫尺却又彼此分隔。她忘不掉自己走迷之后她们相互间传递的眼神,那是嘲弄和快意。她想过诸多办法来驾驭局面,其中最方便切实的就是与她们尽早亲近起来,后来又打消了这个念头。她发现自己与这些人做什么都成,只不可能成为朋友。

她多次想请教董事长,他是自己唯一要为之尽责的人。可她最终还是三缄其口。一种特别的自尊阻止了她：既被赋予权力,那么余下的所有问题都应该由自己解决。她能够确定的是,淳于宝册绝非仅仅着迷于姿色才将自己邀任至此,因为她尚有自知之明；最可信赖的还是一个人的能力,是他考察后做出的决定。既然如此,她只想在不长的时间内解决所有难题。

女人留下的问题是最难解决的。她现在终于洞悉整个事态的症结所在：她们都深得信任,早被主人视为家人；他接连几个秋天犯病,要死要活,她们都是亲历者。简单点说这些女子太过特殊了。她陷入了一个苦境：或辞职离去,或稳稳地凌驾于她们之上。

她决定暂且放弃不必要的虚荣,与淳于宝册有一场推心置腹的谈话,以寻求至关重要的帮助。在他大病初愈十多天后,一顿愉快的晚餐结束,她又陪他饮了半杯,然后一起去书房。他翻了一会儿书,两手抄在胸前看着她,很认真的样子。她低下头:"董事长,我试过了,好像无法胜任。""是吗?难道我看错了?"他皱眉摇头,让她觉得有点夸张。她没有退步,说下去:"在这里没有谁会听我的,连我自己都不听。""你听谁的?""我听您的。"他哈哈大笑,伸手把她额前的一绺头发拂上去,愉快地端量她的脑门,把手收回说:"听我的就好,那就让我告诉你吧,在这个堡里,要有一个人压住她们,这个人我物色了许久。"她的下巴那儿开始胀疼,问:"您是说我?""当然。蛹儿,你最可爱的地方,就是怎么也弄不懂自己,这要耽误好多事儿。自信一些吧,打起精神,这里全靠你了。"他收敛了笑容。"那我怎么办?""不妨学学我的办法,"他伸出食指,"我这儿常常采用一些老办法,就是谁犯了错都要打屁股。集团里许多人都被打过屁股。要解裤子当众打。这法儿简单实用,你可以试一下。"她张大了嘴巴。她从他的神色上看出,这一点都不是玩笑。

就在这个冬天的第一个月份,蛹儿尝试了那个古老的办法。堡内温湿度调适得当,以至于让人忽视了季节的严厉。她一大早查看各处,从长廊一端到东厅,然后又是厨房餐厅。像过去一样,卫生状况差强人意。最不满意的仍然是通风,为此她已叮嘱多次,但所有循环设备依旧按领班的习惯运转。她叫住了两位提水走过的保洁工,又差人唤来锁扣,把速记员小溲和昆虫也喊到大厅。她将所有上午九点之前需要完成的事项一一核实,逐条谈过意见,最后让锁扣领责。领班吐露烦言,嘴角翘着訾訾四周,终于将蛹儿激怒。她故意放低声音,淡淡地说了一句:"那就打打屁股吧。"所有目光都投向她,又转向锁扣。领班跳开一步:"打我?"蛹儿不再看她,只对旁边的人重复一遍刚才的话。

　　锁扣的裤子被褪下来,屁股白得刺眼。噼噼啪啪打到十,蛹儿做个停止的手势。厅内静极了。锁扣仍旧伏在椅子上,好像再也不愿提上裤子。大家都看到了她眼里的泪。

第四章

一

　　北风呼啸的声音在丘陵地区格外烦人，那是它费力攀上一道长坡之后的长叹，嘶哑而粗浊。这风由大海起步，无可阻挡地掠过平原，直至大山门户。艾约堡岿然不动，只有高高低低的树木在哀号。有人无眠时想这急一阵缓一阵的风，想着它的来路：东北方的矶滩角。那个渔村是孕育凄凉秋风之地，它卧在海湾，白沙绵绵，近海处露出大大小小一片黑色矶石，这就是村名的由来。他想着风从那里赶来需要多长时间，一个钟头或更久？他自小听到的传说中，风是由看不见的老风婆驾驭的。他真想挽留疯癫的老太婆今夜驻足：在堡内饮一杯热酒。老风婆肯定是打听儿女私情的高手，他此刻最想听的就是这些事儿。睡不着，翻来覆去，最后索性披衣出门。

　　她此刻也没有入睡，听了一会儿午夜风声，然后走出来。她相信这个大风之夜有人会在堡内游荡：一座堡垒如此复杂，大概多少也适合一个失眠的人。这时要在黑影里找到他，差不多等于在丛林中寻觅一头老熊。她不知靠嗅觉还是其他，反正没怎么费力就看到了：正蜷在小母牛花君外间的沙发上，犹豫着是不是要喝点什么，两眼直勾勾地盯着一旁的酒柜。他这样待了一会儿果然站起，没有取酒，而是直接进了牛厩。花君站定，歪头嗅着伸来的手。他抚摸它的头、身子，好像在小声咕哝什么，又弯腰抱住脖子，把脸贴上去。

她透过微弱的灯光看着，不想在这时候打扰，只待在黑影里。听不清他说的话，只知道是亲昵的倾诉，口吻似曾相识。她站了片刻，转身走进相邻的图书室。过了十几分钟，外面那个人大概被灯光吸引了，也走进来。她抬起头，第一眼就看到他两眼充满了血丝。

"刮大风的时候我也睡不着。"她站起。他把她手里的书取过看了看，递还她："这里面有些句子我还记得。"像要证明自己的话似的，真的背出几句。他坐下，挠挠头，脸转向阴影中。她从侧面看他的肩部和胸廓，觉得这个人比前些天更瘦了。"这个秋天快过去了，老风婆子是给冬天打前站的。"他苦笑着说下去，"我知道你担心什么。放心吧，今秋没事了。"他一动不动看着远处的黑影，突然转身正对着她："哎，说说你的真实想法吧，对那两个人，就是从矶滩角来的……"

她心里"咯噔"一声。一点准备都没有。不过她知道对方需要的是一种直觉、印象，丝毫不必掩饰什么。她说："一个土老帽，瞧那身打扮。那个欧驼兰也看不出有多大学问。"他再次苦笑。她强调："我真的不喜欢他们。"他站起来，在书架间踱步，像说给自己："那个吴沙原不像个男人！""为什么？"他抬头看看她，没有回答。她听出他真的生气了：不是那天晚上自尊心受到了伤害，就是经历着某种挫败。是的，他遇到了不可逾越的什么障碍，不知该怎样除掉它。他一直像一台功率强大的碾压机，一路开过去可以轻易地粉碎任何东西。可是眼下这台机器不得不停下来，虽然没有熄火，却发出了粗重的喘息。她想对他直言：欧驼兰一点都不可爱,您不过是陷入了一种奇怪的迷惘。但她不敢说出来。为了挽救和帮助这个人她可以奉献一切,情感、心灵,更包括所剩无几的青春。有时她想采用笨拙而可靠的方法,对那个所谓的女民俗学家来一点诽谤和中伤,可惜自己对那个人一无所知。她细细回忆仅有一面的印象,从头想到脚,尽力找出其中的瑕疵。那张脸总让人想起一只羊,眼睛和嘴巴也是如此。这个人的唇部有些特别,细嫩,格外柔软,微翻。是的,就是这儿让异性浮想联翩。两条腿有些野,从京城跑到远远的海角进行考察,吃饱了撑的。收紧的窄臀隐而不彰,藏下了可怕的诱惑。这个部位如果在艾约堡,大概少不了噼啪打上几十下的。

蛹儿不认为自己的厌恶是出于嫉妒,因为这大可不必。她认为淳于宝册对这个突然出现的女人不过是好奇,感到新鲜,也就莫名地激越起来。说得玄一点,他顶多是着迷。可是经历了三年多的堡内生活之后,自己与这个男人已经是一种"共命"关系:远远超过了爱,可以说拥有一切,包括性,更包括爱。由此来说她不必嫉妒任何人,尽管从来都做不到。她在深夜时分想过,这三年交织了无数的寒冷悲切和大汗淋漓,深入目睹了一个王子周身的创伤和荣耀,不幸和绝望。是的,她能够将嫉妒远远地遣送,从头权衡整个事件的后果以及危险。她今夜几次想问对方:您觉得最大的障碍在哪儿?他是吴沙原?如果听到一个肯定的回答,她立刻会说:我能做些什么?您快些支派吧,不会让您失望的。因为急切和焦灼,她的两眼变得焦干,在心里说:"只要您下一个命令,我会去矶滩角把那个人杀死。"

69

二

淳于宝册想给那一男一女取个外号,一直没有成功。这种事在过去总是手到擒来:随便对人打量几眼,顶多耽搁几分钟,一个外号就取好了。由于生动传神,越叫越觉得是那么回事,所有人都会渐渐忘记那个人的原名。总经理是本族孙子辈,年龄只小他一岁,因为小腹发达,需要宽宽的腰带费力地支撑,他第一次见面即送给"老肚带"三个字,连自己都不再记得对方有个惹眼的名字:淳于芬芳。五年前接连找来两个女速记员,一个微胖白皙,不大的头颅上架了一副眼镜,第一眼看去就觉得像一只"昆虫";另一个瘦而结实,鼻梁上总挂着几颗汗粒,那会儿正琢磨该取什么绰号才好,碰巧见她甩着湿漉漉的两手从洗手间跑出,于是就命名"小溲"。

他从记忆中搜索矶滩角那一对男女的特征。该男子身体单薄但绝不孱弱,属于身轻利落的那种类型,手大脚大,穿不多的衣服,被凉风吹得肤色红红的。他听说有一种人在三九寒冬只着单衣,民间俗称"火娃"。还未到冬天呢,类似的称呼不能送给这家伙。戴了眼镜却不见得有多大文化,不过是假斯文。这个人说不定靠眼镜占了不少便宜,让一个学富五车的女子入迷。女人容易被一些怪人吸引,这几乎没什么例外。想想看,一位女学者来到下面的小城或乡村,接触最多的是粗人,特别是小有权力者,少不了粗坯子,却冷不防在矶滩角遇到了一个斯斯文文的角儿。而那个女子是真正的学者,也是平常装束,施淡妆,平底鞋,粗布裤。他想给她

老街

取名"羊驼",先是那个名字引出的联想,而后又觉得她的身姿尤其是五官都透出这种动物的气质。可是他不经意中瞥见了她细润光洁的前额、白滑匀称的颈部,特别是袒露的一小片前胸,那儿有卷丹花一样的肌肤,立刻惶惑局促起来。他随即忘掉了刚刚取好的那个绰号,长时间想象一个难以接近的完全陌生的异性到底是怎样的人。他感到身上燥热,一些杂事不再入心,心思动辄转到了她那儿。这好像再次回到了二十年前或更早。真的有些麻烦。用来生情的那颗心早已磨出了老茧,已经是十足的不毛之地,而今却要……他在心里骂起了自己,想尽快打消那些念头。

这就是最初看到两个人的情形。当时他不知怎么就在这个渔村落了一下脚,也是命该如此。秘书白金是个屁股轻颤的贱东西,过于殷勤,当时建议一行人就在渔村用餐,说这里有最新鲜的海物且采用最原始的做法,不妨换一下口味。他与总部的另两个人刚从机场驶出,半路上接受了贱东西的建议。噢,蔚蓝的海湾,白沙,海草顶小屋。街巷全用黑色矶石铺起,走上去踏踏响。他们在街上溜达了足有半个钟头,看街旁补网的女人和吸长杆烟斗的老男人。用餐处是没有四壁的草顶长寮,一溜长桌排开,就近大海,清风徐徐。椒盐琵琶虾,烤马面鱼,海胆汤。几个人正满意地抹着嘴巴,长寮中就进来了一男一女,他们也是就餐的。遭遇开始了。也许是这清新原始的环境的缘故,反正那一刻的淳于宝册觉得眼前的一切都有些异样。他的目光故意忽略近在邻桌的两个人,耳中却灌满了他们的声音。男子为当地人,掺杂了一点京腔。女子是纯正的普通话,语气温软而单纯。她面西而坐,这正好让他瞥到一张稍长的脸庞。他把目光投向大海,看沙岸上层层卷动的水波。

海边渔铺

白金不时离开桌子，一会儿加菜，一会儿点茶，最后一次凑近了董事长耳朵，报告了新来这两个人的身份。

那一天整个归程他都在想小渔村的景致。多好的天气，春天深入，夏日将来，蓝蓝的海湾。这当是个安逸可居之地，看上去也算富足。他把自己想象成村里一员，打鱼人，前半生经受了足够的风浪，到了享受阳光的年纪。他大概会有那样一幢海草房，不够宽敞但很舒适，冬有炉火夏有海风，一年四季都能喝上滚烫的老茶。多么诱人的生活，这种想象让眼下的自己黯淡无光。多少人会在他的名头下看到炫目的光芒，可是他本人真的感到了沮丧。他无比羡慕那个渔村的头儿，并且一下就记住了这个人的名字。

回到总部后他叫来总经理聊天。这个胖孙子任何时候都笑容可掬，着迷地望着自己的上司、狸金集团大首领、本族内未出五服的爷爷。他与董事长在一起常常"爷爷"不离口，但总是遭到猝不及防的呵斥。对方习惯于称职衔，但老肚带在他放松扯闲篇的时候往往忽略了这一点。董事长设在总部的办公室越来越徒有虚名，因为这儿基本上不像个办公场所，而是建在大楼顶层的一整套生活娱乐休闲区，除了餐饮，还有小型影院、泳池和书库等。有些设计与艾约堡内多有重复，但精致度远不如那里。这儿有专用高速电梯，只有主人本人以及老肚带等少数人才可以使用。在狸金做一个总经理有多么难又多么威赫，只有当事人知道。一般来说这是个站在前台的角色，既接受聚光灯的照射也招致各种非议。随着时间的推移，那个真正的掌舵人变得越来越懒了，不愿出头露面，更不愿参与烦琐的管理。无论是集团总部还是外边的人，想见他一面是越来越难了。他以身体欠佳为由拒绝了各种各样的人，有时在老肚带面前也哼哼呀呀，弓腰捱背，说老了不中用了，活不久了之类。这个人拖着腿走路，唉声叹气，在大楼顶层享受孤独，高兴了就逗逗老肚带，同时于不经意间了解一些集团的情况，下几着要命的指导棋。老肚带是最能心领神会的人，从来不会被这人的假象所迷惑。他对这个大首领忠贞不贰，一方面出于钦佩，另一方面也出于依附的天性，更有胆怯。因为他知道任何事情都不可能骗过对方那双洞若观火的眼睛，这个人好比一头打盹的狮子，千万不要与之嬉戏。没人敢跟他较量智慧和谋略，那等于找死。老肚带曾经像判断智力那样猜测过对方的体能，压根就不相信表面这副蔫样儿，因为他目睹过这家伙跳进水里的情形：扑扑击水如同大蛟，一头鲸。这人在水里不穿任何东西，爬上来吃点什么，有模有样地叼一根古巴雪茄。其实他并不吸烟，只是含在嘴里玩。他胡乱披件浴衣走来走去，或坐在马扎上与部下商量事情，神态自若。老肚带第一次带女副总来时，董事长仍旧是这副模样，让他大吃一惊。他看到女人垂头说话的慌张和窘迫，这才伸手替对方掩一下浴袍，差点说一句"老糊涂了！"可心里明白完全不是这么回事，这人头脑清楚得很，不过是太专注或太放松了。除非是天塌下来，谁也不敢擅自来顶层打扰。主人讨厌电话，一年中也摸不了几次。他找任何人都习惯于按一下桌上的那个红色小钮，下面的秘书白金就会耸起耳朵，然后代他发出指令。老肚带注意到淳于宝册只在离开总部大楼的时候才衣服笔挺，头发梳得一丝不乱，腰板也挺起来。他来往于总部和艾约堡之间，但并非每天如此。老肚带留心过，自从那个蛹儿主持堡中事务以来，这人蜷在窝里的日子明显增多了。艾约堡不再是一具空壳，它又有了内核。那个曲

75

折怪异的堡垒，可以毫无夸张地称之为狸金的心脏。

老肚带这回见到淳于宝册觉得有点异样。这个人心不在焉，好像还有点烦躁，不过仍旧装得若无其事、只想闲聊。这回既不在冲浪浴缸中也不在按摩间，而是在书房。这儿有一排排书，还有一个精致的欧式书柜，里面是一大排烫金仿小牛皮的棕色精装书籍。生人凑近了这套书会大吃一惊，因为书脊上一律印了"淳于宝册"。伟大的著作家近在眼前：鬈毛，牙齿内扣，不足六十，有一副悲天悯人的神情。老肚带通晓这些书的来历：主人兴之所至大讲一通，旁边的速记员唰唰记下，然后交给秘书处，那里的头儿老楦子就有事情做了。他们一伙分门别类择成"理论""纪事""随想"，扩充成一大堆文字。开始他怎么也不明白"老楦子"三个字的含义，后来才为这个外号叫绝：将一叠文字撑成厚厚的一本大书，当然是了不起的"楦匠"！他充分领教过董事长的口才，别看平时慵慵懒懒话语不多，一旦高兴起来就口若悬河；当然发火时更是滔滔不绝，连骂人话都说得与众不同，惊世骇俗，有时是书面语，有时粗鲁吓人。瞧他读了多少书啊，引经据典随口就来，难以出口的脏字也说得震耳欲聋。他兴致上来还会说一些荒诞不经的事，令人瞠目结舌，比如某年元旦竟开起玩笑，说真该评选全集团"最能放屁的人"，而且奖金要高。老肚带最喜欢的聊天场合是冲浪浴缸旁，那时两人坐在马扎上，捧茶端酒，无拘无束。对方兴头来了会嘲笑他的大肚子，还会就肚子妨碍性事的话题扯上几句。"你是我孙子，我们没大没小，唉，谈点正事吧。"这成了他说得最多的一句话。老肚带抿着嘴稍稍严肃，因为牙齿龇出来会被斥为"奸笑"。"我讨厌奸笑的人，商人多诈。"他用无名指敲着桌子，"我琢磨该上些新项目了,不知阁下有没有这类想法?"老肚带笑了,露出两颗虎牙,"董事长指示就好。"他这样说,心里想的却是集团的摊子已经铺得过大了,最后一定会在这方面吃亏。"我们几乎什么都干,只差没开窑子啦。"他心里说。

淳于宝册乜斜着他:"我们该打打海的主意啦。""咱有远洋公司嘛。""那不成。那种为海盗闹心的事早让人烦了。我说的是东北方的海湾,那儿有个叫矶滩角的村子。"老肚带听不明白,脑子里想的全是两年前被海盗掳走的一条远洋货轮,那会儿他日夜不眠,熬得两颗牙都松动了,可董事长照旧泡在大浴缸里,顶多光着屁股问他一次赎金的事。他此刻有些蒙。淳于宝册用铅笔在巴掌大的纸上写了两个名字推过来:

"去查查这两个人,看看到底是怎么回事。"

三

一周之后,那两个人的全部情况呈到总部顶楼。关于吴沙原和矶滩角没有多少好说的,渔村以及管辖者,捕捞队,祖业延续至今,等等。只是这位村头儿的简历引起了淳于宝册的特别注意:母亲早逝,父亲回到原籍北京;吴沙原随父在北京生活了一段时间,还曾就业,却在二十多岁时辞职回到小村。吴的妻子是一位小学教师,跟一位军官走开了,吴现在是独身一人。"这么说他是光棍一根了。"他咕哝着,嘴巴绷紧。那位三十多岁的叫欧驼兰的女子在这个渔村长住,如今已经是第三次来到此地。她是来自京城某文化机构的民俗学家,这次为完成一个文化项目,需要长期在边远渔村做些调查。"'民俗学'是怎么一回事?"他问老肚带。"哦,是这样的,董事长,开始我也搞不明白,后来狠下了一番功夫,这才知道那是专门搜集民间一些陈芝麻烂谷子,然后再写成书,是干这个的。"淳于宝册冷笑:"天下之大无奇不有,还有捣弄这个的。嗯,她又是怎么一回事?"老肚带咂着嘴:"这个人志向不小,她要考察整个半岛的拉网号子,写成一本很厚的书,书名就叫《拉网号子考》,您能想得出,那是没事找事。不过这种事儿让她这样的人来做也算合适……"他啰唆起来,淳于宝册却听得津津有味,并没有打断他。"照理说一个渔村没什么好的,她倒来过三次,一次比一次住得久,当然是别有所图。""唔?你说细发点。"老肚带咳一声,鼓励之下提高了声音:

"她哪里吃过这么好的海鲜!她是冲着吃来的,还有,这里空气也好。反正,她迷上了……"

淳于宝册白他一眼:"就这些?再没有别的?她与那个吴沙原是怎么回事?我看他们出入成双,蛮亲热的嘛。你该明白什么才是重点,她考察拉网号子,你该考察他两人的关系。女方,嗯,是单身还是怎么,得弄清楚。离异?姑娘?家庭状况?都得知道。"老肚带额上生出了汗粒,连连点头:"原是不难。只是没想这么细发,更多从工作上考虑,然而……当然,他们不太可能搞到一起,我想,绝不可能。""你的根据是什么?"淳于宝册差点拍起了桌子。老肚带害怕了,身子不由得往后一仰:"想想看,人家姑娘……一个打鱼的村头?怎么会!董事长您想多了,我以为不可能。"

书房里一时静得很。淳于宝册很长时间没说什么。他只相信直觉力。他从看到他们两人钻进草寮的那个中午,就将这二人联系到了一起，而且想得很具体。他明白这位本家孙子太老实，从来没有什么想象力，这恰是最大的优点和缺点。他不指望一个胡思乱想的人为自己做总管，那就完了。可是跟这样一个实打实的人商量事情有时也太费劲了。他板着脸叫道："我说孙子，你今后需要打谱与那个人合作了。一句话，我看中了那个海湾，那片白沙让我心里发痒！"

老肚带明白，面前这个人一旦发了狠心拿定主意，就会直接叫自己"孙子"。每当听见这两个字，他的头皮那儿就会一紧，再也不敢懈怠。他的眼珠转了许久，琢磨董事长到底是什么意思。思维跟不上，书白读了。老肚带是淳于家族那一茬人中唯一读过大学的人，而且属于一九七七级的学生，是恢复高考之后硬碰硬的一代。他说不上多么聪慧，只是肯下死记硬背的功夫，有头悬梁锥刺股的劲头。淳于宝册当初选他来坐总经理这个宝座无非有两个考虑：一是本族人可靠，二是学历高。董事长自己没有受过什么像样的正规教育，从小背井离乡到处游荡，用他自己的话说就是毕业于"流浪大学"："这是全世界最高的学历，所以我要管住你这个孙子。你千万别骄傲，你学那点知识远不够用，咱们集团要创建伟大的公司，不是捞一把就走的草台班，你给我听到耳里记在心里！"老肚带知道这位只比自己年长一岁的爷爷志不在小，在他面前从来不敢骄傲。这个人不放过任何培养他的机会，送他出国考察，还分别两次送他到最著名的学府参加培训班，命令他拿到在职就读的名牌大学经济管理学学位。这种催逼让他苦不堪言，几年时间里一头乌油油的头发脱去了大半。淳于宝册摸着他的头顶说："可以了，聪明绝顶，要那么多头发也碍事。再说你这副模样，再乱搞妇女就难了。"最后一句是玩笑,在生活作风方面老肚带是最让人放心的。在这位爷爷面前,他永远苦恼的只有一件事:无法跟得上这个飞速旋转的大脑。这一次他憋到最后还是不得不问:"我们怎么跟矶滩角合作啊?"

"这就是你的事了。你看看怎么合作更好,跟你的班子谋划一番,必要的时候我会亲自出面。唔,咱们不谈这个了,小事一桩嘛。咱们接着谈'拉网号子',我对这个感兴趣,你知道,这可是著作的事儿。我现在只挂记著作了,要不成立了一个秘书处找来老楂子嘛……"淳于宝册不由得瞥了一眼身旁那排金闪闪的书籍,想起什么,倒了两杯红酒,随手递给对方一杯。老肚带喝过的最好的酒差不多全来自董事长。可这会儿他顾不得品酒了,只揣摩这个人的心思到底如何。是的,这人的确重视和痴迷于著作,这是自小养成的恶习,要讲起这段往事还要费一大通话哩;问题是这会儿,这一次,他到底想要什么?他说那片海湾让心里发痒,那干吗总围绕别的事打转?"老天,这回懂了一点点。"老肚带心里念了一句,拍拍半秃的头顶暗暗叫着:"是那个娘们儿让他心里发痒!"

"我看你拍拍打打,大概是快想明白了。"淳于宝册将酒一饮而尽。

"嗯,这个不难。我会办利索。不过我对'民俗学'这种事儿实在外行。从头学起吧,先好好了解一下那个娘们儿,然后再……"

淳于宝册稍稍郑重地打断了他的话:"不准你叫她'娘们儿'!"

"为……为什么?"

"因为要尊重学者!"

80 | 艾约堡秘史

老肚带蔫了，肚子痛似的弯下腰，嘴唇瘪着。这会儿他进一步肯定了刚才的猜度：那个女人真的让爷爷瞄上了，心动了。妈的，这么大年纪了，净费些没用的脑子，又麻烦又耽误正事儿。不过没有办法，谁让自己是孙子呢。老肚带不再吭气，知道今后相当长一段时间内该忙这个了。他本来想找时间汇报一下金矿和房地产的事，因为近来它们出了些麻烦，有的还相当棘手。可他这会儿不想说了。他明白董事长对这一类事情并不关心，或者是充分相信手下人，或者嫌麻烦还不够大，总之不愿插手。这个人到了独享清福的时候了，谁打搅了他的清福，就成了十恶不赦的罪人。老肚带一直在扮演罪人的角色，因为他知道整个集团中还没有其他人有资格担当此种角色。那个金矿已经死了不少人，其中三分之二都已处理妥当，只是剩下的一些遇到了困难，事情已呈胶着状态。他担心这个过程出问题，正下决心走一步险棋。现在令他矛盾的是：是否说出自己即将做出的决定？他忍了又忍，忍下了。

如果没有极大的忍功，绝对坐不稳一人之下万人之上的位子。老肚带深知淳于宝册的脾气、弱点与了不起的长处。他认为，对集团发展至为有害的个人品质，在董事长身上表现得越来越明显了。这个人作为舵手，从根本上讲是太软弱了。他是如此的仁厚、善良，有时像个弱不禁风的女人。比如向他汇报矿难，刚刚讲到死者家属的哀告，这个大男人就哭成了泪人，站在窗前不停地抹眼……他舍不得陪伴的宠物甚至是普通物品的失去，比如前些年一只花狸猫死了，他哭了并发誓今生不再养猫；旧写字台被秘书扔了，被他呵斥了一番。也许真的是年纪渐大，这个人越来越多愁善感婆婆妈妈。集团在烦琐复杂的产业事项上每年要处理多少可怕的难题，有时不得不使用一些非常手段,可是所有细节一旦呈报顶楼,必会引起雷霆震怒。他大声吼叫:"君子远庖厨!君子远庖厨!谁再这样干我就对谁不客气!"任何事情他只问结局不问过程,强调的是一场战役必要取得胜利,而不管攻城的炸药和云梯怎样使用。他有时痛苦不安地对老肚带埋怨:"你这帮人太不中用!你们不该逼我,把一个战略家逼成了一个战术家,那就不是我可怜,是咱们大家全要一块儿玩完!"

老肚带曾对他发誓:一定不再用一些琐事烦他。"我是孙子,我会做好一切!"他的这句话时常在心中重复,着力提醒和告诫自己。他已经在暗暗筹划下一步:把那个不能称作"娘们儿"的女民俗学家彻底弄个明白,出身来历、喜好和友伴,特别是与所有男性的关系,一一查个清楚。尽管他极不愿意去想这个女人会与渔村的头儿有什么瓜葛,但还是决心做足这方面的功课。他一边自问一边摇头:酒肉朋友?临时帮忙?私下勾搭?"这实在是瞎扯淡。打死我也不信那只粗手会伸到她胸脯上!"他差点把这句话喊出来。他藏住了一脸怪笑,唯唯诺诺垂着两手,一个劲儿点头:"放心吧董事长,我就是掘地三尺也要把事情办妥,这个您该一百个放心。"

四

在等待的日子里,淳于宝册强迫自己沉住气。这有点像最初见到蛹儿的情形,那时他也用足忍功才避免了天天往那个书店跑。不过他深知这二者不可以类比。相同的是都与女人有关,这使他想道：难道在余下的人生之路上，真的要花大部分时间和她们捉迷藏？这真的那么有趣？如果这是一种耽搁大事的无聊的怪癖，那么宁可找个高明的医生把自己悄悄阉了算完。他简直不敢回忆这几十年来女人带给他的愤怒和忧伤，更有屈辱和喜悦。"我这一辈子也许没干别的，就是建立了一个伟大的集团。不过女人的事把我折磨得死去活来，让我不断地'递了哎哟'，可是没有她们就没有伟大的集团。"夜里失眠时他常常这样说。许多人曾经问：你住的地方为什么叫"艾约堡"？他一概不答。那是绝望和痛苦之极的呻吟，只去掉了那个"口"字。这是铭心刻骨的记忆，是无自尊无希望的乞求之声。那些回忆一幕幕闪过，泪水打湿枕巾。

他让蛹儿包裹得严实一点，一同来到总部大楼顶楼。这儿的广阔开敞和别一种气概让她吃了一惊。不过这里同样是不修边幅，极端随意中透着极端的讲究。这儿的奢华是被毫无雕琢的大大咧咧给掩饰了。淳于宝册与她一起下到泳池，让这个勉强能游一会儿的女子好好见识了一番水中本领。她的泳技来自学校教练，标准而呆板。他则由流浪中的沟壑野水里练就，不拘一格，有时大力拍水像只咆哮的水怪，有时又无声潜划如一条沙鳗。蛹儿要像他一样不着一丝布缕，刚开始担心被人看见，后来才放松下来。他给她壮胆说："偷看咱俩？找死？"他让她伏在背上，从泳池一端游到另一端，轻松自如。她发出尖叫："啊！啊！"

在泳池边休息时他们喝着酒和饮料，仰躺着。他像朗诵诗句一样说："毫不夸张地说，你是不可再造的宝物！"她给赞美得不好意思，每逢此刻必会激起对方更大的欣悦和冲动。他喃喃自语："这么疯浪又这么朴素，就像初出茅庐的村姑。可我们都知道不是。

你可是见过大世面的。妙就妙在这里,我们集团有了你,就好比有了一件大杀器。当然了,不到万不得已我是不会让你出击的。"最后一句让蛹儿吸了一口凉气,心跳加快。两人松弛下来无所不谈,消磨时间。淳于宝册最愿询问的就是她以前的两个男人,他们的一切都让他着迷。特别是第一个跛子,他认为这个人是天底下最了不起的"第一等人物"。"您过誉了,他除了拈花惹草,什么本事都没有。"她说。他坐起来正色道:"你是大错特错了。他一条腿拖着,三下五除二就把你干了,怎么能说没有本事?""那,唉,那是因为我那会儿还算一张白纸,什么经验都没有。"他咂咂嘴:"我可不那么看。我这人一辈子最佩服的就是这方面的奇才高手。想想看,有的穷小子浑身什么都没有,长得也马马虎虎,可就是有那么一手,丢个眼色就把水光溜滑的大姑娘勾走了,瞧她忠得啊,能为他去死!反过来有的男人才貌双全,家底也厚实,到头来死活都追不上一个心爱的女人!你能说这不是天下最大的谜团吗?一句话,那个跛子是怎么搞上你的,不妨说细发些,我不嫉妒,我只想跟他交个朋友!"

　　蛹儿哭笑不得。她看着对方诚恳的眼神,知道这可不是什么玩笑。他真的细细问起:第一次相识,第一回接吻;蜜月趣闻,坏小子的本事;两人分开多久会想得要死?还有床上怪癖……她被问得心慌意乱,最后大声说:"你就当是一场梦好了!你总有一天把我逼得上吊!"

　　他安慰她一番,但只一会儿又拐回原来的话题:"那可不是一场梦。实话说你也不是什么'白纸',搞你并不容易。我有时真想和你的两个前男友坐下喝一杯,相互交流一下心得体会。跛子最让我动心,这小子又单纯又复杂,一天到晚大咧咧的,就知道干、干。那个瘦子你说过他有两条好腿,这对一个男人来说太了不起了!人老先从腿上老,这家伙两条腿硬邦邦的,也算有了引火烧身的一个资本。""引火?他没有啊!"淳于宝册拍拍她:"你就是火嘛。虽然真金不怕火炼,你最后还是把那两个人烧成了水,他们流走了,洒了一地。多么残酷的现实。你是我的大家伙,但愿在艾约堡不要再玩过去的把戏了,好好为我守住这个堡。我说过,我这辈子受的折腾已经够多了……"

蛹儿没有反驳。她心里热乎乎的,知道所谓的"把戏"就是指引逗一些气喘吁吁的男人。眼前的他最不放心的就是这个。她哭笑不得,却又心疼。她想再一次表达自己的心志:永远都不会背离他伤害他。但她一个字都没有说。她觉得不需要。

"我想让你猜一下'老政委',就是我在英伦的那个老伴,为什么会离开?"他的思绪飘来飘去,让她总也跟不上。她摇摇头。"有人说她是因为我犯了病,一气之下才离开的。你信吗?"她仍旧摇头。他亲亲她的脑门:"好聪明的孩子。真的不是那么回事,老政委是我犯病前一年走的,她是不放心小儿子,就是那个叫'小四眼'的家伙,就跟他去过了。剩下了我孤单单一个人,两年后的秋天才第一次犯病。老政委大我六岁,是我的主心骨,这辈子都是。她是村里的小学教师,年纪老大还没结婚,就像专门等我似的。我结束流浪回村时已经三十多岁了。我在小学教师面前一辈子都是小学生,什么都听她的,就连床上的本事也是她教的。我的老伴啊,我有时会一整夜地想她……"他哽噎了。她看着他的泪花呆住了。这样怔了一会儿他继续说下去:"有人太小看老政委了!她才不会为我犯病生气,因为她懂天底下所有的事!她只会为我的病难过,会变着法儿帮我。她如果这会儿见我和你赤条条躺这儿,不光不会发火,还会为咱俩盖一条毯子。她是世上胸怀最开阔的女人,我得说老政委是伟大的人!别的不讲,当年为集团取名,注册时因为重名太多,好费劲,我就想到了'狸金'两个字。所有人都不同意,因为都想到了'狐狸挖到了一桶金',想到了'狐狸发财'。只有老政委一拍桌子说:'这就对了!'"

蛹儿私下听人说过,淳于宝册瞧不上几个人,就连对总部接待的一些高官也打心眼里轻蔑。但是他唯独对老政委言听计从,佩服到五体投地。有人甚至说整个狸金集团之所以发达成这样,百分之九十的功勋要算在那个女人身上。蛹儿知道这难免有些耸人听闻的成分,却也对从未谋面的老政委有了极大的好奇。她宁可多少触犯艾约堡的禁忌,几次打听过那个女人的事情,只要与之有关就格外留意,渐渐在心中勾画出这样一副形貌:个子不高,矮胖,一天到晚沉着黑脸,身体无比强壮。最能吸引人的是这样一个故事:动乱的二十世纪六十年代,民间两派武斗开打,年纪轻轻的她竟然成为一支队伍的头儿,手持武器领人上山,白天黑夜打游击,直到胜利。那时她打裹腿系腰带,腰上还插了两把土造驳壳枪。这一切都是真的,她有一次竟然听董事长亲口讲出来,而且透出的信息远远超出了预料,让她大惊失色。

他说老伴年轻时率队打游击的事是真的,"老政委"这个绰号即来自此一经历,也因为她凡事皆有主意,他一直将其当成人生之路上的指引者和把关人。"经历过战争的人,哪怕是像武斗那样规模不大的战争,都是非常重要的。老政委有指挥能力,说一不二,脾气暴心地好。打游击那会儿是个冬天，雪地里冻死人，她率领队伍就蹲在松树下过夜。不能睡觉就抽烟，她一辈子好大的烟瘾就是那会儿练成的。抽得一口黑牙，嘴唇发紫，说话声粗。为了抵挡冻死人的天气，大伙儿就挤在一起。就因为抱得太紧，又是年轻人，结果就发生了那样的事。老政委早早怀上了，可惜天寒地冻流产了。有了那样的经历她就不找婆家了，这样一直等到后来。我说过，我见了小学教师就格外敬重，她说什么我听什么。她那时端量了我好长时间，说晚上来学校一趟。我就去了。那时穷啊，学校宿舍就像牲口棚，我们俩在铺上拉呱，后来成了夫妻……"她那次听得用心，他的话停了她还在出神。他拍拍她的肩膀："如果你在她出国前来到堡里就好了，她会好好教你两手的。她那一套都是部队作风，一辈子喜欢穿制服，皮靴，身上有战马味儿。一个了不起的女人啊。"

五

老肚带从集团消失了。一架商用飞机呼啸腾空，他带着女副总和几个"跟包"走了。这里的人不习惯将随从称为"秘书"，而是沿用古老的叫法。宝贵的深秋时光一点点流逝，人在等待中焦灼不安。老肚带归来了，跟包们不见踪影。老肚带的豪车奔驰在通往海湾的柏油路上，就像为了证明自己的行踪，回总部时车中装了几块黑色的矾石。跟包们三三两两现身，又接二连三离去。行色匆匆，神神秘秘，像策划一场武装起义。秘书白金把一切看在眼里，准备随时向董事长汇报，又不敢冒失。他发现主人一连十多天窝在艾约堡中,只有老中医进出几次。白金没见老人手提紫色陶罐,这才稍稍放心。大风刮了三天三夜,落叶旋到半空,又像麻雀一样纷纷落下。老肚带稀疏的头发梳理齐整,腋下夹着鼓鼓的皮包进到艾约堡,端坐东厅。除非是得到召唤,他从不敢擅自闯进西厅。有人通报给蛹儿,然后就是等待。他看到女领班锁扣挪着碎步在连接东西两厅的廊中走了两遍,蛹儿才搀着董事长从西边过来。

除了淳于宝册和老肚带,所有人都退出了东厅。老肚带弓腰解开皮包,将一页页纸摊在案几上,淳于宝册眯上眼。老肚带说:"这个麻烦啊,不过还好。妈的,只要咱的机器开动了就不会停。几个人卖力实干,敢上九天揽月,敢下五洋捉鳖。"淳于宝册眼睛闪开一条缝:"你别弄得沸反盈天的。""那自然是,悄没声儿,大气不喘,就像半夜三更檐下掏鸟儿。"老肚带笑着。淳于宝册满意地闭上眼,听他从头诉说。老肚带知道对方最焦急的还是那个女子。

"欧驼兰,女,三十五岁,原籍江南,后随父北上,大学毕业入京续读获硕士博士,故无暇婚配,然而经历纷繁故不得确判为处女之身……"老肚带念着一张打印纸,这会儿骂了一句"跟包弄出的别扭玩意儿",就扔在一边,空口说起来。他瞥着淳于宝册,松了一下勒得过紧的腰带:"学问是没说的了,父母都戴眼镜儿,从小会弹钢琴,穿了布拉吉小红靴上幼儿园。人家说她是精密的小美人儿,就像说一架仪器似的。好了,这是童年。后来考上关外大学,挺不简单,直到二十二岁入京,这就是关内了。"淳于宝册脑海里闪过的是那张面庞,耳边伴着老肚带的画外音。他想:江南柔弱移栽到严肃的北风中,几经磨砺,才有今天的温软爽利、风韵迷人。那双眼睛啊,南北景致全装得下。多么明亮含蓄的眸子,无论有多少双眼睛都遮不过它的光芒,所有的眼睛叠加起来也比不上它的内容。那是对整个世界的问候、抚摸,又像是不远不近的打量,时刻准备拒绝或接受。它一定受过惊吓或享过温存,当然都来自男性。这样一只美丽绝伦的羊驼一直孤单地站在荒无一人的高原上,当然不可想象。果然,老肚带的画外音又响起来:"大学老师去京城探望,中学老师亦不甘落后。二男皆哭成泪人,云:学生已出挑成形,远离家乡,实在担心。他们写给她的诗登在油印学报上,都有一句'心儿碎了'。硕士期间一中年教授献上金戒,不受,险些吞金自杀。得博士衔荣归社科学院,一枝独秀,同仁侧目。幸有领导爱护备至,流言纷起不一而足,直至该男子任职期满……"老肚带一会儿照本宣科,一会儿抬头议论,淳于宝册听得双目圆睁,打断他:"说说这个领导的情况!"老肚带扔了打印的一叠纸:"啊,秃头秃脑的,听说那会儿五十了,一笑俩酒窝,一双小手软软的,谁握过都忘不了。大约是欧驼兰握过了,也就喜欢上了。反正两人一度来往密切,究竟怎样只凭猜测了。"淳于宝册看着自己的双手,又将手拳起,说:"这种事实在难说。小软手,嗯,也不可小看。人的单一器官和部位,比如嘴或眼,甚至是腿,都有可能被另一人迷上,生出难分难解的爱情来。"老肚带愣愣的,盯着他:"这我可想不明白。""咻,你天生就不是情种。你不懂就对了。后来呢?""后来,欧驼兰至今未婚就是个例证了。""什么例证?"老肚带拍拍膝盖:"心里装着那家伙啊!"淳于宝册对"小软手"不感兴趣,最想听的还是她和矶滩角的事情。

老肚带搬出了一卷卷图纸，说由集团某公司出面与吴沙原接洽，制订合作方案，如组建远洋捕捞船队，投入海湾建设，等等。"我们将会彻底改变这个渔村，高级馆舍，餐饮一条街，医疗、学校设施，弄成一个滨海美城……我们把图纸给他看了，原估计这小子会两眼发蓝……""什么意思？"老肚带摸了一下油滋滋的鼻头："就是比'红眼'再进一步，快冒蓝烟了。""发蓝了吗？"老肚带嘴角耷下："好像没有。他说这么大的事，村委会和全村人都得仔细琢磨。不过他还是动心了，请我们的人吃了一顿烤虾，喝了鱼汤。那女人也作陪了。"淳于宝册"哦"了一声："步子不宜过大，别吓着他们。那个欧驼兰说什么没有？""她伏在图纸上细细看，还在本子上记了一些数字，没有说话。我看她私下里会是吴沙原的参谋。他们坐在一起，她看他的眼神甜甜的，眼睛就像毛桃儿……"淳于宝册搓着手："净说些没用的。两个人的实际交往你们是不会知道的，瞎估摸而已。"老肚带打开皮包取出又一张纸，拍着："咱是有数据的。欧驼兰第一次来渔村住了三天，落脚镇上一家小店，是春天。第二次住了半月，就住在吴沙原远房婶子一幢闲房里，房内生活设施都由村里重新添置，吴沙原去她那儿再方便没有。第三次从春天住到现在都没有挪窝，两个人来往不计其数，一早一晚还去海湾那儿打转，在海蚀崖下照相。夏天不得了啊，夏天他们穿不了多少衣服跳进海里游泳，有一次吴游进深处还不返回，她哭了，跺脚，不少人都看见了……"

淳于宝册磕打牙齿，转脸看别处。他再次盯着老肚带时，面色青魆魆的有些吓人。他的食指点在老肚带胸窝那儿说："比起那个海湾，我这儿的泳池太小了。这就是我要去海湾的原因。你的图纸我不看了,我要告诉你的是,这种合作需要共赢,而绝不能是掠夺和占便宜。我们要把他们当成自己人,究竟是股份方式,还是其他更深入的合作,这得一点一点探讨。一句话,这个渔村我要了。"老肚带一边听一边掏出本子记,最后一句记错了,被淳于宝册一瞥就看到了:"这个女人我要了"。他弹弹老肚带的脑壳:"你他妈写了什么?"老肚带挠着头:"您,您刚刚说的呀!""我说的是'渔村'!"

第 五 章

一

　　就因为经历了那个夏天,在海边草寮用过一餐,淳于宝册的思绪就长时间缠了在那个小渔村上。秋天眼看来了,堡里的人都惊吁吁地瞥着主人,小心翼翼。他心里咕哝:"放心吧,我这会儿已经没有工夫得病了!"他将许多时间用在研究沿海地理与风俗上。他盯着"民俗"两个字,深究其意,说感到奇怪的是一个人接受了长期的学府深造,最后却来到这样一个旮旯里研究什么拉网号子,真是世界之大无奇不有。哼呀呼啊的叫唤声也成了学问?如果这是学问,让老百姓花钱供养这样的学问家,全国该有多少混吃混喝的人?有没有研究放屁的专家?"妈的。"他刚说了一句,又立刻为自己的刻薄感到深责,在心里说:"对不起,隔行如隔山,我实在不懂这些,还请阁下海涵。"他在想即将来临的初冬,那个海湾的风有多么凉,她走在海边时会怎样?他想象她穿了长筒皮靴,靴口上有一圈浅蓝色毛边的样子;他还希望她穿那种带风帽的棉衣,帽檐上有毛茸茸的镶边,当地俗称"棉猴"。那样北风下的小脸红润润的,就什么都不怕了。"令人尊敬的阁下,我真的想结识您,向您求教,说不定从今以后我也会迷上民俗学这种杂七杂八的玩意儿。"他让白金找来三两本这方面的书籍,耐住性子读起来。

　　老肚带将矶滩角的地形图和村街照片之类全抱到了总部顶楼。吴沙原的屋子、欧驼兰租住的地方,都一一做上标记。两幢海

冬到矶滩角

草屋之间隔开了五栋民居,由弯如细线的矾石小路连接起来。"吴沙原本家婶子的小屋布置成了她的办公室,长条桌上铺了粗布,又当饭桌又当写字桌,摆了几本书。"老肚带介绍。"你的人进去了?""他们从后窗上看的。""以后这种扒窗溜门子的事还是少干。狸金集团不是这样的。"老肚带哈哈腰:"那是。我让女副总与姓吴的接触了两次,进展不大。谈判是必要的,按程序推进。果然,那女的也参加进来,就像村里的一个顾问。"淳于宝册有了兴趣:"哦,那太好了。与有见识的人打交道,比跟土里巴叽的家伙方便得多。她什么意见?""她说得少记得多,估计都在私下里对吴沙原说过了,他会听她的。""看来你缩在后边是不行了,必要的时候还得亲自出面。不要以为撒上一把钱就万事大吉了。"老肚带点头:"嗯。我们以前兼并个把村子哪费过这么大力气,再说这回只谈了股份合作,压根没提兼并这回事。""兼并就是一家人了,这要走一步看一步,莽撞不得。吴沙原是个什么人?""这个人北京都待不住,跑回来干了打鱼的头儿,实在不好琢磨。跟他接触的人说,这家伙粗中有细,也读过一些书。村里人都服他,硬是把一个穷地方搞成了富村,两届选举差不多得了满票,看不见对手的影儿。不过他也有挠头的事儿。""说说看。"老肚带用力咽了一口,下巴点着:"前些年老婆跑了嘛,这是他最大的屈辱,老光棍日子不好过。再就是远洋捕捞要花大钱,船队走不出去也就白搭了,想干什么都不行了。"

"我现在就是一个'老光棍',日子也不好过。"淳于宝册扔下一句,不再说话。老肚带想安慰他:您的老婆跟小儿子在一起,女儿在澳洲,可不能说是"光棍"啊。他没有说,瞥瞥对方,知道一场会见该结束了。

二

终于熬过了可怕的秋天。这是他自老政委离开后第一次躲过疾病的汹汹来袭。所有人都舒了一口气。老中医拥有最终的解释权,并以其医德与人格担保:董事长因过人的雄心和独步天下的气魄,胸襟非同常人,再加上有紫陶罐在,一切当不在话下。尽管如此老人也还是小心谨慎,将一切考虑周全,整个秋天心弦紧绷。他私下里多次与蛹儿交谈,还找了女领班。锁扣慌促之极,经苦苦开导才吞吞吐吐说了一些。为表谢意和鼓励之情,老人特赠予她一副檀香手串,并为其治好了多年的痛经。蛹儿说随着时间的推移,病人已无先前那样的狂躁,有时伏在那儿一声不响,然后就睡着了。

老人在本子上细细记录,回头调整性味,综合出新的药物配伍。这个过程中他有个不曾道人的野心和私欲,就是在这极为罕见的病例中寻获一些临床数据,然后写成一篇独具创见的论文,发表到那个梦寐以求的权威医学杂志上。他为积累材料格外耐心细致,一切务必求真,将来引用案例则隐去姓名。与蛹儿的交流中,他的钦佩之情油然而生,明白董事长慧眼识人,将一堡重职许予该女也算实至名归,德位谐配。蛹儿说病人是她所经历男人中的最后一个,今生都是最后一个……她说:"我就是那时候也不把他当成一个病人。"老人停下手中的笔,两眼从镜框上方望过来:"当成什么?""一个迷路的孩子。"

蛹儿这天与老人交谈太久，离开已是晚餐时间。她听说董事长在堡中用餐，就赶紧去了厨房。食谱上有焖虾和炸牡蛎，有油菜和凉拌黑粉，外加一份薏仁红豆粥和炖雪梨。她让他们把焖虾换成剔肉梭子蟹，又添了一份餐后甜点。待董事长坐好后她才进入餐厅，把重订的食谱往他跟前推了推，斟一杯红酒。他手指磕了磕，示意她坐下。菜来了，她为他围上餐巾时，速记员小溲探了一下头，他摆摆手。厅内只剩下他们两个。蛹儿觉得他今天咀嚼食物的时间长了许多，知道人有心事才这样。她想让他尽可能高兴一些，免除一天的操劳之苦。她与之碰杯，摇动杯子，嗅着可爱的单宁味儿。这种酒年份不长，清新，中规中矩，像一位了无城府的青春少年，是他喜欢的那种类型。每到冬天他的口味就重起来。尽管每一餐都少不了海鲜，但董事长不太喜欢白葡萄酒。"炸牡蛎的火大了。"淳于宝册扯下餐巾，"我知道你这些天牵挂什么。要探究就得从头开始。那些家伙刚整出一本'回忆录'，是我改过的速记稿。"蛹儿的心突突跳："啊，啊……"她看着他，惊得说不出一句话。

　　她搀他去卧室时再次感到了这个躯体的沉重。为他脱下鞋子，一股浓浓的脚臭扑面而来。他只要被焦虑缠住就会这样，洗浴也难以祛除。她要开灯，他阻止了，想让她在夜色里陪自己一会儿。她静静地躺着，觉得这个刚刚过去的秋天还算不错，也算有惊无险地闯过来了。整个秋天她都按照那个老中医的嘱托行事。老人说如果那个老政委在就好了，那样也许一切都不会发生。她知道老人想让新来的人起到那个女人的作用，可自己心里明白：即便倾其所有，最终还是无法取代那个女人。但她决不气馁。这会儿她想的是那场即将开始的窥视般的阅读。许多天了，热带风暴在远海生成的轰鸣声震人耳膜,她却强迫自己安静……一个字都不会遗漏,因为这将是那排著作中最吸引人的一本。这个男人不仅嗜读,而且还是一个大著作家。他勤于著述的强烈欲望令她吃惊,就和奋力打造一个实业王国的劲头差不多。他不止一次表达过类似的意思:这个世界上他最不看重、最不入眼的是两种人,即所谓的"实业家"和"作家"。他可能已经把自己看成了这两类当中的顶级高手。她在温温的夜色里想了许多,问:什么才最让您钦佩?权力?他摇头:"人这一辈子太短促了……"今夜她有些执着:"您到底钦佩哪一类人?"他稍稍沉默了一会儿,好像不得不认输一样,嗫嗫地说:

"那些特异的家伙,通常叫'情种'吧。"

她吸了一口气。注视他的神情,没发现一丝戏谑的意味。她用力揣摩他的意思,还是不解。他当然不会赞许那些轻薄的男女,而是另有深意。"世上就有这样一种人,他们身上有奇怪的魔力,常常让人无法抵挡。想想看,让一个绝色女子迷上自己,既不靠财富也不靠威权,甚至并不依赖容貌!对这种人,我今生是搞不明白了!"他说到这里盯她一眼,"所以我一直对你那位跛子好奇,原因就在这里。从你口中我得知他住在一幢小楼中,但当初主要不是这个吸引了你,是另一些说不清的东西。一个不可小看的家伙!"她听着,并未反驳。"我这辈子见过不少这样的人,他们着实可怕,让人不寒而栗!你还年轻,不会明白的,这个话题对你来说也太深奥了一点……"他不再说下去。

长时间沉默。她不知道这个人一天的忙碌包含了多少内容,那一定是远超想象的;她在猜测近期遭遇的对手、他的焦灼。她不知怎样才能安慰他,如果那个老政委在多好啊,那个女人会料理他的全部,为其解开一切心结。蛹儿像一只狸猫那样偎到他的身边。他拥住她,不太用力,把生了鬘毛的头颅拱在她的胸部,费力地喘息。她按着他凸起的脊骨,觉得今夜他的臀部就像一个孩童,瘦削而又紧实。她只想鼓励他振作一点,却不知该说点什么。她想起了在书店二楼度过的那几个夜晚,那时她曾细细端量这个入睡的人:出奇的安详,合起的眼睫就像一位少年;一旁是他脱下的机师制服,上面还有几处油渍。来到艾约堡后,她总觉得这山中堡垒是一位少年挖出来的游戏地道,曲曲折折一直从那个年纪延伸过来。她克服初来的恐惧,答应不再给屋门上锁,以便那个失眠的少年在黑影里徘徊时能够推门而入。

他从十几岁就开始了流浪,居无定所衣食无着。那是一场凶险无尽的逃窜,九死一生,一直到最后的归来:一个面色苍黑的女子站在村头小学校舍,为他打开了一扇门。从此他才有了家。这个女人用热怀驱散了他的噩梦。如今这个女人去了国外,他的人生再次荒凉起来。他在梦中常常追赶和奔跑,醒来汗湿衣衫。他在艾约堡繁复的空间里跌跌撞撞,寻觅可以开启的那扇门,大口喘息着扑进去。他凭嗅觉找到了世界上最温暖的地方,一双手紧紧搂住,让他湿淋淋的头颅靠在胸前。他慢慢安静下来,睡着了。"睡吧睡吧,我在这儿……"她拍打,哼唱,喃喃不息,直到鼾声响起。

三

他很少这样孤独地远行。也许是自少年时期开始的流离让他深深畏惧,也可能是因为集团初创年代的艰难奔波,他已身心倦息，只想偎在窝里。因为是一个大动物，需要很大的窝。他悉心规划了总部大楼的顶层，让那儿变为一个世界、一个梦想的荒原，他像一只被放生的野物，一天到晚在丛林中溜达。后来他又觉得这是一片耸立的高原，悬在天上，嗅不到熏蒸的泥腥气，也少了一些阴影和沟壑。为弥补遗憾，也就有了艾约堡。他想在山中和地下挖掘：小时候曾有山洞中的躲藏和游戏，那些嘣嘣心跳的快意和冒险很难忘怀。待在艾约堡，觉得自己就像一头隐蔽的犀牛，硕大健壮且有盔甲，可怕而又威武。他想在这样的窝里终老，好比进入了一生的地下盘踞期，长长的奔波真的结束了。集团里的所有往来接洽都交给了总经理他们。老肚带本科毕业之后又获得了至少三个学位和高级专修证书，集忠厚与狡猾于一身。淳于宝册弹着他的脑壳训导："不要以为自己学问多得胀肚子，你学位拿得再多也比不上爷爷的一个学历，咱是'流浪大学'毕业。"老肚带双手垂着说："那是自然了，那是肯定了。"老肚带算是一个元帅，麾下还有大小将军，一群数不尽的喽啰。副手七位，有男有女且各怀绝技。老肚带出远门要乘商用专机，大多由一位女副总陪伴。他不认为这个女人有什么大能，只是工作上常常离不开她。他在寂寞的旅途上偶尔逗逗她，伸手摸摸捏捏："真没意思！"女副总撇嘴："你天生就不是干这个的材料。"他们私下里议论董事长的情事，结论是："这个人太正派了！"他们在天上地上穿梭，淳于宝册只蜷在艾约堡中。他不出远门，就连重要客人也不见。

淳于宝册驾着那辆帆布篷吉普上路。这辆车只属于他一个人，发动机等部件一一调换，性能绝好，功率强大，只是打眼看去像一件老古董。为了抵挡寒风，他穿了驼绒背心和特制的羽绒裤，上身还是那件蓝大衣。车上放了紫色羊绒围巾、口罩、护耳水貂帽子。他知道海边风硬,行头要好。为防万一,他还在怀中揣了一个不锈钢小扁壶,里面装了苏格兰威士忌。胸窝那儿有痛饮的感觉,就是这块巴掌大的地方一直热烫,让他无法在那个大窝里蜷下去。一路都想着那个夏天的海湾。这会儿天冷了,海边再没有热闹的草寮,沙岸上行人稀疏。海风吹拂之下,一幢幢小海草房显得肃穆,黑色矶石街更加洁净。淳于宝册抵达时已近中午,原以为会吃到上次那样的烤虾。走在石头路上,鼻子里灌满了腥凉的海风。在空巷中走了十分钟就穿过渔村,再往前是一座山崖的缓坡,村子在它的护佑下躲过西北风。通常严冬时节的风是猛烈的,据说会一口气吹上半月或更长,是海边人最难过的日子。除了这种令人惧怕的风,可以说无一不好。山崖迎向大海的一面有许多海蚀洞,上面落满鸥鸟,它们偶尔飞起。崖下有一条不宽的沙路,供鸟和人一同散步。迎向大海的崖顶悬起来,涨大潮时候,激浪使悬崖发出巨大的回响。山崖东部是一个可爱的小湾,那里的沙子又细又白,夏天的草寮就在东部一百米处。淳于宝册手提水貂护耳帽往崖顶登去,想从高处看一下渔村的全貌。随着地势增高,风变大了,他只好戴上帽子。站在崖顶大口呼吸,掏出扁壶喝了一大口。眼前的村屋掩映在黑松中,差不多全是海草作顶,看上去像一片肥蘑菇。真的有一股老蘑菇的气味从脸前飘过。他想辨认那一男一女的居处,最后也不得确定。他不知村里人怎样度过冬天,这里的严冬不好过啊。那个民俗学家会在冬天离去吗?如果她身上有火也就不怕严寒。从这里往西遥望,可以看到弯曲的海岸南边,紧靠山崖附近有另一个渔村,可怜它冬天得不到山崖的护佑。越过矶滩角村

矶滩角小海湾

往东，大约十里之外又出现了新的村落。他在崖顶溜达了一会儿，决定回渔村吃一顿热乎乎的午餐。

　　因为是冬天，来村里游玩的外地人不多，所以只有一两家村边小店开张。淳于宝册探头看了其中的一家，觉得还算干净，就走进去。老板娘胖胖的，把一块写了菜谱的硬纸板递给他，笑眯眯立在一旁。他没有琢磨菜名，只被这毛笔字给吸引了。每个字都挺拔利落，有一股愣倔劲儿。老板娘说："天冷鱼更鲜。"他把硬纸板反过来弹击两下："谁写的？""字啊？我们头儿写的。"他撂下纸板，嫌烫似的："吴沙原？""就是。他过大年还给俺写门对子呢。"他不再吭气，坐下。点了牡蛎豆腐和海毛菜冻粉，还有清蒸比目鱼、生腌梭子蟹。最后一道菜十几年前吃过，记得它的怪味儿。"他给你写菜谱，你该让他白吃。"老板娘欢天喜地："他是蹭饭的高手，有时闻着味儿就来了。不过月底结账，一分不短。""光棍汉是吧？也不容易。""就是，瞧你个外地人都知道。谁跟了他福分大了，这个人一点坏心眼都没有。""早该有个伴儿了，好男人啊……"他装得若无其事，目光停留在菜谱上，还随手加了个"海鲜疙瘩汤"。老板娘在围裙上擦着手："说得是。难啊，也许是心里想着原先的女人吧。"她将菜谱收起离开。他把怀中的扁壶掏在桌上，看着窗外摇动的树梢，想着吴沙原离开的妻子。只片刻菜就端上来，上菜的是老板娘的女儿，扎了毛刷辫。他与老板娘搭讪，引她说吴沙原的事。"他原来的女人长得小模小样的，后来跟上一个军官走了，如今住在海岛兵营里。那些年我们头儿为这个穷村拼命，经常出差去外地，家里女人受不得苦，就跟了人。""吴沙原就这样算了？""不算又能怎样？他说那军官一年到头守着岛子也不容

制鱼老屋

易,就由他们去吧。话是这么说,心里哪能放得下,我看他望着那个岛的眼神就明白,舍不下!"他踱到窗前望着海的方向:"哪个岛啊?""这里望不见。那个军官也来我这儿吃过饭,人挺老实的,想不到拐人有一手。也怨女的,一双大眼水汪汪的,让人受不住。"他端起扁壶又放下。"受不住"三个字沉甸甸的。他饮了一口,呛得大咳。

这顿午餐比预料的好。食材上乘,又采用了海边的烹饪方法,让淳于宝册胃口大开。这算得上一个特别的节日,引出诸多想象:无论在艾约堡或其他宴饮场合,已经完全找不到这种朴厚真实的口感了,就好像回到了一个梦中家园。他痛惜此地离自己的居所太远,而今真该在这样的地方驻足。如果有一个奢望,或者说迟来的觉悟,那就是:何时才能拥有这个海湾?

四

淳于宝册打破原来的计划,决定这一夜就宿在村子里。老板娘领他去了一处家庭小店,它夏天过去之后仍坚持营业。她说随着城里人来这儿吃喝游玩的多起来,如今旅游也成了大进项。"这可比打鱼省劲儿,吴头儿想在这上边动动心思哩。"她说今后自己的海鲜店要开得更大。她叫小店主人"老鲇鱼",对方应着跑出来。客房是紧靠正房筑起的三大间边厢。淳于宝册把吉普停在小院外边,主人端量说:"如今使这种老物件的可不多了,你是退伍兵吧?"淳于宝册顺水推舟:"好眼力。闲了没事,来海边捡点贝壳。"老鲇鱼拍手:"该不是喜好'古董'吧?有人老远跑了来,见了旧

寂静的渔村之夜

物就收,连破窗棂子都当成宝贝。"淳于宝册点头:"我想听的是'拉网号子'。如果谁会喝这个,我听了给钱。"老鲇鱼的眼睛睁圆了,细细喘着:"老天,这是真的?这可比那个有学问的娘们儿大方!""娘们儿?"淳于宝册做出一无所知的样子。对方挠挠头:"哦,是这样,已经两年了,有个女的就在咱这一带听拉网号子,又是录音又是往本子上记,到现在还住在村里呢!""还有这样的怪事?"老鲇鱼鼻子发出吭吭声:"那当然,如今大伙儿都跟她熟了,村头儿忒看重,有事还找她商量哩。听说她要写一本大书……我也为她唱过号子呢!"

淳于宝册最想听的就是女民俗学家的事,当然主要是她与吴沙原的关系。可是老鲇鱼因为急着要为他唱一段拉网号子,无心再说其他。他只好请这个人唱起来。"哎哎哎,'二姑娘'这个鸟儿哎,不是个鸟儿哎……嗜哉!嗜哉!"他喊唱得脖子都红了,一边死盯着客人。最后他停下,笑眯眯地看着。淳于宝册问:"'二姑娘'是谁?"老鲇鱼摇头:"凡唱拉网号子的都要提到她,从老辈就是这样,谁也不知道她是谁。""这里面一定有故事,不过是年代久远失传了而已。"老鲇鱼点头:"也许是。唱号子离了这娘们儿可不行,那就没法打鱼了。那时候没有机器拖网船,就把大网撒到几里远的大海里,然后一大群人揪着缏绳往上拽,全靠喊号子才能一齐使上力气。""你拉过大网吗?""嘿,到了我这茬儿大网早收起来了,打鱼都是机帆船进海。""那你是怎么学会唱拉网号子的?""跟老头子们学的,他们早就不打鱼了,不过号子还没忘……"淳于宝册给了他二百元,他一边收起钱一边说:"我明天领你找老家伙们去,他们不在乎钱,不过……"淳于宝册明白这个人自己想要钱,所以才乐于帮忙。"老鲇鱼,咱见见那个民俗学家也许更有意思,我有不少事儿要请教她,毕竟人家是专家……""这个么……还得想想。她听吴沙原的。要在夏天就好了,那时候他们常去海湾游泳,你往海边一蹲就能看见那娘们儿,他也在。"

一夜睡得恍恍惚惚。淳于宝册半夜有些冷,想找老鲇鱼要毯子,可是费了好大劲儿才敲开他的门。老鲇鱼抱着毯子出来说:"昨夜我又想起了一段拉网号子,等天亮了唱给你。"淳于宝册觉得这个人十分有趣。他很快睡着,梦见洁白的沙子上走着两个人,其中一个背影迷人。他追着水浪奔走,想快些赶上他们,从正面看到那个人的面容。可是前边的两个人手扯手往前,还没等他走到近前就扑通一声跳进了海里。两个人一直游到了迷茫深处,他站在海边等啊等啊,他们再也没有游回来……梦醒有些惆怅,索性坐起以待天明。

简单吃过早餐,淳于宝册围上围巾,戴上貂皮护耳帽,要一个人到海边走走。老鲇鱼见了他的打扮就笑,说城里人到底不耐风寒。他走到海边,正见有人挎个篮子捡海贝:走近了一个拳头大的贝壳,正要伸手,这只海贝立刻迎着他的脸喷出一股水柱。那人笑吟吟地擦脸,把海贝捡到篮子里。风比昨天小多了,晨光里的大海闪着诱人的紫蓝色,他手打眼罩望向远处,只影影绰绰看到了远处有一个岛。他想起了那个领走吴沙原女人的守岛军人。迎面有人往这边走来,离得近了,看出是一个女的,围巾被风撩得很高。他的打扮可能与当地人太不一样,那个女子走近时看来两眼。与此同时,淳于宝册像被电流击打了一下,身子往旁一个趔趄。他努力让自己镇定下来。

绝对错不了，擦肩而过的这个女子就是民俗学家欧驼兰。早晨的寒风使她的脸庞红红的，面容更加清纯爽利。她脖子上的围巾是紫蓝两色，浓旺的头发亮得像缎子。那双眼睛，自从夏天见过一次就再也没能忘记。他站在原地，仿佛要等她走远一点才敢挪步。她的背影一直向西，那是海蚀崖的方向。也许她会从崖下走过，那儿正有几只鸥鸟飞起。就像要验证自己的判断似的，他不时向西望一眼。她真的走到崖下，几只鸥鸟"哦"着翔到半空，在左右旋出一个个半圆。

从海边回到村里，他没有直接到旅店，而是从村东绕了一下，又来到那间海鲜小吃店。老板娘问他昨夜睡得怎样？他说好极了，这大概得益于海边的新鲜空气。他坐下饮一杯茶，想跟女主人聊一下，就从刚才遇到的那个女子开始。老板娘说："她在周边村子转了两年，到头来还是回到咱这儿住下，她喜欢这儿。""我听说她凡事都听吴沙原的，两人关系实在不错。"老板娘笑起来："吴沙原就该和她好上才是。他是个死心眼儿，还念着原来那个女人。""你是说两人走不到一块儿？""我看吴头儿还没打定主意。那个城里女人先是喜欢拉网号子，后来就喜欢上他了。""你敢肯定？""我看差不离儿。"老板娘为他添茶，板起脸咕哝："人就是这么怪，看上了谁就没办法。当初吴沙原连京城都留不下，那是恋着村里的一个女人啊！如今这女人跟了岛上军官跑了，他还是放不下……"

从小吃店离开，淳于宝册想了许久吴沙原。他宁可相信女老板的判断，如果真的如此，那么这个渔村的头儿可太怪了。谜一样的人物，一个男人；还有一个女人，就是那个跑到海岛上的女人。

后者有着怎样的魅力,会对另一个人产生了如此致命的吸引?他由这个未曾谋面的女人又想到了欧驼兰,心中一阵战栗。他此刻真想去那个海岛,亲眼见一见那个女子,以解心头迷惑,寻找一个答案。这个答案对自己也许是重要的,因为它多少与眼前发生的一切有关:直接和间接的关系。到底有怎样的关系他也说不清。他站在街巷的海风中,嗅着这个早晨的气息,脑海里又响起了那几声拉网号子。"'二姑娘'这个鸟儿哎,不是个鸟儿哎!"当然,一个姑娘怎么会是一只鸟儿?

他突然意识到这个显而易见的事实,呆呆地看着脚下黑色的矶石,一副大惊失色的样子。

五

一天一夜过去了。淳于宝册蜷在简陋的渔村小店木板床上,不想就这样离去。老鲇鱼进到屋里,淳于宝册板着面孔说:"你唱了拉网号子,里面的'二姑娘'是谁都讲不明白,这可不行。讲不明白,你得把钱还我。""啊?老天!你想讹人?这个谁能讲明白?"老鲇鱼叫着,后来又哼哼两声,不好意思地笑了:"你是开玩笑吧?""我不是开玩笑。"老鲇鱼跳起来:"你到底想干什么?"淳于宝册绷着脸:"不光钱要还我,住店的钱我也不给,我这人说到做到!""老天爷,咱遇到骗子了!不过……不过我一点都不怕你,咱走着瞧!"

老鲇鱼走出屋子,鼓着腮帮,眼瞪得又圆又大,坐在台阶上琢磨了一会儿,冷笑起来。他让人盯住这个耍赖的陌生人,然后就出门了。他想找一下村委会值班的人,向他们说说这事儿。如果有可能,说不定能把那个蛮不讲理的家伙的吉普拖到一个地方去。他刚走了一会儿就遇到了一个坐在马扎上吸烟的老人,就弯腰大声喊:"二老伯,你打了一辈子鱼,会唱不少拉网号子,你知道里面的'二姑娘'是个什么'鸟儿'吗?"老人费力听清,摆摆手:"那不是个'鸟儿'。""那她是什么?多大年纪?住在哪儿?"老人乜斜着他,一脸愠怒:"呸!她要活着也几百岁了!我怎么知道!"正说着有人在旁边驻足,抬头一看是吴沙原,这人不怕冷,大清早只穿了一件厚毛衣,外衣敞着,正笑眯眯看着两人。老人指指吴沙原:"让他告诉你吧,他要说不出,天底下就没人说得出了。"老鲒鱼把自己这一天一夜经历的怪事儿从头说了一遍。吴沙原笑了,笑过之后正色道:"这事儿也许真的该找专家了,你问欧驼兰去。"

老鲒鱼往巷子东边挪了几步,为难地回头看着吴沙原。吴沙原扶扶眼镜走过来,扳着他的肩膀:"这是个有意思的事儿,她会感兴趣,我帮你说去。"他们一块儿走了二十多米的巷子,来到一幢黑石垒起的海草小屋跟前,笃笃敲门。门开了,女主人站在门前,连说"欢迎"。吴沙原简要说了事由,让老鲒鱼进屋。欧驼兰命令的口气:"你也一起。"两个人轻手轻脚地进去。老鲒鱼还是第一次见到民俗学家的屋子,惊讶得嘴巴噘起来。同样的村中老屋,经人家一收拾就完全不是那么回事了,瞧这里的石板地擦得多干净,中间摆了一张长桌,大概又是饭桌又是书桌吧,上面放了几本书、一个笔记本电脑,还铺了一块粗布。桌边靠座椅的地方有一块方方的地毯。屋里暖暖和和,原来靠里边一点生了一个大火炉。沿墙放了多格木柜,上面摆了捡来的大海贝、珊瑚石,还有泥老虎之

通向矾滩角的石板路

类。这屋里有一股淡淡的菊香味儿。

"我敢说,咱村又来了一个喜欢'民俗'的家伙。"老鲇鱼这样开头。欧驼兰坐在桌前,为两人倒了茶和咖啡,说:"噢,那多好,说说看是个什么人?"老鲇鱼取了咖啡,饮一口皱皱眉头:"这家伙是复员军人,没事了开辆破吉普闲逛,混吃混喝。大概想在乡间顺手收些古董吧,这种人以前也见过。""收集古董的人不会花钱买拉网号子。"吴沙原端起茶。欧驼兰说:"我倒想见见这个人,蛮有意思。"老鲇鱼点头:"他听说你是专家,懂海边一些杂七杂八的事情,立刻有了精神头儿,想拜见你呢!"吴沙原笑眯眯地看她:"'杂七杂八'的事儿,你们肯定说得来。"欧驼兰站起给火炉加了木块儿,低语说:"一会儿我们去看看这个人,钱的事他说不定是逗你的。"老鲇鱼摇头:"我领他来就是。你是大学问家啊,让他登门拜见!"吴沙原附和:"就是,拜见吧。"

老鲇鱼风风火火走开了,只一会儿就领来了一个人。这人跟在身后,好像有些拘谨,一边走一边往手上哈气。吴沙原和欧驼兰第一眼望上去,都注意到这个五十多岁的男子有一头轻微的鬈毛,眼神沉重,野性而羞涩,腰板笔直。欧驼兰站起欢迎来人,吴沙原隔在中间说:"请坐,请不要客气。""啊,这里真暖和,这里……"客人看着屋里,显然十分留意这儿的环境。他搓手感叹:"多么好,多么安静,好极了!"欧驼兰没有商量就为他倒了一杯咖啡,他接受了,品一口说:"多么好!"老鲇鱼不耐烦地说:"你不是要说那些事儿吗?这回遇到了老行家!你就从头问吧,你可难不住她……""是的,这好极了。哦,先自我介绍一下,是这样……"淳于宝册仍旧重复了一遍"退伍军人""旅游及民俗爱好者"之类,然后就把话题收到了"二姑娘"身上。

　　整个过程欧驼兰都听得非常认真。她两手撑在下巴那儿,脸上是若有若无的微笑,偶尔皱一下眉头。淳于宝册第一次这样就近看她,不时垂一下眼睛,那是防止被强光灼伤的一个自然而然的动作,也借移开视线的间隙咽下一个惊叹。他发现对面的女子就像水中生出的某种植物,没有一丝泥尘,没沧桑没有风霜,白细,水汽充盈。多么黑亮的眸子,牙齿晶莹。一种不甚明显的菊香从她身上扩散到整间屋子。她的手就是件艺术品,从修长的手指到匀称的手背,看不到一点瑕疵。她的周身都裹着青春的新异与成熟的温厚,是这二者混合而成的气息。这种美好的感受和印象不可以用语言去形容。他这会儿突然想起了老政委,这个终生的战友和伙伴如果此刻也在,一定会悄声对着他的耳朵说一句:"就这样了!"老政委面对一切需要立即做出的决定,都会使用这四个字。他更加明白了那个倒霉的夏天,自己在这个海湾草寮中只瞥了一眼,就再也没有安生:忘不掉。这一切自有强大的根据,这根据这会儿就明白无误地摆在眼前。"可是,"他咳一下清清嗓子,"可是我们还得谈谈'二姑娘',我想这大半是海边一个好姑娘吧……"欧驼兰脸上的微笑明显了,看看一旁的吴沙原和老鲇鱼,说:

　　"瞧这位先生多么认真,多么执着!"

　　她起身到长条桌的对面,那儿有窄窄的近似长凳的木几,上面放了一个小小的条形音箱。她弓身捣弄着手机,说:"让我们听一段拉网号子吧。"她坐回原位时,一阵由弱到强的号子声就开始了,屋里所有人立刻凝神振作。喊号子的是许多人,多极了,所以听来十分雄壮。淳于宝册觉得这喊唱颇有舞台表演性,音调起伏变化,说唱混杂，比如能从最放肆的大声嚎唱，一转而为小声的数叨；由低到高，由慢到快，自然而然地掀起又一个高潮，紧接着又是一次放声大嚎。喊唱号子的当然都是嗓子粗糙的男人，一听就是常年在海边上折腾的汉子，是在风浪中钻进钻出的一群腥人。这吼声曾让他一阵恍惚，好像突然返回了少年时代，置身于大山深处采石人的呼号之中……

"'二姑娘'这个鸟儿啊，不是个鸟儿啊！嗜哉！嗜哉！"这是被反复重唱的一句，接着就是和声与感叹。前边第一声由一个嗓门最粗最能吼的壮汉喊出，第二句即由众人一齐应答。"嗜哉"两个字是所有人一起呼叫的，节奏感极强，仿佛把一块块矾石扔在了湿漉漉的沙岸上。"来一杆呀，又一杆呀！又一杆呀！又一杆呀！"这是一而再再而三的呼喊，急切，冲动，拼着力气，同样是由一人领唱，更多人应和。"往前走哇，到河口哇！嗜哉！嗜哉！"号子变换了几次，呼喊的节奏和调性都没变，只是内容小有改动。一度这呼喊中断了一会儿，显然是不同场合的录音。新的喊唱同样有"二姑娘"三个字，但调门区别很大。比如第一句领唱者呼出的这个关键词，比前边的人喊叫得尖细悠长多了，嗓子也洪亮几倍，却带上了戏谑意味；而前边的粗嚎尽管猛烈得多，更多的只是强悍，一直到后面的和声，都是这样的风格。号子分为"启网""收网""卷网""抬网"，这其中不仅内容有了变化，节奏和领喊应答都是不同的。

屋内所有人都沉浸在阵阵呼喊中，直到中止，还是没有醒过神来。吴沙原显然以前听过，这时对另外两个人解释说："欧驼兰这儿有不少这样的录音，你们听上一天都听不完。"老鲇鱼张大嘴巴

拉网号子的呼唤

呼吸,得胜一般对淳于宝册说:"你这回知道怎么回事了吧?开开眼吧!"淳于宝册沉默着,抬头正遇到欧驼兰温和的目光。他说:"啊,没想到,好雄壮的号子啊!我真的第一次听到,这是怎么录制的?就在村里?"欧驼兰点头:"就在这一带渔村。最长的那一段是在矶滩角录的,这还要感谢吴主任呢,他找到一些拉过网的老人,请他们找出不用的大网,在海边演示了一遍,真添了不少麻烦……"老鲇鱼瞥瞥淳于宝册:"这可是花钱的事儿,不给钱老头子们是不会干的。"吴沙原撇撇嘴:"你就知道钱!"欧驼兰微笑:"我当然要付报酬的,只是吴先生不同意,事后他请老人们喝了一场酒。"老鲇鱼大笑。淳于宝册说:"我还想请教您,民俗学家,关于'二姑娘'……"

欧驼兰收起笑容看着他:"我和您一样,也曾经着迷于这个经常出现的名字。她在沿海这一带的拉网号子中是绝对的主角,可是谁都说不清她的籍贯、她到底是怎样一个人,后来也就不再追究了。""您,如果我是您,就一定会弄个明白的。"淳于宝册直眼看着她。欧驼兰的目光中闪出赞许,看一眼旁边的吴沙原:"啊,也许真该这样!你说呢?"吴沙原的眼睛在镜片后边显得大而茫然,摇摇头:"这比一场考古还难!""这就是一场考古。"欧驼兰说。她转向淳于宝册:"我只知道这个姑娘不会衰老,她永远都十八九岁,反正不会再大了。她在海边活了至少有一千年,可是拉网号子里描述她也就那几个字,重复来重复去的。妙就妙在每次重复的音调和口气都不同,这让人想象出更多的内容,比传说中的更多……"

淳于宝册循着她的话语沉入了想象。他仿佛看见了一个渔村姑娘出现在海边,她简直就是一个精灵。这个形象大致是顽皮的、俏丽风骚的,还有点小小的邪恶。他忍不住问:"她最初一定是实有其人的,可以这样认为吗?"

吴沙原的目光一直落在欧驼兰的脸上,一副满足而得意的样子。他和问话者一块儿期待着回答。欧驼兰为每个人加了一点水,又去看了看炉火,坐下说:"是啊,传说中她出身贫苦人家,常来海边玩、买鱼虾。由于拉网的人通常不穿衣服,所以这儿很少有女人特别是姑娘靠近,一旦有异性出现,就一定会让他们惊慌、不自在,然后就是一块儿起哄。他们远远看见她就喊起来……"老鲇鱼拍打膝盖:"这姑娘够泼辣不是?我要有这么个孩子,非用巴掌捆她不可!"吴沙原笑了。欧驼兰看着吴沙原:"我倒以为这种情况很少会发生,或直接就是杜撰的,十有八九是那些拉网的人为了解除疲劳,幻想和创造出来的。从矶滩角这儿往东往西至少八十里海岸上,拉网的人都在喊同一个名字,这多么有趣啊!"老鲇鱼看看淳于宝册:"一位姑娘家被人叫成'鸟儿',这成什么!"欧驼兰摇摇头:"它在这儿并非不雅的字眼,只相当于'这东西''这家伙'之类,当然有玩笑调弄的成分。以前有人理解为垢语,是不准确的,有的地方志书也这样解释,其实是望文生义。连后面的'嘻哉',也有人解成一句脏话的音转,那也不对。在这里联系全部号子的语境和意涵很重要,可理解为'好家伙'的音转,是夸张的感叹,因为突然看到'二姑娘'来了,大家一齐发出了惊呼……"

淳于宝册静静地听着,思绪一直跟着她,心里说:"好么,真用心啊!这就是大学问家的样子啊,真不错,真该好好听听,这里真的有大学问!"他能够同意她的分析和推论,因为一群身强力壮的光腚客正在拉大网,突然有一位不速之客,一位光彩照人的女子出现了,他们该是多么兴奋,这太出乎预料了!他们马上忘掉了劳累,大呼小叫也是免不了的。这群人当中可能不乏捣蛋鬼和不正经的玩意儿,不过即便那样也完全可以理解,因为那个女子本不该出现在这样的地方嘛!正这样想着,一旁的老鲇鱼挑衅地问吴沙原:"那么'来一杆呀,又一杆呀!又一杆呀!又一杆呀!'是什么意思?嘻嘻,我保准不是什么好话!"他的声音尽管放得很低,也还是被欧驼兰听到了,她很快回答:"这同样没有什么淫秽的意思,不过是以讹传讹。这同样是呼喊中的音变,真实的字应该是'拉一绠啊!又一绠啊!'是这样的。"

吴沙原拍拍老鲇鱼:"你往好里想,你如果是拉网的人,就不会瞎琢磨了。"淳于宝册没有笑出来。他发现老鲇鱼在吴沙原的拍打下像个孩子一样往后缩着,一边用两眼睃着欧驼兰,害怕的神气。他回忆着刚刚听过的拉网号子录音,这时身子挺了挺,像个小学生一般提问道:"那么,请您讲一下,有的号子正粗声大气喊着,下边的和声也是这样,可是突然就压低了嗓门,像改说悄悄话一样,这又是怎么一回事?当时的现场一定是这样吗?"

欧驼兰听后点点头,再次播放了其中由高到低的急转片段。是的,这号子一阵大声吼叫之后,猛地就压低了声音,像一块儿哈气一样。"刚开始我也不明白,觉得这种节奏和音高上的变化太戏剧化了。可我又不相信老人们在刻意表演。他们也一再强调当年就是这样。我又对比了一下矶滩角之外的那些号子,发现它们差异太大了。特别是东部沿海的号子,比这里的起伏就小多了。我们这儿的更好听、更震撼人心。这种改变的缘故在哪里?可能是一代代人喊唱过来的，经过漫长的演变过程，渐渐就确立了这样的一套程式。观察一下矶滩角的地形，一边是海湾，是主要渔场；另一边直接面对了辽阔的渤海。在春夏秋三个捕鱼季节，不是西南季风就是西北季风，秋末又是最猛烈的东北风。这三个季节的风向不同，因为那个山崖的关系，在海湾拉网的人就常常要'吃风'，就是张嘴喊号子时遇到迎面的海风。这时候他们喊出'嘻哉'时，就不得不将口型改变一下，这一来形成的应答就要突然压低，时间长了就变成我们听到的'悄悄话'。这是大自然让我们养成的一个规矩……"

老鲇鱼正在挠头，这时候手停在了头顶，直愣愣地看着欧驼兰。淳于宝册觉得有一束审视的目光落在自己脸上，知道来自吴沙原。不过他佯装不知，仰起天真烂漫的笑脸迎向欧驼兰，像个倾听童话的孩子。

第六章

一

淳于宝册从冲浪大浴缸里爬出来,胡乱披件浴衣,对秘书白金说:"找些民俗学的书来,有研究拉网号子和海边村落的最好。"白金双腿叉着在本子上记,一边念着:"村落的最好……嗯。""以后不准咕咕哝哝。"白金点头:"明白,不准咕咕哝哝。"淳于宝册说:"滚蛋。"白金刚走开几步他又冲着背影喊:"把那些好词儿最多的书找给我!"白金转身:"哪方面的?""政治、文化、经济、哲学,所有!"白金走了。他把一根雪茄叼在嘴里,并不吸。这是老肚带前年从古巴带回的,他至今不明白的是自己从不吸烟,对方却要送他这个。他想起老肚带,回屋里揿了一下按钮,说一句:"让我孙子来。"老肚带一会儿就蹿上顶楼,身后跟着脂粉气很重的女副总。他让两人坐在对面,跷着二郎腿跟他们说话。老肚带发现董事长又犯了过去的毛病,浴袍没有收紧。但他瞥一眼女副总泰然自若的样子,也就不再理会。

"海边的事儿还在进行,我让她去了一趟'老面脸'那儿,您知道她对付那家伙是把好手。让她向您汇报吧。"老肚带说。淳于宝册一听"老面脸"三个字就厌恶起来,不过还是忍着听下去。女副总呵气似的说道:"董事长您明白,我让'老面脸'做什么他是肯听的,不过也是看您的面子。那么大的官儿,见了咱一点架子都没有,笑眯眯的……"淳于宝册打断她的话:"别惯他的臭毛病！对这个狗东西就得绷着点儿！"她低下头："拣要紧的汇报吧,他答应跟市里打招呼,说这是好事,'你们狸金集团是大手笔'。他觉得兼并海边那几个渔村是小事一桩,'我们要加快城市化进程,如果多几个狸金集团,事业不就好办了嘛'。听听,人家这样说哩！"淳于宝册抽出嘴里的雪茄,用它指点着女副总："跟那家伙不必说得太细。我估计他也没心思谈杂七杂八,只要他记住有这回事就行,别到时候翻白眼。""老领导肯定记住了。"

老肚带压低声音与淳于宝册说话时,女副总就要离去,淳于宝册拍拍她："留下一块儿听听,对你没有秘密。"老肚带从包里抽出一卷图铺在桌上,又戴上眼镜指点着："矶滩角的事儿麻烦一些,其余两个村子大致没有问题。关键是村头儿,只要他们的嘴巴唎开了,一切也就迎刃而解。""他们唎开了？""现金扎成了砖头,连砸几砖头,一个嘴巴唎开了,另一个还没有。"淳于宝册歪着头："那是怎么回事？""这一个胃口忒大,把砖头扔回来,说要一条船。""什么船？""能出远海那种。妈的,狮子大开口。"淳于宝册大骂："这个浑蛋！""我让保安处的人揍了他一顿,然后装到麻袋里,直接往冰凉的海里扔,他很快'递了哎哟',第二天就老老实实接过了砖头……"女副总笑得上气不接下气。淳于宝册转动着雪茄："对吴沙原可不能来这一套,他是个绅士。"老肚带点头："那当然,因地制宜嘛。股份制、投资方式,所有事项先请他谈,给他主动权。"淳于宝册粗粗地扫了几眼铺开的图纸,哼了几声,扬扬手："要讲原则,讲效率,讲纪律！要限时啃下吴沙原这块硬骨头！你们走吧,我还有事情……"

两个人离去了。淳于宝册脱下浴衣往里屋走,与蛹儿碰了个对面。蛹儿拎着衣服,用毛巾揩去他头上的水珠。他们穿过里屋,直接去了宽敞的起居室,那儿有一溜沙发,长条案几上是一大束闪着露珠的鲜花。他们坐下,淳于宝册半靠半卧,她塞上一个羽垫,然后坐得稍远一些。他把一叠印得整整齐齐的稿子从硬纸盒中抽出,往前推了推,语气里透着鼓励:"翻翻吧,就当我们闲聊。其实早该说给你听,因为你是艾约堡的主任,有权知道所有的事情。不是吗?"

蛹儿一直闭紧嘴巴。她把纸页小心地塞回盒中,像怀抱婴儿一样拥住,看着这个志得意满而又疲惫颓唐的男人:功劳盖世却又吊儿郎当,只想缩在隐秘的窝中。她希望他重新振作起来,变得像以前那样虎气生生野心勃勃。她从他那油汪汪的鬓毛和内扣的牙齿看出,这个人有力量、有火气,还能走很长的路。他花去许多时间诉说自己的过去,等于盘点往昔,这样做的结果会重新唤起勇气吗?比如当一个人足够老了之后,回望过去意味着什么?她想不明白……淳于宝册叹息:"我一来到顶楼,或待在艾约堡里,就像一头呼呼喘的老豹子。我不知道自己还能走多远。犯'荒凉病'的时候差不多是个死人了。可我还想让年轻的魂灵重返人间,从头再来一遍!这大概是痴心妄想,已经做不到了……老政委什么都知道,所以抓紧时间离开了我。她是最明白我的人,洞察秋毫。她最讨厌半死不活的人,要和生龙活虎的年轻人在一起。有机会你一定要结识老政委,她会教你许多,从床上的本事到打枪:双手都能使家伙。唉,真可惜……"

他停住了。她问:"什么可惜?""可惜她没有生在真正的战争年代。那段武斗的时间太短了,她还没有过瘾一切就结束了。

那几年野外游击生活让她留恋，对我说：'咱们如果早生几十年，你就会跟在我屁股后边打仗。'我完全相信。她那副五短身材天生是为战场准备的，那个皮实！她腰里插了双枪的样子你没见，站在那儿，嘴瘪着，可不就像个游击队长嘛！她烟瘾比男人还大，一口黑牙，嘴唇都是紫的，我不吸烟，她就按住我嘴对嘴给灌进去。是个说一不二的人。狸金集团的前前后后都像一场运动战，整个都由她来督战，提着双枪盯在我身后，只准往前冲不准往后退，是这样。如今她离开了，没人督战了，我打不胜眼前这一仗了。我有时想：蛹儿如果能像老政委那样就好了。不可能，你们俩完全不同。老政委原来是一位小学教师，这很致命。哦，一切都得从这个身份说起了，说说小学教师。你还是从头看吧。"

二

蛹儿这之前曾将他的只言片语拼接成一幅悲凄的人生图片，但它们这会儿化成了凿定的文字，还是让她阵阵心惊。

宝册两岁的时候，父亲在一次家族械斗中死去。孤儿寡母在村里住不下，母亲就背上他一路讨要来到了老榆沟。一位孤老太太将他们收留在石屋中，这才有了安身之所。要在这儿落户很难，后来幸亏一个叫"老毛猴"的人相助。这人仗着儿子钎子在村里耀武扬威，行事霸气，说："咱村收了！"宝册妈对他千恩万谢，他死盯着她说："知道报答就行！"有一天他喝了酒，半夜闯进来，当着宝册和老太太的面就要欺负人。宝册妈声声哀求放过自己，孤老太太说："他家大爷，我给你跪个吧！""老毛猴"骂着走了。

三天后宝册妈出门干活，回来时衣服撕破了。老太太问她，她什么都不说。后来又有几次回家时脸上带着擦伤，仍旧不吱一声。秋天到了，宝册妈病得脸色蜡黄，眼看就要挺不住了。她把宝册的小手塞到老太太粗黑的大手里说："老婶子，我不行了，你就当他是亲孙子好了。"她歇息几天，然后挎上割草篮子出去了，再也没有回家。村里人在玉米地水井旁发现了被砍死的"老毛猴"，身边是一只草篮和一把带血的镰刀。宝册妈投井了。

那个秋风呼啸的夜晚让人永生不忘：钎子掮枪扑到小石屋，用刺刀抵住小宝册，老太太拼死护住孩子……小宝册活下来，从此像只小动物一样蜷在老太太身边。

蛹儿大口呼吸，抬头看着窗外。她只想快些翻过这些血泪浸渍的纸页，可又忍不住盯视它们。每个印迹都由当事人一步步踏出，很难忽略：饥饿和屈辱，欺凌和折磨；老奶奶像对待亲孙儿一样呵护宝册，直到他长大，进入小学。校园生活成为华彩乐段，因为这里出现了一个叫李音的校长。蛹儿久久凝视这个英气逼人的男人，想象他给予的全部幸福、他在少年心底引起的欣悦和震荡。"我第一次见到这个人吃了一惊：穿了蓝色上衣，细高白净，头发浓黑，脖子上是灰色的围巾。我觉得他简直就是从天上掉下来的，浑身上下没有一丝灰气。后来知道，校长的家很远，那是一个叫'青岛'的地方。"

老奶奶为给宝册添一件新衣服，进山采药时摔伤了腿。钎子一伙把她当成罪人看管，强迫她每天出工，闲下来还要为整个村子扫街。她拖着一条瘸腿扫街的样子，让宝册不敢去看。有一天宝册刚进校门，一个同学就嬉着脸跟上，然后故意学老奶奶一拐一拐

老榆沟之夜

走路和做活。宝册一颗心狂跳，一声不吭地躲开很远。那个人学得更起劲，呼叫着，又引来几个同学。他们凑上来，他就缩到了墙角。那个人尖尖的鼻子快要碰到他的脸上。宝册一双手胀得难受，想擦一下眼睛，可是刚刚抬起就握成了拳头，不知怎么就落到了尖鼻子上。一声嗥叫，尖鼻子流出血来。几个人退开几步，接着一齐拥上。有人搂住他的腰，他无法动弹，尖鼻子就猛踢他的肚子。他倒下，他们就一块儿踩踏。他双手护住自己的脸，紧闭双眼，听他们喊："打！打！打得他'递哎哟'！"他咬紧牙关躲闪，一声不吭。

新衣服沾了血。他走向教室时李音校长看到了："啊？怎么回事？"宝册没有回答。李音蹲下看着，急急地领他走开。在教室后面一排小屋那儿，李音打开了一扇暗绿色的小门。宝册惊住了：这仅有一间的小屋洁净极了，一张床，一张小桌，一个小小的书架；床上被子叠得整整齐齐，还蒙了一条网状的白巾……李音找出棉球擦他的脸，又小心地按拭嘴唇那儿。伤处上了药水，衣服上的血迹和脏东西也被湿巾揩掉了。宝册最心疼的是这件衣服。

回家时奶奶正躺在炕上歇息，身侧有一只猫。他伏在了猫的旁边。这是奶奶扫街时捡回的。她看到他青肿的腮部，一下从炕上坐起。他说上操时摔倒了。奶奶拉他到光亮处看着，摇头，叹气，没有责备。他抱着那只小猫，它一直颤抖，舔他的手。他最羡慕的就是那些养猫的人，可奶奶总说我们养不起。这一回是奶奶亲手把猫领回家的，就因为它，宝册几乎忘掉了白天的一切。夜里蜷在奶奶身边，搂着噜噜响的小猫，幸福溢满全身。

第二天的作文课，宝册写到了那只小猫："这真是快乐的一天，因为从今天开始，我们有了它。"他如实记下了心底的幸福。李音看过了所有作文簿,只选中了宝册这一篇,向全班朗读。这个时刻他咬紧牙关,就像忍住了疼痛。下课后李音又一次领他去那间有书的小屋,肯定地说:"你有描写的天赋!"

李音给了宝册两本书,让他看了再还。他被书迷住,回家后一口气读完了。其中一本是一个长长的故事,另一本则由一些短故事组成。他这之前不知道世上还有这么好的故事,他能想象其中的每一个人、每一件事,连书中的动物他也熟悉,那是牛和马,猫和狗,还有飞鸟。故事中的天空、池塘、河流,他都熟极了。该将书还给老师了,真舍不得啊!他想读到更多。

就是这一年春天,老奶奶病逝了。这代表了全部的死亡,宝册觉得一切都不再活着。那只猫也不见了。宝册只好像外村同学那样住在学校,但时不时还要回到那座石屋。他伏在老人留下的枕头上,泪水一串串流下:"奶奶,你领走了猫,为什么不领走我?"他每天都哭着睡去,醒来空着肚子去学校,全身没有一点力气。也就在这些日子里,李音告诉了一个惊人的消息:学校就要创办一份油印刊物,每两月出一期,老师和同学一起写文章,写得好就印在上面。"你会写得更多更好!"李音双手搁在他的肩上。他皱着眉头,鼻翼翕动,目不转睛地看着校长。"猜猜看,这份刊物叫什么?"李音这样说,其实并不想让他去猜,因为紧接着就告诉他:"它叫'花地'!"

几天之后,李音给他看了即将创刊的封面:洁白的纸上印了黑色的图案,那是几棵树、一只鸟、一片云、开满鲜花的大地。这些全都出自校长之手,他是个刻蜡版的行家,简直无所不能!宝册把这张印了图案的纸贴近了鼻子嗅着,真的嗅到了浓浓的花香。他再次端量这张封面，竟然觉得它是彩色的，叶子翠绿欲滴，花儿带着露珠……他很快忘记了悲伤，忘记了一切，只沉浸在新的憧憬中。

第一期刊物出来了。李音校长写了发刊词，另外几位老师都写了文章，还有作文选登。突出的位置上刊登了淳于宝册写奶奶的文章，李音校长拍打刊物说："这是多么感人的一篇作品！"啊，自己写出了"作品"，他听得清清楚楚。李音再次对全班朗读，教室里静得没有一丝声音。大家的目光一会儿凝在老师身上，一会儿又投向宝册。李音感叹，赞扬，说："宝册，你能说一下是怎么写出来的吗？"他站起，说不出一个字。

他是话最少的一个学生，有时一整天都没有一句话。可是他有那么多话在心里沸动。他与奶奶交谈最多，一问一答，谈上许久。夜晚回忆老奶奶讲过的妈妈，想她生前的模样。她离开前半年脸是黄的，全身都是黄的，瘦得像干柴。可是她能复仇。这些不眠之夜，他感受到一只温暖的手在抚摸自己，这是母亲的手。有时他还会感到夜色里有一双沉沉的目光望过来，这是面容模糊的父亲。这个男人看着他，满是怜悯。这些夜晚的隐秘只属于自己，世上没有一个人可以倾听。

宝册越来越多地去李音那儿，除了借书还书，就是听他拉一只美妙的琴。李音修长的手指灵巧极了，在琴弦上飞动，看得人眼花。一支曲子奏完，问宝册："听到了什么？"他摇头。可是他心里有阵阵冲动，就像在一片绿蓬蓬的原野上随着琴声奔跑，胸前扑满春风。李音告诉他：刚才这一曲是赞扬和描述天上一只最能唱歌的鸟儿，它叫云雀。他愣住了，大眼盯住对方，分明在问：这琴，这声音,也能像一支笔那样诉说和记录?他脸色红红的,额上渗出了汗粒,在心里说:我如果能拉琴该多么幸福啊!那时候我就成了一个没有忧愁的人了。正这样想,李音把小提琴交给他:"来,试一下,嗯,顶在肩上;这样握弓,来吧!"他像捧了一件水晶器皿,生怕它掉在地上,死死抓紧。弓子涩涩地拖过琴弦,滑到一边……尽管是一次极不成功的尝试,但他总算亲手摸过了这件神奇的宝贝。

三

蛹儿想花上两天时间,一口气读完所有文字,可是渐渐有点按捺不住了:就像长时间潜入一片深水中挣扎,快要窒息了,不得不探头深吸一口。董事长出门时,她破天荒提出一起去总部顶楼,到那个阳光充沛之地待一会儿。淳于宝册夸张地做出一个苦脸,没有拒绝。

他们饮过一杯咖啡,淳于宝册就躺到了那个冲浪浴缸里。这是他上午在总部顶楼不可或缺的功课,每到这时,她或徘徊左右,或在一旁看他水中冥思的模样。可惜这次只过了十几分钟,外面就响起了轻轻的敲门声。她只好起身去隔壁。从声音听出来客是总经理,接着一阵水声,那是董事长很不情愿地从浴缸爬出,抓起浴袍……她对这两个男人的交谈太熟悉了。

"这个规划不错,像我孙子干的。"第一句赞叹清清楚楚,后面的就听不见了。

淳于宝册把图册推到一边,看着老肚带越来越大的肚子,像要验证什么,伸手按了按。老肚带哼哼笑着往后退,说:"三个村子的海岸线够长了，狸金集团真该拥有这片黄金海岸。董事长的器局大，如果我们早一点开窍……"他说到这儿停下，突然意识到这等于指责对方。果然，淳于宝册还一句："你该动动脑筋了，我现在不过是一只水獭，往好里说是一头海狮，一天到晚在这片水里扑腾，外边的事情全不知道。""您是过谦了。什么都在您的手心里攥着，我们不过是串场的小人物，上不了大台面。"淳于宝册竖起一根手指："再这样说打屁股了。我说过多次，你才是一线人物！今后你不要来找我出主意了，我只问结果不问过程，一伸手你就得把我要的东西放在这里！"老肚带"哎哟"一声，带出了哭腔。他心里说："我可不能这么快就把那个女民俗学家交到你手里！这太难了，好比去西天摘桃子，得快马加鞭走一程又一程，怕这辈子都跑不到那个地方了，咱还是先把大话咽到肚子里……"他没敢说一句抱怨话，只嬉着脸："让我详细汇报一下吧，从头说细发点儿……"淳于宝册丢下一句"我不听了"，掀了浴袍，一歪身滑进水里。老肚带觉得水中的身体圆滚滚的，不像水獭也不像海狮，倒像一头海豹。这家伙脂肪层不薄，又肥又结实，是炼油的好东西。他等着他爬上来。他知道这个人的脾气：有时像孩子一样任性，说气话是经常的，可别当真。自己跟从多年，已经摸透了他的心思。别看懒洋洋的，霹雳性格说来就来。不过这家伙也真该歇一歇了，半生煎磨，江山打下来了，如今也该打打盹儿，比如像海豹一样玩玩水。

淳于宝册钻出浴缸时带了一大团水花，有一股虎生生的劲儿。"嚯，瞧这生猛，谁能抵挡……"老肚带的半句奉承让他不太高兴，沉着脸："要说就抓紧时间吧。"老肚带从低沉的声音中听出了一点严厉。他急急地翻找皮包,将一些图表颠来倒去地看,掩饰着不安。淳于宝册拍拍他的屁股:"不用找了,大致说说就行。我问你现在的进度,简单些。"老肚带抬起头,喘气很粗:"是这样,那两个村的头儿解决了,一切也就好办。他们说不能让村里人吃亏,其实他们自己不吃亏就行。每个村民给些福利,地收回来,今后都是集团一分子了。这好比一张白纸,咱们怎么描画都可以了。您看?"

淳于宝册听到最后脑子已经荡开,耳边响起了拉网号子,一阵响似一阵。他的目光望向远处,仿佛望到了白沙绵绵的海湾。老肚带终于发现董事长走神了,就停下来。可是对方马上转脸问:"怎么了?说下去!""哦,说下去。是这样,我们是否可以将这两个村子的文件先签下来?一干手续够复杂,可以先办。地方领导的支持一点问题都没有,现在看他们的积极性比我们还大哩!"淳于宝册冷笑:"明白……嗯,等一等,不必太急。要害是吴沙原的矶滩角,这块骨头啃不下来,其余两个村子宁可不要。"老肚带头上的汗珠一瞬间渗出,连成了一片:"这,这当然。不过那个姓吴的眼镜心思太多,对我们又提了几个问题。""什么问题?""比如村子兼并后,土地支配权属于谁?矶滩角是否还拥有规划权使用权?村里人的居住和工作选择权?这权那权,把我的脑袋都问大了。他大概不甘心矶滩角主体地位的消失……"淳于宝册像直接面对一个挑战的对手,两手扙在双膝上问:"什么消失?"老肚带头蒙着,答:"就好比一个小土丘,被大水冲散了,再也没了!"淳于宝册拍着腿:"我就要冲散他这个小土丘!""可是……可是他像石头,硬着呢!"淳于宝册大口喘息:"这我不管!就看你的了!我孙子什么办法都有,我相信我孙子!"

剩下的一段时间老肚带不再吭声，在心里呻吟起来。他预感到一切并不容易，比喻成一场战役，这一次是空前的艰难和险峻。是的，他跟着这个鬈毛爷爷大江大海都过来了，不过即便如此也说不上胸有成竹。他一想起吴沙原镜片后面那双眼睛，就有一种不寒而栗的感觉。"妈的，一物降一物，我治不了这个海边的眼镜！"他心里这样说，却不想在这时候表现出怯懦，扶扶宽皮带，像一个大元帅那样挺直了腰板："嗯，我会办妥……唉，金矿那些麻烦刚刚弄完，煤矿和化工厂又出事了。我得赶紧去一下，咳，咳咳。"淳于宝册不再理他，一个人出了浴室，拖沓的身影好像在重复一句话："我相信我孙子！"

蛹儿一直等在里间。她一边给他揩着水珠一边咕哝："瞧瞧这个玩水的人！"她细细擦过了他的周身，为他换上软绸睡衣，拖鞋换成长毛猫头型的。淳于宝册斜躺在长沙发上唉声叹气："人老了就有人欺负。"蛹儿端详他的脸色，没发现什么异样。"您一点都没老。真老了那天他们也得敬神一样。""敬神有神在，不敬是泥胎……"他抿一口茶，怔着，那副神情表明心思已在远处。她期待着。他说出的话让她吃了一惊："如果我没有记错，你是艺术系毕业吧？""啊，是的，怎么？""你会唱拉网号子吗？"她缩着鼻子笑了。这副模样让他喜爱，弹了一下她的脑壳："算了，跟你开玩笑。不过也许有一天你真的会跟我见识一帮拉网的人，他们都很厉害啊。俗话说'山霸王海贼'，其实我们山里人从来斗不过海边人，那些家伙从小吃大鱼吹海风，脑子灵得很；再就是忒野性，一般人根本对付不了他们……哦，这些书！"他说着把身旁一摞书倒弄几下，念着书名。全是一些有关远洋渔业捕捞、海洋知识之类，既无关民俗也没拉网号子，全是秘书白金堆在这儿的。"我看白金这家伙是个笨蛋！"他把书推开。蛹儿不知端底，只将散乱的书抱到一边，把茶端得近一些。

案几上的花束散发出诱人的气息。她觉得这个人心思飘忽，一点都猜不透。像过去一样，不敢多问。这个人太孤单了，尽管被一群人簇拥着，可老伴和孩子都在国外，那种慰藉也许是不可取代的。特别是老政委，她的离开让他有点撑不住了。蛹儿觉得最神秘的还是那个古怪的女人，从里到外都不同于自己。她想象不出一个穿了长筒马靴、牙齿发黑的老姑娘，当年是怎样对他一展芳心的。这些奥秘也许很快出现在长长的故事中，只需耐着性子看下去。发生那些事情的年代遥不可及，但故事的主角却近在眼前。

四

少年宝册同时拥有书与琴，这在当年也许过于奢侈了。大概正因为如此，它们才像玻璃器皿一样易碎。蛹儿翻着纸页，一颗心悬着，直到噩运猝不及防地降临：李音远在青岛的父亲突然涉案入狱⋯⋯李音随即失去校长职位，去了校办工厂。而这之前无缘继续升学的宝册因为他和老贫管的呵护，也得以留在工厂。他们可以更多地待在一起，并延续那份宝贵的油印刊物。出乎预料的是由此生出的更大祸端：刊物被指控，李音被隔离，宝册落入钎子手中⋯⋯蛹儿最不忍看的是下面一段记述：关于那个血腥的夜晚、那间老碾屋。宝册被关到村边一间废弃的碾屋里，拴在了碾砣上。

大石碾占据了小屋的三分之二，旮旯里坐了钎子。一个人把马灯擎起,对钎子说:"这小子死拗!"钎子把头探到宝册肩上,宝册扭头,他就甩了一个耳光。血立刻从宝册鼻子上流下。钎子两根手指像铁锥一样戳他的肋骨,然后又揪着他的头发撞了几下碾砣。"揍,往死里揍,揍得他'递哎哟'!""咱这里打死人不偿命,咱是受了皇封的人!"噼噼啪啪,噗噗啦啦,血腥味儿漫在四周。"妈呀,死了?真死了?"一个人停下,把手伸到宝册鼻子底下。钎子揪起宝册头发,看到了一张血乎淋拉的脸。

宝册醒来,一转脸看到了母亲:伸手不见五指的黑色中,脸色枯黄的母亲坐在碾盘对面。她想摸摸自己的孩子,却挪动不得。他想叫一声"妈妈",可嘴巴张不开。母亲也不能说话,他们只好用目光交流。他听懂了绝望而悲愤的母亲的心声,也用心声回应:"妈妈,我记住了,我会为您报仇!"他想大声喊出,双唇挣开,血哗哗留下。再次抬头寻找,碾盘对面的母亲不见了……

这是凌晨三点左右。寒气扎入骨头,在伤口那儿钻挤。他小心地挪动,感知四肢。双腿还能挪动,左手和右手,膝盖。他多么想念李音的小屋,想那个世界上最暖和的地方:北风扬起雪粉,噗噗拍打门窗,屋内炉火噜噜响。"老师说说青岛吧。""它在海边,是小渔村变成的一座城市……""我们老榆沟也能变成一座城市吗?""不知道……海边有红屋顶小楼,有外国人的洋房,教堂和公园。放假时我带你去看……""教堂是怎样的?""教堂有尖顶,有牧师,后来……"他们说着,声音越来越低,直到宝册睡着。

黎明一丝丝到来。渐渐看得清四面石壁涂抹的污痕,还有沾血的碾盘。门"哐当"一响,浑茫的夜色全部消失。刺眼的雪光让人睁不开眼,几个背枪的人凑近。"这东西还没死。"一个人说。

钎子走过来端量，吐一口问："知道为什么逮你？"听不到回应，钎子大喝：

"因为你们犯了错！因为咱有血仇！"

宝册心中滚动诅咒，但一句都不想说。钎子对旁边的人小声嘀咕几句，然后叫道："先取口供，这才要紧！"那人把头凑到宝册耳边："告诉我校长那些事，说细些，从头……说！说不说？"宝册觉得身体要被屈辱和仇视胀裂。他第一次觉得离死亡这么近。他为李音难过，难过得要死。

钎子不能容忍一个无声的人。他暴跳，喊："砸，砸黏他，只留最后一口气！"抡成了花儿的皮带，踢和撞，叫骂："还不递哎哟，还不递哎哟！叫你趴下啃泥……妈呀！"钎子翻开宝册的眼皮，对一旁说："留个活口！"

蛹儿合上纸页，去屋外走动。她耽搁了一会儿，像故意延缓和推迟那生离死别的时刻。

……凌晨时分，师生两人断断续续地交谈。李音说："我快离开这里了，想交代你一件事情……"宝册静静地听着。"我说过有一天要带你去青岛，记得吗？""当然！老师……"李音扳住了他的肩膀："如果我来不及回去，你就替我去看望一次父亲吧，对他说这里一切都好，我还在拉琴，教书……"宝册急了："来不及？为什么？"李音低下头："他什么都不知道，你一定要见到他，亲口对他说……"宝册忍住，回道："我会照老师的话去做。可是我们一定要一起回，我从来没走那么远的路。""你长大了，你是我教过的最好的学生，我相信你走多么远都不会迷路！"

宝册一直在等老师说出更多，双手握成拳头，双眼因焦灼和急切而变得尖利,目不转睛地盯住李音:"老师,我们要一起!"李音抚摸他的脸和头发,在下颏的疤痕那儿停住了:"孩子,你会离开这里,记住,一定要走得远远的。"宝册咬着牙:"不,我不能离开你!"李音紧紧抱住了他,摇头。

第二天深夜,李音自杀身亡。

五

宝册推开那扇绿色的小门,从架子上取了几本书,然后偎在被子上深吸几口。他站起来,发现桌上有一把水果刀,揣进腰里。直接去宿舍找到自己的帆布包,装上硬壳笔记本、三本油印刊物。最后去小石屋告别:"奶奶,我走了……"

宝册踏上街巷,脚底灼烫。他手中攥紧了那把水果刀。看看天空,每一颗星星都盯过来。巷子里响起了脚步声,一个老人走过来,近了,原来是穿了翻毛皮袄的老贫管。宝册心里说:伯伯,我可能再也见不到你了!他默念着迎上一步,把老人吓了一跳。老贫管一把抓住宝册,大口喘着:"啊呀孩子!我刚从学校出来,到处找不见你!钎子一伙这会儿正寻你哩,赶紧跑吧,一点都耽搁不得!""伯伯……"老人从他手中取下那把刀:"孩子你得忍下,快些逃吧,别再耽搁……"

宝册将头拱在老人怀里。抬起头:一天星星更近地盯过来。他腾跳一下,冲入夜色。

第七章

一

　　淳于宝册让白金堇摸一些书，书来了，却大半不沾边，让他非常生气。不过其中有一本欧驼兰的著作，这令他如获至宝。勒口上有她一张黑白照片，他像近视一般贴近了看，又挪远一些打量，然后放进抽屉里。再次取出来抚摸，自语："多么棒，不过还是比真人差多了！"因为太专注，有人在门前敲了好几次他才听见。老肚带站在那儿大声咳嗽，他说："别像痨病秧子一样了，快进来吧。"老肚带依旧夹着黑色皮包，让他觉得满意：真像办大事的样子，一个日理万机的人哪。老肚带解着皮包，淳于宝册原以为又要掏出一堆关于海湾的文件，谁知只是一页打印的纸片。原来是远在澳洲的女儿来信了。这信是写给总经理的，其实瞄准了父亲。老肚带念完了，说："黑子的公司遇到大坎儿了，她很少这么叫苦连天的。"淳于宝册觉得头发梢儿沉沉的，每当忧烦袭来就这样。它会越来越沉，直到变为珍贵的金属：一头银丝。趁着那一天还没有来，他要远远躲开，钻到无风无浪的螺壳里。他摆摆手："我管不了那么多。这信是写给你的，你就料理吧。"老肚带把纸片掖到包里，咕哝："董事长又要试练我的胆子了。"

　　淳于宝册相信黑子，盼她度过这个关口。他这一对儿女，只有她更多地继承了老政委的脾性和外貌：人长得黝黑，手脚粗壮，泼辣果决，少温柔多蛮横，也像母亲一样烟不离手。这样的人适合独闯天下，所以让她去澳洲打理那一大摊子。他对这孩子从来放心，老政委也同样如此，所以做母亲的才选择去苏格兰旁边的镇子，与小四眼一起安度晚年。对于一脸秀气的小四眼，她大概和他一样担心。"我的一对儿女长颠倒了。"他叹息一声，挥挥手，一页翻过。老肚带弯腰找文件时总要憋气，像老牛一样喘。"我的人一天都没闲着，兵分几路，做出不同的规划书、好几套可行性方案。一般情况咱跟上边通了关，下边的对手就好办了。可是这一回反过来，我是说矶滩角这儿。"淳于宝册听来却觉得未出所料。他那天在民俗学家屋子里逗留，一同听了拉网号子，然后再也不敢低估这个对手。他注视过那人薄薄的胸脯、瘦干干的躯体，特别是镜片后边那双吹足了海风的眼睛，知道这是一个难打难缠的家伙。这人除了有一种艮劲儿，最可怕的还是那种化繁为简、四两拨千斤的异能。比如他就能以边远渔村的老赶模样，迷住一个心气高远的知识女性！而且这是一个见过世面、在学问中游走、不动声色满腹心机的女子！这女子的韬略和形貌并非"出众"二字所能概括，而是一种异常风韵与气息的综合，是诱惑，是永远不再游移的一道深痕刻在了男人的灵魂里。是的，她既有这样的力量，竟愿追随一个小渔村的头儿，可见对方是怎样棘手的人、厉害的人。他不吭一声听下去。

"吴沙原对什么人都那样，上级下级，富人穷人，一副笑眯眯的劲儿。有时也严肃，可不温不火的时候更多。该怕的人他不怕，或者是怕过了头，只是笑。这家伙真不好对付，提出一个问题就能把人难死。我知道市里也有人支持他，这不奇怪。估计他私下里要跟那个城里女人商量，他们的关系已经到了无话不谈的地步！"

老肚带说到这里,腮帮子上的肉绷紧了。淳于宝册打断他:"关系到了怎样的地步?睡了?你见过?""我,唉唉,这种事谁也见不着,咱得观察,听听风传……"淳于宝册额上的血管鼓起来,双拳紧握,一会儿又冷笑:"风传,这是个有趣的词儿。不过风传老肚带的事儿多了,你被杀了十次,还是个牛头马面的妖怪。听听风传也不错,解闷儿。我不是开玩笑,你去找找老楦子他们,把两个人的所有风传记下来,让我闲来无事多看看……""您那是搜集情报吧。""这倒不必。关于矶滩角的情报已经够多了。我这么做等于'采风'。你查查这个词儿的意思,是本义,不是引申义。这些年一个好端端的词儿被小痞子们用歪了。记住我的话。"老肚带在小本子上记了。

淳于宝册见他也像白金那样随手记事,有些扫兴。他担心这家伙的脑子退化了,如果这样,偌大的狸金交到他手里等于剃头刀子揩腚:好险。找机会要好好试试这人的记忆力。老肚带抓紧时间汇报,可总是被一些插科打诨给阻断。这种情形如果发生在下属身上,他早打他们屁股了。可董事长本人这样,让他一点脾气都没有。有时他疑惑面前这个人要么真的是老糊涂了,要么就是过于居功自傲了,心里没有家事也没有国事,只想享乐,由着性子来。说真的,整个海湾计划的提出在他看来有点多此一举,只不过事后认真想起来,才渐渐觉得大老板或许真的是深谋远虑,于谈笑间确立了一桩战略大事:拥有一段黄金海岸。这无论从哪个角度讲都是集团的一着大棋,不仅有实体开拓,还有其他种种妙用,旅游业、房地产、远洋捕捞皆可顺势拓展。只想一下未来岸边或隐或现的别墅群、神秘难测的各种设施,就让人迷倒。在这幅斑斓图景之下,一个操盘手只会觉得生命短促,恨不得再活上三辈子才好!就此他更加钦佩董事长之胸襟气度,感到自己的渺小和局促。"'谈笑间,樯橹灰飞烟灭',就指了这个不是?"他笑眯眯地看着董事长。淳于宝册皱皱眉:"我们狸金没有敌人,只有伙伴,讲的是'双赢'。只要有一方输了,这种合作就谈不上成功,也没有胜者。你记住我的话。"

老肚带这一次没有往本子上记。这需要理解的智慧,而不是死记的功夫。他顺着这个思路想了一会儿,笑了:"一点不错。我们对矶滩角好着呢,净替他们打算。如果计划落实下来,最小规模的投入也有几十亿上百亿!这笔银子谁见了都得动心,只有一个人装傻,像没看见……除了远洋船队,还有村落改造、民俗馆、海鲜城、游艇码头。我想董事长该有最豪华的一艘游艇了,带上蛹儿她们出海,备最好的葡萄酒,拎上冰桶,那是什么阵势……"淳于宝册插话:"资产阶级的套活儿,土老帽照葫芦画瓢。你小看了我,以为会那么傻。白白拿了这么多学位,还出洋培训,世面白见了。你还是多听听吴沙原怎么说,他会让你开窍!"老肚带仿佛被一记老拳打趴了,长时间不再开口。他最讨厌那个戴眼镜的渔村头儿,这家伙荤素不吃,没大没小:在方圆几百里,哪个地方的头头脑脑见了狸金要员会像他那副神气?笑笑、握手,礼貌倒是有,不过缺少最重要的东西:畏惧。这家伙对自己和随员疲疲沓沓的,一路领先地走在黑色石板路和沙滩上。那时老肚带十分郁闷,甚至气愤,不过什么都说不出。

"我认为这些计划总有一个适合矶滩角。周边那两个村子好办,如今就看吴沙原了。市里准备开一个现场会,这之前已经看了我们的沙盘演示……"老肚带鼓了鼓勇气说下去。淳于宝册"哧"了一声:"都是老一套。""是老一套,不过也是以前用过的战法,百战百胜。""你错了,这一回大概不行。其实你一试就知道,不再是那么回事儿。"老肚带"吭吭"几声:"嗯,这人可能软硬不吃。以前没有遇到,有点古怪……"淳于宝册一直斜倚在那儿,这时坐直了:"我给你的沙盘上插个小旗子,上面写了'民俗学'。我见过吴沙原听拉网号子的模样,那个高兴。他厚待那个民俗学家,可不光因为是女的,这个你要想清楚。"老肚带一激灵:"那在矶滩角建一个'民俗馆'?这倒是不错的主意。"淳于宝册懒洋洋地躺下:"你和那帮人演示自己的沙盘去吧,这不关我的事了,我已经是个老人了,该退休了。蛹儿主任!蛹儿……"

他冲里边大呼小叫,老肚带就收拾东西了。他趿拉着猫头长绒拖鞋,擦着不知什么时候流下的一点鼻涕,一边往里走一边嚷着:"又让咱的主任久等了,实在对不起!"

二

宝册恨不得一步踏出山地。丛山的另一面是什么?毫不知晓。他生来就不曾跨出村南的山岭半步。头顶的星空变成了细纱似的丝网,追着一条小鱼滑动,好像随时都能落下。只要向南再向南,那就远离了村子。那个遥远又遥远的世界像无边的海洋,将在天明之前接纳一条遍体鳞伤的小鱼。身后的幕布一点点拉开,那儿有一群惊慌失措的人。他站在山顶望了许久,想从一丛黑影中辨认出几个熟悉的人……

141

宝册跑跑走走过了五天，靠讨要度日，钻草窝入眠。这期间险些被巡夜的人逮住，差点掉入路边枯井。好在每次都化险为夷，再次上路。他走累了背倚一道土坎，掏出那个硬壳本和油印刊物，读一会儿，眯上眼睛做梦。又是五天跋涉，总算走出山地，看到了一马平川："啊，这就是平原了！"

平原上的人说话像鸟叫，唶唶咕咕，听起来好费力啊。宝册恨不得一夜之间变成这样一只鸟，只有这样才能无忧无虑地飞翔。他一遍遍默习平原鸟语，学着唶唶咕咕。他得知这儿离海仅有数十里，心中惊叹：从小听说的大海原来不远了。他想这种古怪的鸟语大半是大海造成的，海风和海鸟让平原人改变了声调，就像石头让山里人说话瓮声瓮气一样。山里人说话像扔石头，一块块扔在地上，砸出深坑。他与平原人打交道是讨要的时候，喊着"好心的大爷大娘"，那声音好惨，平原人一听心都碎了，少不了把糠窝窝和黑面饼端出来，还有一次给了一条小咸鱼。他因为第一次吃到这样的东西，来不及细嚼就咽下去，结果害得一整天净喝凉水。就在吞食小咸鱼的这天夜晚，想不到命运发生了天大的转折。他会永远感激这一天。

那会儿他渴得难受，急于找水喝。天就要黑了，他加紧脚步往前，看到一个村子轮廓，不知该回避还是走近。他在离它半里的地方停下。后来他看到一座离村子稍远一点的小草屋，就不由自主地走过去。小窗亮着灯光，他趴在窗上往里望，看到了一位老婆婆盘腿坐在炕上，对着一盏小油灯说话。他听不清，就转到屋子另一面。这儿是个小草园，园里有草垛、一垄菜苗，还有一个水桶。他蹑手蹑脚潜入园子，直接奔向那个水桶。桶里有一点水，他捧起

途中小村

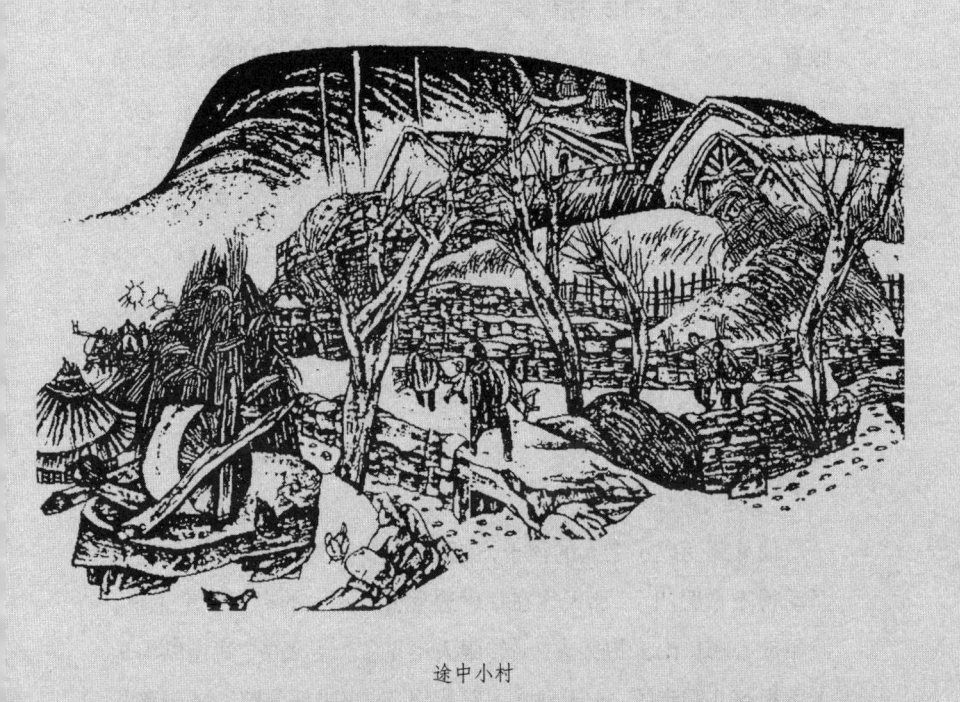

来喝了,抹抹嘴巴,看看小草屋透出的灯光,坐在小草垛旁。一阵瞌睡袭来,他实在忍不住,就扒开垛子钻了进去。

刚刚入睡没有一会儿,他就被一只手抚醒了。一个激灵坐起,发现眼前是满头白发的老婆婆。"老妈妈!老妈妈……我不小心睡着了……"老人一双手摸过来,颤颤抖抖,从头摸到脚。他在星月清辉下注视老人,嗓子噎住了。她让人一下想起老奶奶。老人把他摸了一遍,一双手突然在额角上停住了。那儿有刚结了不久的疤痕。"我的好孩子,你是小晌吗?你回家来了?"老人的手哆嗦起来,把他的头搂到胸口那儿,按住,身子左右摇动。这样一会儿,又猛地将他推开。他这才发觉,原来老婆婆是个盲人。他的心嗵嗵跳,想着怎么应对。"是我的小晌吗?"她还在问。宝册咬着双唇,低下头,像是沉入了久远的回忆。老人一下下摇晃,他终于昂起头,大声回应:

"我是小晌!"

他从此变成了老人的孩子,这孩子一岁走失,而今归来。老人激动得嗷嗷哭叫:"那天你在草垛边玩耍,天上的老鹰往地上瞅,我不放心哪!出去抱柴火,一转眼人不见了!老天爷,我还以为是老鹰把孩儿叼走了,一天到晚哭啊哭啊,一双眼都哭瞎了……孩儿给妈说说这些年,这些年,我的宝孩儿啊!"宝册随着她摇晃和哭泣,一边回答说:"我真的被老鹰叼走了。它叼着我飞啊飞啊,不知翻过多少山岭,后来没了力气,砰一声扔在荒山野外……我迷了路,走反了向,一直往北往东。我找不着家,说不清路,成了流浪人。""我孩儿受的苦楚没有数,我白天黑夜盼啊盼啊,扳着手指算,你要活着该多大了,做梦都是你回家。我夜里攥着你的小脚丫,小响！小响！醒来怀里是空的……宝孩儿终究回到了妈的身边。妈只能看见一点光亮，看不见你长成了什么模样，可你脑瓜一边的疤痕还在，这是一岁那年磕的！我的宝孩儿！"老人念叨的总是这些话，宝册明白她盼儿盼得糊涂了。他暗暗琢磨：就做老人的孩子吧，试试再说。

宝册知道要骗过村里人可没那么容易。他从头想着十三年的长路，想着从一岁到现在吃过的每一口饭该是怎样的，想得头疼。第一夜被老人搂在怀中睡去，半夜醒来出了一身大汗，因为母亲的怀抱太热了。他在睡前大口吞食热粥和玉米饼、咸菜，吃过了这一辈子最香的一餐。老人睡着了，他小心地在屋里游走，看过了土屋里每一件泥做的家具。锅灶、小板凳、泥碗和筷子，都似曾相识。他惊得合不拢嘴，最后倚在门边看入睡的老人，看月光从窗棂射进来，照着她散在枕头上的白发。

第三天上，村里的男人女人都陆陆续续来了，来看失而复得的小响。这一天稍晚来了一个人，他是村头儿，见了老人叫"大婶"，闲玩的人都走开了。老妈妈说："大侄子，老天有眼啊，我孩儿回家了！"五十多岁的村头端量着宝册："老鹰多大叼了你？"宝册答："我也记不得。""摔下来疼不？"宝册摇头。村头儿问他这十三年的日子怎么过？他说给北边的人做活儿、讨要，有一年还被坏人领到了更远的地方。只是想小时候，想那个玩耍的草垛，想妈妈，就到处找啊问啊，十几年就这么游荡过来了。村头儿吸烟，捏捏他的胳膊："瘦得像秸秆。回来猛吃大馍，洗巴洗巴换上新袄，又是一个好端端的孩子哩！"老妈妈又哭又笑，拉住村头的手说："你大婶又有了依靠！我的宝孩儿站起来比我还高，我的宝孩儿，小晌！小晌！"村头儿催促他："快喊妈！"

宝册上了户口，大名儿叫"刘小晌"，出生地就是这个叫"三道岗"的地方。他后来留心找过"岗"，发现全是平展展的大地，看不到什么高隆的地方。他想尽快学会这里人说话，总也不成。他随村里人出工，冬天看民兵上操。这个小村只有十来个民兵，有一杆枪，枪上没有刺刀。公社派下来冬训的人问他："多大了？""十六。""什么腔儿？"一边的人说了小晌的来历，那人不再问。后来村头儿找到家里，说："大婶子，上级要查孩子来历哩，我怕给你查没了儿子，替你打了保票！"这段话被宝册听到了，吓得心跳，一整天都不吱声。

一年时光飞快流逝。宝册十七岁了。这一年时光里他倾力去做两件事：一是忘掉自己的来路，二是学平原人说话。两件事都不成功。半夜惊醒，他会用半生不熟的平原腔呼出一句"老师"，以为还在那个校办工厂里值夜，身边是机器的隆隆声，是机油和锈铁味儿。老人会伸手搅住他叫着："我孩儿睡毛了，又想起这一路长跑了。躺下！躺下！"他头拱在老人怀中一动不动，想着往昔，想那一个个夜晚，想自己与老师的分别之夜。他全身一震，睁开大眼。轻轻从老人怀中抽出身子，摸下炕，趴到后窗上。星星闪烁，月亮还没出来。他嗅着午夜的气息，想从中品咂出遥远的北方气味。"老师的青岛在哪里？"他在心中悄问，盯住一颗眨眼的星星，那是李音的注视。他在声声倾诉，说给自己的老师："我一天也没有忘记您的嘱托，一年来只忙着逃命。时候到了，我该去看您的父亲了！我会找到那里，把一个口信捎到，放心吧老师！"

天亮时宝册对老人说："妈妈，我十七岁了，是个大人了！""宝

三道岗的雨

孩儿长大了！""我长大了，不想一直蜷在村里，想出门找个营生。""出门？宝孩儿又要离开妈妈？""我出门找到营生就回，不会丢下妈妈。"老人不再言语，昂起头看北窗。她什么都看不见，她什么都看得见。她的心思会穿透浓厚的眼障望到很久以前，一幕幕闪过：男人给了她这个孩子，害痨病死去；一岁的孩子在草垛边玩耍，歪歪斜斜的大鹰把他叼走；失去家的孩子变成了泥猴，一路跌跌撞撞喊妈妈……老人双手捂着枯干的眼睛说："宝孩儿是一路跑野了蹄子，待不下了。那就去找个营生吧，找到了回家告诉妈妈！"宝册的泪水再也忍不住，抱住老人说："我找了营生一天都不耽搁！妈妈等我！"

老人和他一起准备上路的东西：一摞瓜干饼、一双新鞋子、一只水壶、一小卷油滋滋的钱。宝册把钱放下，老人不肯，可他还是将它按在老人手里："我一直在赶路，我会赶路。"老人问他去哪里？他说自己也说不好，反正是城里，"有营生的地方"。老人又问："告诉村头儿不？""不，我走了妈再说吧，反正不多天就回。"他心里想的是，只要到了地方，见了那个苦命的李伯伯，一定会尽快返回老人身边。他把一摞瓜干饼装到一个布袋中，塞到背包里。老人烙饼时尽可能多地放了油，把仅有的一小坛油都用光了。饼的香气让宝册鼻塞，长时间说不出一句话。他拥住老人，再次在心里自嘱：早回。

三

出门先打听县城的方向，想买一张地图，好按图索骥找那个叫"青岛"的地方。那儿有大水,是一生都没见过的海。青色的岛,多么美妙,所以才出了李音这样的人。这次远行多么急切多么幸福,比起一年前的逃命简直是天壤之别。渴了喝水,饿了吃饼,困了找借宿的人家。令他吃惊的是那卷油滋滋的钱竟装在贴心的衣兜里!他半路发现后呆住了:老人什么时候偷偷放入?怎么也想不明白。泪水在眼中旋动,只迈开双腿找县城。原来县城就是房子多人多的地方,是吵吵闹闹的地方。他在大十字路口看到了游行的人,那些罪犯披枷戴锁、胸前挂了牌子,五花大绑牵着走过。他细细数过,这一串整整有三十个!城里坏人这么多!他回身直奔车站,买了张地图,找到"青岛"两个字。最后他还是收起那一小卷钱,徒步走出县城。

又到了一望无际的原野上,看到了庄稼,听到了天上的云雀,啊,就像听到了李音的琴声。那个了不起的人哪,会写文章会拉琴会刻蜡版,世上怎么还有这么神奇的人?宝册见过的最了不起的人就是他了,可能以后再也找不到比他更棒的了。这样走着想着,进入一个个村庄。他不再恐惧也不再羞愧,与街上的人搭话问路,讨水喝。包中的饼吃完了,他又开始讨要。各种各样的吃物装入袋子,里面有红薯、芋头、糠窝、咸菜、干鱼和豆腐。这么多好吃的东西,让他再也不怕长路。

不知看了多少遍地图,一个个大村镇和县城都用笔做了记号,数了数有十八个。他要一步步走过这些地方,走到猴年马月。想乘车又舍不得钱,就设法让马车捎一程。有一次他甚至搭上了一辆拖拉机,开车的是个女的,穿了蓝色工装,就让他坐在车斗里。到了中途女司机买了点吃的东西,回来时看了看他说:"进驾驶室吧，后边颠得慌。"这是他第一次坐在这么神奇的地方，有些拘谨。女子一路和他搭讪，问这问那。他说自己是去青岛走亲戚的。女子说："我能捎你四十里，剩下的路还远着呢。""剩下多少？""二百里。"她不时歪头瞥瞥他，问："多大了？""十七，不，十九。"他不知为什么多说两岁，大概为了壮胆吧。女子笑了："跟我差不离儿。"他这才仔细看她，见她真的跟自己差不多大，圆脸，翘鼻子，手很大。她一手握着方向盘，一手从什么地方掏出一个苹果，咔嚓咔嚓咬着，又递给他。他摇摇头，心里热乎乎的。女子踩着油门，拖拉机咆哮向前。他无比羡慕旁边这个女子，她竟然能把这坏脾气的大家伙调教得听话。

  天黑下来，四十里长路也跑到了尽头。女子问："你在哪里宿下？"他像没有听懂，答道："我……不知道。"她爽快地说："公社有个马车店，就在我们单位不远，你去歇吧。""我……"女子扭头看着前方："大小伙子黏黏糊糊，真没劲。"她不再说话了。一个大村的模样越来越近，他真想从车上跳下。在一个大院前边她让拖拉机停下，看着他。他不知怎么感谢。跳下驾驶室前他说了一句："你真好。"他头也不回地往前，只想快些消失。他正要拐到窄窄的村路上，那辆拖拉机又轰鸣着开过来了，里面的她歪头喊着："快上来吧！我拉你去一个地方，今天休班，我们那儿有空铺，对付一夜吧！"他几乎没想什么就上车了。

  在拖拉机站的大院里，女司机把他领到一个脏乎乎的空屋子，指指一张床，就离开了。天越来越黑，他摸黑吃了背包里的芋头，出门去找水喝，正遇到抹着嘴巴的女司机。她像突然想起吃饭这回事，说："食堂里有东西，你站这儿别动。"说完反身跑开。只一会儿她就端着一个碗出来。原来是半块黑馍、一只咸蛋和一块咸菜。逼人的香味儿让他无法等待,伸手抓起就吃。她在一旁看着,心满意足的样子。他吃完了,她又提来一只暖瓶。他喝水时她说:"我叫小狗丽,你呢?"他老老实实回道:"我叫刘小晌,是三道岗人。""我以前也在村里,后来进了这个农机站。"他想说"我以前在校办工厂,也懂农机",又在心里骂:"你真傻!这是万万说不得的……"

早晨,他出门后小狗丽一直目送他。这样一会儿,她又喊:"让我再送你一程吧!"拖拉机轰轰驶过来,他被拉进驾驶室。她塞给他一块热乎乎的地瓜,扭着方向盘说:"反正今天我歇班,就送送你吧。我往东送你二十里,剩下的路你自己走。回来时还能记得这个农机站吗?"

剩下的路足足有一百八十里。宝册与之分别后,这才觉得今生再也遇不到比小狗丽更好的人了。他心里琢磨:回程一定好好看她;还有,将来有了钱,要买个最好的礼物给她。这样想着急急赶路,第一天赶了八十里,第二天赶了九十里。"老师啊,紧赶慢赶还有十里路就到了,我心里慌得不行。我不知道见了老伯伯会说些什么,他能不能相信我的话。"他在心里念着,两腿沉起来。剩下的十里路好像变得无比漫长,他走走停停,四处端量,好像要记住这里所有的路和房子、一片片田野。远远地望见了山岭,啊,这里也有山。山坡上有一幢幢房子,那就是青岛吗?他站在高处跷脚遥望,盼着扑入家门,无数次想象见到老人的情景。那个身陷囹圄的老人自己不幸,也给儿子带来了灾难。

宝册沿着一条上坡路进入热闹的街道。这里的人比路上见过的县城要多,他们来来往往,说话仍旧像鸟语。他试着用刚学到不久的鸟语和他们交谈,彼此听得懂。"这儿就是青岛吧?""呔,青岛还早着哩,还得往东南走上一天,有几十里路哩!"他愣怔怔的:"啊?地图写了里程,按说这儿就是了。""哧,傻子才看图说话哩!"那人扔下一句走开。宝册茫然无措,站在大街中央许久,后来打定主意:穿过大街往前,今夜就宿在东南边的村子里,待黎明时分就往目的地去了。那该是激动人心的日子,梦中多次出现的日子。

走在大街上,最麻烦的是大小解找不到地方。好不容易走到了一个商店旁,看到小胡同有个厕所的标志,就进去了。这个脏地方还算好,隔成了一个个独立的空间,有棕色小门。他进入其中一间,刚刚蹲下就吓得跳起:小门上写了一溜歪歪扭扭的吓人话,让他只看一眼耳朵就嗡嗡响!他吓得胡乱提了裤子站起,刚要挪步又想起什么,伸手去擦那几行可怕的字。有人从外面推这扇小门,猛地一推,一个手拿扫把的人进来,盯一眼,大叫起来。那人想揪住他,他揪紧背包,头也不回地钻进胡同。后面传来嘶哑的嗓门:"快呀,快逮住那个人!了不得!快逮住他!"胡同前边的人有的吓得闪开,有的愣怔,然后一齐应声追赶。宝册只觉得两耳生风,简直就要飞起来。唰唰的脚步声分不清是谁的,不止一次撞到行人身上。从身后的呼号声判断,追赶的人越来越多了。

他渐渐把后边的人甩开了几十米。可惜这地方太生疏了,最后他竟然跑进了一条死胡同。外面的人吵吵嚷嚷越来越近,他急得快疯了。四处寻找可以攀援的地方,没有。他想到了背囊里的东西:那里有硬壳笔记本和书。他把它们全倾出来,用装窝头咸菜的袋子套好，飞快埋到了一堆瓦砾中。他把吃的东西装回包里，抵到墙上等待：当这些人冲过来时，他会出其不意猛蹿，撞开一条路。那些人果真一直往里拥，并没在意他藏身的地方。就在他们转头张望时，他哈腰低头使尽力气撞过去。两个人被撞倒，其余的还没反应过来，他已经跳出了十几米。出了胡同马上向右，再跑十几步就可以汇入人流了。就在这时，两个穿黄衣服的人迎着他一站，还没等反应过来，一个人麻利地扭住他的胳膊，另一个人过来搂腰。他斜着身子往上一挣，扭胳膊的人"嗷"一声大叫，松开了。他几乎是闭着眼睛冲出去，一头撞进人流。

四

停下步子时，宝册发现已经来到了城外。远处是起伏的山岭，风从山的那一边吹来，冰凉刺骨。他看看太阳，盼着它快些落山。心跳一点点慢下来，开始想一件最要紧的事：摸到那个巷子里找到东西。他蜷在小路旁的一丛柽柳下等天黑，快要急死了。摸着黑走走停停，先找到车站的方位，再辨认那个巷子。街上行人还有不少，他不敢靠前。狠狠心忍住，等到半夜才小心地往巷子里摸。又踏上瓦砾了，他蹲下听响动，揣测，一点点扒开大小石块。手都流血了，还是一无所获。心咚咚跳，一腔哀告差点喊出来："千万别弄丢，千万！"可最终还是没有。他抖着带血的两手发«，疼极了，慌极了，不敢想那个结局。他想等一个黎明，因为天光里可以更准确地判定方位。等啊等啊，在晨光中看了又看，奋力扒开更多的瓦砾。这次他挖到了包裹东西的塑料碎片，头一下蒙了：这足以证明那些东西被人发现了,取走了!他马上想到事情会多么糟:有人仅凭它们就能找到自己的来路,然后去老榆沟和三道岗,再去青岛……

他沮丧之极,走出巷子时都绝望了。街上的人多起来,他抬头张望,发现一个穿黄衣服的人正向一边做着手势,心又狂跳起来:老天,这就是差一点逮住他的那个人!他没命地狂奔,后边再次响起呼叫。前面有人躲闪,有人伸手拦截,他觉得自己在撞碎一道铁网。虽然没有回头,他知道那两个人一直紧紧跟上,其中的一个甚至在扳动枪栓。又一次来到了城外,他一眼看到了那丛茂盛的柽柳,与此同时,身后真的响起一枪。

整整一天都在奔跑。远山逼近,天已黑尽,那座城再无踪影。大山阳坡那儿有一块凸起的巨石,他走近时猛地蹿起一只半大的小兽:像野猫又像猞猁。他定了定神,最后发现石头下边的悬空处有一团茅草,伸手摸摸还带温气。他知道这是那只小兽的窝。他蜷起身子,不由自主地往这窄窄的石隙中挤缩,不知怎么就睡着了。睡梦中那只小兽转回来,在他的耳边嗅了嗅走开,一会儿衔来一些山草,覆在他的身上。睡得好香,一直睡到黎明时分,一睁眼,看到山腰上缠着一片白雾。啊,山中有了野物的声音。不知是否梦境成真,他看到胸口那儿横着几绺茅草。

告别了小窝,瞄了瞄方位——离城区更远的东北方,那儿仍旧是山影重叠。他知道这会儿需要一口水、一块干粮,还有一张地图。先设法活下去,再弄明白自己在哪里。他一路上都在心里说:"妈妈我不敢回三道岗了,等等吧,到了太平那一天,我会一头扑到您怀里!"山中的小路细如麻绳,都是留给野物的,而自己这会儿就

宝册逃向大山

是一只野物。一条小径上洇着一些水,他匍匐过去,发现从远处伸来一条水线。循细细的水线往上,终于看到了石缝里涌出的山泉。啊,清甜逼人,痛饮不休。一顿饱饮之后肚子胀胀的,这才觉得自己太贪了。不过直到走开很远,他还是忍不住回望。太阳升高,鸟儿多起来,天也暖多了。他在石头上歇息,盘算下一步。阳光照得暖煦煦的,灰蓝色棉衣上沾着一些脏物,像是饭糊之类。一只白头翁在不远处的小树上与他对视。

他沿着小径东行的唯一理由,是记住了自己是从太阳落山的方向逃离的。东边是吉祥之地。又走了一个时辰,一片平缓的山坡出现在眼前,靠山腰处有一个地堡似的东西。他伏下身看着,当看到有一缕蓝烟从堡里飘出时,一颗心快乐地跳起来。鼓鼓勇气走过去,脚步放得轻轻。走近了,这才看清是一座陷进坡地的小石屋,平顶,上面堆了干柴和茅草。四方小窗就像枪眼,让石屋变得隐秘吓人。屋门只到人的胸口那么高,是原木做成的。轻轻敲门,逐渐加重。门开了,一个黑脸老头探头看了看:"什么鸟儿?"宝册真想答一句:"一只迷途的鸟儿!"他恭恭敬敬叫了一声"伯伯",说自己是赶路找营生的,想穿过这座山到东边去,想不到陷在山里,眼看就要饿死了。老人看都没有好好看一眼,闪开身子:"滚了进来。"

进了地堡才知道,它是深陷地下的,要踏几道台阶才能进屋。屋内黑暗而温暖,灶火噜噜响,有浓烈的饭香。宝册好长时间才适应了里面的光线,用力吸着鼻子,看炉子上喷着白汽的小锅。黑脸老头端详几眼说:"不用急,再等一霎儿。"旁边是一个大炕,炕上堆着被子、烟笸箩,还有炒豆子。老人蜷到炕上:"先吃些炒豆子吧！"宝册就等这一句了，抓过豆子就往嘴里填，咔咔嚼着。"可别噎着，"老头伸出烟锅敲敲他，"难说不是个逃窜的特务啊！"宝册猛地转身，嘴里的东西差点喷出。老头吸着烟锅："特务也得吃饭不是？吃饱了再说。"宝册噎得泪花闪闪，老头取过一碗水递给他。小锅里的东西熟了，原来是一碗拇指长的小咸鱼、两块玉米饼、几块地瓜。他探头看着在锅前忙活的老头，口水流出来。老头把烟锅插上后衣领，伸手端出锅里的食物，竟然一点都不怕烫。老头把所有吃物一一摆在炕上，又摸过一个瓶子添满两个杯子，宝册嗅出是酒。老头将一个杯子推给他："喝！"宝册赶紧摆手。老头沉着脸拍腿："那就别吃我的东西！"没有办法，宝册喝下这又辣又苦、流进嗓子立即散出热力的古怪液体，委屈到极点。他急于吃到玉米饼和甜甜的山药，还吃了几只小鱼。他不由得问一句："这儿怎么会有鱼啊？"老头咂嘴说："咱看山人什么没有？这片大山里要什么有什么，那要会找才成！"宝册这才知道他是看山的人，忍不住好奇："这山是哪儿的？""哪儿的？国家的！你不是国家的？什么都是国家的！"老头一仰脖子把杯中酒饮尽，伸手捏住最后的三只小鱼扔到嘴里。

宝册舍不得离开这儿，说："老伯，我不知该怎么谢您的救命大恩，要不我就得饿死。"老头儿摆手："吃了口热食倒是真的，在大山里谁也饿不死！这旮旮旯旯里什么都有，挖点根根果果，嚼嚼树叶也活命，现在的年轻人不皮实，我年轻时候……咳，好汉不提当年勇，不说了，你走吧，去哪儿？""我也不知到了哪里，迷路了。"老头指点说："往东不出十里是个小村，东一户西一户，叫'壶里寨'。再往前走一天一夜就是大村镇了，那就是公社，叫'撒羊城'。"

宝册心想：好奇怪的名字啊。他想留在这座小石屋里和老人一起看山，可是没有这样的好命，还得赶路。不过他暗暗下了决心：总有一天会返回的。就要出门了，老头突然揪住他问："你说是出来找营生的，找什么营生？"宝册垂下眼睛看着老人的手，低声回一句："我们老家大旱三年，都出门讨要了。我想找个地方干活糊口。""有讨要的条子吗？""条子？什么条子？"老头松开他："唉，就是村子为你开的证明，上面写了你是哪里人，遭了什么灾出来讨要。没这个条子，有人会找麻烦，把你当成盲流关起来。"宝册心噗噗跳。他从来没想这些。老天爷，天下道路千万条，该不能每一条都是绝路吧！他双手握得骨节疼，两眼火辣辣的。老头最后叮嘱一句："'壶里寨'好人多，'撇羊城'你要躲着走！"

第八章

一

在宝册看来"壶里寨"根本就不是一个村子，因为不到二十幢大小石屋就散落在几道山沟里，相距最近的也有一里远。当年筑屋的人相中了一小片平地也就待下来，为了垦出一块可耕地。这里的平地小而又小，但每一户人家都会尽力做成精细的园子。山里的梯田是集体的，出工就是去那里干活，每一户人家精心经营的还是自己屋边的小地，它被篱笆围起，养了鸡和猪，还有一个草垛。草垛的大小显示着富裕程度，只要是家景好一些的，就一定有一个大草垛。宝册最留意的就是草垛了，因为这是他每天过夜的地方。为了不惊扰主人，他总是等到深夜才接近它，小心地钻入，离开时再整得完好如初。如果有一个公家的场院，那里的草垛又高又大，而且没有具体的主人，夜间就可以挖开宽松的洞子，可意地伸展四肢了。这样的草垛是后来才发现的，它就在一片大些的梯田旁，是秋天的玉米秸秆搭起的，混杂着一些麦草和地瓜秧。白天叫着"好心的大爷大婶"讨来饭水，夜晚钻进这个大草垛里，幸福无法言说。

一连十多天都把梯田旁的大草垛当成了自己的家，早出晚归。当吃的东西足够时他就待在里面，端量这个旅途上的好窝。他挖开一个方洞，用秸秆做了个南瓜形的小窗，从那儿享受阳光。他趴在窗口望着远近的山影，在心里说："我还在去青岛的路上，不过这条路太凶险了。说什么也得赶到那里,只要我还活着。"他觉得千般苦楚都可忍受,只是两手空空太难过了。如果那两本油印刊物和笔记本还在,就可以不停地读和写,抵挡万难。老奶奶会说:孩子你哪里也不要去,好好藏这垛子里!李音会说:先设法活下去,然后才是赶路!他伏在窗前:"我记住了,我会活下去的!"

这天因为从山的另一面转回,走近大草垛子已是半夜了。在一天明亮的星星下边挨近它,回家的温煦在心口泛开。他正挪动挡住洞口的秸秆,突然听到了异样的响动。"野物",心里刚闪过一个念头,就清楚地捕捉到粗粗的喘息。他先是一动不动,待了一会儿还是钻进去。喘息声戛然而止,有人从那个松软的麦草铺子上一下坐起,迎着他呼出浓浓的地瓜味儿。小窗被扒开,接着他看清了是一个五十多岁的女人,一手护着还在沉睡的娃娃。"你想干什么?半夜三更摸进来?"女人哑着嗓子。宝册说:"这是我的窝儿,我已经住了十天!"女人往一旁挪挪身子,不再说话,躺下来。无法将她赶走,也实在太困了,尽可能离远一些睡去。醒来时天蒙蒙亮,垛子里有一种热烘烘的体息,还有食物的气味。女人一大早喂了娃娃一点东西,又吃起了生萝卜和粗窝窝。宝册不想吃饭,一直看着窗外的曙色,心里却在判断身边这个女人。大概是一个流浪女。正这样想女人说话了:

"这么宽绰的地方,让俺娘儿俩多住些日子吧。"

宝册看着她瘦瘦的孩子:女孩,顶多有四五岁,两腮沾满了地瓜糊糊,脸色红红的,一对大眼见了生人毫无慌促。女人解释一番:男人领着家人和邻居孩子出来讨要打工,不巧前些天弄丢了老家开出的条子,生怕路上有麻烦,就回家重新开条子了,她要在这里

宝册隐居地

等男人回来。她拍着腿:"人慌无智啊!条子哪里丢了,就在孩子身上啊!天天抱着哩!他走了三天我才摸到……你看!"她把女娃棉裤上的一处扣子解开,抽出一张叠起的纸片。宝册伸头一看,上面果然有红色的印章,写了哪里人氏、因何出来讨要打工等。这张条子注明了她男人是领头人,一行五个。宝册问:"另外两个呢?""半大小伙子,跟你年纪差不多,在'撇羊城'干活。我抱着孩子做不了别的,不过是串村要饭。"宝册多么羡慕这张条子,有了它就可以凭力气吃饭了。

女人早出晚归,每天都回草垛,两手拍打地铺说:"多好的窝啊,咱要饭的人夜里能有这么个地方,不冷不热,真是天大的福分!俺娘儿俩得好好报答你哩!"说着将一块烫烫的地瓜递过来,宝册紧忙道谢推开。女人不高兴,索性把地瓜顶到了他的嘴上,他只好接过吃起来。第五天傍晚女人背着孩子,领着一个上年纪的男人走来,原来这就是一家子了。女人指着宝册对男人说:"一个好人!"这一夜四个人睡在一起,还分吃了干粮。早晨男人要领一家人去'撇羊城',临行前对宝册说:"跟我们一起做活去吧,小伙子不能吃闲食!"一句话说到了宝册心里,可他为难的是自己没有条子。男人拍拍腰胯:"咱有,你跟咱一起就成。"宝册迟疑说:"我……不去'撇羊城'。""没事,你跟紧了我就成。"宝册犹疑了一会儿,想到了女人身上还有一张条子,就吞吞吐吐提出:讨这张行路的法宝。女人看看男人。男人痛快地说:"给他!"

真是从未有过的欢欣。宝册听着天空的鸟儿欢叫,自己也想随上。从此可以来往于村镇之间了,再不怕盘问来历,还能做工挣钱。他心上痒得难受,告别了梯田边的草垛,开始往更远的地方走

宝册打工

去。随着往东,山势渐低。走了半天,终于见到了一个大村镇,这就是有名的"撒羊城"了。他到处打听有没有雇人做零活的地方,苦点累点不要紧,只为了填饱肚子。有人指点了村北的窑场,那里一天管两顿饭,还能挣工钱。

他在天黑前赶到了窑场,管事的看了他的条子,让他去推坯装窑。肚子饿得咕咕响,可领工的说这活儿可不等人,干完了再吃。报酬多少、睡在哪儿,一概没讲。宝册一直干到半夜,浑身衣服都被汗水湿透了,这才被领到一个草棚里吃饭。白菜汤漂着油花,还有一点点豆腐;每人两个大窝窝。宝册一口气吞下了干硬的窝窝,只填了半饱。好在白菜汤随便喝,他一连喝了几大碗,最后就是睡觉了。领工的说工棚里有通铺,有行李,一夜两毛。"工钱是多少?"他终于问到了最要紧的问题。"七毛。"宝册不再吭声,想的是苦干一天,睡一觉就花掉两毛,真不舍得。领工的说:"吃饭不花钱,多便宜的事!"宝册连连说:"啊,真的,不过我有住处……"

走出窑场已是凌晨两点。他一连找到了好几个草垛,有的太小,有的离屋子太近。离村边不远有个方形草垛,相距几幢房子都不算近,可能是公家的。他在这里安顿下来。

窑场里每个星期发一次工钱,宝册领到了四元三角五分。他将几张纸币装到贴胸口袋里,心跳都加快了。天色已晚,他还是走到了村中十字路口,那里有一个代销点,里面卖百货,有图书文具。他留意过这少得可怜的几本书,除了宝书还有其他。可惜店已关门,他只得饥肠辘辘地往回走。回到那个大草垛子前,他吃了一惊:一只半大的花斑牛系在一旁,它正嚼着干草,见了他抬起睫毛长长的大眼睛。宝册轻声发出一句问候,拍了拍它的额头,扒开虚掩的洞口钻进去。睡前一直听着小牛的咀嚼声,似乎嗅到它被太阳晒了一天之后散发出的气味:臭臭的乳香。他睡着了,梦见自己有了一本宝书,还有别的书。他读啊读啊,按在脸上嗅着墨香,又在笔记本上写着。早晨起来时小花牛已经在用早餐,它从一旁的小石槽里抬起湿漉漉的嘴巴注视他。

这天在窑场做活一点都不累,只是有点急。好不容易挨过了上午,狼吞虎咽掉两个窝窝,灌下一大碗菜汤,扭头就往村十字路口那儿跑去。代销点正好开门,柜台外边伏着两个喝零酒的老头,里边站了一个眼睛鼓鼓的中年男人。宝册直扑摆放书籍文具的地方,指着仅有的几本书说:"我买……"中年人的手刚刚触到一本白底红字的薄册子就停下了,说:"你得说'请'。""我,请一本……"他请了一本宝书,又买了另外一本故事书、一个笔记本、一支圆珠笔。花掉了八毛五分!心痛之后是无法言说的愉快和兴奋,差点欢跳出门,跨过门槛时只听身后喝零酒的老头咕哝:"八成是个疯子。"

整个下午都待在草垛里,扒开一点缝隙透进天光,急急地读起来。先读宝书,里面的每个词都熟极了,那是以前背诵过的。再看另一本,是写海岛民兵和阶级敌人斗智斗勇,最后抓到特务的故事。这些特务是从大海深处钻出来的,大海多么神奇!他想着特务像鱼一样在礁石和海草间躲藏的情景,还有民兵抱枪伏在海岸沙滩上的焦虑神情。后来打开笔记本,有那么多话要对李音说,一时不知从何说起。他想起了空中那只云雀,就写它不倦的歌喉。它在唱什么?他努力猜想,一边想一边记。

夜晚多么漫长,可惜没有灯光。他等待月亮升起,看一天的星星。这样的夜晚多么遥远又多么切近,仿佛李音就在一旁。他背倚草垛仰望,花斑小牛默默注视,挨近了,头轻轻地拱动。他的脸庞贴在它温热的额头上,感受它眨动的眼睫。他对它喃喃,它伸出舌头舔他的手和头发。"我叫刘小晌,不,我叫淳于宝册,你叫什么?"他的声音小极了,是附在它的耳边吐出的。

二

春天来临之前,宝册一直在窑场苦做。这是呵气成冰的日子,也是炙人欲死的日子。搬不完的土坯和青砖红砖,抬大捆的柴火,从烤人的窑膛中拖出东西,手脚慢了就得倒霉。头发和睫毛都被烧焦了,一阵阵刺鼻的气味不知从自己还是他人身上散出。领工的吼个不停,有时能骂出一些奇怪的脏话,让宝册震惊不已。"你这个浑蛋差点戳断我的脚趾,我日你宋朝的祖宗!"最后几个字让宝册目瞪口呆,他惊异于对方的粗鲁,还有可怕的欲念:辱骂多么遥远的古人!记得在学校时李音校长讲过:"要向劳动人民学习语言。"这个头发像钢丝一样竖起的领工既"劳动"又"人民",然而吐出的语言是多么可怕。不过领工很少骂宝册,在他眼里这是个肯卖死力的小伙子,整天不吭一声。

晚饭有双倍的胃口。宝册每次都将明天的早饭一起吃掉:领工的多给他一个或半个窝窝,但不准他带走。为了夜晚能够读和写,他狠狠心买来了一只手电筒。这成了他的宝贝,上工时和书一块儿埋在草垛深处,相信只要不将整个垛子拆掉,别人也就永远找不到它们。花斑牛长得更胖了,浑身皮毛闪着油亮。宝册小声与它交谈,夸它是最漂亮的一头牛,是自己最好的朋友。他抚着它的额头,认为它听得懂每一个字。它蹭他,依偎他,听他倾诉。他在星光下看它晶亮聪慧的眸子,想知道它的心事。他不知它为何忧愁?有一天正这样看着,忽然听到了脚步声。他赶紧藏了。牛的主人来了,手里是一些食水。宝册在暗处看着,夜色里看清了是一个强壮的男人,面色很凶。这是他第一次看到这个人,奇怪的是对方夜间从不出现。男人喂过了花斑牛,掐着腰在垛子旁边溜达一会儿,低头看着地上,走开了。

几天后,仍旧是一个夜晚,宝册正和花斑牛依偎一起,正为它的阵阵战栗感到惊异,突然一只大手猛地搭在了肩上。他还没有来得及回头,一根绳子就套上了脖子。那人没说一句话,只是勒紧。眼看就要窒息,他双手拉住绳子拼尽全力蹬腿。绳子飞快打结,他给缚起来。这时他才认出是花斑牛的主人,这人一手揪住绳子,一手塞到嘴里打了个刺耳的口哨。四周响起杂乱的脚步声,从不同的方向跑来四个人,都背着枪。宝册听到了心底的一声嘶叫,因为牙关紧咬,它没有冲出口来。"让我逮个正着!我刚刚见他那样哩,刚刚!"男人喊叫,大汗淋漓。一个背枪的问:"怎样怎样?"男人不答,抄起手电照花斑牛的屁股,几个人凑上去。宝册正困惑,男人拍手大叫:"没错,一头好端端的小牛就这么、这么让他糟蹋了!""啊!这种事让咱遇上了,老天爷!"背枪的惊愕,怒骂,揪紧绳结,把人摔倒在地。另外三个人扑上来踢,拧耳朵,按他的头。宝册终于明白他们在说什么,一瞬间晓悟过来:花斑牛是一头母牛!不可忍受的屈辱让他热血冲顶,奋力跳起。

枪托雨点一样落下。"办这种事就活该砸死!""狗东西什么都敢干,看明儿个不让屠宰手阉了你!""砸死他,砸黏他,砸得他'递上哎哟'!"宝册双手护头。令他惊讶的是这里与老榆沟相隔千八百里啊,这些人同样会说"递上哎哟"!他咬紧牙关,心里说:"等着吧,打死我都不会'递上哎哟'!"大概为了证明这句话,他后来将护住身体的两手松开,让他们结结实实地踢打肋骨、后背和胸脯。再后来,他就失去了知觉。

不知昏睡了多久,一睁眼全身刺痛。恍若又回到几年前那个黑碾屋之夜,面对着钎子一伙。啊,原来天底下到处都有钎子。他发现自己手脚被捆,绳子的一端拴在高处的窗棂上。屋子阴暗潮湿,有一股铁锈味儿。墙上溅了些脏东西,还钉了拇指粗的铁钉。屋角有一只便桶,有绾起的绳子和铁链之类。这儿显然是个监房。他想起了那个看山老人的话,"撒羊城"真是个可怕的地方。门开了,有人探头看看嚷道:"活着哩,这小子。"进来的是一头黄毛的瘦子,顶多有十八九岁,棉裤厚厚的,上衣很薄,扎了宽宽的皮带,过来端量地上的人,一脸好奇。他看了一会儿又蹲下,嬉着脸。

窑场来人了,是那个领工的。他随背枪的人进屋里看了看,说:"不错,是窑场的。""那怎么办?""好办,谁干的找谁去。"领工的扭头就要离开,又回头盯住地上的人:"好样的,牛都敢日!"宝册大声回应:"我什么都没干!我要回窑场……"领工的像没听见,一边走一边骂:"我日他宋朝的祖宗!"背枪的转回来,同时进来一个黑脸胖子。这人眯眯眼,往地上吐一口。黄毛小心地问:"什么时候送上边?"黑脸说:"不急,咱先审审他,然后送去游街。"

审讯开始了,黄毛和黑脸轮番审问,问得五花八门,到后来主要是取乐。这些人没一个怀疑逮到的是讨饭打工的盲流,最关心的是他与花斑牛在一起的细节。黑脸甚至让黄毛解下受审者的裤子，拖到光亮处看了又看，说："没有金刚钻，偏要揽瓷器活儿。"有人趴在窗上往里望，黑脸大火："审案子呢，狗东西！"折腾了几天，宝册什么都不说。有人专门伏在桌前记录案情，胡乱在本子上画了一头花斑牛、一个光屁股的人，牛和人之间用箭头连接起来。黑脸将本子端到宝册面前："画押！"宝册不理，几个人就扭住他按了手印。接下去就是到集市游街了，宝册与一群垂头丧气的男女集合一起，每人脖子上都拴了牌子，由民兵押上。赶集的人像看戏一样随着游走，指指点点。宝册对这样的场景太熟悉了。他于混乱中留意一同游街的人，看着他们牌子上的黑色大字，弄清了这些斑驳复杂的身份：偷盗惯犯、城里遭返者、男女流氓……自己胸前的牌子最为奇特，引来的目光也最多，上面写了三个大字：牛奸犯。

一个星期后宝册被遣到一个水利工地。这儿实行半军事化管理，做活的人一半是出夫民工，一半是各种各样的坏人。后者犯的是介于监禁判刑和劳动教养之间的轻罪，一般情况要做一至三个月的苦工，表现好即可走人。宝册只盼着苦役到期，小心翼翼不敢触碰任何禁忌。天一点点暖和了，棉衣穿不住，可又没有单衣。他敞着怀干活，汗水把衣服浸个半湿。监工的说："光膀子不行吗？"宝册把灰蓝色棉衣捆在腰上，只不肯让它离身。衣服夹层里有窑场赚来的一点钱，他每天都要贴近它。

春天来了。宝册终被允许离开工地。他从村子南边十多里的山地一路往北，嗅着野花的香气。前边不远就到了"撇羊城"，因为害怕，他要等到天黑才能接近那儿。在工地时出于好奇，总算问明白了这个古怪名字的由来：传说很早以前有个人牵着一只肥羊路过村子，村里人把他灌醉了，他再次上路时就忘掉了自己的羊。后来这个人尽管想起来，返回时却再也找不见羊了，村里人正聚在一起吃炖羊肉，还分给他一碗，结果这人又一次醉酒，那只羊的事又抛到了脑后。宝册不敢在"撒羊城"久待，但一定要去那儿找大草垛，里面藏了自己的宝贝。还有那头花斑小牛，离开这里再也不能回来，他要最后看它一眼，与它告别。

月亮升起来了。宝册在村边伫立一会儿，看着一片村舍笼罩在橘黄色的光晕里，心口一阵急跳。他听到了隐隐的狗吠，还有鸡扑动翅膀的声音。他加快步子，一点点接近村边的场院，却怎么也看不到那个大草垛。啊，就在这儿了，一点都没错，可这里只有一棵孤零零的杨树。他一下倚在杨树上。他明白了，就在自己离开的这段时间里大草垛被拆掉了，而这棵树原先一定被掩在垛子中间。自己藏在草中的所有东西都一块儿消失了，连同垛子旁边的花斑牛。

三

整整一夜都在奔走，走得越远越好。天亮时山影甩在身后，来到了丘陵地区。随着视野变得开阔，村庄出现了。他沿着一条小河往前，路过几个大大小小的村子，又一次看到了一座小城。他犹豫再三，最后还是闯了进去。寻找大十字路口，那里有商店。他进店后直接奔文具柜台，首先买了一张地图。这儿比那个"撒羊城"商品丰富多了，书和纸却不多。他发现架子上除了以前见过的书，还有一本机械制图的大册子。他取到手里翻看,看不懂但觉得十分有趣,就买下来。一叠带方格的稿纸好极了,也买下来。最后他指着宝书说:"我请一本。"这一路上他常常翻开那本机械制图,像看一本古怪的谜语,慢慢总算看懂了一点。虚线,实线,一些符号,真有趣。

他走路时不停地背诵宝书,这竟然成了一个习惯。他咕咕哝哝的样子有时会让身侧的人驻足,他们只要听清了其中的几句,立刻恍然大悟地发出"噢"的一声,随着背出下边一句。从春天到夏天,宝册穿过了丘陵地区一直向东,走到了平原又往南折返。他仔细看那张地图,总是以"青岛"为坐标,用笔画上一个大大的圆圈,然后再找其他地名。没有老榆沟,也没有三道岗,但是有"撒羊城"。啊,这个凶险之地竟然印到了图上。他呆呆地望着,感到阵阵发凉:自己此刻所待的地方离它只有不到一拃远。他知道在它西北方不远就是那个"壶里寨"。多么好的小山村,贫穷,像豆粒一样撒在沟壑中,将不多的吃食分给路人。他特别想念那儿,想那个大山半腰的"地堡",萌发出一个曾经的念想:跟老人一起守山,度过漫长的一生。这寂寂无人的大山深处最好做人,没有惊吓和欺凌,只有山石野物相伴,只要勤劳就不会饿死,而且还有惬意的日子。他正下一个决心:是否重返来路,去找那个老人?

宝册在小石屋住了七天,老人没有赶他。他不敢开口说出心事,只是一直陪伴身边:老人背枪出门,他也跟上。他发现这个老人真是个山中野物,攀爬山崖上下沟壑灵捷非常,腿脚利落得令人吃惊。他们有时要找地方歇息一下,拉上几句。奇怪的是大多数时间并无事情可做,但老人还是要按时出门,枪不离身。原以为是打猎或采摘东西，但枪几乎从不放响，随手采摘的野蔬果子也不多。有时风大天寒，老人照旧出门，他想劝又忍住。老人咕哝："不巡山不行，做的就是这营生。"他终于忍不住问："你为'壶里寨'看山吗？""我是寨里人。"老人好像没有直接回答他的话。宝册跟他走上很远，并未感到边界在哪里。他心里疑惑：一个小小的村子怎么会拥有这片苍莽大山？这片大山也不需要看护，因为人迹绝少，只有不多的四蹄野物和天上的飞鸟。他说出了这个意思，老人马上停下，以教训的口气说："山是根本！村里人，山外人，别看平时不到山里，其实一辈子都靠了它。人靠山活。看山就是看住命根。也不光是人，所有野物的命根都在这里。"宝册半懂不懂，说："野物不多。""呔，你才看见多少。它们藏在石隙草丛里，有的白天不出来，到了夜深人静就欢腾了。我在山里待久了，全靠这些野物陪着。""我也陪你吧，你年纪大了。"老人咬住了嘴里的烟锅看他，没有吱声，后来才说一句："你嘛，也算一个野物。"

夜里他们很早就准备睡觉，躺在炕上又睡不着。老人翻身时，宝册还在想这一路，想到了那头粉丹丹的花斑牛。老人坐起吸烟，一只老兔子从角落里跳跶出来，蹲上炕，被老人用浓烟喷下去。夜晚静极了，随着渐渐深入，外面野物的啼声多了。宝册这个时刻能够同意老人的话：大山里活着无数的生灵。它们发出了高高低低的呼叫，传进石屋，也许正与这儿的主人搭讪。"孩子，能告诉我，你出来干什么吗？"老人拔出烟锅。外面的野物发出一声尖叫，大概正从石屋顶部急速掠过。

宝册等那声鸣叫彻底消失才答："我以前说了，是老家招灾了。"老人"哼哼"着，不置一词。宝册知道对方不信。"你就打谱一直混在外乡,一个人?"宝册在黑影里点头:"嗯。我回不去,不想回。这种日子过惯了。"老兔子又蹿上炕。老人这次没有轰它下去,而是搂在怀中,用衣服大襟裹上,一下一下抚摸。老兔子的眼睛泛着亮,宝册看到了。老人咂咂嘴,把烟锅插到了衣领间:"这样年纪出来游荡,都是因为女人。"宝册坐起来,呼呼喘息,一阵口吃:"我,我不是为女人,不是!"他真想告诉老人一个谜底,可他紧紧闭了嘴巴。老人把兔子扳起一点,看着它幽幽的眼睛:"我是为了女人。"

午夜时分,石屋外边的风稍稍加大,山草发出了细小的声音。野物的鸣叫仿佛退到了山岭背面。凌晨时分,老人还没睡。不过他不再说什么了。宝册想着自己最好的岁月,就是在老师身边的日子。他一闭眼就能嗅到油印刊物的香味,看到李音的目光。那些日子,就连老贫管的翻毛大衣都变得亲切。他在这个夜晚惊讶地听着身边老人的喘息,想着明天。

第 九 章

一

蛹儿稍远一点端详淳于宝册,掠过一丝恍惚。一个身躯略显沉重的男人,戴上眼镜,伸出有些粗胀的手指触摸一排排书。这让她想起一些学府人物,还想到一位从高处俯视城郭的将军。征服者站在古老的欧式胡桃木书橱旁,轻轻取下眼镜。一头微鬈的毛发,鬓角那儿仿佛多了几根银丝。她不记得昨夜在橘黄色的灯光下有过这样的印象。这个男人被心事缠住,额头低垂,像在寻觅什么。隔壁菊香阵阵涌来,好像又在提醒:该持续那场绵绵私语了。蛹儿曾引出前一天的话头,对方却不为所动。他走来,攥了攥她披散在脖颈上的毛发:"你让我想到了一只火狐。"她想问:我有那么野性?他说下去:"我在那片大山里见过它,站在太阳落山的方向,红濡濡的毛被风吹着,直着眼看我。"

已是上午十时,可他迟迟不愿离开,踯躅着,后来又甩开猫头长绒拖鞋,赤脚走在地毯上,为自己斟了一杯咖啡。"你看了这些天,大概也烦了。"他捏住小小的杯子抿一口。"怎么会,有幸看到您这么多私密。""讲出来就不是了。凡秘密都有一个解密期,对我来说它们的期限已经到了。"他的目光在她脸上停留了一下,又移向那些闪烁金色的书脊。她赞叹:"多好,真了不起。""谁知道呢,它们也许反过来成了笑柄。"蛹儿摇头:"没有那样的人,他们不敢。""是吗?老檀子手下那些人说不定已经在笑。""那就打他们的屁股。"淳于宝册笑起来："我们也只有这一个办法了。"

蛹儿开始催促，说："董事长，您肯定知道我急着看什么。我想您该早一天结束磨难，快些找到老政委，你们俩走到一起就好了。这一天不远了，人有再多的坎儿，只要跨过去，剩下的就是好日子了。"淳于宝册目光投向窗外，看着远处山峦上飘去的朵朵游云："事情可没那么容易。该过的山一座都不能少，该蹚的河也是一样。当年我急于完成李音的嘱托，去找他的老父亲，可就是不敢上路，害怕那张大网。我是惊弓之鸟，不过明白所有的担心都不是多余的。我在镇子上常见游街的队伍，大卡车上绑了一些人，他们当中就有再次被抓回来的。我想回到三道岗，那个小村在心里热得烫人，有时觉得自己就是那个盲老太太的儿子，真的被老鹰叼走又生还。半夜里想，除非是日头从西边出来，大概这辈子都回不到那个茅屋了。一想起老妈妈倚在门框上的模样，就觉得自己罪过太大了。"

"您没忘任何一个帮过自己的人。李音，甚至是那个半路上认识的'小狗丽'……"蛹儿的声声安慰中，他的目光终于变得柔和起来："我真的去找过她，不过那是很久以后了。我去得太晚了，可事情由不得我。这个世界变得太慢了，有时又快得吓人。当年我不敢走出大山，连那个'撒羊城'也不能去。后来我听说了一些消息，可生怕一切传说都是假的。那个镇子是个吓人的鬼地方，看山老人在那里丢了女人，赶路人在那里丢了一只羊，我差点丢了一条命！出山时我叮嘱自己，一定得绕开那里，只凭记忆去找'小狗丽'。我想让她给自己出个主意，让她告诉我回还是不回三道岗？"他说到这儿咬紧牙关，像下了一个决心，"我在看山老人那

175

里住下来，不过有时实在忍不住还要出去，小心到不能再小心。有一回我走了一次长路，看着地图摸到了最初出事的那个县城，就是让我遭受磨难的地方。我还是忘不了情急之下埋在巷子里的东西。这么多年过去，我竟能丝毫不差地找到那条死胡同。看着一堆砾石，心里难过极了。这是我今生最大的丢失，会让我疼一辈子。这等于把一段最好的日月弄丢了。"

蛹儿很少听到这样绝望的声音：沙哑，纤细，直到什么都听不到。她想为他揩拭泪痕，又不敢扰乱那个思绪纷纷的世界。他把杯中苦汁一饮而尽，盯着杯底。"我对看山老人说出去几天，像过去一样整理背囊。老人一眼就看穿了我的心思，不声不响把几块烙饼塞过来。我说回来为您带上更有劲的酒，老人'嗯'了一声，不再多说。我径直去找小狗丽，心里火急。这回不光要看到她，还要打听许多事情，盘算一件最冒险也最激动人心的大事：回三道岗。老妈妈如果还在，我会大哭一场，然后用一整夜的时间讲述这条长路。最后，我凭着记忆找到了那个公社拖拉机站，这会儿看那个大院有些窄，房子也不大。跟几个忙忙碌碌的人打听，其中有人果然知道我要找的姑娘是谁，告诉我她出嫁了，在县城的一家商店卖糖果。这儿的商店也就几家，毫不费力就找到了她：真的站在几个大糖果瓶子后边，胖胖的，扎了长辫。她不认识我，可我第一眼就没觉得生疏。因为她的眼睛不同，圆亮，左眼角有个小疤。我叫了一声'小狗丽'，她还是想不起来。我不得不说出两人相逢的细节，她这才有了一点印象。我在旅途上不知温习了多少重逢的场景，朦朦胧胧觉得她会和我一起走开：先是一块儿在山地和平原游荡，然后结伴儿回三道岗。我的归宿只能是老妈妈的那幢茅屋。如今这个梦醒过来,我只能自己上路了,走前买了她一大包糖果。"

蛹儿听到这里有些难过,将一声哀叹咽到心里。他说下去:"我横下心回三道岗,冒着重新遭难的危险。奇怪的是随着走近心里反倒平静了,觉得所有人都像'小狗丽'那样,已经把昨天淡忘,只有我一个人耿耿于怀。走啊走啊,翻山进入平原,脚底烫烫的。一头扑向那幢小草屋,发现门上挂了一把锈锁。村头还在,不过人老了,张大缺牙少齿的嘴看着天上掉下来的刘小晌……原来老妈妈在我走后第二年就过世了,她受不住两次丢失儿子。村头让人打开屋门,我看到了锅碗瓢盆、炕上的被褥,只是老妈妈没了。我伏在被子上无声地哭诉,告诉她我这些年没法回家。村头说那些年上边不时来村里打探行踪,说只要见了人立马押起。'你到底闯下什么天祸?'我把前后经过说了一遍,老人骂起来:'那些人比鹰还狠,不过我估计他们再也叨不走你了。'果然如此,我真的在村里住下。我把从'小狗丽'那儿买来的一大包糖果分发给村里人,他们高高兴兴地把这份甘甜含到了嘴里。"

二

宝册从茅屋小窗望着横斜的银河,知道该去那个梦牵魂绕之地了。他在天亮后报告村头,自己又要远行了。"又出去找营生?"老人惊吁吁地瞪大眼睛。"不,这回是去看望一位长辈。""那你可得早回。"他点点头。上路后急着乘车,一口气找到车站。一张地图早就重重地做了标记,从甲地到乙地,穿过大镇小城,最后就是那座青色的岛城。他想象那儿的模样就像李音校长，一路心里暖煦煦的。可他一想到遭受磨难的老人，立刻有一种阴森寒彻的感觉。李音交给的所有东西都丢在路上了，他不知那个老人能否认下自己。李音对父亲说过自己的学生，说有一天会领他来这座城市。而今只有他一个人了，说不定自己在茫茫人海中什么都找不到。换了许多次车，额头粘着汗湿的头发。终于看到了海，嗅着腥咸的风，心里默念一个名字，泪水奔涌。

那条巷子和那个科研所已在心中磨得发烫，宝册费了一番周折，最后还是找到了。李一晋老人满头银发，正好从狱中出来一周年，一双眼睛里除了慈爱再无其他，一手搭在宝册肩上，像看一个归来的儿子。原来老伴早在他入狱当年就过世了，如今只剩下了一个人。宝册不敢提起往事，可忍不住还是说到了某一天：听他拉琴，像听一只云雀在空中歌唱。老人沉默许久，把他紧拥入怀。宝册就住在了家里。伯伯白天去科研所，很晚才回。整整一天都是沉寂的，宝册读书，在发黄的纸页间深吸一口，将往昔注满胸间。那架久已无人弹奏的钢琴上方是三口之家的照片：美丽的母亲，纯稚的李音，英俊的伯伯。他伏在照片前与他们久久对视，目不转睛。照片上的李音好像等待这一刻很久了，那神情在说：让我们再次结识吧。那是何时？照片上的人顶多七八岁，穿了少年水手装，大大的眼睛。

宝册凌晨两点发现一晋伯伯坐在沙发中，银发在黑影里闪动。他紧挨老人坐下。"孩子，说说你这一路吧。"宝册点头，却不知从哪里说起。他眼前又闪过了那个可怕的黎明："从那一天开始，我什么都不怕了。"一路急蹿，好像围猎中的一只野兽，四蹄滴血蹿了一路,直跑到三道岗,到青岛。老伯伯嗓音嘶哑:"你就住在家里,哪里也不要去了。""我要回三道岗,我答应过他们。"老人不再说什么。三天之后伯伯告诉宝册,已经为他在科研所下边的工厂找到一份工作,先是合同工,但有望转为正式工。宝册大喜过望,深深地鞠了一躬。就此开始了另一种生涯,它好像是校办工厂那段日月的接续。一切宛如昨天,上班下班,阅读,在笔记本上痴迷地涂抹。

宝册匆匆返回三道岗,来去花了五天。村头得知他真的找到了营生,连夸他是全村最有出息的孩子:"老妈妈活到这一天该享多少福!"老人把宝册捎给他的点心举到高处看着,舍不得吃。回到城里,宝册发现自己的笔记本被打开了,旁边还有堆好的一摞书,全是从图书馆借回的。一晋伯伯说:"对不起,我看了你写的东西。李音说得没错。我在想,如果你同意,我会约杂志社的朋友见见你。"宝册脸上一阵烧灼,不知说什么好。老伯伯说到做到,两天之后就把一个戴眼镜的人请来了,还在家中摆了便宴。那人细细看过了笔记本,饮一口酒说:"好。"宝册的心噗噗跳。李一晋敬酒。那人又饮一口,扶扶眼镜说:"我估计,他成熟的时间需要十年。"宝册心里一沉,啊,那时自己三十一岁了。他看着伯伯。李一晋询问的目光投向眼镜,对方抿抿嘴:"这已经是早熟了。"

那就苦熬十年。宝册觉得那个人的预言又宝贵又残忍。不知是否为了挑战这个预言,他把一切空余时间都用来书写了。一个月之后,老伯伯把抄好的一叠方格纸送到杂志社,那个人看过之后仍旧说:"十年。"几乎在同一个时段,厂里的技术员却对宝册大加赞赏,对其精湛的绘图技艺表示钦佩与费解。他推荐宝册加入一个项目小组,断言自己找到了一个"比斑狸鼠还要聪明的小伙子"。宝册以为这话含有贬义,后来才知道那是技术员疼爱的一个家养宠物。时间过得真快,转眼过了一年。宝册由一个沉默寡言的人变成了思路清晰、表述准确的技工。也就在这一年春天,三道岗村头陪一位公社领导找宝册来了。老人不顾一路疲劳,进门就对他说:"小晌,咱老家要兴办工业了,这事全靠你!"老人嘴里没了一颗牙齿,用尽全身力气说话,胸脯冒着腾腾热气。

足有多半年的时间,宝册来往于工厂与三道岗之间。由于有李伯伯的支持,一座小小的农机厂在村里建成。公社领导大为兴奋,增加投资,扩大规模并尝试设立一个小化肥厂。后来宝册几乎全耗在了村里,甚至荒疏了书和笔。轰隆隆的机器声和一排排有模有样的厂房让他陶醉,有时星夜溜出来看着一点点生出来的奇迹,简直不敢相信是真的。一个念头在心中泛起,并开始折磨他:一直在研究所下面的工厂待下去,还是回到小村?他不知该怎样对李一晋说。有一天深夜他终于鼓鼓勇气:"伯伯,小村离不开我,我也想守在那里。我就是您的亲儿子,到了晚年,我会把您接到身边。"李一晋点点头:"明白,别挂记我。"

接下来是如火如荼的两年。新建的工业区已经超过了三道岗原有范围的三倍。食品厂、木器厂、建筑公司,所有项目由易到难叠加不止。事业开始繁荣,村头却走到了末路。老人临终前握着宝册的手,吃力地说出最后一句:"咱得感激那只老鹰,它把你扔回地上。"全村人哭别老人,宝册痛不欲生。他心里想的是:如果没有老人,自己在那个凶险之年只得浪迹天涯。他知道当年老人心如明镜,不过是怜惜一个孤独的盲老太太,才不忍把全身血痕的流浪儿赶走。宝册为老人长跪,泪如泉涌。

李一晋每年至少来两次小村。这里的人和事都强烈地吸引了他。宝册将他领到村西的一条小河边，这儿有水流转弯时积起的一个小湖，杨柳依依。他们站在沙岸看树上跳跃的小鸟。宝册说："我想在这儿建一座小屋，两层，或者四合院。我们必须住在一起了，我放心不下您。"李一晋说："这片水真好。不过我在那座城市待了一辈子，离不开了。""您可经常回去看看。""孩子，我明白。我还是住那里吧。"老人在小湖边溜达了一会儿，问："还写吗？"宝册叹一声："一半时间在路上，一半时间在车间。等稍稍安定一点，我会拿起笔的，一定。""读书吗？""当然，深夜，旅途，一有时间就会抓起书，这辈子最离不开的就是书了。"老人一阵欣慰："别忘了'十年'这个期限。我会等到那一天。""也许用不了那么久。""那就更好了。"

从小湖边回来的这一夜宝册无法入睡。有几次好像身在某处，鼻孔中有飘过的阵阵来苏水味。他惊坐起来，大汗淋漓。那是一所医院，是与李音最后分手的地方。他紧闭双眼默念："老师，我记住了你的叮嘱，我会像对待父亲一样服侍李伯伯。还有——"他突然打住，想着其他。老师希望自己去做的远不止这一件事，还有更多。他从日常的交谈中，从那双眸子中，一直都在感受殷切的期待。这目光需要时刻温习，这样才能记住，才不会使老师失望。他想回到老榆沟、回到那所学校，可这一天遥遥无期。自己时下仍然叫刘小晌，属于这个叫三道岗的小村。天亮了，宝册草草用过早餐，要去村东一个地方，那是老妈妈安息之地。他已经多半年没来这里了。坐在青石上，默默不语，然后离开。在走向工区的路上想起了另一件事，那是一个至关重要的约定：为看山的老人买酒。

宝册找出屋角那个破旧的背囊，塞进许多东西：最好的烟叶、几瓶白酒。厂里的事情一一安排停当，然后出门。遥远的里程当然不再徒步跋涉，但接近那个叫"壶里寨"的小村时还是下了车。他没有在村中停留，而是直奔西边的山谷。气喘吁吁攀上那个大坡，在心里呼叹："一晃就是几年，我没忘记那个约定，只是时间过得太快了，我们就像分开了几天、几个月。"在小石屋跟前伫立片刻，然后敲门。他期待再次响起那个粗鲁的吆喝——"滚了进来"，可是没有。推门进去，黑暗潮湿，费力适应了光线之后，发现里面空空的。炕上的被子、灶上的碗筷，都落满了时间的尘埃。他反身出门。"老伯，我又晚了？"出了石屋，没费多少力气，就在左前方看到了一座石砌的坟堆。他跪下。老伯最后的时刻是一个人？谁料理后事？谁第一个来到身边？

宝册再次穿过"壶里寨"，走得慢极了。好像所有的石屋都在盯视一个路人，它们认识他。宝册要回三道岗，最后的一刻改变了主意：去李一晋身边。车太慢了。这慢车几年来耽误了无数光阴，它连接了青春时段和老年岁月。慢车是残酷的东西。小巷，老楼，爬满墙的藤蔓植物。一口气登上四楼。李一晋略有吃惊地看着突然出现的人，站起，抬起的手犹豫了一下，放在他的肩头。"孩子，来得正好。这是巧合，你当然不会知道。"老人的嘴唇有些颤抖，一边说一边为他卸下身上的负载。他愣怔怔地看着老人闪闪的眸子，知道将有什么事情发生。是的，李一晋断断续续讲出一件事的前后原委。原来从老人出狱的那天开始，他就从未停止为李音奔走。他要弄清儿子冤死前后发生的一切，找出那个魔鬼。"你牵在案子里，我只能一个人做。还好，李音现在安息了。"老人的泪水旋在眼眶中，抚摸他的头发："钎子被收监了。"

三

又是摇摇晃晃的慢车。宝册没有乘坐公司的车，因为想将这一程隐下。三道岗历经五年多的磨砺，如今已经矗立起几个公司，宝册作为名副其实的缔造者，殚精竭虑，瘦骨嶙峋，形貌有些吓人。许多人不相信他年仅三十岁，看着这双深陷的圆眼、凸起的颧骨和没有血色的嘴唇、粗糙的两颊，还以为这个人早已跨过了中年。他眼中布满血丝，嗓子因缺少睡眠而沙哑，头发毫无光泽，稍稍鬈曲，乱蓬蓬的。他不得不在旅途上补足少得可怜的睡眠，下车后用凉水冲一下才能打起精神，准备与最狡黠的生意对手斗智。这许多年来他最习惯的就是这种慢车，破破烂烂的道路，大声喘息的引擎，一百里路要走上几个小时。平原的路总是拥挤着牛车马车、挑夫和手推车、拖拉机和毛驴，山路又窄又陡，弯弯曲曲。多少火急在心里催逼，可这一切最后全部化为毒火烧毁腮部，车到半程它就肿成了皮球。他昏昏睡去，梦见"小狗丽"、老妈妈，最后是李音。梦中的李音伸来一只手，将他推醒。他不知走到了哪里，心跳嗵嗵。车子还在喘息着往前，摇摇晃晃，载着自己从东到西，从南到北，去一个又一个前途未卜的险地。他梦想将来会有一种飞行的神器，快得能跟住人的心思。此刻他最盼望的就是回到老榆沟，那个给了自己生命的地方。

车子爬高，滑行，再爬高。平原甩在了身后，丘陵到了，山地到了，老榆沟也快到了。最后一程他徒步往前，背囊耸了又耸，眼睛搓了又搓。啊,没有树木的山岭,黄土和石块堆成的高丘,这就是出生地。焦干的季节,鸟儿都藏起来了。他一点点接近破败丑陋的村庄,像探险一样。记忆围住了他,他沿着其中的一条小路往前,停在一座半塌的石屋前。屋门被一条草绳系起,没有挂锁,所以很容易就推开了。屋里黑暗潮湿,有浓烈的霉味。锅灶小得可怜,蒙了一层土。炕上只剩半截席子。屋顶的破洞透进一点光。"我回来了。"宝册告诉这座石屋,还有自己的亲人。

　　黄昏时分宝册登上了那片高台平地,走进一幢幢校舍之间。这儿没有了往昔的喧声,静得吓人。他挨近校长办公室,在窗前伫立片刻,又往西北角走去。那儿是校办工厂。厂房锁闭,无声无息。他折回,找到第一排教室的第三个门,久久站立。望着里面模糊的一排排座位,渐渐融进夜色的黑板……在夜幕拉合之前,他希望嗅到炊烟的气味,看到小鸟一荡一荡的身影。什么都没有。他穿过几排屋子,在靠近北端的宿舍区徘徊……那扇黑夜都遮不住的绿色小门还在,它沉默着,小窗被帘子掩住,透出一丝暖光。他呼吸急促,嗓子像被滚烫的东西烙了一下,奋力咽了一口。他犹犹豫豫地敲门,动作轻轻的。

　　门开了,光线涌出。一个女子看过来,眼里是厌烦的神气:"找谁?"宝册退开一步,这才看清眼前的人:她穿了高筒皮靴,紧身夹克,好像正要出门。他在一瞬间记住了这张面庞:苍黑、大眼、紫唇。这是个中等身材的女人,很壮实。"我来这儿……看看。""那进来吧。"粗粗的嗓门,说完把门敞得更开,好像一直在等他似的。

　　宝册从踏入的那一刻就屏住呼吸。啊,小屋里一切如昨:书架、小桌,还有那张床。不过主人变了,屋子里气息迥异。他嗅到了浓浓的烟草味儿,觉得后颈那儿被盯得发疼。他转过头,发现女人近在咫尺,笑吟吟地大口喷烟。这烟味呛得他一个趔趄,对方赶紧扶住了他,顺手把背囊扯下。多大的手劲儿。他好不容易才定住了神。"我知道你来看谁。不过你是谁?"女子取下烟,利落地夹在手中。宝册低头:"我来看老师,看……"名字哽在喉头。女子挥动手中的烟,大眼闪闪:"明白了。差不多知道你是谁了。也巧,你遇到我了,坐。"宝册极为不安,不知该迅速离去还是耽搁一会儿。对方重重的手掌把他按在了矮凳上。"我是这里的老师。没人敢住这里,除了我。我叫杏梅。""杏梅。"宝册艰涩地吐出一句。她大口吸烟,细细端详:"你回来的事我听说了。放心吧,恶人早就除了。噢,大眼生生的小伙子,这回就别离开村子了。"宝册心头滚沸,努力忍住,平静了许久才开始询问:校办工厂?老贫管?她一一解答:工厂停办了,老贫管去世了。宝册伸手抚摸胸口,那儿难受极了。需要问的太多,不知从何说起。这个夜晚他只想在房舍间走一走,倚在墙壁和树木上站一会儿。他告辞出门,觉得一切如梦。他在黑乎乎的小径上走着,看星空,看脚下,寻找小时候课间劳动栽种菊花的地方。

他像个幽灵一样游荡,直到凌晨时才回到那间半塌的石屋。秋末凉意袭来,他紧抱双膝蜷在炕上,打个盹天就亮了。早餐吃了点干粮,出门又想到了杏梅。匆匆来到校舍,敲响那个暗绿色的小门。门开了,一股暖暖的混合着烟味的气息扑到脸上。杏梅怕热,身上穿了薄薄的衣服,鼓胀的双乳无法回避。"吃饭了吗?"她请他坐下,口气温婉:"李音老师怎么对你好,我也一样。你就把我当他好了。"说着从桌上一块白布下摸出一根煮山药,又倒了两碗白水。"咱俩缘分深了去了,"杏梅头往前探着,"怎么就是我住在这里？怎么就让我等来了你？"宝册无法回答。面前的女子大自己五六岁，仿佛真的是自己的老师。"眼下学校放假，食堂也关了，你没地方吃饭就来这里。"宝册说："谢谢。"他从书架上抽出两本书："我先借两本，会按时归还的。"杏梅一脸和善看着："随便拿，都是你的。我不过是替你保管，就等你来取了。"

老榆沟有了新的村头，年纪比宝册大不了多少。他知道宝册的逃亡之路，连连说："你是咱村人！咱村人！"宝册感动中说出了三道岗，村头激动无比，扳着他的肩膀喊："你是咱村人啊！卷铺盖来家！"他当即让一些年轻人收拾破败的石屋，又抱来了被子。一连几天村头都到这儿，同村人拥来，待一会儿就被他赶走了。宝册问了许多，谈到那个恶贯满盈的钎子，村头恨恨地说："那家伙手上沾了不少血，我估摸活不到出狱。"问到那个杏梅，村头说："上边派来的公办老师。嚯，好大烟瘾，不像女人。人真痛快。"村头最愁的是老榆沟的贫穷，摊开两手："你离开这么多年，也该为你开一桌大宴！可咱村穷得叮当响！我今晚请你到代销点喝酒吧！"宝册答应了。

代销点是当年全村最吸引人的地方，直到如今仍然如此。几个老人伏在酒坛旁，这是每个村里都有的风景。他们捏着花生米下酒，见了村头就嚷："请客啊！"村头与宝册像他们一样伏在酒坛旁，要了同样的白酒，不过下酒菜除了花生米，又多了一份酱菜和腐乳。这儿的气息让宝册想到了一路上见过的乡村代销点。村头把花生米往他眼前推了推，率先干了小小的酒杯。多么好的故乡之夜。宝册走出代销点已是深夜，走在街巷上，每一步都踏中了老奶奶的脚印。这窄窄的街道一尘不染，都是老奶奶扫干净的。

"奶奶,对我好过的人,有个'小狗丽',还有个看山老人,我想他们。我在大草垛那儿搂着小花牛说话,因为它能听懂我的话。"他口中喃喃,两眼茫茫,接着又背起了宝书。他背得越来越快,汗水顺着脊背流下,湿了衣服。当他猛地止步时,发现又来到了那片校舍中。

时间太晚了,他站在绿色小门前犹豫。正要离去,门一下打开了,穿了高筒皮靴的女教师杏梅一眼看到了他。"哦,太晚了,我路过这儿。""一点都不晚,我正想出去走走,每天走,习惯了。"她掐着腰,"就让我们一块儿走走吧。"杏梅大步走在前边,不像散步,一会儿就出了校园。他们走进了以前的校办农场,而今是一片稀疏的玉米地。宝册想:她一个人每晚来这样的地方该不会害怕吧?正这会儿她说了:"也许是战争年代养成的习惯吧,我夜里要走走才行。"宝册吸了一口凉气:她这个年纪怎么会经历战争?她点上一支烟,深深地吸了一口,坐在地垄上,又对宝册招手:"跟老师坐近些。"他只得移动一下。她伸手揽揽他,拍打肩膀:"多好的小伙子!我告诉你,你这辈子的苦难到头了。""我,听不明白。"她迎着他徐徐吐烟,在黑影里用力看,终于看清了眉眼,马上扔了手中的烟蒂,两手逮住了他的耳朵。他想挣开,她就愈加用力地抓紧,两眼离得很近,一边细细端量一边吐出了口中的烟。他呛得大声咳嗽,她大笑。他站起,往前走了一步,身后传来一声呵斥:

"你给我回来!"

四

他本想走开,可抬腿又摇摇晃晃走回,坐到了她的身边。头晕，今夜喝多了。他的胳膊被她抬动时竟然轻飘无力，身体被她扳动时也没了一点重量。生来第一次醉酒即碰上了这样一个女人：老到沉着，有备而来，心情喜悦。她磕打牙齿，一双大眼放出温柔的光，像野物的眼睛。他认定只有山里的野物才有这样的眼神，不过是一个毫无害人之心的生灵。尽管如此，他的心跳还是加快了，因为对方身上挥发出花斑牛那样的怪味儿，像一团淤泥抹过来，五官给糊住了。他已经无力逃遁，只由她扳动、推拥。他觉得她由喜悦突然转为愤怒，动作也变得粗暴了，直接撩开衣服看他瘦削的肋骨，叩击，贴上耳朵倾听，失望地瘪瘪嘴。她这样缠磨了一会儿，不知何时紧紧贴上了他的脸庞，喊叫："傻瓜蛋。"

这个秋天的夜晚她真的让他变傻了。玉米还没有成熟，凉风习习，吹得他泪流满面。杏梅说："你这是喜泪还是伤心？如果伤心，你就更傻了。"无论是当时还是后来，他一直没有弄懂她的意思。他读了多少书，走了多少路，就是搞不懂她这个夜晚的话。他喜悦又伤心，还有空虚和害怕，更有无边无际的愧疚。那会儿他不顾一切地依从了她，什么都不懂，从来没经过，而她却以一个老师的示范精神引导和怂恿，将大口热气喷上他滚烫的脸颊。他伏在她的胸前哭泣，找到了世界上最坚实最肥厚的胸部，似乎呈枣红色，韧壮而结实。她很长时间才坐起，抱紧他湿淋淋的头颅悄声说："实在讲，我把你等来也不容易。"

宝册被自己胸廓里的轰鸣震颤着，对她的话似懂非懂。他艰难地吐出一些词句，但远远不足以表达复杂的心情。他用力平静自己，终于清晰地说道："我最感激和最感谢的，就是老师。可是我不愿意，我害怕，我从来没有这样，老师。"杏梅瞪大一双眼睛，伸手按住他的胸口："早晚都得经历。你今天算找对人了。"宝册想接受来自对方的鼓励，可就是没有勇气。杏梅平静了一会儿，再次拥抱他，嗅着他头顶的鬈发说："有一股小羊羔的味儿。"她很快把他的脸庞弄湿了，剧烈喘息。宝册流下的泪水滴在她的胸窝上，大声吸着鼻子，愤怒地揩干双眼。他害怕自己逐渐加力的双手抓痛了她的肌肤，刚刚畏缩了一下，却被更为有力的两臂攫住。她呻吟和欢叫，长叹一声："总算等来了你！"然后是沉默无声，像要一起融化在夜色中。

宝册独自在小石屋中歇息两天，门窗紧闭。村头和别的什么人光顾过，没有敲开他的门。他两天内只吃了很少的东西，全部的注意力都放在内心，闭门思过，想从惶惑和惊惧中清醒。发生了什么，因为什么，将会怎样，这是他一直在想的。想不明白。不过他深知人生翻开了新的一页，从此一切都将不同。仍旧是那间小屋，不过换作了一位女教师，难道这是天意？既然如此，反抗也是枉然。他不知该庆幸还是原谅自己，反正最后有了说不出的轻松，仿佛一块千斤巨石从身上卸下。他又想到了三道岗：那么多繁琐在等待自己，必须离开了。他于是不再耽搁地找到村头告别。村头说："什么时候搬回？"他模模糊糊回应："会搬回。""你是咱村人。""是的，记住了。"他捎着背囊走开，一直走出村子。当他走了一百多米之后，突然想起了老奶奶经常倚站的那棵野椿树。

野椿树的枝叶比往昔更浓。深秋的老树缄默着。他贴紧它站了一会儿，一抬眼看到被阳光照亮的那片校舍。他的心揪扯了一下，咬了咬牙关。"是的，应该向老师告别，还要取走几本书。"他往高台登去。刚站在暗绿色的小门前，门就打开了。一只粗壮的手伸过来,像鹰爪一样把他拖入。门砰地关上。宝册站稳。"这就走了?""我来告别。"杏梅面有怨色。宝册好像第一次就近看清了这张脸,发现这双眼睛是如此的明亮诱人,妩媚深藏。嘴唇暗紫,可能是吸烟太多。双唇微微开启,露出了稍稍熏黑的牙齿。她左手掐腰,右手利落地挥动:"快些上路吧,早去早回。"宝册原以为还要耽搁一会儿,见她干干脆脆送客,只好退出屋子。他往前走,身后传来一声叮嘱:"爱惜身子。"

在折磨人的慢车上,他一路闭着眼睛,回味着刚刚经历的那个沉甸甸的梦。他已不再吃惊和惶惧,只觉得自己许多年来的逃亡与奔波,都是为了赶赴这场迟来的邀约。人生的大约会总是不期而至,不容推辞。好吧,那就接受吧。回到三道岗,一片厂区,轰鸣和穿梭,全都呼唤他归来。仅仅离去十几天,这里的人和事就积攒如山,需要从头料理。白天忙得脚不沾地,夜晚用来忆想。稀疏的玉米地,呛人又迷人的烟味。他坐在床上,看从那间小屋中取回的书。这书是陈旧的,李音不知抚摸过多少次,上面永远留有他的气息。书放在枕边,然后进入梦乡。白天和夜晚轮转不息,越转越快,让人再也无法安定。他几乎发出了哀告:我只想待在这个地方,这儿是再生之地,我哪儿也不去。可是待下去太难了,因为耳边总是回响那个粗糙而温柔的呼唤:早去早回。老天,这一下知道了什么是"军令如山倒",真的无法抗拒。没有办法,徘徊几天,只得再次掮上背囊匆匆上路。

杏梅仿佛一直在等人,对宝册归来并无惊喜。她无声地接下他的背囊,又端来一盆水让他洗涮。宝册一直压抑了冲动,自走近这幢屋子的那一刻心里就烫烫的。她开始做晚餐,速度很快,干净利落。芋头、炒白菜、鱼头和花卷，喝的是笋丁蛋花汤。她从书架上取了一个军用水壶，拔了塞子晃一晃，散发出浓浓的酒香。他拒绝了，她自己嘴对壶口咚咚灌了几口，拧紧盖子放好："留在桌上就是祸根。"原来她的酒量不大，只饮了几口眼睑就红了，衬托两道扬起的眉毛，有一种豪爽英武的气概。"抽烟喝酒，这都是战争年代养成的习惯。"她吃饭很快，然后只看着他吃，目光泛出慈爱和怜惜，让宝册有些腼腆和感动。他没有吃出多少滋味，只躲避她的目光，还有蓬松高大的胸部。天还没有黑，她瞧瞧天色，开始往脚上套那个高筒皮靴。他知道又要散步去了，可是因为一整天赶路的缘故，真不想陪她出门。她连商量都没有，拍拍他，让他跟上去。

又是那片稀疏的玉米地。天色稍暗，他们坐在地垄上。她嘴里的烟头一明一暗，仰脸望着西边的云彩。她吐掉烟头，扳住他的脸庞，将口中的烟给他灌进去。他大声咳着，泪水都出来了。"我这个人不能到野地里来，一来就把持不住自己。"她弓弓腰，将他的头抱在怀中，左右搓动，又低头挨近了头顶，深深地吸了一口，眯着眼睛。她抓住他的手放到胸口那儿。宝册觉得鼻孔堵塞了，张大嘴巴喘气，她却吻个不休，爆发出巨大的温柔。宝册费力挣脱，大口呼吸，胸脯急剧起伏。"你怎么了？""我，我想回去。"杏梅沉默片刻站起："那好吧，咱们回去，这里对腰不好。"他们走得很快。杏梅的高筒皮靴一路发出嚯嚯声，让宝册心悸。他不知该不该扭头逃去，只紧紧跟住，一颗心狂跳不已。

小屋残留着饭菜的香味，还有一丝酒气。夜色已浓，点起桅灯。这灯是新添的。杏梅甩掉长靴，赤脚抱住他，发出嗯嗯的屏气声，说："到底是男人，再瘦也沉。"为了试试自己的力气，她还是把他抱到了床上。一床散着烟味的被子覆住了两人，她不容他再有一点松动。她十分惊讶地看他，像不认识。他在心里默念："老师我回来了，我一点办法都没有，这条路太长了。"杏梅听不清，只知道他想挣扎出怀，但几次未果。后来他睡着了。杏梅下床提来桅灯，细细地看他的睡相，又蹑手蹑脚走开。她坐在床边等他醒来，已是凌晨。他不愿停歇地拥吻，惹得杏梅生气，木着脸将他扭住。他终于感受了对方的火爆脾气，对她强大的膂力、十指的狠劲儿，还有粗壮的双腿着实领教了一番。天亮时她开始歇息，吸着烟说："我会把你炼成一块好钢。路还长呢。我和你不同，我是战争年代过来的人。"

五

他们在黎明中仰躺着聊天。宝册终于弄清了她的准确年龄，原来大自己六岁多一点。她口中常说的"战争"不过是十多年前发生在这一带的武斗："造反派"之间愈演愈烈的械斗。不同的派别都建了武装队伍，甚至有了番号。杏梅当时年纪不大，却成为一支威名远扬的队伍的骨干，因为是女子，更因为泼辣勇敢的脾性而远近皆知。当年另一派的队伍声威呈压倒之势，人多且武器精良，有几挺破损的转盘机枪、几支三八大盖、五台土制钢炮，号称"铁血旅"。该旅辗转于山地平原和城乡之间，一夜急行军可驰骋百里，令人生畏。杏梅所在队伍活动半径日渐萎缩，最后被逼到磨盘山上，号称"磨盘山游击队"。这支队伍善于穿插后方，灵活进击，必要时可化整为零。群体对峙的日子已经过去，起因是"铁血旅"在拥有许多重兵器的基础上又添了一辆坦克：一家公社农机厂费时近月，改装了一台履带式拖拉机，办法是拆去原有的驾驶室，把人工捶制的半公分厚的圆形铁壳焊上去，从留下的射击孔探出一挺转盘机枪。平时该坦克行进时，头戴钢盔的人怀抱机枪钻出天窗，虎视眈眈。就此形势为之一变，各零星战斗与大规模战役皆以"铁血旅"胜利而告终。"磨盘山游击队"成为对方死敌，因为拒不缴械且顽韧固守，建立山区根据地并发动群众，常于夜间出击，令敌方甚是头疼。

在极为艰困的时期，杏梅提议组建手枪队，并自任队长兼政委。她找镇上一位老猎手为其打制了两支沉甸甸的"撸子"，并练成了双手打枪的本事，枪柄系一红布，插在腰间。手枪队人少却禀性强悍，毫不畏死，仅在成立第一月即有两人成为伤残：一人腿瘸，一人成为独眼。然而率队者是雌狮性格，每役身先士卒，勇谋皆备。只要"铁血旅"拥护的，"磨盘山游击队"必要反对。当年最有名的事件即抓捕一高位领导，"铁血旅"行动在先故而得手，将人押起游斗数月，并关在防守甚严的一座老油库中。该领导一条腿折断，草草医过重新押上审判台，已来日无多。游击队动议救出领导，以打击敌方气焰，手枪队遂决定发动夜袭。政委杏梅制订缜密方案，审慎非常，但由于老油库地形险要，易守难攻，再加上狡猾的看守饲养了草鹅以做防范，结果稍有响动即鹅声大作。手枪队夜袭行动暴露，双方交战激烈。如战事胶着，敌方增援骤至，此役绝无成功可言。危急时杏梅挥舞双枪，单身冲入，背起蜷在草铺上的领导就跑。身后追击者直接用三八大盖射击，所幸枪已锈蚀，三枪皆是哑弹。杏梅大声回告："我是手枪队长兼政委，不怕死的且上！"话音未落双枪齐发。追兵趴地不起，直到她驮人蹿出百米才想起还击：终有一杆枪打响了，蹿跳的子弹尽管无力，也还是射中了她的腿根。血顺着大腿流下来，她咬着牙关，硬是把人驮了回来。

游击队将救出的人秘藏在一山林老屋中，杏梅一边养伤一边守护。幸好老枪无力，那颗万恶的子弹嵌在一厘米处，并无大碍。杏梅与领导接触渐多，发现对方并无传言中的青面獠牙，除了稍有好色之外，其余倒也勉强称得上好人。领导对杏梅说："你叫我'首长'即可。"他表现出衷心的感激，伸出三根手指说："再不救出我，只有这个好活。""三个月？""三天。"他说自己受过战地医护训练，非要给杏梅看看腿伤不可。杏梅没想别的，但后来见他定要除去她的内裤，这才不得不婉拒。首长说："医疗是不在乎这个的。"杏梅说："我在乎。"

只是一次赌气般的突袭，却铸成了杏梅一生至为重要的关口。混乱年代过去，首长回城，很快成为更大的领导。他感念当年，终于找到了那个手枪队女政委，把她接到家里，认为干女儿，握住两手泪水潸潸。杏梅没有待很久，还是回到了乡间。可是过了不久，所在地区的有关部门领导亲自找到杏梅，让她去一所学校做公办教师。这是何等令人羡慕的职位，杏梅备了土特产去看首长。也就是这次城里之行，她发现首长在短短时间里胖了许多，人也老了，但真的慈祥了。他让干女儿坐在旁边的沙发上，又开始回忆许多年前的脱险之夜，问："你腿上的伤还有感觉不？"杏梅说："首长放心，全都好了。""你如果不介意，我想让你做我的儿媳妇。"

杏梅全无准备,愣了一下说:"我太光荣了。"首长击掌,从隔壁出来一个毛头小伙子,穿了军装却大敞衣怀,歪着头看了看说:"就她呀?我不愿意。"说完哼着小曲走开了。首长盯着儿子的背影说:"混账东西什么都不懂!"杏梅笑了。首长握着她的手拍打着:"多么宽厚的孩子,这种情况下还是笑。"杏梅抽出被握得汗津津的手,去一边的包裹中掏出了一把笨模笨样的枪,首长呼一下跳起。杏梅说:"当年我是使双枪的,那一把留下,这一把送首长做个纪念。"首长这才镇静下来,双手接下枪。杏梅两脚并拢打了个敬礼,首长眼睛湿润了。

杏梅简述了往昔,对宝册说:"我必须讲出全部,因为我们要在一起生活了,什么都不能瞒你。我在磨盘山打游击时环境太险恶了,数九寒冬都在山上,天冷得受不住就蹦跳,几个人抱在一起,战争年代啊。那时年轻,少不了出些事儿,裤带不算牢绷。我还流过产。说这些你不介意吧?"宝册头嗡嗡响,鼻子塞着说:"我不介意。"他看着她一脸的诚恳又问:"但我需要知道你和那些人,就是战友吧,好过几次?"杏梅扳着手指,半晌才说:"七八十来次吧。都断绝了。没有缘分。"宝册在屋里走动了一会儿,挠着头,有时望望窗外稀疏的星辰。杏梅坐在床上,双手捧着下颌说:"我明白,你在思考。应该的,一辈子的事嘛!"宝册走动了十几分钟,看着她:"让我回去吧,企业太大,事情太多。"杏梅呼一下站起,担心眼前的人就此逃走,紧紧抓住他的胳膊:

"宝册同学,你听我说。我早就替你通盘想好了,你该把那一大摊子搬回这里,这儿才是你的家!我会帮你,还有老首长!用不了多少年我们就会发达起来,那时一百个三道岗都不算什么!真的,这是我献给你的一个金刚策!"宝册无语。她扳住他的头,将其压在胸部。他嗅到了一种熟悉的气味,那就是草垛旁的花斑牛的膻香混合气息。他伸出双手按住她,又把她抵紧在床上。她呼呼大喘了一会儿,突然想起了什么,大呼小叫推开他说:"不急不急,我先给你看样东西!"说着一跃而起,弓着腰到小屋旮旯里寻了一会儿,拖出一个粗布包,三两下解开,原来是一把土制手枪。

刺鼻的硝味儿。宝册端起又放下,试着瞄向窗外。杏梅说:"这是打霰弹的,五十步内能打死兔子。""人呢?""照样打死。"杏梅又从什么地方摸出了一条宽皮带束上,把枪插到了上边,向着晨光打了个敬礼。宝册站在一旁,神色像她一样肃穆起来。她走近了,附在他耳边说:"这都是命定的事儿,别犹豫了,那没用。你身边要有一个经历过战争的人,要有一个政委。"宝册喃喃叫道:"政委。"

第十章

一

"原来就这样，她成了您的老政委。"蛹儿嗓子有些哽。艾约堡的寝室夜色温温，没有开灯。他看不见她旋在眼中的泪水。她自己都觉得奇怪，这些天看过了多少哀伤悲绝，可她一直忍住，而在进入他和老政委的两人世界时，却任泪水哗哗淌下。究竟是为他一路颠簸后的抵达庆幸，还是深深的愧惜和嫉妒，她也说不清。她塞去一个靠枕，揩揩他微微出汗的额头，把嘴角流下的一点涎水抹去。尽管只是回溯和追述那条荆棘长路，这个男人也过于疲惫了。心累，不堪回首，等于再一次揭动瘢痂。蛹儿对男人的心思并不陌生，比如那个风情万种的跛子和阴冷坚毅的瘦子，都不是善言往事的人。对女人守口如瓶一般来说是个美德，但有时又需要过人的坦诚。既然历尽沧桑，那么言无不尽只能换来更多的谅解和忠诚。蛹儿一遍遍抚摸他稍见稀薄的鬓发，又在唇角那儿浅吻一下。淳于宝册大概为了回应这鼓励与安慰，将手放在她的发梢上，循后背轻捋下来。他看着她亮晶晶的双眸，发出一句轻叹："书上跟你这样的女子从来不叫'人'。""啊？那叫什么？""叫'人儿'。"

"从老政委那儿回到三道岗，心里有些乱。夜晚看着工区的一片灯火，它们都是我一盏一盏点亮的，哪一盏都不能熄灭。我还承诺将李一晋伯伯接到这儿安度晚年。可是睡到凌晨又害怕了，害怕下辈子就待在这里，这可不是自己的家。"淳于宝册大仰着脸说。"你也许害怕她那把枪。"她故意说。"可能吧。随着接触越来越多才知道,这个老政委真是一个奇人,可惜她生不逢时。简单点说她不属于和平年代,不宜在太平时期生活。如果那不是一阵武斗,而是久拖不决的战争年代,她可能就是个将军了。她这个人并不喜好男女事情,和男人一起要分胜负,最看不上哼哼呀呀的那种人。她喜欢玩那支土制手枪,我问打死打伤过人吗?她说那是肯定的,特别说到有一个时常奸污'坏人子女'的驻村干部被惩罚的场景:将其拖到一块鬼姜地边,对准胯部轰嗵一枪。""'鬼姜'是什么?"蛹儿的声音小极了。"就是菊芋。"

"她认为我从事的既不是工业也不是商业,而是一场战争,身边要有一个'政委'。我离开她心里空荡荡的,后来就开始想念,有时是半夜,一刻都不能等待,天不亮就急着上路,开了公司的快车。""那不过是荷尔蒙的作用。""也许是吧,不过我知道自己离不开她了,这个女人有劲儿,一天到晚烟不离嘴,不久以前还腰插双枪。我们每次在一块儿都会关门过上一天两夜,分开的时候不多,彼此什么都讲。我身上的疤痕这么多,每一个都能扯出吓人的故事。我头上的疤是因为那次小花斑牛的事,这是一生最大的屈辱,吞吞吐吐才说出来。可你猜她听了怎么说?""怎么说?""她拍拍腿:'就算你日了一头牛又怎样?我巴不得你是什么都不怕的汉子!'我说:'没有,真的没有。'她呼呼大喘,为我不平、气愤,只恨那个夜晚没在身边。幸亏是这样,不然她会一个不剩全宰了他们。"蛹儿吸了一口凉气。"每次从她那儿离开,身上总是多了一分豪气。我半生都是在屈辱中战战兢兢度过的,再也不想窝窝囊囊地过下去了。"

蛹儿屏住呼吸听下去。可是淳于宝册长时间不再吱声。蛹儿离他很近地看着，脸上掠过他呼出的灼热气流。他把她的手放在胸口那儿，让她按住那颗不安的心。"我走开了，一路难过，想的全是那所学校、那份散着墨香的刊物、那把像云雀一样唱歌的琴。我又想冤死的母亲、老奶奶，最后一直想着李音。这个世界太黑暗太悲惨了，它害死了多少人、亏欠了多少人，谁能替他们讨回来？我多么可怜，我如果跑得慢了，也成了他们当中的一个。杏梅，就是老政委，她说得太对了，我今生投入的是一场战争，这很残酷，可这就是现实。"

凌晨一点了。淳于宝册沉默了很久，蛹儿觉得该离去了。她把他搀到床边，将外套脱去，拉过被角。他抓住她的手。"董事长，我们明天接上吧，您该休息了，今天太累了。"她把手抽出。他拍拍她："多待一会儿吧，还不是睡觉的时候，别把我一个人扔在这里。"蛹儿去看夜色里那双眼睛。黑影里的人有些急切，发出呼呼的喘息声。她仿佛看到一个腰插双枪的女人瞪着眼站在一旁，长筒皮靴沾满泥汀。她有些不知所措，僵在那儿，直到一条沉沉的手臂搁在肩上。她发觉他手心里沁出了冷汗，额头和颈部都变湿了。他仰躺着等待黎明，像一个死人，嘴里吐出最后的呓语。"有一段时间我不想吃饭不想睡觉，没白没黑地在纸上写，写往事，写李音，满纸除了想念，就是对这个世界的诅咒。我心里从来没有这样矛盾和难过，不知怎样才好。后来我拖着疲惫的身体去了青岛，一晋伯伯被我的一双红眼吓住了。他在我呼呼大睡时看完涂满的笔记本，哭了。我醒来他说：'孩子别写了，这些留待以后，这些字没人看得懂。'我冷静下来才发现，因为愤怒和疯癫，还有恍惚，当时写下的全是前言不搭后语的疯话。离开时我觉得再也不能拖延,不能瞻前顾后当个懦夫了。我想立刻告诉李伯伯一个重要的决定,就是返回老榆沟干一番大事,与那个叫杏梅的小学教师结婚,但还是憋住了。我直接回到了老榆沟,敲开了那个绿色小门,把背囊往床上一扔说:'成亲!'她有些吃惊,问什么时候?我说:'一刻都不能等,就现在,立马!'她两手按在腰带上说:'那总得剪幅喜字吧?'我说:'得了吧政委,那些全都好办!'就这样我们成家了。新婚未满月她就领我去那个大城市见了首长,那个生了老年斑的大圆脸把我看过来看过去,从头问起,细细审查。我觉得这个人的眼神不对,私下里考问老政委:你们到底有没有那种关系?她如实说'没有',耽搁了一会儿又说:'如果你不介意,那我可以告诉你,首长摸过我。'我无比憎恶首长的一双手,它也生满了黑斑。回到老榆沟我们认真规划,制订方案:先是将三道岗的全部在此复制,然后就是设法扩大其规模十至二十倍。她表现出一股狠劲儿,说:'先把那里掏空,它本来就该是你的!'我说这万万不能,三道岗是我的恩情地。她说最后留下一个空壳儿也算对得起他们。我当然没有照她的话去做,但终究还是对不起三道岗。如今那里的企业还在,不过早被我们狸金连骨头带肉吃掉了大半。首长给予了全程支持,他在咽气之前都是集团倚重的人。"

二

淳于宝册有过一夜好眠,早晨心情好了一些。他穿过大厅,在花鲤池边遇到正吃三明治的速记员昆虫,拍了拍她的背。昆虫站起,习惯地将两手提起来晃动着,脆生生地喊:"董事长早!"他在小厅缓慢地用过早餐,一边呷着红茶一边翻放进来的报纸。传来电梯轻微的运行声,他将一点茶饮尽。步出餐厅时一点都没有犹豫,径直往右,穿过一条短廊。他要看看花君,因为至少有一个星期没有见它了。它好像一直在期待这个早晨,这会儿正站在一团干草旁,微微仰头看着他走近。他嘴里发出"哇啊"的声音,抚摸它的头,轻拍它的背。当他的手触及它的睫毛时,它就细细地蹭着,一直蹭到肘部。"花君,整个狸金没有几个人比得上你。这里有一些自作聪明的浑蛋,幸好你一个都不认识。老政委该回来看你了,我也有点想她哩。"这番话在心里咕哝,并没有发出声音。他在它身边待了一会儿,胸间吸满了干草与畜味混合的气息,又去隔壁书屋。不出所料,蛹儿正在捧读那本情诗,一大早眼里就含上了痴情的泪水。

"在好女人那里,爱情总是没完没了的。"他坐在她身边的一张浅黄色皮椅上,这是他的专座。有一次蛹儿见女领班锁扣坐过这儿,就细细地擦了许久。她放下手中的书:"好男人也是一样。""那要看他们忙不忙了。不过这方面的专业人士,我是指那些行家里手,就是另一回事了。那些家伙爱情是全天候的,真了不起。"蛹儿知道他这会儿又要扯到自己过去的男友了。果然如此,他龇龇牙说:"也许是闲了吧,我这些天总想约你以前的跛子,还有那个瘦子,一块儿喝上一杯。""我可找不到他们。"淳于宝册撇撇嘴:"'天下无难事,只要肯登攀',真想办就能成。我琢磨俺仨有得聊。"蛹儿不愿纠缠这个话题,说:"老中医说得好,人上了年纪,最怕的就是颓废。""他不会用这个词儿。""反正意思就是那样。"淳于宝册笑了:"他知道什么是颓废。男人和女人一样,心口的火一熄,什么大事都办不成了。我看过一本将军的传记,上面说当一个好娘们儿在他身边时,也就节节胜利;后来她离开了,他就再也没有好果子吃了。"蛹儿缩着鼻子苦笑,觉得拿他一点办法都没有。

经过了许多天的阅读和深聊,蛹儿明白一段非同寻常的日子结束了。她有时想这是一个豪情万丈的男人一点点平静下来,走入了人生安定期后常有的一种回顾和追溯。她不愿使用"衰落期"三个字去形容他,实际上也绝非如此。是的,狸金的一切似乎都由总经理老肚带和手下那一伙人料理,不过如果将整个集团比作一个巨人,怦怦跳动的心脏仍然在艾约堡。这个男人好像一头懒洋洋的睡狮,打盹,流出涎水,不过一旦醒来就会怒吼,山摇地动。时下他等于半睡半醒,所以总也离不开那个有些怪异的话题,这会儿眯着眼,其实是在偷看她:"我这人最佩服的就是那一类高手,不费一枪一弹就把一个妙人儿拿下了,比如你原来的那两个男人。"蛹儿在心里抱屈:那个跛子和瘦子当初用了多少心思,他们并非像他说的那样轻松,这与事实严重不符。不过她不愿在这时候反驳他,只由他信口说去。他瞥瞥她,又说:"这才是真正的本事,其他倒也无所谓。比如那些痨病秧子,当年到底用了什么妙法儿把个天仙似的女人搞到手?这事儿常搅得我不安,想起来恨得牙痒,又不得不服。还有一个人,这个跟你说说也无妨,就是有一个海边村子发生了一桩男女连环套:男的妻子好生生被一个守岛的军官勾去了,而这男的又被另一个城里妙女迷上。这四个人串在一条链子上,好像环环相扣,真是莫名其妙。谁能解释这一切?谁都不能。神秘,无解。"

蛹儿依稀觉得所有的交谈这时都落在了实处,好像有了主旨和重心。但她还是不明白:这个人心里盘旋的是什么?耿耿难忘的又是什么？这些事早晚都会水落石出的，只需耐着性子等待。为了不再听到那么多呻吟和叹息，她想把话题荡开，于是就问到了一个具体事项：何时让这部回忆录面世？这些文字已经全部结束，还是仍旧有话要说？淳于宝册犹豫了一下，说："也许再订时还要加点什么。我想这应该是一部三卷本的'回忆录'吧。嗯，阁下认为叫什么更好呢？"蛹儿已经想象出它们印成三册小牛皮封面的样子了，说："就叫'回忆录'好了！我听了这三个字就激动，就想起'忆往昔峥嵘岁月稠'这句诗了。"淳于宝册哼一声："我不是那样的岁月，我的岁月是'忆往昔天天递哎哟'。"

他们正谈着，女领班锁扣敲门进来，报告总经理老肚带求见，人在东厅。淳于宝册对蛹儿说一声"那事就这样办了，"然后随锁扣出来。锁扣走在前边，他觉得她的屁股实在是太大了，作为一个领班必然尾大不掉，怎么率领一班人马做好堡内事务？他上前一步说："你，请把腚搞小一点。"锁扣满脸羞红，大惑不解的样子。"我是说你该减减肥了。"他们乘电梯上升时，锁扣一直咬着下唇不敢抬头。老肚带在电梯旁等候，张开戴了绿松石戒指的手，嘴巴半张，像一只发出哈达声的老狗。淳于宝册摆摆手，一起进入东厅。锁扣让人上茶。

老肚带把鼓鼓的黑色皮包放到茶几上，然后去摸眼镜。这家伙一露面总是重复这几个动作，给人日理万机的样子。淳于宝册盯着他，发现这人的胡楂白了多半，肥肥的鼻子上竟然有了几道横纹：大象鼻子才这样啊。他打断忙忙碌碌翻找材料的人，说："汇报。"老肚带还是忙着："这不，我想找一个批件给您看。""什么'批件'？"老肚带找到了，将一张纸片和一叠材料推过来。他迅速浏览一遍,发现是集团关于那几个临海村子的开发规划,是历经几次修订的兼并策划书,旁边有一张复印的单页:"领导批示。"他不由得严肃了,将那张纸片取到脸前看了看。"您可能不相信吧?真的是他的字儿!"老肚带笑吟吟地指点着。当然相信,他熟悉这个人的字迹。不过这么快就能搞到它,将整个项目推进到时下一步,倒也想不到。"上面话不多,用语很重,'城市化进程中可资借鉴的范式','范式',瞧瞧!"老肚带伸出肿胀的手指解释。淳于宝册把纸片反扣在茶几上,问:"市里怎么看?""他们就好说了。这些人当中有的向着吴沙原,因为是吴改变了一个穷村。以后简单了,他们该催办,该具体落实了。至于我们,马上表态'责无旁贷''好事也要办好'。"

  淳于宝册并没有鼓励喜形于色的总经理,心想:本家孙子磨砺这些年,已经出徒了,会说套话,顺手牵羊借力打力。接下去会有一场忙碌,不过不到紧要关头自己是不会出面的,他实在厌倦了那些周旋。他倒愿意去那个渔村闲逛,坐在乡间酒馆里呷几口老酒。他知道想是这样想,到最后恐怕也没有那么简单。不过无论如何大势已定,逆转已不可能,目前的全部问题只是运行速度。他认为自己不必推动这个进程,因为面前这个人和手下的那一帮个个都是急性子,一旦遇到顺手的事儿就像下坡赶驴那样咋咋呼呼往前,摔死个把毛驴绝不在乎。这会儿他倒想忙里偷闲拉个闲篇儿,问到了老楦子:"你不是让他们查一查那两个人吗?这里等着哩。"老肚带笑了:"您问这个呀,一点问题都没有。秘书处那几个人正闲着没事干,他们一接到任务就忙开了。打听到许多事儿,故事写得有头有尾,先是眼镜执笔,老楦子看了又改,签上字,用四号字印给您了。我知道这是工作需要,知己知彼才能百战不殆嘛。"

三

一个带"秘"字的函件放到了总部顶楼。淳于宝册掂了掂,觉得颇有分量。这是老楂子一伙搞出来的,他虽好奇却没有急于拆开。这么厚的一大沓,实在出乎意料。关于矶滩角及吴沙原欧驼兰的诸多情况,老肚带已零零碎碎讲了许多,原以为形成书面文字也不过是几千字而已,可眼下,好家伙足有三万字。这帮人越来越像大著作家了,职业病愈加严重。他忍住了,喝过茶,然后叼上一根雪茄,抱着函件歪到舒服的沙发上。令他吃惊的是这些文字打印在浅玫瑰色的纸页上,而且好像被薰香炮制过,散出淡淡的玫瑰香味。这帮家伙用尽心思讨上峰欢心,力气用得太过。

关于整个渔村的历史沿革、地理特征及人口状况、经济数据之类翔实罗列,并无新异。做刻板公文是他们的拿手好戏,字里行间总有一股令人厌恶的衙役腔。好在这一次不是以董事长本人的名义,也就不必过于挑剔了。不过这叠纸张的颜色和气味总是让人疑惑。大致事项历数一遍,很快进入具体情状。先是村头吴氏祖宗三代,而后集笔墨于吴沙原一人,身高体重、学业学历、小学初中成绩如何、是否聪慧、十几岁患过疟腮,都一一记录在案。淳于宝册开始觉得有趣。笔者从吴氏清瘦体态推定其脾胃虚弱:此类人诞生海边,以寒凉水产为食,泄多补少,俗称"直肠鸭子",一生不会富态。婚姻诸事记述颇详,男女双方经济地位之比较、结识年月、何方起意在先、有无媒妁之言等等,无不历历在目。女方为本村织网妇独女，娇生惯养未经风霜，小巧婀娜面容白皙，稍经海沙烤炙即肤红如薯，煞是可爱。吴氏对该女子情有独钟，日夜追逐，险些未婚先孕，然而物极必反，直至成婚数年仍无子嗣，颇为苦恼。双方未得爱之结晶，于是关系缺少维护，一旦风吹草动也就分崩离析。话说当年军民团结如一人，试看天下谁能敌，矶滩角即为拥军模范。海中列岛有一守军少尉，面色苍苍，路过该村，有说有笑人缘颇好，为吴氏小巧内人暗中瞩目。二人目色往来，只不言明，想不到于一月黑风高之夜乘小舟私奔。从此吴氏苦难来临，一生愁眉不得舒展。任何事物皆有正反两个方面，正因其痛苦深重，缺女少色，故而愈加专注精力，十余年倾心于村中事务，兢兢业业，穷村脱贫，感动男女老少，遂成为一村首领。

　　淳于宝册觉得接下去文风大变，私判前后并非出自同一人之手。老楦子几年来招兵买马，身边蓄有怪才以备不时之需，倒也令人欣慰。不过淳于宝册不满的是文中出现较大遗漏：吴沙原离异后曾一度随父去京城生活过一段时间，因为思恋原配才放弃就业回到渔村。这是何等重要的情节，这帮小子生生漏记了。他取下雪茄继续读下去。文中写到了那个与吴妻私奔的军官，引得他目不转睛，因为以前从未有人详细说过该人情形：此人久居荒岛，性情孤僻，寡言少语，然而内心火炽，见中意女子即按捺不住，宁可冒违背军纪之险也要动作，不啻一次铤而走险，最后大功告成，终成好事。少尉孩童时期经受风寒，鼻梁皴裂，宽于常人，看去颇有雄狮之风，也算威武。村人私下云：盖因军人勇气过人，远胜文弱吴头，故而对矮小婆娘产生吸力，令其不顾一切背祖离宗，一去不返。以现代观念看，也算有情人终成眷属，二者并未胡搞乱来，姻缘天定,有始有终,吴氏只好自认倒霉。

淳于宝册对于少尉与吴沙原,还有那个小巧女子始终怀有强烈兴趣,而这三人当中只亲眼见过其中的一个。那个小巧女子该有何等魅力,令受害深重的前夫难以释怀,以至于从遥远京城驰回渔村,却只能隔海相守。至于那个尉官身上也有谜团,从描述中可见此人貌不惊人,资质平平,远非帅才,却能来个顺手牵羊。淳于宝册看到这里,决定找一个合适的机会去海岛一次,就近领略两人风采。耳听为虚眼见为实,凡传说中的奇异人物最好就近观测,这样才能弄清究竟。在经历过近六十年风雨沧桑之后,唯有两性间的相吸相斥仍旧让他感到费解与好奇。他甚至认为人世间的一切奇迹,说到底都由男女间这一种不测的关系转化而来,也因此而显得深奥无比。有些家事国事乍一看远离了儿女情愫,实则内部还是曲折地联系在一起,不过是某种特殊的转移和反射而已。淳于宝册认为狸金全部的、最高的奥秘都可归结于此,即人与人之间不可思议的吸引力和征服力,是某种难言的魅力作用;而其中真正复杂的,尤其表现于两性之间。他以自身为例暗自求证多次,最后认定从年轻时初识老政委的那一刻,一切也就确定下来;这几十年来从狸金到个人的所有结局,都是由那个发端一点点衍生出来的,往后的走向也必定与之有关。天地间有一种阴阳转换的伟大定力,它首先是从男女情事上体现出来的。

淳于宝册的思绪好不容易才从矶滩角这三人关系中解脱,转而端详另一对人。其实这才是他思考的全部重心所在,不过奇妙的是,这后者的抉择竟也来自原来的三角关系。他认真看下去,不知不觉屏住了呼吸。材料中出现了欧驼兰这个让人心跳加快的名字,这使他目不转睛地盯视,用力之大好像要望穿纸背。一个出身于知识分子家庭的娇女,却能追求不无野性的生活,选择民间学问求证,确也算个异类。更因为面容秀丽殊妩,神气超凡,一路有多位情种苦苦跟踪,或明或暗传递心曲,一度令其心烦意乱。穿粗裤背挎包,来往于东部边陲,受海风吹拂,无非是解除青春期反复撩拨之燥热,图个爽利清静。至于求学和任职期间是否保得贞洁,无一丝瑕疵,笔者委实无法详言明确,因为知之为知之不知为不知是知也。往昔漫长曲折,罕见丽人投入茫茫浊世,人欲横流,一般而言必处于朝不保夕之危境,又何言完璧归赵?故而历史问题宜粗不宜细,在下谨言慎行,只以矶滩角之行迹为据,从头述说。

吴氏与欧女初识情形聊可一记。是年大冻初解,春寒料峭,渔人操橹,小舟荡漾,二人相遇于窄巷,猝不及防,四目相对。吴氏沙原乃清癯干练之人,颇有骨感之美,令欧驼兰诧异良久。因长久厮磨于文弱墨客之间,少见此等风尘仆仆之人,闪闪镜片,双目黑亮且较一般人为大,手脚袒露寒风之中,色泽赤红,板寸头更显生气勃勃。女研究员正欲寻访一村首领,想不到迎面即是,于是大喜过望,心跳怦怦。日后工作多有磨合,性情互知,彼此好感油然而生。欧驼兰皮肤细腻,脸庞及神色颇似羊驼,双唇厚翻,实为现代少见之性感女子,然海滨渔人并不知审美时尚,仍以圆脸大臀者为上。吴氏沙原毕竟北上京华,耳濡目染世面得见,对该女子自有不同印象,夜间难免浮想联翩。欧驼兰入住乡间驿所,透风漏气,寒凉侵骨,想必当晚心旌摇曳。此一行无非为调查民俗,考证拉网号子,少不得与粗人周旋,会见各色人等。矶滩角属中等村落,人也强壮,惯食鱼腥,善良有余而淳朴不足,背后难免议论男女之事。此时吴沙原正逢小妻背叛一年有余，愤火渐息，渴求日增，断不能对面前异样风情毫无察觉。笔者曾于近处观望该研究员，不得不如实坦言：虽无倾城倾国之色，也足以撩拨一班壮汉。其人有一种散散落落松弛无为之美，肤细超人，目黑如漆，一口白牙格外匀细。胸部结实小巧，腿长修直，双手拳拳如明珠在握。

淳于宝册看得身上燥热，不得不到水龙头前撩一把水洗脸。他骂着"狗东西转起词儿来也着实害人"，再次歪到沙发上捧读。下面多写吴沙原心内纠结痛苦，在海边徘徊直至夏天。寡男孤女岂能安之若素，雌雄宝剑必将铿锵有声。无奈心事重重，只得忍耐少许，好比防御强敌坚壁清野，各归于自家角落。村人口水漫起，言京城一大才女倾心村头，而村头矜持有节。吴沙原心心念念者无非原配，此小巧女子时下正与少尉军官安度日月，两人正酝酿生一对儿女，衣食丰足。吴氏难忘往日恩爱，耳鬓厮磨，各种场景反复演练，泪水潸潸。另一方又有驼兰，两眼脉脉含情，铁打汉子也难禁得，更何况是情意款款之精壮男儿。总之矛盾日炽，心火旺盛，不思饮食达一月之久，直到夏日来临。此一季渔事繁忙，心事也多，皆因天时地利，唯欠人和。众男子赤条条捉鱼，拉网弄桨，全身油亮，实在撩人。欧驼兰本应与村中女流一起回避，只可惜职责在身，此刻正是壮观之时，听号子记渔汛再好不过。科研大事不可因男女之防而废，终须坦然面对才好。故而整个火热之夏驼兰着洁白布制斗笠，手持一笔一簿来往于海滩，逼得男子个个遮羞，颇不自在。这期间吴沙原衣饰得体，无非是一袭短装，衬衣口袋插一钢笔，愈显得文雅出众。

事情本来平静如昨，夏天也就如常度过，谁料知除了渔事，体育也会害人。原委在此需细细道来,看官且忍,少安勿躁。吴氏沙原有一癖好,即每日游泳。论泳技村中无出其右者,击水三千,心平气和。本来冬泳也曾擅长,村人每每记得他于数九寒风中蹿跳踏动,倏然一跃,活像大鱼。该嗜好结束于新婚当年,起因是泳后风寒巨咳数日不愈,老中医嘱:婚事火热进行时万不可赤身投入冰水,人不比红铁淬火,非但不能愈加坚硬,反而有血竭骨裂之虞。吴沙原听后吓出一身冷汗,从此再不敢冬天入海。夏日海角为天然泳场,细沙皑皑,风平浪静,实在诱人。吴氏常于半日繁忙之后舒展筋骨,宁可耽误一餐不愿丢弃一泳,在太阳炽烈时分大游一番,而后深卧沙中,不露手足头脸,谓之沙浴。此一爱好村人皆有,只不过沙原尤甚,泳后即陷沙中,化为一片沙原。殊不知就是这一嗜好酿成大祸,令其后悔不已。

  欧驼兰本为游走勘察专家,素来视室外活动为不可或缺之项目,击球奔跑无一不精,泳事原也娴熟。她身穿泳衣之模样令村人惊艳,个个驻足掩口面无血色。好在此番情景日复一日,也就见怪不怪,相互见面只笑不答。女研究员常年闭锁高城,一般乡民于其着装周全时尚难一见,更何况全身只束几条布绺。如此千载难逢之机全赖吾乡渔业,拉网号子远播天外,引来天仙沙滩款款而行,袒胸露背,群鸥追逐。只见她去人流疏淡处铺下浴巾,饮下一瓶矿泉,而后缓步移向浪迹,做一个春燕展翅。一条白练撒开,一个娇娃游戏,君不见荒村野渡,竟跃起耀眼白豚,四野惊骇沉寂无声,千顷海浪凝神息语。水中丽人心事如何无人知晓,泪水与咸液混合一体,寄托于矾滩畅游。欧驼兰两眼瞄向远处岛影,直游到千米之外,蓦然回首方觉有些心怯,开始折返。阳光如金箭穿射,波影摇荡，好不畅快淋漓。出水芙蓉，天然去饰，此时此刻恰有一人潜入沙中，历历在目，无法回避，也是天意。

原来吴沙原先一步踏入此地，早于泳后陷卧沙浴，双方皆无所料。欧驼兰铺展之浴巾与吴氏沙藏之地仅为咫尺，一明一暗，相映成趣。吴氏遭遇人生至大考验，牙关紧咬，但愿此女速速走开，有惊无险。谁知事与愿违，欧驼兰端坐巾上，解下周身仅有之布绺，细细揩拭，然后再次享用矿泉。吴氏周身被热沙炙烫，加以女性体息浓烈，终不得全部隐匿成功，局部未免突出，令欧驼兰停止啜饮。她起身端详，不由得一阵惊呼："此物竟有野生？"

四

淳于宝册将一叠厚厚资料掷到地上，额上青筋凸暴，两手颤抖："老楦子一伙自以为是文曲星下凡哩，这回非挨板子不可！"他取了饮料，手指在桌上叩击，两眼急急寻觅什么。"哦，我把这儿当成艾约堡了。"他此刻真想和一个人聊上几句。一杯冰饮让他清醒许多，意识到刚刚的愤怒更多是被那个戴眼镜的村头儿给惹起来的。再就是那帮家伙，即老肚带和老楦子一伙误解了自己的意思，他只想有一份翔实确切的汇报，哪里想看这种添油加醋的东西？这种真假莫辨的情报除了混淆视听贻误战机，再不会有任何作用。也难怪，这伙养尊处优的东西只有一个拿手好戏，就是把一小沓文字扩成一大叠，胡编乱造已成习性，最后变得不说人话了。以前曾发生过这样的事情：将报告给有关部门的年审材料写成了蹩脚的散文诗，发走前正巧老楦子喝醉了，糊糊涂涂签了字，结果在行业间传成笑话。另有一次把老肚带在集团大会上的年终讲话写成了骈体文,读得众人目瞪口呆,直冒冷汗。"这个秘书处是必要整顿的,然而一将难求。"他长叹一声,重新捡起那叠资料,厌恶中却也不乏猎奇之心。他发现笔者对吴氏与欧驼兰野合之事言之凿凿,细节俱在,且写得生动传神。他们认为二人从此突破男女之大防,情同手足。在吴沙原这儿尚有难弃之心念,未免顾忌重重,对小巧原配一往情深。据说每逢海雾消散之日,他必伫立海岸远眺岛影,久久不愿离去。而欧驼兰则心有归属,视矶滩角为安身立命之地,著作赖此以成,婚嫁似有着落。想不到一渔村头目,粗手大脚,至深秋时分仍打赤脚穿凉鞋,竟能俘获芳心,殊为怪异。

吴沙原矛盾纠结不得解脱,以致神情恍惚,倦怠惫迷不理村政,屡屡耽误渔汛,招致巨大经济损失。由此可见该村户户草顶,财力羸弱本在预料之中。一面是小巧妻子昨日温存,一面是知识女性别样风情,二者左右挣扯,生生毁人,令居中之眼镜惶惶不安,愈加颓唐。村人看在眼里急在心头,为一家老少前途计,恨不能将天降妖女装入麻袋,沉海了结。然而村头却将她视为至宝,让全村爱护配合,成全其著作,丰富其生活。特别是缺牙少齿之老者,需个个振作精神,好生回忆,唱出海边古调,哼呀嚯呀叫喊不停,表演各式网号。从此村中号声频发,人人不得安宁,得益者唯欧姓女子。该女觉得幸福,青春闪烁明眸皓齿,往来村巷俨然主人,趾高气扬。吴沙原令村中青壮收拾本家婶母遗下一陋室,整饬一新供欧女居住,距自家房屋不足百米,其间由小巷曲折勾连,黑石铺地。每至夜幕降临,天色昏昏,必有一清瘦男子匆匆穿越小巷。日久天长,巷里黑石光可鉴人,两旁小窗挤满扁鼻。人多眼杂,该男子恨不得开挖地道,连接起两处冷巢。如此这般，日月荏苒，眼见得西边吴氏愈加清瘦，镜片难掩目中悲伤；不难料东邻欧女丰腴水润，风姿绰约脉脉含情。不曾想小巧原配因事回村一趟，吴氏沙原远不得近不得，事后竟病卧一场。要知道沙原素有火娃之称，寒冰之季尚着单衣出门，骨骼坚朗，疾患侵入盖源自心火攻伐。欧驼兰毫无愧疚，三番五次进出村首之家，村人侧目。有老者立于小巷，手攥烟锅嚎唱拉网号子，无非劝诫此女罢手。孰知欧驼兰不解深意，驻足记录询问不已，老者呔呔长叹无可奈何，私下议论：也许是老天要灭矶滩角，命该如此。

整个矶滩角一派悲观之象，即便冬去春来，复又火夏，仍旧挥不去冷淡肃穆之气，人心不振。该时节好似"解放"之前，阴阴郁郁，风高浪疾，穷则思变。拉网号子低回于海岸，如影随形，好似呼告村民奋进，一怒之下揭竿而起；又好似期盼伟人大步走来，率领众生重开环宇。总之阴雨时节企求丽阳，大雪昏夜希冀火炭，村民本是擒蛟搏浪脾性，忍耐不会久长，终有一天呼号发愤，挽袖出巷。到那时一切都将变个模样，眼镜吴或幡然醒悟，改弦更张，或执迷旧情，为人唾弃。村民们失去的唯有锁链，获得的将是崭新一个世界。问茫茫苍穹，谁主沉浮？探遥遥夜色，谁擎明灯？越过百里平原，踏上南部丘陵，即可见山脉起伏，树木葱茏，皇皇狸金矗立其间。伟岸集团，气象万千，富可敌国，志壮山河。君不见有巨擘在，宏图展，挥斥方遒，力扫千军如卷席。功名至大，安之若素，著作等身，巨笔如椽。古往今来有隐忍成霸业者，有伸志为豪士者，却无此文武兼备风流倜傥者。呜呼，说到此看官必能心窗洞开，举一反三，矶滩角之前途如何自然明了，断不可忧虑重重心事压顶，且看巨手挥，风雷激，天地翻覆。

淳于宝册终于笑了。他揩去不觉间渗出的泪花，好不容易才收起嘴角的苦笑。他仿佛看到了老楂子那一伙得意的神情，心中五味杂陈。此刻，他也拿不定主意该打他们的屁股，还是奖赏一席酒宴了。他把这厚厚的一叠掂了掂，目光凝在最后几页。令他稍有心动的是这帮家伙嗅觉之灵敏，竟然把集团挥戈北上之志淋漓尽致地表达了一番。这显然是老肚带等人连日动作不断，风声信息已经播散得相当广泛之故。可惜他们运笔的那一刻只知其一不知其二，本末倒置了。谁能理解狸金主人最深的企图心？仅仅为了扩大版图奋力掘金？或者反过来，只为了一次男女私情不惜大动干戈，冒拓疆扩土之险？他这会儿试图作答，竟发现事已至此，连自己都不能将一个现成的答案拎在手里。他似乎更愿意说：二者是一体两面，成为不可分割的整体。总之这是一个全新的世界，是历经千山万水而后步入的晚境。好大的晚境啊，此时此刻开始的一场苦斗，令人浑身烧灼，连同并非小小手笔的产业拓展，可能无法向任何人讲述。他在发怔的一刻想到了一个人，这人聪慧极了，而且内美逼人。唯有她懂得自己的心思，这就是一直被视为集团"大杀器"的女人，她叫蛹儿。

五

老肚带又一次不请自来。这一次他直接闯到艾约堡东厅，在等待董事长的那会儿两脚踏动，搓手，几次想乘电梯下一层，也还是忍住了。淳于宝册由蛹儿陪伴来到东厅，服务员端来饮品，蛹儿接过就离开了。老肚带没有像往常那样打开鼓鼓的皮包，直接盯

海边初雪

着董事长看,嘴角颤了颤。"有什么麻烦不成?"老肚带站起:"算是吧。"淳于宝册仰在沙发上,头在靠背上缩着,眯着眼。只要属下报告棘手的事情,他总是做出这种萎靡不振的样子。老肚带张着大手,手背上的黑毛好像变浓了,连自己都觉得这是一双坏人的手,可以称之为"黑手"。他抿抿嘴说:"没有办法,不下手不行了。"说完观察对方,没有反应,只好全部说出:"我们的计划书、以前的规划,对吴沙原的矶滩角都是网开一面的,就是说他开出的条件全都考虑进去了,他说要细细论证一番再回我们。前几天传话来了,我和副总一块儿去了,你猜怎么?这事儿吹了!"淳于宝册身子一动不动,仍旧眯着眼,不吱一声。"这家伙理由说得不多,反正是拒绝合作。"老肚带懊丧而愤怒,坐下来。"不会没有理由的。"淳于宝册哼着。"可他不说为什么!他太傲慢了,董事长,这家伙就是太得意了,做着土皇帝,搂着研究员,睡昏了头!"淳于宝册睁开眼:"你见过了?""我刚见过嘛!""我是指'睡',你见过?"老肚带哼哼着:"这我怎么见过。""没见过就不要乱说,包括老楦子那一伙,谁乱说谁负责!"老肚带听出了少有的严厉,一时无语。冷了一会儿场,他咕哝道:"总而言之,那家伙连理由都不说就拒绝了我们,太过分了。"淳于宝册再次眯上了眼睛:"他不说,是因为跟你们说不清,他的理由太多了。"

老肚带看着他,嘴咧着吸起了凉气。他搞不懂董事长的意思,这家伙越来越深奥了,城府太深,光是琢磨他就费了诸多工夫,工作起来真是太难了。老肚带把一腔埋怨咽下肚,单刀直入说道:"我今个来要讨个尚方宝剑,因为这事非得您开口不可。我想对吴沙原这个人干脆一些,不然怕是没辙。""用钱做成砖头砸他?""那可不行。这家伙不是爱钱的主儿,我早看出来了。我想用真砖头砸他!"淳于宝册睁开眼坐直了身子。老肚带瞥瞥他,声音低下来:"这也是女副总的意思。我也认为不这样不行,有人就是吃硬不吃软。"淳于宝册咕哝一句:"骚猪。""什么意思?""她是一头骚猪。"老肚带有了哭腔:"董事长,您如果亲自料理这事儿也会不耐烦,也会发大火的!那个眼镜目中无人,他还真把自己当成了一方诸侯……我们为这个项目花了多少时间,投入多少精力,已经不能再拖下去了。""你还是听听他的理由吧。""没有理由。他不说。"淳于宝册站起:"那就想法让他说出来。"

董事长显然想结束这场谈话,老肚带赶紧绕到对面挡住他。"他到底想干什么,或者开出更高的条件也行,都不说。也许当您的面才会说,可董事长日理万机……"淳于宝册摆摆手:"这你错了,我早就不理正事,我孙子在第一线。我现在只不过待在堡里,没事翻翻闲书。""董事长!"老肚带绝望地叫了一声。"老楦子比你明白,他领人写了矶滩角的一本闲书,写得有趣。你找个空儿让他去总部顶楼,我想和他聊聊。"淳于宝册脸上挂着冷笑。老肚带知道说的是那叠汇报材料,赶忙说:"啊,我叮嘱他们好好干,要写细发一些。""你们干得不错,够细发了,狗娘养的。"老肚带脸上的喜色没了,沮丧得两手垂下来,眼巴巴看着董事长离开。他心里明白:眼下这个人的心情糟透了。自己来得真不是时候。可他无论如何也不懂:那个吴沙原有什么了不起?这个人为何就碰不得?

老肚带夹着皮包离开,觉得自己就像一条狗。这个角色越来越难当了,因为不知道什么时候去咬、咬谁。回想这几十年,即便在狸金最艰难的时刻也没有这种苦恼。那是拼命和苦斗,淳于宝册身先士卒,有时杀红了眼。那些难忘的场景历历在目,一切是那么惊心动魄,然而却直接痛快。比如那次金矿底层采掘点发生的大战,会让他记一辈子。那回历险差点把他吓死,从那次他才知道,自己永远都做不了统帅。当年金矿是集团最重要的产业,是真正的第一桶金。这座矿由小到大发展起来,始终紧挨着一座大矿。最富的矿脉都在那边,两个矿时不时巷道相邻,不小心一炮就打穿了。哄抢矿石,地底对峙,这都是常有的事。有关部门不得不抽调大量警力,专门对付这类恶性案件。地底下动武是常有的事,所谓"万两黄金一条命",挖金子就得提着脑袋。"狸金有一支敢死队,在临近大矿的巷道里藏有武器!"类似传说让集团提心吊胆,老肚带不得不命令采掘队后撤五十米,惹得淳于宝册大发雷霆。老肚带说:"没有办法,我们的名声坏了,招架不住了!""我要拿你的狗头换狗头金!"淳于宝册喊着。他虽然很少到矿坑深层,但消息比一天三次下去的领班还灵通,得知两矿交界出现了罕见的富脉,对方已经布置了专门的人把守。骂过之后他穿上防护服,领着几个青壮坐罐笼下到井底,又乘窄轨电车去了黑咕隆咚的矿坑深处,折腾了好几个钟头才上来。金矿的几个大小头目都变得贼眉鼠眼,轮番往巷道深处钻挤。半年之后矿下发生了最严重的一次火拼,双方皆有伤亡。狸金这边死了三个人,而对方失踪得更多,死不见尸。

那次事件未被大面积报道,却一时警车飞驰,办案人员往来穿梭一个多月。淳于宝册在这个过程中寸步不让,一直与对方据理力争,还头捆布条与抬了三个矿工遗体的家属一起静坐。这期间老政委携带厚厚的汇报资料与物证去远城找首长,其中包括多年来的地下采掘标示图、械斗口供记录、大矿保卫处人员使用的凶器及照片、受害人家属证词录音、血衣和矿工遗照。其实所有这些资料和佐证也同时交与了当地有关部门。本来老肚带已经做了最坏的打算,准备锒铛入狱三两年之后再让本家爷爷打捞出来,谁知这场调查最后不了了之。原因是整个过程都发生在争执频发的百米深处,双方人证物证相互冲突且无法认定。最终结局是有关部门撤销了对方保卫人员携武器采掘的权利,并重新严格裁定矿山边界,为确保万无一失还划出了不属于任何一方的中间区域。令老肚带难以置信的是,那道罕见的富脉有三分之二落到了狸金手中。对方从此有了切肤之痛,畏惧大增,十几年来从未敢越过划定的地下边界一步。而狸金这边于当年上报了一份施工图,注明根治采掘场渗水的区位,然后直接将运送矿石的窄轨延伸到了中间区。

可惜一切皆是往事,那惊险的一页永远翻过了。类似的还有与税务、海关、法院一干机构的往来,其间玄机处处,既惊耸陡峭又势在必得,一路就这样过来了。老肚带对淳于宝册的那句话深信不疑:再高的学历学位都抵不上一所"流浪大学"。何止是抵不上,简直差得远。他也记不清从什么时候开始这位本家爷爷火气退了,也许真的老了,只想缩进螺壳。这家伙看书的时间越来越多,沉默寡言,有时又开个天大的玩笑。他常常搞不清这个人的真实意图,不知哪一句话是真哪一句话是假。这家伙有时真的像一个昏庸的国王,只知道折磨臣子,恨不得发生一次宫廷谋反,被一个年轻的勇士无知无畏地杀掉才好。老肚带出门时想到这里,被自己怪异的联想吓了一跳。

第十一章

一

凌晨两点,老政委从挨近苏格兰边界的小镇上打来了电话,絮絮叨叨不像她的风格。淳于宝册明白,这是被女儿黑子的事情折磨成这样。人生真是不易,忙碌了一辈子,眼看步入老境了还要为儿女焦心。他的叹息被那边捕捉到了,她说:"忙你的去吧,她的事情也就这样了,砸进一些钱是免不了的。你也悠着点,听说堡里又多了一个女人?"他屏住呼吸,咳,吸鼻子:"因为工作的关系,狸金需要一些色艺双全的女人。没什么,你就放心吧,等你回来看看就知道了。嗯嗯,步入正轨了,有条不紊了。"他用了一些含糊的词儿。那边冷笑:"我一时回不去的。这里空气好,孩子小四眼也懂事。你忙自己的吧。"电话就这样挂了。他搓着惺忪的眼睛倒一杯冰葡萄汁,边呷边嘀咕:"她的耳朵可真长。"余下时间不想睡,裹上衣服踏进走廊。有一种温吞吞的麦黄杏味儿,他深吸几口。记忆中山坳里那片稀稀的麦地边上,刚刚泛黄的杏树就洋溢着这种气息。他没有开灯,摸索往前。电梯上的浅绿色数字标明它停留在上一层,他抬了抬手,还是忍住。

回到房间仍觉得胸口灼热,再倒一杯冰葡萄汁。开灯倚坐床上,涌起一阵书写的欲望。久违了,许多年来只是口授,高兴不高兴都要倾吐,包括牢骚和慨叹,由昆虫和小溲她们悉数记录下来,然后交给老楦子一伙。最深处的思绪都留在夜色里,它们在枕边漫开、溶解,随自己沉入梦乡。这会儿他取来纸和笔,抱在怀里才想到要写一封信。那个收信人当然不在了,他就是校长李音。是的,今生都无法远离他,他一直在注视自己,目光交织了期待和鼓励,还有绝望。后一种目光令他心悸,每一次惊惧坐起都与那种神色有关。"我是一个不争气的学生,尽管我倾尽全力按您说的去做,也还是犯错、沮丧。我被折磨得太久了,我大概已经吓坏了。我要像您期望的那样强大起来,却常常在岔路口上彷徨,一遍遍走错又折回,而后再一次走错。老师,您继续用目光召唤我吧,这会儿还不是丧失信心的时候。"他紧抿嘴角,想把心中所有的隐秘都写出来,遥寄那个远在天边的人:今夜目光充满悲悯。

"老师,我从第一眼看到那个姓欧的女子就被闪电击中了,然后再也不能自拔。不是其他,不是那些破烂故事,我保证今生都不当那种故事里的主角。如实说,那个女子的神情我从未见过。那年夏天的海边,我与她相隔只不到三米,心怦怦跳。我在心里说:这是怎样的人啊,口气、眼神和动作。她站起来,怎么看都不像这个世界上的人。后来我才发现那主要是她一双眼睛的缘故,它们明亮含蓄,看这个世界时常常走神。我离开她很久还是能感到那目光。我有时想回到她那儿,就像一心要回到一个梦境一样。一些话积攒了太多,说不出,也不知怎么说。我那天从海边草寮回来时突然明白,自己流浪了十一年,原来一直在找一条回家的路。那些油印刊物和书全丢在路上了,这也是我迷路的原因……她站在前边的路口上,她一定会帮我。所以,我不允许任何人玷污和轻慢她,不管他们出于何种目的。所以我对老槚子一伙的胡言乱语烦透了。这让我痛苦,心神不宁。我处在一生中又一个犹豫不决的时刻,不知该怎样对待那个小渔村。我怕误伤了那个女子,因为时下她与他们在一起,已经不能分开。我被狸金高管们比喻为一头'睡狮',这会儿真的醒来了,那是因为渔村一瞥。我其实早该休息了,该继续睡着,这一辈子太疲乏了。可是命中有这一劫、一惊和一拍,它不由我打盹了,只得再次披挂出征。老政委不在身边,我心里没底。这有点冒险,如果险胜,那么狸金从此将拥有自己的一段黄金海岸,这是做梦都想要的东西。我知道只有到了这一天才能舒一口气。也许刀剑上沾了爱情的屑末,才能变得格外锋利。今晚我仿佛品尝了胜利的甜蜜,也再次嗅到了一丝血腥。可我生命的底色是仁慈的,有太多爱,也有太多恨。我将为自己任何一点残忍付出代价,自谴至死,最后煎熬在风烛残年里……"写到最后一句,额上渗出一层冷汗,两眼溢满泪水,笔掉了下来。

　　一夜少眠还是按时起床。他在镜前细细修面,穿戴齐整去用早餐。喝双倍的咖啡。早早去了总部大楼顶层,到处静悄悄的。他踱到那排小牛皮封面的书籍跟前,一打眼就像吞食了一块牛排,泛起一种撑胀感。他麻利地脱得一丝不挂跳进超大冲浪浴缸,懒洋洋地仰在水面上。这会儿又想起了那段描述:某人的矶滩角沙浴。他骂一句从池中跳出,胡乱披件浴衣,咬住一根古巴雪茄坐在椅子上。秘书白金敲着屏风,探头禀报老楂子到了。得到应允后,老楂子哈腰转进屏风,油亮的背头好像湿乎乎的。因为没有坐的地方,他只好弓腰站立,嘴里发出"啊、啊"。淳于宝册说:"你哼什么?""我来听董事长指示。"淳于宝册叉开两腿,椅子发出吱扭声:"没什么指示。我只想跟你说说读后感。"老楂子盯住董事长的下体,两眼着迷地看着说:"我愿洗耳恭听。""记得有一年末尾，我想让人评选全集团最能放屁的人。""嗯嗯，听说过这档子事儿。"老楦子将目光挪到对方脸上。淳于宝册的雪茄差点触上他的额头："我看真要评起来，那个胜出的人就是你了。"

老楦子嘴唇哆嗦着退了一步。淳于宝册拍打扶手："吴沙原和欧驼兰海边那一出，是你们亲眼所见？如果不是，又找不出证人，那就是造谣诬陷，要吃不了兜着走！你该明白诽谤是重罪！"他胸脯起伏，大口喘息，浴衣随之敞开，露出了水珠淋漓的胸口。老楦子在这突发的声浪里身子仰俯，险些跌倒，应道："是，是这样董事长，总经理让我们千万写细发些……""他让你们捏造事实了？""这倒没有。是眼镜执笔，他说这都是合情合理的想象。""好大胆子！他谁都敢糟蹋！你回去揍他板子，脱他的裤子，给我滚！"

老楦子踉跄退去，淳于宝册的气还没有消。他觉得实在愧对了欧驼兰。"这是有悖于游戏规则的。至于姓吴的先生，我对你这个假斯文倒没什么歉意，只希望你能自重一些。长成了瘦档骡子还那么傲气，会吃苦头的。我是投鼠忌器，你也不要做得太过。"他自言自语，一抬眼看到东北方飘出了一片彩色的云雾，立刻引起了注意。他按了那个红色按钮，白金气喘吁吁上来。"那是怎么回事？"他往外指了指。白金手搭眼罩看着，说："不会有事的，可能是哪家公司在放礼炮。"淳于宝册不再说什么。他想起的是六年前集团下属的化工厂：泄露的毒气致死和伤残多人。他声音低低的，因为刚才已对老楦子使尽了力气："你给市里那两个秘书打电话，说我们要宴请几个人。""什么时间？""今晚上吧。"白金离开几步又被叫住："不是淳于芬芳，是我。""记住了。"

二

"我本来应该是一个大著作家,还会是一个情种。可惜这辈子忙碌得什么都没做成,最终只算个业余的'情种研究者'吧。"淳于宝册开着那辆老式吉普,对身边的蛹儿说。车子一驶到坡路就颠簸得厉害,他愿意走小路和近路。蛹儿惊叹:"世上也没几个人有您那么多著作吧!我看哪看哪,有时半天气都不喘。""呼吸是重要的。"他说。蛹儿笑了。他们要一块儿消磨几天,去一个海岛。当他提议这样做时,蛹儿两眼的光芒无法遮掩,故意装出一副惊讶的模样:"为什么去那儿呀?""因为岛上有个物件。"她没有问那是什么物件,因为不需要。对于董事长突如其来的兴致只管放心,跟上他仅有的几次出游都成为难得的记忆。他开着这辆破烂老旧、内质精良的吉普,只载上她一人,想停哪儿停哪儿,野餐,美食,闲聊,一路嘲笑着整个世界。她终于发现一个欢快流畅的淳于宝册才是给人最大惊异与享受的,这个人时而低沉时而高亢的情绪、出其不意的直抒胸臆,都让她大开眼界,就像不断领略那些突如其来的自然美景一样。一路的大见识不在其他,只在于身边这个男人。为了与这难得的旅行相匹配,她总是在极短的时间里准备好一切,让旅行包中一应俱全,什么止痒药膏和消毒液、点心、五子棋、书和酒、充气垫子。它装在后备厢中,这个男人只要一伸手,里面什么都有。

上一次外出还是夏末,他们能在集团忙成一锅粥的日子出门,让蛹儿吃惊。董事长一副乐呵呵的模样,刚刚出来不久就拐了个弯,顺便去了一趟城西那家精致书店。旧地重游让她激动不已。他们没有从正门踏入,而是从小楼西侧的楼梯爬上去,用那把快要生锈的钥匙打开门,在一切保持了原貌的二层办公室里待了很长时间。地毯遗有他们的气息,写字台上还放了一副眼镜,这使她明白董事长曾一个人来过这儿。那只能解释为一次深刻的怀念,是对几年前的那场结识给予郑重的纪念和追溯。世上的男人对女人,有几个能对一场欢会保持如此的深情?她两眼发烫,像小鸟一样偎在他的身上。他穿了外出时才用的那套油渍渍的机师服,这会儿散发出深长的气味,它连接了许久以前,那是校办工厂,或一家研究所下属车间的味道。他说:"如果来得及,应该把当年的事情从头再做一遍!"她闭上眼睛,往事——浮现出来。楼下响起了一阵喧闹,好像有个人在高声吟哦。"弄不好又有诗人进店了,只有他们才这样。"她说。"好嘛,一座城市没有这些古怪的东西才不正常。""可我总也听不懂他们说了些啥。""那就对了,那是谁也听不懂的。"

那一次他们并未远行,不过是在丘陵北部地区转了两天,夜宿简陋旅店。"如果早些年就好了,那时虽然社会动乱,可是钻进草垛里过夜也没什么。现在则不然,野外过夜得小心了。"车上藏有一把打霰弹的短枪,那是老政委的东西,他信服它的威力:"这家什不用过分瞄准。缺点是打不太远,好在最危险的人都在近处。"夜里他们有机会好好讨论艾约堡的主任角色,她可以趁这会儿一吐苦衷。他半真半假地用两手度量了她的胸部,按一按说:"多么宽阔的胸怀!"她冤得差点哭出来。他盯着夜色自语:"有所克制地生活在一群骚货中间,我相信也无大碍。"她愣着,不知对方是否将自己也归于那一拨人。她认为这是确凿无疑的,不过自己真正苦恼的却是:巨大的工作压力已经让自己荒疏了什么。她说:"我多么想和你一块儿钻一次草垛啊……"他一下下梳理她密密的头发:"算了,我得好好保护你,你是女人。"最后两个字加重了语气。

　　车子接近了海边渔村。那片海草小屋让人眼前一亮。她第一次见到这片平地生出的海滩"蘑菇",真想央求他停下来。他两手搭在方向盘上,目不斜视,显然不打算光顾旅途上的这个景点。她对淳于宝册这之前的渔村之行并不知晓,所以没想别的。车子绕开这个美丽明亮的村子后一直往北。"我们要去哪儿?""当然是码头了。"这才让她记起,此行正是去那个神秘的海岛,因为上面有个"物件"。那到底是动物还是植物,她都没问。码头到了,一个不大的渔港兼客货码头,又脏又臭。他们直接把车子开上混装渡船。因为航程只有四十分钟,两人懒得下车。大海美极了,船离岸一百多米之后,不可遏制的美马上迸发出来:纯洁的蓝色一望无际,比天空的颜色更深沉,像一个浪漫的男性,而天空好比一个天真的女性。她从车窗眺望外面,深深享受着这次旅程。

　　原来这个荒岛比远远望去大多了。它是由三个差不多大的岛屿连到一起的,建筑物已经像中等城镇的规模。驻军占据了很重要的位置,其余就是渔村,是长满了野柳的滩涂。下船后大多数人匆匆离开,只有他们将车泊在码头旁的斜坡上。淳于宝册满脸兴奋地望向对岸,有些内扣的牙齿露出来,这是忘情时才有的模样。蛹儿循着他的目光看去,看到了上船之前路过的渔村。他看啊看啊,专注而又亲切,目光甜甜的。她心有不解:既然如此,为什么不在村子里耽搁一会儿？淳于宝册发现她在注视自己，就收回目光，轻描淡写说一句："那个村头的老婆被拐到这个岛上来了。"

他们入住了一家最好的旅馆，两人各占一个单间。腥腥的海风灌进来就不再离开。吃饭时他们到街上露天餐点去了，那儿热火朝天的样子很吸引人。他提议她穿上宽松的长衣，是令人讨厌的酱色，而且戴了大框深色眼镜。这种装扮丑到不伦不类。有人多看了几眼蛹儿，这让他不快。海鲜简单蒸煮就端上小桌，佐以啤酒。"这些酒太淡了，基本上是假的。"他呷了一大口。"那就别喝了。"她把杯子取走。他却重新端起："不妨饮一杯嘛。哦，你不想听听那个村头的故事吗？"还没等她开口就说下去："那是一个不好对付的家伙，可惜看不住老婆。有个守岛的少尉两眼就把他的人勾走了。"蛹儿停止了剥牡蛎壳："这也太夸张了吧。""嗯，你是故意大惊小怪，世上原本就有这样的异人能士。""你太抬举这些人了，其实他们很坏的。"淳于宝册把杯中酒一饮而尽："看看，你又言不由衷了。其实我早就有个想法，就是将来有机会把你那个跛子、瘦子，再加上村头和少尉几个人请到一张桌子上，大家好好喝一场。这多么有意思啊！"蛹儿的脸红了，鼻翼翕动："这算什么！""我最感兴趣的就是这些人。有人收集拉网号子，而我收集情种。"

蛹儿不再理他。饭后转了几条街，有些脏乱，建筑都像别处见过的城镇一样。"我们怎么就建不成一座干净的、像模像样的城市呢？这很奇怪。"路过坐在灯影下算命的人，蛹儿躲开，他却笑嘻嘻地凑过去，听过命运之后掏钱走开。"没有比这种钱花得再值得的了。"他说。"骗人的。"他摇头："总能遇到一次算准的，那了不起。"他们买了一张岛上景点旅游指南,他按住一个地方说:"嗯,找到了,就是这里。"回到旅馆亲热了一会儿,整个过程一声不吭。破吉普颠簸之旅有特殊的功能,就是让人产生出扎扎实实的激情。蛹儿觉得他长了一天的胡楂,一到夜晚就变得钢针一样难忍。

上午去"森林公园"。其实园里树木既不高也不密,这种名字十有八九是鹦鹉学舌,虚张声势罢了。不过园中有一个鸟类博物馆倒是值得一看:一只半人高的大草鸮背对游客,拍拍手它才缓缓转身。老天,那张大圆脸让人想起了羞怯而美丽的乡村姑娘。"面如朗月。"他对她说,然后转身去另一个展厅。踏过一条长廊时,一位个子不高的女管理员错肩而过,他一直尾随着她回到草鸮那儿。女子只有一米五多一点,骨肉匀称,圆眼黑亮灼人,令人过目不忘。蛹儿觉得这个女子脸上好像涂了什么特别的东西,亮亮的,仔细看任何化妆品都没有搽。胶皮娃娃的质感。两腿富有弹性,让人想到轻手轻脚的猫儿。那双手尤其让人想到猫:笨拙而又灵巧,小小的圆圆的。蛹儿觉得身旁的淳于宝册大气都不出,一瞬间明白了面前的女子就是那个所谓的"物件"。如果没有猜错,那么这就是对岸村头原来的妻子。蛹儿在心里挑剔地问:她美吗?回答不是那么确切和肯定。不过这个小巧女人身上洋溢出某种难以言喻的东西,不是妩媚和妍丽,也不是风骚和性感,而是圆润紧实中掺杂了一丝顽皮和痴憨的神气,总之不好形容。正在端量时,身边的董事长轻叹一声:"百闻不如一见!"蛹儿把他引开一点,有点不以为然:"这很重要吗?""当然,非常重要。"

余下时间草草看过了其他几个厅,然后就待在草鸮这儿了。那个小巧女人还在,草鸮的大脸一直对着她,睁一只眼闭一只眼。

正在这会儿边门响了一下,淳于宝册预感到什么,迅速转身,结果一眼看到了走来的穿制服的男子,并注意到他胸前的牌子上有"馆长"二字。该男子不足一米七,脸色像泥土,削肩,方脸塌鼻,有几颗黑痣。他直接走向女子,轻声说着什么。淳于宝册往前走了几步,在离两人五六米处站住,装作看草鸮,眼睛时不时地转向他们。大约过了十几分钟,馆长走开了,女子也走了。蛹儿凑近淳于宝册,晃晃他的胳膊,他才如梦初醒般叹一声:

"看见了吧?这是她,还有那个少尉。"

三

由市里出面召开了第一次"调度会",并准备搞一场"现场办公会"。老肚带从未有过地兴奋,见了董事长"砰"一声放下大皮包,像个底气很足的常胜将军。已开的和将开的会议都有关狸金,所以总经理淳于芬芳出席了第一个会,还带着女副总。严格讲狸金才是会议的主角,也是私下最强大的推动力。领导人侃侃而谈,女副总眉开眼笑地瞥着满场,只有老肚带一个人做出大不情愿的样子。他这会儿对董事长汇报情况却难掩得意,说:"其实就是吹吹风,等现场办公会一开就要动真格的了。那家伙口才越来越好了。"后者指市里的人,淳于宝册嘴角凝固了蔑视的冷笑:"'调度会',多么晦涩的名儿。不错,这种事儿越模糊越好,鬼也不明白他们要干什么,让人慢慢猜去。"老肚带拍着手:"就是嘛!会上有个大看板,画了海边到丘陵这一大片地图,写了'开发带'三个大字,矶滩角在上面也就指甲那么大。我看见吴沙原的眼睛在镜片后边眨着,大概在图上找他的村子。市里说这是一次'战略转移'。"淳于宝册笑着:"'开发带''老肚带',都有一个'带'字。"他收起笑容:"那个吴沙原比谁都精明,他知道这些词儿都是包在外边的花纸,内里不过是要吞掉他们的村子,还知道大鲨鱼藏在哪儿。"老肚带拍拍大肚子:"就在这儿,他又能怎样?"淳于宝册剌他一眼:"这种狠劲儿早过时了。你还是想想'双赢',诚心实意地想想。我的话你们可以不听,我早不想管那么多了。"老肚带搓着手:"您也别太客气了,您一客气,我们几个就不知该怎么办了。"

老肚带揣了满肚子为难和费解离开。淳于宝册开始读书。白金又找到几本有关海边民俗的书,全都写得很烂。而他珍藏的那本欧驼兰的书怎么读怎么好。比起那本书,这些著者的手笔真不敢恭维,什么事交到这些人手里也得办砸。可见这世上的笨蛋比想象的多出许多,聪明人常说的一句话,挂在嘴上的一句话就是相信笨蛋、笨蛋伟大。"我只相信老政委,宁可在她手下当一个小兵。"他咕哝一句,盯着纸页,好像又嗅到了海风的气味。天快冷了,在暖煦煦的海草房子里住着一个女子,正要完成又一部了不起的著作。不过也极有可能是虚晃一枪,她的真正目的不过是找一个如意郎君。她相中了那个大冷天还穿凉鞋的家伙,不穿袜子,露着脚趾。不知为何,他这会儿怎么也遭不走老楂子一伙的描绘,即那个夏天泳后沙浴的场景。这好比吃了一枚有毒的果子,血液中的毒素还没排掉。每当脑中闪过那个场景,下巴那儿就有冷生生的战栗感。"所以嘛,中伤从来都是一桩大罪,怎么惩罚都不为过。"他心里说一句,继续读下去。出海仪式,祭拜海神,海边传说。巡海的夜叉面貌凶恶心地刚正,在海面无声地穿梭,有时又庄严地沉入水中。海上多有不平事,不知这家伙管不管海盗?如果管,那护航舰队也就大可不必了。拉网号子记录寥寥,几笔带过,实在是遗憾。他合上书页:不管怎么,我与那个眼镜当面交谈的机会可能会多起来,当然将以各种身份,找各种机缘。我们需要一些共同语言,比如谈谈大海、渔村风俗之类。自己是一个谦谦君子、一个饱读者,有时被各种知识弄得傻里傻气的。事实上真的如此,文明和教养的幻觉或者诱惑,在自己身上造成了严重后果:曾经在所不惜地收购了一家精致书店,集团内部建有大小几座图书馆,艾约堡里也有;最不可救药的是自己著述的嗜好与能力……一切都会证明某种宿命般的必然,或者说人生的劫数。这最后一次冒险是以爱的名义,或者恰恰相反:最后一次爱情是以轰轰烈烈兴师动众的方式开始的。

海岛之行太重要了,那是埋在心底的一根弦,是它不断弹拨的结果。他要尽可能多地了解敌情,如果这真是一场战斗的话,那么对手的对手、曾经的战役,都得亲眼看一看才好。他相信那个待在鸟馆里的女人身上留有一些印记和隐秘,比如某种优势和弱点、致命的创伤之类。那会儿他从她婀娜的身影上看到了一个男人格外柔软的心肠、他的深情与爱恋。那个男人究竟被什么强烈地吸引,这正是他要深入破解的谜语。再就是那个转业到森林公园的军人,此人难以抵御的魅力又在哪里?他相信吴沙原与少尉、前妻以及欧驼兰这四个人的引力场中,会有一种此消彼长的奇妙关系。他是后来暗中加入的,好在那四人全无察觉。不过这种情形很快就要结束了,他会越来越频繁地出现在他们当中。除了海岛之旅,他还有更主动更不可抑制的一次出击,就是伪装成民俗爱好者的矶滩角之行。那会儿最激动人心的就是进入欧驼兰的居处兼工作室了,不动声色地感受了吴沙原和她的目光在这个空间频频交接和对撞。那种悄悄泛起的四月天的槐花香气一点点淹没了海风的腥咸,显然是从她身上散发出来的。他事后回忆起这种气味,更加印证了自己的渴念有多么强烈。也就是通过那次切近的观察,他再次确信对方身上有种特异的神采,而且一切都难以言传地清晰和浓烈。他仿佛又一次坐在了四十多年前温温的灯光下,眨着一对少年的大眼睛倾听和观望。

多半天都在阅读,时不时沉浸在白日梦中。中午时分去餐厅,那是顶楼最西北角的房间,走过一条长廊时,突然想和老肚带手下的女副总一块儿进餐。他叫住未及躲闪的服务员,让她转告白金。他坐在餐厅里才觉得有些唐突:对方或许正招待什么客人呢。这个女人是老肚带的左膀右臂,地位举足轻重,所以真该和她谈谈。二十年前她是市博物馆的一个讲解员,相貌出众,胸脯瘪着,进入集团拿了高薪,是因为一个叫"面脸"的高层人物的举荐。那家伙一次宴会后一边剔牙一边对陪餐的老肚带说:"这么优秀的女青年,为什么就不能用起来呢!"于是就用起来了。一个单薄且单纯的女孩,就因为能够频繁地接触高层男子,竟然在几年时间里变得成熟,身材也惊人地丰腴,神色含蓄了许多,只是开怀大笑时才显得浅薄依旧。她曾竭力接近董事长,说:"为您服务才是我最大的幸福。"他说:"你已经很忙了,好钢要用在刀刃上。"她将几个头面人物的亲属拉进集团做了股东,又通过"面脸"结识了更多的人,身材愈加发胖,哭丧着脸对老肚带说:"我呀,我怎么像床板一样。"总经理笑吟吟的:"做大事的女人都得像床板。"淳于宝册等待女副总时想到了老肚带的话,觉得孙子不乏幽默。

女副总鼻尖上挂着汗粒赶来,一边表达歉意一边慌慌入座。淳于宝册清一下嗓子。他总觉得这个女人有一股野猪的气味,近来愈发加重了。白葡萄酒,芦笋和鱼排,牡蛎汤和芋头,还有一碟蓝莓放在稍远一点。女副总不好意思说自己其实已经用过午餐了,装出食欲大振的样子,大口吃菜,重重地碰杯。她的粗鲁来自激动,他无意挑剔。吃蓝莓时,他问到了海边的事情。她答:"三个渔村相挨,中间是矶滩角,关键就在这里。""嗯,不错。你有什么好主意?"女副总鼻子缩起,两颗门牙全露出来:"啊啊,董事长太英明了,'面脸'夸您是大手笔。"他打断她:"他才是。说吧。""我,"她两手习惯地按住了做过隆胸术的高处,"总把困难想得更多些,因为您想让两边村子带动中间这个难啃的骨头。通常上边说说话也就成了,这次不是那样。我试过那个眼镜吴,我们女人说话随便些,我说有一笔巨大投资进来,共同开发是多么好的历史机遇!他阴着脸不说话,当时我就知道是个不好对付的角儿。也许他想敲咱们的竹杠。"淳于宝册"哦"了一声:"他提了条件?""没有。""事情糟糕就在这里。我倒希望他能那样。"她愣住了,仰脸看他,那神情好像在说:"这是什么生意啊!"董事长猜中了她的疑虑,说:"这不是一笔生意,只要谈下去就好。也许你该与那个女民俗学家多多接触,看她怎么想。"

她立刻眯着眼睛,做出一副老谋深算的样子:"明白了,听说他凡事都听她的,两人成了棒打不散的鸳鸯。"淳于宝册一摆手:"扯淡。"她不吭声了,待了一会儿说:"我会和她交个朋友,有机会邀她到狸金来玩。这个人看上去蛮随和的,和吴沙原完全是两种人。""她喜欢上了渔村……两人起码是拉得来。"她笑了:"她没见什么世面!我是说在男人方面,大概没见过什么有权有势的人,吴沙原在村里的权威就把她唬住了。"淳于宝册实在忍不住,笑出声来。眼前这个女子太肤浅了。他说:"她如果像你一样,一切就另当别论了。""我可以见到董事长。"她反应很快,说完翻着白眼。她这会儿的表情有一种大大咧咧的痴憨气,让人不再厌烦。"要探女人的底还得女人。让老肚带对付场面上的事,董事长您就放心吧。"她再次表现出一股泼辣劲儿,很干脆。淳于宝册觉得老肚带身边就该有这样一个无知无畏的娘们儿,说:"很好。"对方当成了莫大的鼓励,进一步夸口:"我要让那个女民俗学家成为我们的人!"淳于宝册差点笑出眼泪。

女副总走后他心里清静了片刻,像被对方促使下了一个决心:我何必一直绕着矶滩角和那两人兜圈子?就像一个傻家伙扛着炸药包围着碉堡转啊转啊。不错,总攻应该开始了,所有的侦察工作、工事挖掘以及弹药贮备诸事,皆已全部结束。

四

日上三竿了,艾约堡还在沉睡。没有一声喧哗,连大声咳嗽都没有。浓浓的咖啡香气弥漫起来,身着制服的餐室女子从长廊一端探了一下头,见女领班锁扣愁容不展的样子又缩回去。锁扣使劲吸着鼻子,仿佛看到了董事长正在上边打最后一个哈欠。她这会儿闻到了一阵花香,一歪头看到速记员小溲抱着一大捧玫瑰走来,料定是把隔夜的花送往花君那儿。小溲眼睛有些红,锁扣知道她是连日整理一些速记稿累的。锁扣怜惜地拍拍她的屁股："慢慢来，晚上又加班了？"小溲摇摇头，鼻子埋在玫瑰花上深深地嗅着，往牛厩那儿走去。整个艾约堡都在等待一个人醒来。

其实淳于宝册于凌晨两点睁开眼再也没有睡着。他知道下面的睡眠泡汤了，像以前那样披衣冥思片刻，喝一点冰果汁之类，琢磨如何打发黎明前这几个小时。在他来说这是一段爱恨交加的特别时刻，既能享受纯粹的夜色与寂静，又能将长达一周或更长时间无暇去想的一沓子事汇聚心头。烦人的是一些最为令人不快的往事，越来越多的恐惧会趁着这个时刻频频袭来。每逢到了这时，他总是不愿一个人待在屋子里。通常他会去花君那儿，嗅着一天的阳光留在它皮毛上的气味，心情会好许多。他会轻轻抚摸、拥紧它光滑溜顺的颈部，将头沉下去。那些隐秘而深长的声音、那些叹息，都交给了洋溢着干草香气的马厩。他甚至想：未来的科技产品如果能够捕捉一个人的无声之声，也就是心声，那该多么精彩而富丽啊。当然了，那需要给它一个指令才行，不然随意窃取心事可不得了。他甚至想，到了那一天，自己的著作将会成倍增长，老楂子一伙非累个半死不可。

淳于宝册端着杯子出来，犹豫了一下，还是按启向上的电梯。不出所料，蛹儿仍在熟睡，满屋都是麦黄杏那样的体息。他从来认为这种气味作为一个女人的标识不仅绝妙，而且价抵千金。他曾努力回忆一生中所经历的女子，能够清晰记得的有臭豆腐味儿、蘑菇的清香、铁锈气；老政委则是劣质烟草混合火药那样的气息，一闻而知属于职业军人。待他坐到床边，蛹儿已经睁开了亮晶晶的大眼。他用力低头，想看到她讨人喜爱的、有些肥厚的鼻中沟。她缓缓坐起,眼睛都不搓一下,喜盈盈地看着面前的人。他差不多就是奔着这样一副神气而来,这对他是冰释恶劣心绪的良药。他坐了一会儿,深吸一口,还是叹气:"我可能真的老了。""怎么会。"他攥起她的浓发,另一只手按了按她光洁的额头:"睡不着,想老政委。一闭眼就是她腰挎双枪、穿着皮靴阔步走在前边的样子。她说得对,人生说到底是一场战争。"

蛹儿听下去。她把床头灯打开,只想看得更清楚一些。她好像第一次看到对面这个人稍有些深的眼窝那儿生了一层细小的绒毛,这使整个人的神气变得有些诡异。她吸了一口凉气,将灯熄灭。她觉得这凌晨的光色是灰绿色的,就像艾约堡山包上那层湿苔。他的呼吸有些粗重,这让蛹儿预感到会发生什么。她太熟悉这种声音了,特别是从蒙眬睡意中挣扎出来的异性,一旦发出蟒蛇那样的声音,女人最好稍稍躲开一点。可这次她估计错了,他只是将两只沉沉的大手搁在她肩上,像一株蔫玉米那样垂下头颅。"我是被惊吓起来的。"淳于宝册挨近了她的胸部。她想问一句"做噩梦了?"可没等开口他就急促地说下去,一边不由自主地将头更深深地沉下去。

"那些梦全被我赶跑了,它们待在一边,要跟着秋风围过来。睡不沉,一些眼睛盯在黑影里,他们有杀气。老政委睡在堡里就好了,她总是把枪压在枕头底下。只有更大的杀气才能镇住艾约堡。她有时半夜不睡,抽烟喝酒,光着膀子满屋走,讲一些山上武斗的往事。狸金正在命运攸关的爬坡期,矿山打头抢金脉,几大块产业的开拓,还有海运和房地产,与银行海关的纠葛,这一大坨子比三道岗麻烦十倍。死了一些人,冤魂不少。我这个流浪汉也算见过大阵仗,那些日子还是吓得睡不着。老政委说闲着也是闲着,就不停地亲热。她在床上那股劲儿就像一个老兵痞,大腿又粗又红,两个门牙扣住下唇,有时往死里训斥我。不过那样我就会把吓人的一沓子事全忘到脑后,能睡一个好觉了。我的大春娃娃,我什么也不瞒你,鼻子里一塞满这麦黄杏味儿,也就什么都忘了。老政委如果听到今夜这番话,会用麻绳把我的嘴缝起来。可我还是要说。就同常言说的'一将功成万骨枯'的道理,我要说'一人暴富百命殒'!十年前狸金出过一个反叛,就是暗里投了别人的一位副经理,他们气坏了,将他关在地下室吊打。这人越打越硬,嘴头一点不软,就和电影里的英烈一模一样。你猜他怎么说?他说狸金的一幢幢大楼全是白骨垒成的!这人被打个半死,最后生了场大病,不到两月就完了。我是事后才得知的,流了不少泪,处罚了几个人,给了死者家属一笔丰厚的抚恤金。这么多年过去,那家伙的话种在脑子里,说不定什么时候就会钻出来,让人身上冷飕飕的……"

蛹儿发现他的头发已经汗湿了。她拍他的后背:"没有比我再了解董事长的人了,说句心里话,这世上像您一样善良的人再也没有了。您像个孩子那么单纯,人说是菩萨转世。您这些年捐出了多少钱,就像一头不知累的耕牛。狸金走到今天这一步多不容易,这真的像打仗,牺牲总是难免的。您手上一滴血都没沾,您把所有仗势欺人的家伙都当成了仇人!不光是您,就连总经理老肚带、那个女副总,还有秘书白金,都被您调教得心慈面软的,都是好人,虽然比不上您,不过真的是少有的好人。"

淳于宝册愣怔怔地看着她,如梦初醒。他伏到窗前看微风中摇动的灌木枝叶,又仰脸看挂在西边的银月。夜真长啊,不过他宁愿这一夜变得更长,直到那个遥远再遥远的黎明来临:一位面色苍黑的老太太站在艾约堡门口,走路响声很大。"哦,老政委,你可算回来了。走吧,我们先去看看花君,它是堡里最重要的生灵,早就盼着结识女主人了。""女主人不是一个叫'蛹儿'的女人吗?你这是拿一头小母牛糊弄老娘我了!""我怎么敢呢,这压根是两码事儿……"他想象着迎接英伦三岛归来的老伴,眼窝有些发热。他仰脸瞥了一眼紫蓝色的夜空,发现一天星辰都湿漉漉的。"蛹儿主任,对不起我称呼你的官衔了,因为我要对你说更重要的事了,也请你记住下面的话。我要说的是,你刚才的话虽然有些过誉,但对于狸金的基本事实却毫无歪曲。诚如你所言,集团各公司均依法依规行事,不得越雷池一步,自我训诫……"

蛹儿皱着眉头,难掩一脸惊讶。她一会儿就笑了。

"请严肃些。比如那几个背负人命的家伙终究没有好下场,据老肚带报告,他们去现场督察时遇到了矿难。这就一了百了,可谓天网恢恢疏而不漏。我孙子淳于芬芳取了个娘们儿名,也像娘们儿那样哭得鼻涕一把泪一把,我一挥手制止了:别哭那几个罪有应得之人!我要提醒你这个位高权重的大肚子,千万别忘记自己的出身,这辈子再发达也别欺负老百姓,老天看着,老天有眼!他眨巴着毛猴眼向前一步,想不到趁火打劫说:'有人告我们哩,说化工厂除了毒死人,更严重的是周边村子的癌症病人多了几倍,这今后会是一桩大官司哩!'我问他还有什么?他说还有污染了地下水,'方圆几十里的庄稼都快死了。'我咬咬牙,一股血冲到脑门上,拍桌子:'你这个当家人是怎么干的?你再敢向我推诿,出了任何问题,我就开集团大会撤了你,打你白瘆瘆的屁股！'他吓得尿了裤子。"淳于宝册说到这儿顿了顿,白她一眼：

"这是真的,我亲眼见他裤裆湿了。"

他一句话说完,力气好像全都用尽了,肩头微微颤抖。也许是错觉,蛹儿这会儿从他的颈部嗅到了小母牛的气息,立刻想到他从牛厩出来一直没有洗浴,这在他来说可是少见的事啊。她伸手托起他的下颌,想看看这双时常透着无辜的眼睛是否诚实。他抿抿嘴唇,鼻翼在动,眨着睫毛,两眼尽可能平视。蛹儿心口一阵灼热,将脸庞靠近,感受一个男人颈部的有力脉动。这样一会儿,对方竟然打起了细长的呼噜,蛹儿像对待一件易碎品那样把他小心地安置到床上,拉过大丽花图案的被子盖好,然后像只小猞猁那样偎到一边。

这是凌晨五点。蛹儿听着均匀的呼吸,轻轻蜷起身子。一只手伸过来,耳廓上有热辣辣的气流。在沉入梦乡之前,他正吐出最后的呓语："我老了,狸金的事情真要撒手了。在老天爷留给的一点时间里,我只想好好著书；我还想实打实地研究一门学问,它们都是关于'爱情'的……"

五

白金一连多天臂弯上搭一件风衣候在东厅。他不奢望这段时间里见到主任蛹儿,只想向锁扣打听点什么。在等候的时刻,他分别看到老肚带在前厅转了一圈,然后是汗津津的女副总。这两个人都不敢贸然闯到西厅,不过是碰碰运气。伴着白金待了半个时辰的是那个老中医，他气喘吁吁地抓紧那个紫色药罐，有点上气不接下气。白金觉得他身上有一股生胶皮的味道，尽可能离得远一点。他想这个老家伙如果真有本事，早把自己的哮喘病治好了。老中医走后女副总又来了，她对白金抱怨说已经是第五次来这里。"你有要紧事就跟我说吧。"白金的目光极力回避她那对极不自然的巨乳。女副总近来又文了紫色的眼线，一双吓人的眼睛白他几下："这要当面汇报才是。"白金差点骂起来，为了表达不屑和厌烦，他索性抬腿走开。

白金刚走锁扣就从西厅出来了，女副总赶紧迎上去。"董事长没有下楼，也没有去图书室。"锁扣拦在前边。女副总咬着嘴唇盘算什么，死死盯住锁扣肥大的臀部。在她的记忆中蛹儿来到的第一年，董事长是不理朝政的，一天到晚胡子拉碴不修边幅，吃饭睡眠都不按时，堡中所有人走路没声没响活像一群鼹鼠，说不定什么时候发出"吱"一声长叫，那是从二楼一个奇怪的角落传来的。"领班给咱打个知会吧，就说我有大事儿面报，这事儿连老肚带都管不了。"她费了好大劲儿才挤出一丝笑容。锁扣待搭不理地扔下一句："董事长会去总部的，那才是办公的地方。"女副总讨了个没趣，一屁股坐在沙发上，打定主意在这儿等下去。这是下午三点多钟，她看看表，不停地叹气。时间不等人，特事特办，谁要立功请赏就得抓住机遇。她曾把一周七天都用在那个小渔村里，甚至接近了预期的那个人。凭借女人的敏感，她意识到这才是董事长最看重的人，那人的一举一动都牵着艾约堡。她还弄不明白整个事件的症结到底在哪里，但绝不相信会是男女之间的那种事儿，不是爱情。现在为那种事儿日夜不宁怦怦心跳的时代早就过去了，她认为董事长不过是想找一个向海边大举挺进的借口。自己内心的这种推导使她兴奋起来,于是更加急于见到董事长了。

功夫不负有心人,她在黄昏时分终于见到了他。那会儿淳于宝册穿着睡衣出现在西厅,顺着长廊溜达,往东一瞥就看到下了电梯的女副总。她用两手按胸这个习惯动作代替了急切的呼唤。淳于宝册预感到有重要事情,不再犹豫地走过去。他们一直走进东厅的一间会客室。服务员上茶后很快退去,女副总将身子用力倾来,声音放得很低。淳于宝册讨厌这副神神秘秘的样子,说:"这里没有外人。"

原来她成功地会晤了那个矶滩角的特殊客人,并与之有过三两次交谈。淳于宝册眯起一只眼看她,掩饰着浓烈的兴趣。"那个民俗学家也是个直肠子,只要相熟了什么都说。她忙着写书呢,卡片什么的摊了一桌子,时不时端起杯子喝一口咖啡……我装作有口无心地问了一句,想知道她什么时候离开,"她说到这儿用眼角瞟了瞟他,"人家说手头的工作才进行了一半儿。也就是说还得待下去。提到村头吴沙原,她笑了,说'啊,啊',只是高兴,没有评价什么。""你是以什么身份与她交谈的?"淳于宝册不得不截住话头。"啊,她知道我是谁。我告诉她我们正准备开发这片海岸,将来怎样保护这里的原生态,还需要她这位大专家多多帮忙哩……不知怎么就扯到了您,她说有一个喜欢民俗的退伍老兵来过这儿,在她的小屋里听过拉网号子呢。她真的把您当成了这方面的爱好者!我笑了,说什么呀,那是我们董事长!我见她惊吁吁地看过来……"

淳于宝册拍了一下沙发扶手。女副总立刻敛口。"啊,说下去。"

他忍住,声音有些颤抖地鼓励一句。她用力咽了一次口水:"您早晚都得真人露面。我和老肚带镇不住这个小村,这是个奇怪地方。我发现这个民俗学家听了您的名字还是吃了一惊,大概做梦也想不到会是这么大的人物。她故意细细地喘气儿,脖子红了。我凑近了看她,大概因为常去海滩,粉细的皮儿晒成了地瓜色,眼睛像毛桃儿忽闪着。这个人不难对付,我们很快成了朋友,我会把她领到咱们狸金来,让她见见世面。"她察觉到董事长的呼吸变粗了,赶紧停下嘴巴。

淳于宝册鼻尖上渗出了几颗汗粒。他站起来踱步,一只手插到睡衣里,像在安抚那颗心脏。

"我,接下去该怎样做啊?"女副总也站起来。

他踱了一会儿,转身站在她的面前,两腿叉开很大,眼神像锥子一样,但很快又平淡了。他有气无力地说:"把旁边那两个村子的事情办了吧,不要再拖下去了。""啊,马上?""明天就开始吧。"

女副总激动地搓手:"矶滩角夹在了中间,这一回该他们急了!"

"告诉老肚带,就明天开始。"

第十二章

一

从看到早晨的第一缕霞光开始，蛹儿的心情就好起来。像每天一样，她由西厅开始巡视，敏锐的眼睛扫过每一个角落，耳朵和鼻孔同时捕捉无尽的信息，然后去东厅，瞥一眼瘦削的门童再折回。速记员小溲无声地奔跑，消失在小餐厅那儿。淳于宝册用餐的时间稍稍提前了，这通常是个好兆头。她去图书室和花君那儿稍做逗留，然后来到欢腾的花鲤池旁，一边观赏一边等待。不远处溢出茶和咖啡的香气，伴着轻微的器皿碰撞声和几句低语。只一会儿人就出来了，蛹儿看到了容光焕发的淳于宝册：藏蓝色的西装，石榴红领带，脸庞精心修过了。她随他穿过长廊，坐电梯去东厅。出门前他小声说一句："我要去结识一位新朋友了。"蛹儿不知他指了谁，但从对方少有的庄重与仪态判断，那人当是一个非同一般的人物。她心里泛起一阵快慰：他终于不再与自己捉迷藏了。"祝您一切顺利！"她的声音脆生生的。淳于宝册瘪了瘪嘴，做出一副顽皮的样子："谢谢你的吉祥话儿。我说过，剩下的日子该好好玩了，散散心去。"

他说完转身，头也不回地走了。蛹儿看着他挺起的身板和昂起的头颅，觉得刚才这番话多少有点言不由衷。她真想和他同行，就像他们曾经一起去郊外、去那个海岛一样，那是多么愉快的旅程。不过这时她又怀疑起来：以前那几次真的算是无事闲逛吗？

这也许只有他自己才能回答。

与董事长一起去海滨的老肚带等人兴冲冲的,认为久拖不决的局面即将改变,形势豁然开朗,结局显而易见:重量级拳手一旦出山,一切难题也就迎刃而解。老肚带出发前请示要哪些人随行?淳于宝册说你和那个宝贝助手都要去,再带上工作班子。一个不大不小的车队匀速行驶。老肚带和女副总同乘一辆车子,不知为什么,他今天有些厌烦身边这个女人的脂粉气。他看了看她垂挂的大耳环、血红的嘴唇,说了句:"霉气。"女副总没听明白,笑吟吟的:"多好的天儿啊,今儿真是个好日子。""你梦见坐大花轿了?""我扳着手指算了算,这还是第一回和咱老总出去干事儿。"老肚带生出一股无名火,愤愤地说:"你说话利索点儿,什么叫'干事儿'?胡咧惯了。"女副总鼻子发齉:"就是嘛,干事业呀。""那该给你发个大奖牌,在全体大会上挂到你的屁股上。"她不再说什么,伸手捅捅他,想让他笑出来。老肚带打她的手:"对上级要规矩。董事长说了,咱们狸金实行军事化管理,以后在正式场合你得给我打敬礼。""你给董事长打了?""经常打。"女副总嬉着脸把手举到额头,老肚带看都不看。

就在他们斗嘴的时候,车队已经驶出了丘陵区,向着平原进发。路旁的玉米长到齐腰那么高,田边闪过一排排笔挺的白杨。一些雨燕飞上飞下,羊的咩咩声从渠畔传来。车队停下,先是秘书白金下车,然后回身搀扶董事长。淳于宝册一下车就手打眼罩看远处,白金马上从车里取来一副望远镜。三五个人围上去,老肚带凑到最近处。"这里离海边还有多远?快到那个镇子了吧?"老肚带抢答:"十几华里吧,四周同属一个镇。今天他们知道您要去海边,头头脑脑都过去了,这会儿说不定已经在那边摆上大茶了。""这是你们一伙的事儿,我要自己转转。"他看看身边几个人,"我今天要到矶滩角会一位重要的朋友,你们去两边村子忙公务,两不相扰。"老肚带搓手:"您那儿总得跟个随员吧?""不必了,忙自己的去。"

车队继续往前。开车前老肚带想爬上董事长的车子陪伴一程,被淳于宝册一挥手赶下去。老肚带只好再次坐到女副总身边。她笑吟吟的:"他喜欢一个人玩,说得明明白白。你还是跟我在一起吧。"老肚带叹气:"霉气啊!""跟我在一起还发牢骚?首长也不像你这样。""我不是首长。"她手搭在他的膝盖上:"你这人长了冷酷心肠。要不说人家总怕我们狸金嘛,他们怕的就是你这张黑脸。""我是黑脸,你是花狐。""所以说咱俩缺了谁都不行,是吧是吧?""好吧糟烂物件,一会儿别忘了,在海边当着镇上那些人,你要给我打敬礼。"

车队在离村庄不远处再次停下。淳于宝册和整个车队分手,所有人全下了车,注视着他。他朝他们摆摆手,指一下站到跟前的老肚带和女副总说:"正副司令都在这儿了,你们好好干,我不再管你们这摊子事了,要一个人出去散散心。"说完压低声音对凑近的两个人说:"十天以后我要听到推土机响起来。见了市镇的人就说我有别的事情。"老肚带快要哭出来了:"十天?这么急?"女副总幸灾乐祸地看着老肚带:"军中无戏言,这还要问!"淳于宝册不再搭理他们,麻利地爬上自己的车子。

淳于宝册自己驾车,身边坐了秘书白金。白金问在矶滩角停留的时间、食宿等一干事项,他木着脸答:一切都说不定。白金说已经提前联系过了,那个吴沙原会接待您的,他已经在恭候。"我有办法解决自己的食宿问题,在村里有老朋友。"白金狐疑地看着他,觉得董事长今天的胡楂刮得铁青,显得有些陌生。"接上头以后你就去海边玩吧,找老肚带他们也行。不过要随叫随到。""是啦。""我在那个小村里过得自在,说不定下半辈子就在那里当个村民,不回狸金了。你有可能失业,如果还想继续跟着我,就得不怕过苦日子,我会在那里给你娶一房媳妇。注意,还是村姑好啊,村东头一家饭店的女老板,她的女儿就不错。""董事长真能开玩笑啊。""多个打算多条路嘛,人这辈子什么事都能遇到。"

车子拐不进细细的村巷,只好找个地方停下。下车后淳于宝册一直在前边领路,熟悉程度让白金吃惊。前边就是村委会:一幢海岛石垒起的海草屋,唯一不同的是多出一间,南北宽度同样窄,窗户也不大。没有院子,门前的石板地上有几只鸡。他们刚刚走近门就开了,一个戴眼镜的清瘦男人出来,是吴沙原。淳于宝册第一眼就看到这人脚上的凉鞋:没袜子,脚趾发红。白金开始向对方介绍,吴沙原笑了:"老朋友了,退伍军人!"白金赶忙说:"您弄错了!"淳于宝册一脸严肃地说:"不,吴先生说得对,那是我的另一个身份。"白金退开一步,半张着嘴巴。淳于宝册说:"你走吧,这里没你的事了。"白金走开两步又想起什么,回头把火柴盒那么大的手机塞到他手里。

吴沙原做个礼让的手势,淳于宝册先一步迈入又窄又高的海草房。这里可真简单,一张桌子几把木椅,墙上是图表,还有世界地图和本市地图。桌上有茶水和一只不大的西瓜,看出是为客人准备的。淳于宝册在桌前坐下,吴沙原为他添了一杯茶。"贵村空气都是咸的,我一来就渴。"他一口饮下,把杯子放了,看着对方重新把水注满。口腔里有浓浓的香气漫开,是茉莉花茶。已经有几十年没喝这种茶了,记忆里那个小学办公室就有这种香茶。他沉默了。"董事长是多好的演员啊!去年冬天村里的人都被您骗了。那会儿您开着一辆破吉普,在这里住了两个晚上。"吴沙原正对着他坐下。

淳于宝册没有搭腔,趁这会儿仔细端量了面前这个人。他打眼看上去更瘦,也更干练。眼镜恰到好处地装饰了他,整个人看上去更像一位落魄的文士,与当下环境有些格格不入。说他是一个久经磨砺的中年知识分子也未尝不可。不过秘密最终从脚上泄露出来:这双脚太粗糙,鞋子也太俗气。还好,他不像一般村头儿那样戴个大戒指,衣兜上插了一支钢笔,倒也质朴干净。极为细浅的几道皱纹从镜片两边流出,一双眼睛深沉而精明。一种打鱼人特有的海腥气笼罩了他,浓浓的茶香都驱赶不散。"跟渔民打交道就是这样子。"他心里咕哝一句,感到了一种莫名的、小小的拘谨。

"还记得那个民俗学家吗?记得?我们一起喝过她的咖啡。"吴沙原说。

淳于宝册鼻尖上渗出了几颗汗粒。这家伙猝不及防地提到了她,好像故意将他拉入一个尴尬的话题。他咳着,像是被茶水呛了一下,"哦哦"两声,低下头。

二

因为吴沙原一再坚持,矶滩角中午宴请了狸金董事长。"以后怎样都可以,现在你是我们的客人。"淳于宝册只好同意。他从这个村头的举止言谈中隐隐察觉了什么,那是一种刻板或倔强,还有一种顽固不化的地方礼法。他想起以前读过的一本书,写的是这里属于古代东夷地区,当地礼数正经不少哩,自古以来野性难驯,同时拥有独特的文明。古"铁"字是金属旁加一个"夷"字,那是记载他们发明的炼铁术。这些传承了东夷血脉的铁石心肠至今未化,也就给狸金的事业带来了不少的难题。淳于宝册一边顺从地随主人入席,一边不太愉快地想着这些。陪客的除了三两位村委会负责人,还有那个开小旅店的中年男子老鲇鱼,这家伙一见客人就认出来,喊道:"怪不得去年那么大方地给钱,唱一段拉网号子二百块!嘿,原来是个大财东啊!"吴沙原揶揄:"你要早知道,竹杠敲得更大!"老鲇鱼咧着大嘴:"哈,是他高兴给的,他高兴!"正热闹着,突然吴沙原笑吟吟的脸庞绷了一下,抬起头:门口新来了一个人。

  淳于宝册忍住了没有回头。他预感到什么,心上一跳。这个吴头儿的脸就是一张荧光屏,一切都显示在上边。对方换了郑重的面孔,足以说明来人是极其特别的一位,而这个人才是今天最重要的客人。在这个场合,淳于宝册希望自己是一个微不足道的角色,那样就可以待在一个角落细细地观察。眼见为实耳听为虚,一切都逃不过这双眼睛。

  一点办法都没有,他的身份还是太显赫了,这让他没有办法使自己变得无足轻重,无法隐藏自己。刚刚进门的客人是个女子,民俗学家,肩上背了带子稍长的粗布包,里面的东西沉甸甸的。这个包一直让淳于宝册觉得奇怪,直到很久以后也还是这个感觉。"我看今天就不需要介绍了吧?"吴沙原站在他们中间说。"啊,您好,我叫欧驼兰。是的,想起来了。我甚至没法将您今天的身份与之前对上号。"她的声音不高,没有一点多余的热情,一切恰到好处。淳于宝册弯弯腰,好像没有听见自己说了什么,那是几句客套话,连一点幽默都没有。而形成鲜明对比的是,这一男一女两个人放松得很,一上来就谈笑风生。还好,他们也懂得节制,并没有抓住机会抢尽上风,没完没了地发挥自己的幽默。后来让淳于宝册记住的,是吴沙原问欧驼兰的一句话:"你究竟喜欢他之前的角色,还是今天的?"民俗学家微笑着,没有回答。

这一餐比预想的还要简单,与其说这表露了一个村子的贫穷,还不如说显示了他们的朴素和矜持。几样青菜、煮嫩玉米和毛豆、两条扁扁的比目鱼、一盆黄蛤汤。老鲇鱼指着蛤汤对淳于宝册说:"这有大补啊,听说大城市人做汤顶多放三个黄蛤,不知是不是真的?"淳于宝册想用实际行动表明对这一餐的赞许:一连吃了几只黄蛤,又剥了十几只毛豆;用公筷取了一点鱼,在上面洒几滴醋。他用餐时习惯收缩双肘,以免碰到旁边的人,尽管座位十分宽松。吴沙原敬酒,小小的杯子里是高度白酒,属于本地特产。淳于宝册戒掉白酒已经多年,这会儿却来者不拒。他注意到欧驼兰看了吴沙原一眼,对方就不再敬酒了。客人应该表示一下了,他端起杯子礼让,然后一饮而尽。两个男人喝光了,欧驼兰只抿了抿。

吴沙原脸上有了红晕,说话更加爽快:"您来这儿真是太好了。面对面交谈更好,我在这多半年里已经多次提出见一下董事长,可公司里的人总说您忙,还说您早就脱离了实际工作,不再掺和任何项目了。这怎么可能?忙倒是真的。"淳于宝册听着,偶尔抬头注视一下。对面这个人敞开一点衣怀,露出的胸肌比想象的结实,肤色像铜。这会儿一旁的民俗学家看来一眼,是探询和催促的目光。但他忍住了。他不想这么快就满足他们。半年多来狸金在海边的三个村子里折腾得不轻,来自市里的压力也很大,而且十天后两边的村子就将行动起来,那时夹在中间的矶滩角就会相当紧张和难堪了。淳于宝册再次端起杯子,自语般说了一句:

"我能想象那些家伙有多粗鲁。"

吴沙原垂下眼睛,显然在琢磨这句话的意思。可是那个老鲇鱼太吵了,看看桌边的三个人,大声嚷:"他们就像大官进村,腆着大肚子,我是说那个头儿,耳朵上有黑毛,戴个大戒指。这一伙儿要把我们一口吞进去,连渣都不吐。那得是多好的胃啊!"淳于宝册知道这个男子在说老肚带。他不记得孙子耳朵长成那样,戒指倒是有的,十分碍眼。他向男子投去赞许的目光,记住了最后一句。

"董事长有时间听一下我们的想法吗?"吴沙原抬起了头。

"啊,吴先生,像上次一样,我会在村里住几天的。如果你们不嫌弃,我以后会常来,就住他的旅店。"他转一下脸,"不过您的被子太薄了,霉味儿顶鼻子……"他说着彬彬有礼地站起,头微微倾向吴沙原:"我们会有大量时间交谈的,我对您、对这个村子太好奇了,有许多事情还要向您请教。是的,欧驼兰女士来到了这儿,这是极难得的机会。在这里我想稍稍为自己辩白几句,自己真的算一个民俗爱好者,对拉网号子和其他深感兴趣。我承认自己肤浅,爱好过于广泛……"

吴沙原站起来看着欧驼兰:"那太好了。当然欢迎您能多来这儿。不过您恐怕没有那么多空闲吧,所以我们也就开门见山了。"

淳于宝册对"我们"两个字非常留意,觉得对方用得十分贴切。他知道吴沙原不自觉地代表了这个一言不发的民俗学家。他几乎没有直眼看她一次,像是有意回避。可是有一束看不见的强光投射在她身上,使其成为显豁的存在。这个空间有些灼热,淳于宝册几次用手帕揩拭颈部。他觉得自己今天所有的表达都艰涩无力,而且不太得体。他曾提前想过这一幕,已经做好了各种准备,可惜一切还是未能如愿。不过他心里对这个吴沙原还是较有把握,相信两个男人之间会找到许多共同语言。就某些方面而言,他们也许面临了相似的难题,他要在适当的时机指出这一点。这会极大地拉近两个人的关系。他时下还吃不准,自己该在什么境况与场合下悄悄地告诉他:我已经见过你的心爱之人了,她就在那个海岛上;你的情敌也在那里。"妈的,这种痛苦真不该让我们遇到,我们都是干大事的人,却要一次又一次被情欲折磨,这太费工夫也太不公平了,老天爷就是这样对待我们这些胸怀大志的男人!"他这样想着,没有礼让任何人,端起杯子干了。他真的喝多了,摇晃了一下手指坐下,用谁都听不见的哑声说:"等我酒后吐真言吧,我会把底细全抖搂出来的!"

这个实在称不上丰盛的渔村小宴散了,淳于宝册觉得轻松而又不甘。他在想,与这里的村头儿第二次把酒言欢该是什么时候。这个海风习习的地方真值得一醉方休,可惜自己还没有做好当一个酒徒的准备。有的人一生要干的事情太多了,而有的人一生都无所事事。时间只一晃就到了花甲之年,这到底是怎么一回事?自己在那个满是恭维的狸金王国里成了青春的代名词,好像一切都方兴未艾呢。可是谁都没有他在午夜里更头脑清晰：自己真的老了，不再年轻了，许多事情应该从头打算了，如果是一个聪明人就不能逞强。"我今天有点逞能了，"他出门时扳着吴沙原的肩膀，"我其实是喝不了这么多的。"

吴沙原得知淳于宝册没有午睡的习惯，就邀请他去家里喝茶。他爽快地答应了，看了一眼欧驼兰。"啊，淳于先生，今天很高兴。有时间还要请您和吴主任去我那里坐。"她点头微笑，告别了。那个开旅店的老鲇鱼像护卫一样跟在她后面，这时回头看一眼说："大财东只要不嫌弃，以后还住我那里吧，这村子也没有更好的店了。"一句话提醒了淳于宝册，他马上叮嘱一句："今晚就宿你那里，记住晒被子。"

吴沙原的住处让淳于宝册十分好奇，他不想放过任何一个细节。这里随处都可能透出一些隐秘。如果来自他人的判断、那些传说不至于太荒谬的话，那么可以说那个民俗学家真的爱上了这个村头。他不愿相信这是真的，总想找到有力的佐证掀翻那些传言，可一时还做不到。他试图在宴饮时感受头顶上频频往来的目光，那种炽热的爱的射线，可惜还是落空了。至少那会儿吴沙原没什么异样，一冷场就显得落落寡合。淳于宝册看着，发现这个"小知青"没什么值钱的家当，海草屋与村民们一般无二，一溜四大间，耳房分做堆房和厨房。小院铺了黑色矶石，石隙里长了青草。出乎意料的是那个由大半间屋改成的浴室，它用不错的瓷砖装饰过，使人想到主人在清洁方面丝毫不曾马虎。

他在卧室前犹豫了一下，因为客人通常是不能进到里面去的。正这时对方招手示意，并先一步迈进。一个大炕占据了一半空间，炕上铺了老式缎面被子，是红底银线机绣凤凰图案。这件乡间必备嫁妆让人看了心动。也许是错觉，淳于宝册这时似乎嗅到了一股特异的、难以名状的气息。不，不是海边居所常有的霉味，而是光棍汉的气味。这是他熟悉的，是孤独和失恋者才有的。他脱口而出："我们俩一样，都是光棍一根。"一句话出口，他觉得说多了。

最东边一间让淳于宝册愣住：贴墙放了两个大书架。他大步走到近前，速速浏览一遍。好书可真不少，这里几乎没有一本杂七杂八的糟烂读物，全是像模像样的好书，文史经哲全有。他咝咝吸气掩饰着惊异，脚步放得轻轻，生怕打扰了沉睡的精灵。啊，这就好了，既然也是一个嗜读者，那就可以有一场酣畅淋漓的交谈了。他反身贴紧书架望向吴沙原，像看一位老友。

三

晚饭是在村东那个小吃店解决的。胖胖的老板娘一时没有认出客人，后来得知这就是那个旧地重游的人，高兴坏了。她立刻喊出女儿。淳于宝册看出这姑娘胖了许多，脸庞雪亮，有了双下巴。"您肯定是倒卖旧货发了财吧？记得那年冬天您来收旧物，还花钱让人唱拉网号子。"老板娘欢天喜地。淳于宝册自谦地摆手："谈不上，不过是一点业余爱好。""我琢磨您跟那个京城闺女拉得来，她也是弄号子的。""弄号子"三个字有些好笑。淳于宝册一边翻弄那个笔触挺拔的菜单一边咕哝："她住的时间可真长。""因为对上眼了。"她噼噼啪啪收拾桌上的器具，乐得露出一口白牙。淳于宝册觉得自己的对答就像哀号一样："那就抓紧时间办了呗，老大不小了。""谁说不是,唉,人的心思不一样嘛,俺这村头儿还念着岛上那个女人。不值得。""不值得。"他应一句不再吭声,细细咀嚼刚刚端来的一盘茼蒿刀鱼,觉得这青菜梗子有些老了。她端酒,他谢绝了。

回到旅店时衣兜里的手机响起来。白金问要不要过来一趟?他冷冷的:"没事不准来电。"想了想又问:"老肚带他们呢?""大概一切顺利,一整天都和两个村头谈,和市里镇里谈,后来把沙盘都搬去了。"他挂机了。通话时老鲇鱼已经趴在窗上了,这会儿笑嘻嘻推门进来:"老板儿。"淳于宝册沉着脸:"这个也能带儿化音吗?"对方没有在意,说:"我学了新的拉网号子。"淳于宝册倚在炕头,双手抱住后脑,说:"这次不给钱了,唱吧。"

男子唱得可真用力,青筋暴起,随喊出的节奏张开手臂比画,唱完大口喘气。"上网时起了瓦檐浪,海上老大火了才这样喊,里面有骂人的话,女人听不得。""什么是'瓦檐浪'?""就是岸边翻卷的大浪,如果船靠岸时遇上可就糟了,那是要命的……"淳于宝册"嗯嗯"着,心里有些不忍:"以后你有了新号子就唱吧,最后和店费一块儿结。"老鲇鱼额上流下了汗珠,擦两下说:"我高兴才给老板儿唱,什么钱不钱的。他们要知道是您住在这里,会趴上窗户偷看。嘿嘿。"

老鲇鱼说着往窗上瞄一眼,"来了来了,哎哟吴主任。"他飞快跑出去,然后知趣地离开。淳于宝册跳下炕来。吴沙原摆摆手让他上炕,自己在一把吱嘎作响的木椅上坐了,自己动手倒了一杯凉茶。淳于宝册坐到炕边。"村里就这样的条件,委屈董事长了,"吴沙原递来茶杯。淳于宝册说:"这里好极了,我喜欢这个村子,所以才一次又一次来。"

炕上有个帆布包，一本露出半截的书吸引了吴沙原的目光。不过他很快转向淳于宝册，清清嗓子说："我们该好好谈一次了，这对我们村子来说机会难得，我是说您这次来。市镇领导和淳于芬芳总经理该说的都说了，我们也多次提出一些意见。一切都反复和村里人讨论、商量，因为是全村的事，也是从没遇到的一件大事……我们村要归到狸金了，这一次是连根拔起迁到另一个地方，到你们为我们规划的新区……"他说着推一下眼镜停下来，也许想听到几句回应。

"你说的可能是'城市化进程'吧，我对这些新词儿真是不甚了了。"淳于宝册一脸不以为然的神色，"怎么说呢？我下面要说的话你一定不信，因为通常肯定不是这样，你会说我兜圈子、虚与委蛇。好在我已经成了矶滩角的客人，我喜欢这里，没事就会来住上一阵，如果你不嫌弃的话，我们或许还会成为好朋友。咱们有的是时间，什么都能谈透。我现在想告诉你的是：那是他们老肚带，哦，就是淳于芬芳，他是我本家孙子，如今的狸金已经归他们管了，你有所不知，我早就不理事了，董事长空有其名，不久之后连这个空名也要卸下来。我的兴趣早就转到了其他地方，所以今晚要郑重地告诉你一声，我去年冬天没有说谎，我真的成了一个民俗爱好者……"他想说自己还是一个不知疲倦的嗜读者、一位著作家，但忍住了。他紧紧地闭上了嘴巴。

吴沙原没有大惊失色的样子，垂了垂眼睛，大概在思考这番话有几分是真。这样沉默了三两分钟，抬头再次扫一眼帆布包上露出的那本书，点点头："嗯，功成身退，享受奋斗果实也在情理之中。

您掌握大方向,他们负责落实……"

"掌握,"淳于宝册一脸沮丧,"没有这个'掌握'了,我的兄弟!"他两手抓在自己膝盖上,头颅前倾,"我讨厌和憎恶狸金这架大功率推土机了,多少年都在暗中拆除这架机器的小零件。还好,集团里的人趁着它还没有散架,还能隆隆转动,就无声地把我给解雇了。不,这样说有些欠妥,准确点说是他们顺水推舟,不那么在乎我了。我也正好落个自在,可以放手干自己喜欢的事情。我是一个歪打正着的人,我是说我的心底从来不想做一个企业家、一个大富翁,不过是随波逐流给推到了今天。我心灵深处,嗯,请原谅我用了这个文绉绉的词儿,我是说灵魂深处埋了另一种志向,那就是创造出一片心灵的大天地。哦,也许这样说你无法听懂。我是说,我要用笔记下心里的一切,对这个狗日的世界所有的喜欢和厌恶、所有的爱和恨,还有我希望它变成的样子!我有一套改造它的方略,我是个大创造者……"

他说得渐渐急促起来,汗水从额上渗出。他突然发现正在垂头倾听的吴沙原一点点仰脸,镜片后面那双眼睛闪出了光亮。

屋子里一时很静,没有一丝声音,连呼吸都听得见。

"我,"淳于宝册颤抖的手从一旁收回,呷一口水,"对不起,我一激动就把话说大了。我可能在说自己的希望、我想成为的那一类人。你当然明白我的意思,我是说,我还没有那么狂妄和目空一切。但说句心里话,我真的憎恶自己以前的角色……现在想,我可能把心底的力气投错了,这力气是有的,所以也就有了今天的狸金。它是个正打歪着的产物,一个长大不由爷的坏孩子,我看都不想多看一眼的孩子。"说过这些,他像一个奄奄一息的人,歪在了被子上,粗粗地喘气。

吴沙原悄悄地伸手取了那本露出半截的书,啊,原来是关于东部半岛风情的。他翻弄两下,从中掉出了一张写得密密麻麻的纸片,赶紧夹到原处。书重新放回。一时不知说什么才好。这完全不是一场期待中的谈话,有点始料未及。他知道需要一些时间来消化对方的倾谈:不乏真情与质朴,不过实在是太突兀了。怎么说呢?简单概括起来,这位董事长无非想说目前大权旁落,原因是大半生的奋斗并不让自己满意,他要改弦更张干点别的。老天,出了天大的怪事。不过他不想马上顺着这个思路往下捋,因为对于矶滩角来说正面临着生死攸关的迫切,需要马上解决。他咳了一声,很响,要把这个眯着眼睡去的大富翁惊醒,果然,对方睁开了眼睛。

"董事长,我大概听明白了。您说的是要离狸金远一些,去做自己更想做的事。可您今天毕竟还是它的董事长,总能够帮我们一下,解我们的燃眉之急……"

"有这么急?事情发展到了这一步?"

"当然!这多半年来,集团的人和上级领导催得紧,调度会、现场会开了不止一次,简单点说就是在逼我们,矶滩角怎么想并不重要,它只能成为狸金的一部分!那些大领导只用眼角扫我,地方的头儿就不那么客气了,直接拍桌子砸板凳,问我还想不想干了?"

淳于宝册搓了一把脸,笑了:"你想不想干了?"

吴沙原郑重地点点头:"我想干。"

"噢,是这样。这就成了你的软肋。他们用这个要挟你,麻烦就在这里。阁下认为如何?"

吴沙原的脑门有些涨，声音粗重："我真的想干。但我不会束手就擒，所以，今晚上我要求您的只有一句，请您理解我们并帮助我们。"

淳于宝册抬头看着黄昏的灯光，磕打牙齿："人与人的脾气真不一样。换了我，我会对所有逼过来的人说一句：去你妈的！"他把目光收到吴沙原的脸上，"我当然会尽力帮你。不过这帮家伙把事情做到了半截，马上收手也不可能。你是知道资本的力量的，在这个世界上，它重新显出了无坚不摧的本质。四十年前它暂时藏了起来，但那是表面现象；如今它总算恢复了原形，露出了杀气。"

吴沙原没有吱声。沉默掩去了难言的悲愤和痛苦。他在暗处握响了手指骨节。他只想听这个人说得更多。这时，今晚，他只希望这个人能有一丝怜悯和真诚。可是直觉告诉自己，一切远非那么简单，比如，在长达多半年轰轰烈烈的推进中，身为董事长的这个人会一无所知？仅有的一点可能是他不晓得细节，没有进入现场，但从头至尾毫无所闻是绝对不会的。想到这里他要试探一下虚实，就问：

"三个村子一起兼并吗？"

"一起。这是狸金梦寐以求的。一个国家谋求出海口，一个企业也不例外。蓝色大海和白色沙滩，这样的景致很合现代人的胃口。人是有野心的。老肚带淳于芬芳和他的女副手垂涎三尺，在我面前绘声绘色说过不止一次，都怪我不往心里去。人老了，该想别的事情了，我已经跟你说得十分明白……"

"是的，不过我和矶滩角还是需要您的帮助。"

淳于宝册站起,手搭他的肩膀:"老弟,我们有的是时间。谈谈书吧,谈谈我们自己,事情一定来得及。请相信我,我们十有八九会成为无话不谈的朋友。打第一眼我就明白了,我们早该是这样的朋友了,可惜我们相识太晚了……"

四

这个夜晚淳于宝册失眠了。尽管如此他还是一大早起来。他想一个人在街巷和海边转一转。一年前那个冬天的早晨他独自去了海边,海风扑在脸上的感觉至今难忘。他特别记住了那个女子被风吹乱的头发、肩头舞动的深紫色围巾。也许心底有个渴望,就是再来一次这样的偶遇。所以他出门就一直往北,踏着黑色矶石小巷走了一会儿,看见了大海。这个季节的海面是嫩绿色的,只有再远一点才呈深蓝。海边上已经有了赶海的人,三三两两的男女提着篮子和短柄抓钩。他换上了一件夹克,脚上是一双运动鞋,这副装束还是让当地人多看了几眼。回头看近处的村子:沉沉草顶像丰腴的蘑菇,久远的风霜使其变成深灰色。据说这样的海草屋顶可经受百年时光。多么安静的渔村,像一幅隔了几个朝代的古画。这会儿吴沙原那张恳切而执拗的面孔又闪现在眼前。他像是说给这个人听,小声咕哝:"人世间,没有比说谎再累的事情了。"

他沿着扑扑海浪往西,想再次登上那个高耸的海蚀崖。崖的南坡缓缓的,有一层新老交叠的植被。他记得登上它就可以望遍东西三个渔村。如果不出意外的话,那么再有不长时间,另外的两个村子就将大动干戈,轰鸣的机器声将把海边沉睡的人搅个寝食不安。这里宁静的时间已经所剩无几了。他心里有些惆怅,这使他觉得奇怪。也就是这种突然阴下来的心情使他止住步子。早餐时间到了,他要返回那个旅店,凭感觉这一天会是十分重要的。踏着矶石小巷时他在心里盘算:自己要主动拜访那个戴眼镜的男人。

上午八点多钟,淳于宝册敲响了那扇薄薄的棕色门板。没有回应。这会儿一个扛着渔具的络腮胡子走过来:"他六七点就出门的,别看是个夜猫子。""睡得晚?""那是,他这人夜里看书。"络腮胡子一边说一边往前,语气里有些得意。淳于宝册凭自己仅有的两次小村之行判断,这个吴沙原深得人心,这使他心中泛起一丝妒忌。站了一会儿只好走开,可一时又不知往何处去。从这里往东五十多米,绕过两座海草屋就是那个民俗学家的临时居所了,可这时不宜贸然前往。他预想中的再次会面是这样的:村头儿吴沙原主动提出一起拜访,或是其他场合的偶遇。不过他心中有一个清晰的预期,那就是当自己成为这个小村真正的常客之后,他与她的会面也就再自然不过了。

他漫无目的地往前,却不知不觉接近了那个居所。当他一抬头发现自己离它仅有十步之遥时,又赶紧折返。最令他想不到的是,就在通向小店的巷口,吴沙原正匆匆地往外走,一见他就喊:"董事长!我刚刚找您去了……"淳于宝册没有透露刚刚去了哪儿,只请他返回小店。吴沙原犹豫了一下:"还是去我家吧,那里更方便些;再不就去欧驼兰那儿?"还没等对方回应,吴沙原就做了决断:"还是去我那里吧!"

看来吴沙原早就在准备第二天的会谈了,因为进门后淳于宝册发现中间的客厅摆了水果和热腾腾的茶。他们刚刚坐下吴沙原

海角之冬

就把茶杯往前推推说:"淳于先生,我不得不急着找您了,就在昨天夜里旁边村子来人告诉,狸金已经最后拍板了,整个规划马上就要落实。这样一来我们矶滩角就被夹在中间,成了海边的一座孤岛。"他的话由慢到快,显然再也沉不住气了。淳于宝册略有吃惊:这个人的消息也过于灵通了。不过自己正想要这样的效果。吴沙原好像猜透了他的心思,说:"我们三个村都连着亲戚,什么事都知道。"淳于宝册脱口而出:"所以,阁下的选择也就迫在眉睫了。"吴沙原紧紧按住双膝看他:"我说过,我早就选择过了。"

淳于宝册喝着茶。又是茉莉香味。"瞧我,记起来了,你昨天让我帮个忙。你肯定采用了'擒贼先擒王'的战术。你并不相信本人已经是一个自我放逐的王,因为我本人一时也拿不出什么来证明自己。"他说着长叹一声。

吴沙原愣愣地看着,眼里似乎有火星在闪跳。"这个眼镜可不是一个好脾气。"淳于宝册在心里说。他想怎么让这场一开始就紧绷的谈话松弛下来,手中转动着茶杯:"请阁下沉住气,我回头会问个清楚。我要踢淳于芬芳的屁股,我跟你说过他是我孙子。让我们先说点别的吧,我见了你有满肚子的话哩。只要一提到那个大肚子和他身边的女人,我就倒了胃口。作为两个男人,我们应该谈谈咱们的大事,最大最大的事,它们日夜折磨我们……"

"什么事?"吴沙原一脸茫然。

淳于宝册换了一个姿势坐了,头往前倾:"如果你拥有一个庞大的集团,比如狸金,整天忙忙碌碌脚不沾地,可是有一天半夜醒来突然发现自己丢了老伴,空荡荡一个人,后半辈子都会孤身一人,你还会死心塌地地去为这个集团卖命?"

吴沙原一时愕然："怎么会是这样？"

"在下正是这样。我说过我也是一个单身汉,当然这并不重要;我的那口子时下住在苏格兰旁边的小镇上。实在说她只是我的一个战友,并不是我的爱人。我身边当然不乏女人,可她们只是性伴,也算不得爱人。我们都是男人,请阁下告诉我,你是否也有这样的烦心事？在即将踏入六十花甲这个挺大的门槛时,只想有个自己的女人,我认为对一个多半辈子都在受苦受难的男人来说,这个要求一点都不过分……"

吴沙原似乎从对方眼中发现了渗出的泪花,吸了一口凉气。对面的人说过这番话就垂下了头,这让他看到了稍稍有些鬈曲的头发中,掺杂了一些银丝。这个人肩膀开阔,颈部很粗。总之是个并未出现颓相的男人。"淳于先生不会这样可怜的……"他想拍一下对方的肩膀,但抬了抬手还是停住了。

淳于宝册望着窗子："事实上就是如此。我见到你,来到这个没有喧嚣的世外桃源,就有了一种掏心窝的劲儿。实话实说,一个人丢了女人干什么都没劲,年纪越大越是这样。如果照这么下去,将来只会冤死:没有她了。多么可怜的结局啊,我的老弟。在你这里,在这间光棍汉的屋子里,我把什么话都说了,在此还请阁下原谅。"

吴沙原站起。他要借给茶壶加水离开一下。一旁有一个电热壶,水刚沸滚。他蹲在那儿,并没有动手端壶。心口那儿发酸,眼睛也热起来。

"你相信一眼看上的爱情吗？"淳于宝册踱过来,一只手搭在他的肩上。吴沙原回头看他,立刻就后悔了:自己的眼睛暴露了一切，因为眼角那儿渗出了什么。肩头那只手沉沉地拍打两下，送来深深的安慰。"老弟，咱们都遇到了男人一辈子最可怕最难过的坎儿，还在傻傻地为身外事，比如为矶滩角和狸金的事儿操心！去他妈的吧，先放着吧，先来点更要命的吧！我不止一次来过这儿，自然知道不少事情。我听说你无论什么季节都要起早去海边望一眼那个海岛，那里有个大牵挂啊！是啊，当年你一眼就看上了一个人，这个人，这个人个子不高，眉眼是那样的，嗯，没法形容，俗话说'小小胡椒辣死人'，你为了她什么都不顾了，在京城待不下，连老父亲也不顾了，一抬腿跑回了小村，最想不到的是……"

淳于宝册戛然而止。因为他看到吴沙原站起，双眼狠狠地盯过来。

"对不起，我太唐突了。"淳于宝册重回座位。

接下去两人无声地品茶。最后是淳于宝册打破了沉默，从茶说起："这还是我小时候喝过的。我就奇怪了，怎么几十年来就没再喝它呢？不，肯定是疏忽了。矶滩角让我想起了少年时代。我多么想从头说起，可那样话就太多了。会有机会的，也许有一天我会把所有的一切印成一本书交给你，那一天不会太远了。我太冒昧了，一个外来人打听你的隐私是失礼的，不过我要告诉你，这是村里人主动对我说的，因为他们都喜欢你、牵挂你。"

吴沙原脸上浮了一丝笑容："没什么。我也知道一些狸金的事情，特别是您的事情。因为对方要兼并我们，作为一村之长，我不得不好好研究一下对方，这也是职责所在。"

"啊？有这样的事？"

"是的。正是通过这样的了解，促使我和村里人下了一个决心：

不与你们合作,更不同意你们的兼并。"

五

"我一点都不遗憾,甚至对你感到钦佩。我只是有一丝好奇,算了,今天还是不去说它。我不会在你面前为自己、为狸金辩白一个字,不会为了博个好名声弄得死乞白赖,因为世上许多事情原本是说不明白的。矶滩角和狸金磕起来等于鸡蛋碰石头,我今天要做的是好好怜惜这个'鸡蛋'。"淳于宝册说得一脸沮丧,站起来抚着胸口,又重重地坐下。

吴沙原不看对方,只盯住自己的一双手:"在我眼里矶滩角和岛上的女人是一回事。我无法将这两个分开。在京城的日子对我来说是一种煎熬,对别人可能如鱼得水;我的水就在这里,是这片海和海草房。你知道我没有她会多痛苦,就会明白一旦失去矶滩角我会怎样。我之所以还是一个人过,就因为忘不了,不甘心。让我放下,心上干干净净重新开始,我做不到……"

"是啊,谁也做不到,真的做不到。这不同于世界上的任何事,这是爱情。有人能轻松地说一句'过去的就过去吧',那是他没有遇到真正爱的人。书上总是说'铭心刻骨'这个词儿,那是实在找不到另一个词儿代替!"淳于宝册再次站起,拍着对方的肩头,甚至抚摸起他的头顶。当吴沙原觉得不自在时,就转了一下身。淳于宝册长长叹息:

"我们就面临着这样的问题,它近在眼前,已经是刻不容缓了。在这样的节骨眼上,我们最容易犯的一个错误,就是将所谓的事业和心上人混在了一起。不，它们绝不是一回事，两者之间甚至相互抵触！下狠心将它们分开可真难，因为到了我们这样的年纪差不多都是事业有成，有了很大的一摊子。这一摊子有我们的心血，让人不能割舍，可是，它早晚会吸干我们的血，让我们皮包骨头。算了，我准备轻轻松松上路，直奔自己的地方，就算这样也不见得能实现那个目标，能追上自己的心上人。我比你大几岁，我没有更多的时间了。"

吴沙原陷入了沉思。他偶尔瞥一眼淳于宝册，好像要询问什么，但最终没有开口。

淳于宝册一直看着对方，在心里重复呼叫着"小知青"，绷着的面色舒展了一些。他身上有些燥热，因为水喝多了，就起身去一旁的厕所小解。他一边系着裤带一边回到屋里，说："大尿如注，在我这样的年纪可不容易……老弟，不瞒你说，我打听了你的事并且亲自上岛看了那个女人，这不是什么窥视癖，而是其他。随着年纪的增长，我除了爱好民俗、嗜读，还专心研究起'爱情'来了。哦，这是个事关你我和所有人、古人今人的大题目。这个题目值得一个人耗上多半生，那也不见得就能成功。因为发生在男女间的事太玄妙了，毫无道理毫无规律可言。凡那些发生在权势钱财之上的男欢女爱都与爱情无关，而那些靠风流浪子赤手空拳拿下的奇果，倒大半是真正的爱情，而且充满了神秘感。我搜罗了不少这一类活生生的例子，日子长了会好好说给你听……"

吴沙原转开脸："我不是这种例子！"

"那当然。不过你仍然逃不脱与这个例子的关系。比如说那个岛上管鸟的家伙，实在说完全可以判定为其貌不扬，也并不拥有万贯家财和什么大权柄，他怎么就能把你的小爱人顺手牵羊掳了去？我在这儿毫无恭维之心，只是抱着严肃的学术态度来探讨：他凭什么、为什么就能那么方便地弄走别人的爱妻？要知道你为她付出了那么多，一块儿生活了那么久，这种割舍对双方哪一个都难上加难！由一个外人冷静判断，你和那个管鸟的人压根就不在同一个水平线上！"

吴沙原再也坐不住了，摆手阻止对方说下去，却一时达不到目的。

"我们是明人不说暗话，交心交到了这一步，不妨把真心话全说出来。告诉你吧，那个岛上的家伙就像对待一只鸟一样把你的爱人管了起来，她对他百依百顺。那天我在大猫头鹰旁边见了他和她说话，声音低低的，可有一句算一句，那个小女人都听。这个男人真没什么可爱之处，黑瘦，走路膝外翻，脸上有黑痣。总之不是一只好鸟。你面对整个事件，我是说作为一个亲历者，就没有从头好好总结一下？"

"我没有。这没有什么好说的。"

"大错特错啊！这就是我们吃败仗、把自己搞得千辛万苦的总根源！那些轻浮浪子们一天到晚以此为业，所以他们总能不费一枪一弹解决所有战斗！这真的是一场没有硝烟的战争，胜利者逍遥得意，失败者抱恨终生。失败者当中的一部分从此不再奢望爱情，只好把力气用在所谓的'事业'上，把这些身外事搞得轰轰烈烈，比如搞起了一个富可敌国的狸金，说到底有个屁用！再比如说侍弄一个如花似玉的矶滩角呀，那也解不了一点心头的饥渴！这种事老弟不得不面对，我们俩遇到的都是高手，是真正的轻浮浪子！"

"那个人不是轻浮浪子，他还算老实人。"吴沙原鼻子有些塞，瓮声瓮气的。

淳于宝册腾一下站起："啊呀，还不算浪子？老虎头上有个王字，浪子额头什么都没有。你只凭几眼印象，又不是在这方面学有专长的人，怎么能下这个断语？告诉你吧，这种事囊括了全世界的奥秘，是一切学问中的学问！你不要以为那些大政治家、军事家、著作家有什么高不可攀，真正的大天才就藏在民间，在男女情场中！这些圣手高人有时看上去一点都不轻浮，相反还木讷讷的；也不一定穿金戴银，有的还衣着朴素；更不必相貌堂堂，个别人还身有残疾，比如拖着一条腿走路。总之这是一些没法琢磨的、手法不一千变万化的家伙，是杀人不偿命的危险分子，大阴谋家！这些人一不凭权位，二不借钱财，只需用一个眼神就能把高傲的女子搞定。从此她就中了魔法一样活不自在了，非得一头扑进他的怀里才好，任其一生折磨蹂躏才算满足，还以为这辈子找到了如意郎君，不光没有委屈，还觉得高攀了哩！除了用眼神，还有其他，都是说不明白的，据有的专家推测，有的浪子甚至极有可能使用气味，当然这也算返祖现象了，他们一见中意的女人就施放出一种气息，那个女人也就被熏晕了，心里飘飘悠悠，再也没法好好过日子了。你看，我们面对的就是这样一帮身怀绝技的、神出鬼没的家伙，哪里还有不败之理？"

吴沙原额上的青筋突突跳，不再开口。

淳于宝册乜斜着对面的人，这时突然发现这个留了短发的人头顶有两个旋儿，嗯，这样的人往往是倔种呢。他心里说一句，笑眯眯的：“看人是多方面的。就近的例子也是很多的，找工夫我会给你举出许多大例子。这一定会吓你一跳。比如说有的人，瘦干干的，戴个眼镜，看上去两袖清风的模样，还为爱情闷闷不乐呢。这样的人该是孤单可怜的吧？也不一定。他就有办法把另一个有身份有地位、面貌超群的女子给迷住。一旦迷住就好办了，也就跑不掉了。那女子有家不归，有城不回，就能五冬六夏住在一个偏僻的小渔村里，让全村人大惑不解……”

吴沙原扶扶眼镜转过脸，声音粗壮：“您该不是说我吧？您把我也看成了那样的浪子？”

“这倒没有。随口说说，你多心了。”

第十三章

一

淳于宝册回到艾约堡几天了,一直没有出门,甚至连东厅都没有踏入。秘书白金几次长时间候在那儿,最后不得不让服务生转告蛹儿主任:有一沓子要紧事呢,老肚带他们火烧眉毛了。蛹儿在书房里找到正戴着眼镜痴迷读书的人,不得不打断他。"我这辈子都不想去总部了,真的打谱这么做了。"他摘下眼镜。蛹儿已经习惯了这种语言方式,像哄孩子似的拍打:"去吧去吧,不过是应付一下。""老肚带他们是吃干饭的吗?老天,咱什么时候才能讨个清闲!"

他嘟嘟囔囔走出图书室,路过花鲤那儿说:"人比不上鱼儿自由。"蔫蔫地穿过长廊,乘电梯去东厅。蛹儿知道他今天不想跨出大门了。

淳于宝册往睡衣上披了一件制服,趿拉着猫头长毛拖鞋。他在小厅里面的卫生间敞着门撒尿,听到外面有人进来就说:"真他妈急,连泡像样的尿都撒不成!"他提着裤子走出来见是女副总,有些吃惊:"怎么是你?"女副总双手抱着高耸的双乳,这已经是她的一个经典动作了:"老肚带马上就到。我来告诉您另一个事,就是那个女民俗学家,她说见您穿西装的样子了,评价时用了一个词儿。""什么词儿?"他的语气变得纤细。"'判若两人'。""再没有了?""没有了。"淳于宝册歪在沙发上,"我看你与她最终也成不了朋友。"女副总笑嘻嘻的："这得慢慢来。我送她一对玉雕蝈蝈，她没要。我送她一把做春饼用的老式小擀面杖，她收下了。""嗯？"淳于宝册觉得这个礼物太怪异了。女副总的身子凑近些："不过我探出了一些什么，这个女人真的跟那个眼镜不一般，她说起他来鼻子眼都是喜；还有，我见她用古法木撑子刺绣，绣出一对戏水的鸳鸯。"淳于宝册转身看她，发现这张血红大嘴离得太近，就闪开了一点。"等等看这对鸳鸯落在哪里，不就一清二楚了？"她有些得意。

淳于宝册正想夸女副总一句，老肚带夹着黑色皮包进来了，而且草草地打了个敬礼。"董事长，您这一招厉害啊，两边村子一动，那个矶滩角再也不好过了。"淳于宝册盯着他触目的肚子和大得出奇的皮带扣，想到了古代战场上武士们的护心镜，哼了一声。老肚带说："推土机还没响就这样效果！这是那个眼镜做梦都想不到的，以为只要他们矶滩角在中间梗着，我们就会干焦急没法动手！就连头头脑脑们也这样看，我以前也这样打算，可您出其不意地甩开了矶滩角，让他们夹在中间活受罪……"淳于宝册一抬手打断他："讲讲干货。""干货，"老肚带瞥瞥女副总，"也就是吴沙原召开村民大会了，会上说了两边渔村即将兼并到狸金的严峻现实，再次让每个人思考自己的明天，利与弊要想个清楚，这是全村的事，不是哪个人的事，也不是几个村头的事。会上有人大喊'俺听你的，你说咋办就咋办'，被他制止了。这次大会之后几个头儿分别串户征求意见，其实是串联，最后要打定主意跟我们干到底。不过我察觉到，吴沙原真的有点慌了……"

淳于宝册站起来踱几步。身后一阵唰啦声，老肚带和女副总正在地板上摊开图表。他转过身,老肚带掏出一个激光指示棒,一个红点在图上移动:"这是国际游艇码头,这是高尔夫;这儿的会馆要建成一流,与总部形成不同风格。规划好的主干道可以开工,咱们的推土机先从这里打喷嚏,让矶滩角感冒……那会儿您去村里玩猫捉老鼠的游戏就有趣了。"淳于宝册脸抽搐一下,蜷在沙发上。老肚带停了停,见他没有表示什么就说下去。淳于宝册发出一声呻吟。

"您不舒服?"女副总叫着。

"真够倒霉的了……"

老肚带凑近了看,又斜一眼女副总,搓着手,好像迁怒于她逼近的胸部。

淳于宝册眯起眼:"说假话的滋味不好受!我面对矶滩角的那个吴沙原只想说真话,因为他一句没有骗我。这几天我一直待在艾约堡想事儿,发现演得太过了,究竟是当一个蹩脚的演员,还是老老实实讲出实情?想的就是这些。我现在要告诉你的是,这盘棋下到眼前这一步,你们几个自己去做吧,我真的不管这摊子了,今后只想做自己爱做的事,这辈子浪费的时间太多了,不能再荒废下去了……对不起,听清了,我这辈子帮你们干得太多了,你们要试着自己往前走,扔掉我这根拐棍!"

老肚带嘴瘪起来,回身看着女副总。

女副总这回听明白了,带着哭腔:"家有千口主事一人,我们算什么!有大事总得问您啊,您这是让我们作难啊,说什么也不能这样,说什么……当然,您需要好好休息和享受,我们噢,天哪,我们噢!"她真的要哭了。

淳于宝册打谱离开了。老肚带蹲下收拾图表。淳于宝册头也不回地走了。老肚带仔细叠着图表。女副总抹着眼角："看看我都急坏了，我这回是怎么了？""你这回是犯贱了。""难道我说得不对吗？""你说得太他妈对了。"女副总去搀老肚带，老肚带甩一下胳膊。

白金接到了蛹儿传来的董事长指令：着人立即送两套自己的著作去矶滩角，一套给吴沙原，一套给那个民俗学家。"小心包裹，直接交到他们手里。"白金毫无耽搁，找到两个大纸箱，细细地铺一层绒布，把一册又一册小牛皮封面的书籍装进去，一边发出惊叹。老板的著作可真多啊，可他日理万机，压根就没有时间做专门的著作家！当然这有老楦子那一伙料理，但那不过是把老板的意思记下来，搞错一点都要挨板子的。他一瞬间想起了十多年来跟从淳于宝册的全部辛苦与欢乐，又一次感到了自豪：在几十年一遇的奇人身边，不需求证和游移，只服从就好。当他从一所大学毕业来到这个集团做了秘书之后，多少同学为他丢开专业痛惜，可随着时间的推移，他越来越意识到自己的选择非但不错，而且还是人生的幸运。

二

快到凌晨了，蛹儿还是睡不着。她最怕失眠症缠上自己。董事长偶尔彻夜不眠，但据说以前总是能够酣然入睡："年轻时没有工夫失眠，后来和老政委一起，就有了最好的睡觉老师。"他告诉她："人和人多不一样啊，老政委穿着那双高筒皮靴，往床上一歪就打起了呼噜,她这人大概第二天拉出去枪毙,当晚也非要睡一个好觉不可。"他满口都是敬佩:"这样的女人再没遇到第二个。好家伙,抽烟喝酒,兴头儿上来搂着脖儿亲。那把打霰弹的枪就压在枕头底下,准备遇到仇人立马搂火儿。""搂火儿了?""没,没这个机会。我们去荒地打野兔,它们跑得太快了,好几次放了空枪。回来时我作了一首诗,有一句叫'草上野兔自奋蹄'。老政委失了手半天不高兴,说和平年代真他妈不是人过的。她光着身子在屋里溜达,一身疙瘩肉。我有时会想起她和那位老首长不清不白的关系,问起来她就回一句:'他有那么好的胃口?'我们这一对儿啊,"淳于宝册盯着浑浑的夜色,"我还真有点想她!"

他说起老政委就顾不得睡觉了,却把失眠的责任推给别人:"自从有了你我就开始失眠了,你大概是个不睡觉的老师。"淳于宝册喝了一杯柠檬水,重新躺下。蛹儿回忆着:"我是一个人住在那幢书店里才开始睡不着的。不是因为害怕,是想事儿,一会儿是那个跛子在我耳边唠叨,一会儿是那个瘦子死盯着我。他们都让人忘不了,也都是大坏蛋。两个人都火烧火燎的,蛮稀罕的动物。"他马上把话头接过去:"此言甚是。我说一直有个心愿嘛,就是把一些奇人召到一起喝场酒,或许大家都能谈得来。除了他们二位,还有那个岛上管鸟的人。不过那个家伙年纪大了,也许没有赴宴的雅兴……"蛹儿握紧了垂在身旁的手:"你们几个坐到一起能谈什么?""哦,那话可就多了。会谈一些爱的心得。男人三杯酒下肚谈起女人,难免就要交心。不过即便一言不发,我也能看透他们的心思。这些窃花大盗都有秘不示人的一手,那被书上称为'异能'。你是感受过的。"蛹儿捏他一下:"我没有。""不说罢了。

这种悉心观察就是'爱情研究',是我这些年开始着迷的一门学问。不少人以为我只知道搂钱,大错特错,钱早就不是问题,而爱情才是问题。对于任何一个志向远大的男人来说,一生都有这样的问题。"蛹儿久久未语。这样待了十几分钟,她问:"您与老政委杏梅讨论过这些吗?"淳于宝册藏起了笑容:"老政委什么都懂,唯独不懂这个。""为什么?""因为她是个唯物主义者,对她来说我们都是'物'而已,两个走到一起的大物,狠狠地逮住对方,一顿泼要,天就亮了……"

两个人只在黎明时分睡了三小时,起床时却并不困倦。淳于宝册心情不差,端量着蛹儿说:"我们已经很少一块儿迎接天明了。瞧瞧你这个大春娃娃,一张脸什么时候都像春天!谁如果有了你还赖唧唧的,那他一定是个贪心不足的家伙!"蛹儿拍拍他的胳膊:"快洗漱用餐吧,我们一起?""当然。早餐后我们不去图书室了,要去一个好地方。我不能把一个'人儿'总是锁在深宫,那太缺德了。"

蛹儿原以为董事长又要用那辆吉普拉她出去游荡,就开始准备一些上路的东西,想不到他制止了她。他们走出艾约堡,站在弯道那儿等待。一辆电瓶摆渡车驶来,淳于宝册招呼一声就拉她跳上去。车子在他的指点下驶过了几个站点,在艾约堡后侧转了一个大弧,进入另一片葱茏。这是一公里之外的另一座小山,蛹儿以前只远远看过,不曾走近。离小山十几米处有两个网球场,电瓶车停在附近。驾车女子抱歉地笑笑,将车开走了。淳于宝册走在前边,绕开网球场继续往西。视野变得开敞:一片绿莹莹的人工湖,岸上是柳树,西边一侧是浓黑的雪松之类;松树与山坡之间有一大片混杂林,中间闪露出一个酱红色的楼顶。四周传出孤单而沉着的鸟鸣,让这里显得愈加肃静。蛹儿发现随着接近山坡,身旁这个人的脸色变得凝重了。浓浓的松脂味儿涌进鼻孔,这气息使林地变得沉甸甸的。一条不宽的柏油路从银杏与白蜡树笼罩的荫翳中蜿蜒而出,他们沿这条路踏上缓坡。走了五十多米又折向左,好像就为了避开那一丛茂竹。出现了一座庭院。

两个穿了制服的男子在铸铁大门前忙着,见了来人微笑点头,并不说话。庭院门敞着,淳于宝册走在前边,掏出钥匙打开屋门。蛹儿忍住惊异,留意里面的一切。主体建筑顶多有四百多平方米,由一条廊连起的配厢还要小得多。这是一幢带阁楼的二层小楼,安装了电梯。室内精心设计,修饰简约却又一丝不苟。所有选配都是西式的,品质绝好。不知是否有过特别准备,茶几上的水瓶里插了一大束花。整个房间有淡淡的香气。淳于宝册走走停停,蛹儿知道是为了让她看个仔细。二层陈设又有不同,这里除了卧室还有工作间,里面有精致的书架,上面满是金色闪烁的图书。她伸手抚摸它们,觉得像有脉动。

最后他们在大厅沙发上坐了。"你觉得这个地方怎样?"淳于宝册问,没等回应又说,"多么适合隐居。太安静了,我们艾约堡成了这里的屏障。"蛹儿一时不知说什么好。她从踏入那条柏油路起,满眼都是欣悦和讶异。这里可以形容为狸金内部悄藏的一颗珍珠。她实在想不出在哪里见过这么好的地方。这会是为谁打造的?她试着回答,一开始想到董事长自己,但很快又否定了:他这样的大动物应该有更大更复杂的窝,那只能是艾约堡。心中一片茫然。

"你可能以为这是我和老政委存留的又一个窝儿吧,不是的。这样的居所本来应该建在三道岗,就是我那个起步之地、感恩之地。我回到了那儿,并没有做一个不仁不义之人,我是说自己还是尽了最大力气帮了那个平原的村子。这些要说清楚需要太多的话,简单点说就是我原想在那里为李音的父亲,就是李一晋伯伯精心打造一个安度晚年的地方。我所能做的就是这些了。我用了两年多时间做这一切,速度够快的,因为他已经七十六岁了。他的身体一直硬朗,还放心不下三道岗,一有空闲就往那里跑。那是他付出了心血的地方,这让我又感动又自责。我把他接到落成的这幢屋子跟前。那是几年前的一个秋天,松树间的黄毛栌叶子都红了,真是漂亮极了。可他屋里屋外看了一遍,说我的一片心他领了,但不会住到这里。'孩子,这不是我的归宿。'他说。"

淳于宝册看着自己的一双手。蛹儿发现在明亮的光线下,这手满是大大小小的疤痕,以前竟然没有注意。她想抚摸这双手,还是忍住了。他叹气:"老人离开了。他不是对这个居所失望,他是对整个狸金和我。他没有责备什么,可能要说的话太多了,索性闭上嘴巴。我从他的眼神里看出许多,但说不清。我只是要为他养老送终,已经尽力为他准备了一切,连服侍的人、日常保健医疗需要的设备和人手,全都料理好了。可这没用。老人走了。一年后,伯伯去世了。可能就从那以后,我夜里就开始失眠了……睡不着时想着李音,问:'老师,我做错了什么?改正还来得及吗?我千辛万苦九死一生才走到今天,再往哪里走啊?'没人回答,我只好整夜自问自答……"

蛹儿没法安慰这个哀伤的男人。她这时再次明白:这世上没人能够取代李音。那个老师会一直伴随他,用目光指引他。可他还是迷路了,像一个茫然无措的孩子。她越来越是感到了这个人的犹豫和慌张,而这个人本来是帮自己战胜恐慌的,可如今非但不能,自身的慌乱反而加剧了。她悄悄咽下一声悲叹。

淳于宝册站起,走几步,打量窗外,那儿有一只红翅小鸟。他怕惊扰它,不再往前。小鸟歪着头看看室内的两个人,飞走了。"我用大剂量的药物对付自己,一点用都没有。全是一些过时的老药。我今天领你来就是说说心事,请你帮我拿个主意:这里该派做什么用场?"他转身看着她。

蛹儿摇头:"这儿太好了,谁都不配。"

"是啊,我也这么想。如果校长李音在就好了,他该住在这里……真可惜。我让人好好照料这个地方,给庭院除草,每隔几天还要清理室内,放一束花。总会有人住进来,会有这一天的……"他握住她的手,闭上眼睛,"这像一个梦,一个梦……"

三

淳于宝册再次去矶滩角时,海边的推土机已经开始作业。他开着那辆吉普,离开很远就看到扬起的一缕暴土。还好,矶滩角这边总算好一些。车里没有其他人,只有一个大背囊,里面装了不少零碎,因为这次打谱多住些日子。他刻意让车子绕开轰鸣的机器,忍不住还要往那儿瞭,心里说:"我该把开机器的人扔进海里!"吉普直接停在上次泊车的地方,然后拎起背囊就去那个小店。老鲇鱼的络腮胡子更长更黑,这使他多少有点吃惊。"啊,老板儿来了，怪不得村边狗叫呢！"他上来接下背囊，嬉脸哈腰。淳于宝册揪揪他的耳朵："几天不见胡子蓬蓬的？""夜里机器吵得睡不着，胡子长得就快。狗日的。""你骂狸金？"他回身伸伸舌头："不敢。"

淳于宝册待在厢房里，很快感受了海边特有的凉爽。一股海腥味儿，但一点都不难闻。他想即刻见到那个吴沙原，预想中这个眼镜会与上次大为不同，因为短短几天内发生了两件事：一是两边村子有了大动静，二是对方接到了一大箱书，它们码上架子了吗？那将有长长一排呢。最后想到这件事让他心头一阵激动，啊，同时接到这书的还有另一个人，她会怎样看这精美的书籍及其作者？这是值得猜度的事情。他觉得心口那儿有些烫，噗噗跳。仅仅几天之隔，再次回返时一切都变了，这变化足以让对方大吃一惊，进而从头思量：空口无凭，让事实说话吧，这一排著作足以证明自己与那个老肚带之流完全不同。哦，让我们在新的基础上开始新的对话吧，这样也许有更多的共同语言。淳于宝册最后想的是欧驼兰，想她时而走神的大眼睛、她丰润的双唇。

肯定是老鲇鱼报告了村头，吴沙原赶在客人出门前光顾了。淳于宝册喜出望外，一边倒茶一边暗暗端量这个人。没什么显著变化，甚至看不出一丝急切和冲动。"感谢您送来的著作，好多！其中的一本以前在书店见过，读得不细。我会全部读一遍的！"吴沙原说。淳于宝册端茶的手一抖，为这人曾经读过自己的书感到惊讶，"请多批评，浪费你的时间了，也让你借此了解一下我这个人、我专注的事情。"吴沙原点头："这需要时间，但我一定会读的。欧驼兰工夫多一些，她可能会多读，到时候我们要交流彼此的看法。您真是了不起的人，知道您有著作，但实在想不到会有这么多、这么丰富！它们印得多好啊……"最后一句感叹让淳于宝册不知说什么好：夸的是包装。

他们只要一停止交谈，屋里就沉寂得令人难堪。吴沙原感叹过就不再说什么了。淳于宝册渐渐感受到这个人心中泛起的怨怒和愤恨。此刻绕开那件大事似乎是不可能的，但淳于宝册还是不想主动提到它。这样待了几分钟吴沙原终于开口了，这一次果然不再是什么著作的事，而是单刀直入："淳于先生，我上次拜托您的，不知结果怎样了？"

"结果是吵了一场，"淳于宝册没有直眼看对方，在有限的室内空间踱了几步，大声说，"老肚带可不是省油的灯，他身边那个娘们儿也差不多！我想仔细了解事情的进展、原委，他们就打哈哈，让我好好保养身体呀，来这一套。最后好不容易弄清了大概。原来里边十分复杂……"

吴沙原静静听着，目光垂下来。

淳于宝册盯住他头顶的两个毛旋说："老肚带说这是上级的统一规划，是城市化大格局中的一小部分，硬是摊在狸金头上了，也是我们的一大包袱。想想看，几个穷村子收进来，对我们一点好处都没有！我说那就干脆放手，咱不做两边不讨好的事，这就作罢！"

吴沙原抬起眼睛："作罢就是推土机开过来？"

淳于宝册像是所有力气都使尽了，肩膀塌下来："已经太晚了，都来不及了。这事彻底停下是不可能了，我也只好退而求其次，告诫他们，与相邻的两个村子不同，矶滩角是我朋友，只要是村子不同意的条款，你们绝对不可实行！除了帮助矶滩角发展，让全村变得更富裕,别的目的要一概打消,一个念想都不能存!"淳于宝册坐下,大口喘气:"这就是我所能做的了。我会盯住他们,一定会的……"

吴沙原淡淡应一句:"谢谢。辛苦您了。不过我想更正贵集团的一个说法,我们矶滩角不是什么'穷村子'。"

"这个嘛,是他们那么认为。可爱的村子,虽然……他们看惯了大洋楼,懂个鸟。咱们要的是世外桃源,冬天生个大火炉,夏天在海边摆烧烤摊子,赚过路人的钱。"

"董事长说得过了。我们矶滩角并非满足于这些,也千方百计谋求发展,正在做的事情很多。但我们暂时只想自己做,一点一点摸索,稳稳地做。我们不想和狸金一样,说白了是不想被你们兼并,我们害怕……"

"害怕?"淳于宝册站起:"害怕狸金?怕什么?"

"这个嘛,要说起来太多了。我们害怕失去'矶滩角'这三个字,它存在至少已经七百年了!还有,我们也不想失去这些海草房、铺了黑石的巷子。"

淳于宝册使劲拍一下吴沙原的膝盖:"所言极是!你想的和我一样,我也不想失去这些!那我们就一块儿,把它们全都保住怎么样?"

吴沙原缓缓摇头,看着窗外。

"难道既开发了矶滩角,又保住了这个'桃源',有什么不好吗?我们为什么不能利用和借助资本的力量呢?"淳于宝册提高了声音。

"因为我们不相信狸金,也不相信那些吹胡子瞪眼的大小人物。说白了就是这样。"

吴沙原说完这几句,有些轻松地端起杯子。

淳于宝册哼哼几声,喉部像被人捏住了:"原来是这样。那就没有办法了。那真的没有什么好谈的了。老肚带他们说的全是废话,不是吗?我想我能理解老弟,阁下你,如果你不介意,我想冒昧地问一句:狸金真有那么可怕?"

他瞪着眼睛,手拄膝盖,皱着眉头。

吴沙原出去方便了一下,回来时不知从哪儿搞来两个桃子,递过来一个。"既然问到了这个,那我得如实说了。据我所知狸金周围的村庄没有不怕你们的,你们先后兼并了五六个村庄,这些村的人逃掉了好多,一些家庭也受到牵累。靠近化工厂的三个村子几年内患病率上升,其中癌症患者是过去的好几倍!有不少失踪的人,其中最多的是女性!全市最大的水源地被污染了,两条河里没有鱼,连草都枯了,治理三年没见一点成效。狸金下边一个公司还开了赌场,有外国人,说白了不过是半遮半掩的声色场所。你们有自己的武装,警车一响让村里人发抖!董事长先生,我只挥要说了一点点,本来也不敢说、不想说,可今天又不能不说。我想请您换位思考一下,如果您是海边一个小村,它存在了七百年,能甘心被这样的集团一抬手兼并,成了它们管辖的一员?"

淳于宝册紧咬牙关听下去,最后额上的脉管鼓胀起来。他擦了擦额角,换个坐的姿势,冷冷地看着对面的眼镜。对方说完了,或者不想再谈下去,又像刚才那样垂下头,头顶露出了两个毛旋。为了平息心中的冲动,淳于宝册把一直攥在手中的桃子塞到嘴里,狠狠啃了一口。"这桃子好甜,村里产的?""海边水土好。"

淳于宝册细细咀嚼，一个桃子吃完了，揩着手。"老弟怎样说都可以，一根直肠子比什么都好。以我的身份为狸金辩白是愚蠢的，不过总还得说两句。任何事情都得两面看，狸金创造的价值、完成的利税用不着我说了。它彻底改变了一个地区的面貌，为多少人提供了就业。粗人才能干大事，他们当然少不了招惹一些人，可是手里没棍棒，驴子是管不住的！污染一定会治理，这个过程刚刚开始，就像所有工业国家走过的道路一样。你列举的事儿有些吓人，可见下了一番功夫，不过恕我直言，一个集团和一个人都是一样的，谁的劣行罗列到一起都够它喝一壶的，况且是望风捕影！亲爱的阁下，你也是管理一个村子的人，知道事情要做好有多么难、多么棘手……"

吴沙原不以为然："每个人只有一辈子，他们等不到你们那个更好的'过程'。毁掉的是大家的水和空气，赚的钱全归了你们，这哪里有理可讲？如果等价交换，为生命抵偿，那也恕我直言，你们狸金创造的所有财富再加上几十倍上百倍，都不够还债的！"

淳于宝册站起："集团贡献给国家，利税就是贡献，这是真金白银！"

"你们从银行大把大把贷款是天文数字，这也是真金白银！你们搞定银行很容易，你们搞定税收更容易！算了吧淳于先生，咱们不要算这笔蠢账和糊涂账了，这辈子都算不清的，心知肚明最好。"

淳于宝册嘴角颤抖，盯着这个瘦削的眼镜，一时无言。他一手按在起伏的胸部，一手去抓茶杯，对方递过来。他在接过杯子的一瞬突然明白过来：自己多少有些失策了，竟然被对手激怒，像条小鱼一样浮上了水面。有些话应该由那个大肚子说才好……他有些后悔,轻咳几声,抬起头:"我们说到了哪儿?"

"我刚刚在太岁头上动土呢!"

"哈哈,好幽默的老弟!你知道刚才我有多痛快吗?我心里想,总算有人敢说句实话了。我怎么看狸金?我又不是傻子。可能这世上最恨最爱狸金的都是我了。我和一帮人一起拼死拼活创造了它,而今却无法与它相处。我要过自己的生活了,你慢慢会明白的。未来与你成为挚友、与你站在一起的人当中可能就有我。你说得对,有些账一辈子都算不清的,那就让我们先搁下它,说点别的,说说我们自己……"淳于宝册站起来。

吴沙原坐在那儿一动不动。

淳于宝册拍拍脑袋,"哦"一声开门出去。他招呼店主为他们准备几个简单的菜,亲自点了腌花生和小咸鱼之类,还要了一瓶白酒。

四

两人喝酒时话不太多。这种劲道很大的当地白酒淳于宝册并不愿喝,他看看吴沙原,发现对方比较主动地喝掉了两杯,嘴上湿漉漉的。他料定这个人心情沉重,带着重重的心事喝酒。"海边人都嗜酒,而且习惯于烈酒,是不是这样?"他问。吴沙原点头:"过去是这样,现在不太出海,酒量也减了。"淳于宝册明白,这是说近年海里鱼不多了。他想到老肚带曾经说过要组建远洋捕捞船队,但这时候忍住了。"我多么希望你百忙中读一下拙作,那里面装了我太多心事,就当是彼此交谈吧。"他与之碰杯。吴沙原再次一口饮下："一定仔细拜读，我太好奇了。"淳于宝册一阵高兴，就喝干了杯中的酒。

一瓶白酒倾尽，有些多了。络腮胡子趴在窗上看了看，送进一摞烧饼。他们不再说什么，一人抓起一个饼吃起来。吃过饼，两个红脸人分手时，都觉得双腿有些轻飘。吴沙原离去前扔下一句："好好睡个午觉吧，下午去欧驼兰那儿喝茶。"一句话让淳于宝册心跳加快，嘴里连连说好，然后轻而又轻地合上门。他倚在被子上出神，心里问："你读过了吗？你会读吗？我做梦也没想到它们有一天会摆上你的书桌……"这样问着，恍恍惚惚睡着了。

他在梦中看到了一条白色游艇驶在碧蓝的海面上，犁开浪花，自己和一个穿了藕荷色连衣裙的女子并立船头，彼此相挽，海风撩起她的长发。好甜的一个梦，醒来品咂不已。已经是下午三点一刻了，他不再赖床，细细地洗漱，把长得过快的胡楂刮了一遍。出门时觉得身上的夹克有些过于簇新了，但也只好如此。

淳于宝册想约上吴沙原同去，敲门无应，就独自走去了。这个时辰的小渔村还安静着，街上没有人声，唯一令人厌烦的是远处隐约传来的推土机声。有一只洁白的海鸥趴在前边的海草屋顶，正守护着欧驼兰的房子。他举手问候，它不理不睬。笃笃敲门，由轻到重。屋里有说话声。门开了，她微笑着，发出轻轻的一声"啊"，算是欢迎。浓浓的咖啡香气中，吴沙原像条抢滩登陆的船那样锚在桌边，手里端着杯子。"我又晚了。"淳于宝册咕哝一句坐在对面。这儿还准备了红茶，女主人取了放糖的茶，两个男人喝咖啡。淳于宝册最先寻索的就是那排庄重的小牛皮封面的书，啊，它们果然码在女学者的架子上，有些过于醒目了。"淳于先生把我们吓着了。

我还从来没有印刷过这么精美的一大套书呢！"

欧驼兰虽然这样说，语气里并无惊奇。淳于宝册这会儿一阵深悔：也许自己过于张扬了，就像一个乡巴佬穿上了笔挺的西装，人家在心里笑。他脸上有些烫，想吐一句谦词却张不开嘴。从迈入这个洁净简朴的居所开始，他即费力地驱除身上的拘谨。而吴沙原那双丑陋的破凉鞋缝隙里放肆地露出脚趾，这会儿还跷着二郎腿。这个人酒意未消，耳轮那儿有些红。接下去淳于宝册问了女主人十分唐突的一句：

"您还会在村里住下去吗？"

一句吐出才觉得后悔，其实真正想问的是："您的大作完成得顺利吗？"

欧驼兰毫无耽搁地应道："是的，会住一段时间。这里工作起来效率高，环境好，也方便实地考察。"

吴沙原赞许地看着女学者，目光平静而自信。淳于宝册留意到这目光，转向他说："这是对矶滩角最高的奖赏。""是过誉，人家不嫌弃就好。"吴沙原淡淡应着，品着咖啡，"我倒希望她一直住下去，这就不光能找到人谈书，商量事情，还能喝到最好的名牌货。"

吴沙原笑了。淳于宝册很少看到这个人的笑容。不错，这家伙有理由得意。他注意到"商量事情"几个字，暗暗惊叹：怎么以前就忽略了这个事实，他们本来就是无话不谈的一对朋友，也就是说，吴沙原对狸金的坚拒少不了这个民俗学家的支持。这真的是一对雌雄宝剑。他环顾屋子，想看到女副总提到的那件奇物，即绣了一半的鸳鸯。没有，"这种东西要有也藏了起来。"他心里说，

老 船

不由得在两个人的脸上飞快扫了几眼。没有什么异样,炽热的爱欲啊追逐啊,藏得一丝不露严严实实。越来越口渴,这是烈酒和其他缘故导致。大口饮下咖啡,再续一杯红茶。锡兰产,涩涩的香气。

"我有许多问题要请教,只怕打扰您的工作。"淳于宝册声音低沉,透着谦卑。

欧驼兰仰脸看他。她的脖子比一般人要长,洁白的长颈让人想起羊。准确点说她让他又一次联想到羊驼这种动物。她晶莹的牙齿微张,露出了宽容而亲切的笑意:"客气了,这里随时欢迎你们。"淳于宝册在心里苦笑:人家欢迎的是"你们",也就是说两个人同时来才行。他马上意识到自己与吴沙原的不同,人家可以随时驾到。而且他们还曾一块儿穿着很少的衣服到海里游泳。夏日的白沙啊,丽阳啊,都让他们好好享受了一番。

"我常常回味去年冬天在您这儿听到的拉网号子,回去也做了一点儿功课。原来这一带,我是说半岛的西部和东部,更不要说对面那个岛了,从调式到词儿是那么不同。我这才知道它成为一门学问的缘由……"淳于宝册缓缓说着,每一个字都尽可能放得稳妥而沉实,并且显得不那么外行,不是无话找话。

欧驼兰吸吸鼻子,这个动作让人想起了冷飕飕的冬天。她有些深长的鼻中沟随着用力抿嘴而翕动,鼻翼也活动了一下。这是她注意倾听时的习惯模样。"啊,是这样,它们跟渔事紧密相关,也涉及地理和民俗,我们在那个冬天说过。近来我又整理了半岛最东端采集来的一些号子,那真是太不一样了。"她说。

"所有的号子都来自生产活动,不过它们可不光是实用的……"淳于宝册重复了自己在书中读到的意思。

吴沙原插话："那当然，这里还有艺术的升华，有审美的产生。不过这只是研究者要解决的问题，喊号子的海上老大并没想那么多。"

淳于宝册转过身盯他，觉得这个眼镜确是一个嗜读者，竟能轻轻松松吐出"审美"两个字，而且没有一点海腥气。

欧驼兰点头，一脸的郑重："是这样。不过他们打鱼人放声嚎唱那会儿，首先自己是愉悦的，他们享受这种表演的快乐，同时也享受劳动和丰收的快乐。"

"打鱼可不是表演。"吴沙原说。

"他们沉浸在号子里是兴奋的，有时可以达到忘情的地步。我听村里老人说，一旦围上了观看拉网的人，喊号子的声音就高起来，有时还能临时插进一些内容。这没有表演的性质吗？"欧驼兰的口气有了辩论的意味。

吴沙原耳轮的红色不知何时消退了，声音变得洪亮："忘情？我可从没听说喊高兴了会耽误打鱼，相反号子越响干得越来劲儿，大鱼活蹦乱跳一斗斗撮上来了，一岭岭堆在苇席上……"

淳于宝册惊讶于这个人的逞强之心：在如此迷人的女子面前也要占个上风！后来才听出这家伙在故意挑逗，那是对两人亲密关系的变相炫耀。他佯装出一副死心眼的模样问吴沙原："难道表演不能提高劳动的热情吗？文艺理论家们不是经常说'用好的作品鼓舞人'吗？"

吴沙原干干脆脆一挥手："拉网号子不是'作品'。"

欧驼兰笑了，但随即板起脸，看着他："您错了，这是劳动人民在生活中创造的最优秀的作品，它们可以是不朽的。"

吴沙原顽皮地撇撇嘴:"老天,这是你们书呆子才说的话,我们矶滩角的人做梦都不会想到这么说。大鱼快上岸了,还扯什么淡,呼啊喊地弄上来算完。当然了,那时喊得也来劲。现在不行了,机器船进海作业,鱼也不多了,拉大网起号子的事再也别想了……"

"所以说,"淳于宝册看看两人,"对拉网号子的研究其实也是对文化遗产的保护,这个工作的意义太大了。是吧?是的是的,我以为是的。"

吴沙原瞥瞥欧驼兰:"保护文化这事儿慢慢来,对我来说,最急的是保住矶滩角。推土机在半夜响起来,这个鬼主意肯定是一个丧心病狂的人才能想得出,那是故意让海边人打个扑棱从梦中惊醒,然后出一身冷汗。欧驼兰女士,您知道这事的后果有多严重吗?我们这时候还在谈什么拉网号子,是不是太奢侈太不合时宜了?"

欧驼兰"哦"了一声:"对不起,是董事长提到这个的,对不起……"

吴沙原的耳廓又红了,盯着淳于宝册:"他当然有这样的心情。他很高兴。他会欣赏您对拉网号子的一番高论。可我、矶滩角的老百姓,这些日子没有一个人还有心情再唱号子!"

淳于宝册这会儿反应很快:"你错了阁下,那个络腮胡子还为我唱了新收集的号子呢!如果你这会儿叫他来,相信还会听到的……我,真的不是你想的那样,请你相信我这些天说过的话,我们的共同语言将远远大于分歧,我们甚至可以一起想想办法。"他说到这儿看了一眼欧驼兰:"对不起,请原谅我们的失礼,我是说,我们不该在您这儿争论……"

欧驼兰的神色让淳于宝册吃了一惊,因为出乎意料的是,她这时脸上倒是闪过了一丝歉意。这再次提醒淳于宝册:他们的关系比自己所能想象的还要亲密。

五

室内落满了浅浅的橘红色,快要接近黄昏了。剩下的这段时间里,三个人都注意保持融洽的气氛。他们开始说一些轻松的话题。欧驼兰问到淳于宝册住在村里习惯否?这里的生活条件肯定比狸金差多了。淳于宝册表达了这样的意思:像您一样,都是因为打心眼里喜欢才要一次次来,而且住下去就不想走。"我跟沙原先生说过,我已经基本上脱离了集团的工作;您从这排拙作可以明白,我是多么迷于写作!阴差阳错或误入歧途,我竟然进入了实业。就像人要叶落归根一样,我又回到了原来的心愿和迷恋上去。我的时间紧迫,所以,在这个童话似的地方,遇到了你们二位,这对我是太重要了……"

"您真是让我吃惊,"欧驼兰再次表达了接到这些书的讶异,"那天我打开来见到您的名字,心想,这有点像变戏法似的,要知道您是掌管一个大集团的人,还写下这么多!而我一直在做专业著述和研究的工作,到现在为止才出了三本小书,最新的这本已经用去了三年多,还在半路上呢。"

"那是根本不同的!我远没有您那么严谨,只是业余划下一些文字,很拉杂……实在需要勇气才能端到您的面前。不过它们毕竟是自己的真诚流露,包含了我的心血。"

一直闷着的吴沙原咕哝一句:"浪费了多少时间!"

淳于宝册想听他说下去,却再也没了下文。他想知道吴沙原在嘲弄他写书浪费了时间还是其他?这家伙也可能指三人的交谈是浪费时间。不,这对于自己分分秒秒都是珍贵的,因为这种切近的交流和倾听,与这个民俗学家同处一室,是多么难得的机缘。他甚至将与她结识以来的几次会面,放在整整多半生的时间里去打量:实在是太短促太短促,也太晚了。她说话的口吻,还有目光,以及其他说不清的某些气息和声音,都让他沉迷和神往。

欧驼兰说:"我只看了不多,了解到许多新的知识,它们信息量大,文字也整齐。您的世界十分丰富……"

吴沙原咳着,像被水呛住了。

淳于宝册看着她,用心捕捉每一个字。这是来自她的评价,每一个词汇都是让人心动的界定,需要好好品咂。"信息量""整齐""丰富",他将它们一一收在心头,码在一个地方,一遍遍打量。"整齐"二字是送给老楦子那一伙的,那人对自己的一帮人马向来要求严格,他们既要忠实于原作者的语气和意思,又绝不能容忍一个病句。是的,所有意思都来自作者,稍有不同的是文字上经过了一次次扩展、充实和补充,依据他许多场合的谈话。他曾经在清闲时拿过清样改得密密麻麻,这着实让一帮秀才们自愧不如,认识到花拳绣腿的文风是多么可怜。他时而落下的几个妙句,其直率简洁中透着锐利和灵动,总是直取本质!老楦子大呼叹服,把几个眼镜后生召到一块儿开会,说看看,瞪大眼睛瞄准了,这才叫才华,这才是董事长的手笔!淳于宝册反过来又受到新的激励,脑子进一步活泼起来，常在半夜失眠时记下一些纸片，在旅途中也不例外。有时他甚至把整整一段梦语复述出来，让两个女速记员大为诧异：这分明是人世间最奇特最古怪的想象啊。

欧驼兰稍稍走近吴沙原说："这些文字涉猎广泛，其中有政论，有经济；更有趣的是一些情节描述，让人想起虚构小说。我最感兴趣的就是这一部分，它们写了乡村、山区里的故事……"

淳于宝册知道她说的是什么。啊，那是他的一些零散回忆，有时在小餐厅，有时在晃晃荡荡的车子上，都是随口讲给别人的，他们全记下来了。往昔一闪而过，童年、少年、青年，我所有所有的岁月啊！"就我们三个人来说，各自拥有多么不同的经历，我们大多数人对往昔守口如瓶，而我，却是完全不同的。我愿向朋友，特别是自己所爱的人，毫无吝啬地敞开心扉！"淳于宝册心头热辣辣地涌过这样一番话，但只是抬起眼睛注视了欧驼兰一会儿，没有吐露一个字。就在这一刻，他认定这个民俗学家比吴沙原更好接近，而且会有更多的共同语言。只要有一些合适的场合与机缘，他和她将有滔滔不绝的交流。比如，他们将不约而同地谈起各自的童年……他的眼睛又一阵热烫。

吴沙原这会儿耳轮上的红色完全消退了，人也冷静了许多。他对欧驼兰也是对淳于宝册说："我会好好读的。这么多，嚯咦，够我读一阵子了。可惜近来事情太多……妈的，近来，啊，会读的！"

可能是这个人不小心吐出的脏字，让欧驼兰微微一笑。淳于宝册注意到，这会儿她投向他的目光里有一丝痛怜。这个判断不会错的，这个女人爱上了这个瘦干干的村头儿是肯定了。淳于宝册就近观察着这个"小知青",再次感到了迷惑:没有英俊的面庞,没有发达的胸肌,短发,眼镜腿还破损了一只……真的没什么超人的吸引力,甚至是平平常常。唯有突破平均数的,是此人的嗜读,倔强,哦,还有亲民。这家伙为了自己的村子硬是拼了命地干,与整个矶滩角结成了一体,让他们死心塌地追随他信赖他。这就能让他为所欲为,对抗一切,死缠烂打。淳于宝册叹了一声。

吴沙原和欧驼兰对视一下。欧驼兰说:"啊,天不早了,我们该一起吃饭了。我想请你们二位,到村东的小店。"吴沙原说:"没意见。"淳于宝册摆手:"该我请了。不好意思让你们破费。"吴沙原歪头对欧驼兰说:"让淳于先生请吧,他是老财东。"民俗学家执意要请他们二人。淳于宝册犹豫了一下,提出了一个交换条件:如果是这样,那么他有一个不情之请,就是在二位认为合适的时候,到自己那儿做一次客。吴沙原没等欧驼兰表态就拒绝说:"还是不去那里的好。"

淳于宝册郑重地对他说:"不是狸金请你们,是我。如果您想把我当成一个朋友就别让我伤心了。"

吴沙原为难地看着欧驼兰。最后还是吴沙原开口说:"那好吧,我们就算说定了。"

第十四章

一

　　手持紫色药罐的老人又出现在东厅，徘徊一会儿才离去。锁扣遇到迎面走来的蛹儿，交换着不安的神色。只要秋凉迫近，所有人都未免忐忑。他们扳着手指计算入秋的日子，盼着这一次能顺顺利利地度过。昆虫和小溲默默无声，眼神里都有一句询问："今秋该不会有事吧？"最能接近这个谜底的大概是那个老人，其次就是蛹儿。有人曾暗中做出一个推论，说艾约堡当年就是因为接受了老中医的指点，才特意找来了蛹儿，以接替离去的老政委。令人失望的是这用心良苦的安排并未奏效，最终也没能把来势汹汹的疾病挡在艾约堡门外。

　　那场晚宴将成为一个特别的日子被人记忆。客人只有一男一女，虽非达官贵人却享受了空前的礼遇。几乎没人记得近年来东厅派过类似的用场，那里的壁炉除了一次中秋晚宴用过，至少凉了五年，灰烬扫得干干净净。那两位客人走了，天随之变冷，阔叶树全部裸露，只剩下一些冷肃的针叶植物。紫色药壶冒出的气味笼罩了每一个角落，花君在铺满干草的厩里打嚏，一种混合的气息漫过大厅，令人烦躁。人们一大早各就各位，矜持的神情遮掩着慌促。蛹儿从三楼电梯下来，一双令人生疑的长眼睫眨动着，脸上泛着鲜亮的光泽。"紫药壶怎么端去怎么端出，已经许多天了。"锁扣小声对昆虫和小溲说了一句，声音里透着宽慰。

那次晚宴好像划出了一道刻痕，把这个秋天分成了前后两个部分：前面是匆促错乱的紧张，后面是突然松弛的沉寂。主人毕竟有了一把年纪，在接连奔波和沮丧欣悦的交织中感到了疲累，一连三天埋头大睡。夜里没有任何异样。"他睡得很香，呼吸均匀，像个年轻人。"蛹儿据实向前来探问的老中医汇报。果然，淳于宝册一口气睡过了三天，第四天刚过九点人就下了楼，带着好心情问候了每一个人，然后去用早餐。在餐厅里他说出了许多俏皮话，老肚带身边的几个人成为取笑的重点。

早餐后很长一段时间他要待在图书室，请蛹儿一起。这让她想起在书店初识的日子：分别坐在自己的角落，既享用了嗜读的乐趣，又收获了丰厚的爱情。当年在无数书籍烘托下的特殊氛围中，两人之间每一句话每一个动作都很难忘记，即便静默时也有心语悄递。那些日子好像并未远去，它仍然滞留身边。

"这场招待算是一次还账，喏，就是人情吧，以前麻烦这两个人太多。"淳于宝册放下手中的书。她过来斟茶，说："一个村头儿来赴宴还要带上女友，派头大了些吧。""没什么，她只是村里的一个客人，住久了。不过他遇到事情或许会听听她的意见，人家经多见广嘛。"蛹儿想问一些细节，比如认识他们多久了、去了几次海边渔村等，还是忍住。她知道狸金的海边开发项目已经有了一段时间，奇怪的是这个人很少在自己面前提到它。淳于宝册不再说什么，站起来走了几步，像弹琴那样在一排书脊上拍打几下，又找到了那本情诗，翻了几页："人哪，没有爱情什么也办不成，有了爱情麻烦也就来了。老天爷捉弄人的最好办法就是让他去爱，然后看他昏头昏脑打转。"

蛹儿不知他在说那个"小知青"还是自己。她忍住了没有点破：许久以来他的苦恼与焦躁，还有起起落落的情绪，都与那只"小羊驼"有关。金海岸与她同时出现了，这二者究竟哪个更重要？如果这会儿问他，对方的回答一定是"全都重要"。她可不会轻易相信。她知道从现在到今后很长一段时间，狸金的主人都要面对矶滩角这道难题了。尽管他不说，她也知道它太棘手，难度似乎超过了自己的想象。她有些恍惚：那是多么小的一个渔村啊，这个闯过无数激流险滩的人竟然为它犯愁，不能不说是一件费解的事情。唯一可能的解释就是"爱情"，天哪，它竟然在这时候出现了。

在她沉默的一段时间里，淳于宝册抬头谛听。他仿佛透过逼人的寂静听到了什么，啊，刺耳的推土机在响。他喃喃自语："冬天就要来了，小渔村要过个安静的冬天，这样轰轰隆隆太不应该了。""您说什么？""我想让海边停下来。""不做了？""不，至少挨过这个冬天……"他让她马上联系秘书小白："让他告诉老肚带，海边的事先放一放。"蛹儿提醒他：老肚带和女副总已经去了南方："他们这会儿还在飞机上呢。"淳于宝册两眼发直，念叨："嫌吵的不是别人，是我……"

蛹儿料定他这个冬天还会去那个小村。那儿没有取暖设备，海风湿烈，可不是一个年近六十的人的好去处。但她知道没有谁能改变这个人的主意，他会独来独往，连个照顾的人都不带。她多想在这个冬天一直陪着他，在那个小渔村里为他做煎鱼、熬香喷喷的鱼汤。她叹了一声。

三天以后老肚带回来了。他一出现在东厅就抱怨："有些事情不得不领上她，可她说话太不得体了。唉，没有办法，学历太低了。"淳于宝册知道他在说女副总,一听到"学历"两个字就板起脸:"有些事粗人才能办好,俗话说'寸有所长尺有所短',这个你未必能懂。"老肚带瘪着嘴:"那倒也是……昨个接到您的指示,我立马让海边修路的停下来了。""你知道我宴请了他们,贵客嘛,总得给一点面子。我这个冬天还要去那里多待些日子。"老肚带听了嘶嘶吸气:"啊呀,海边冻死人不偿命,您可得思量……"

淳于宝册长时间端量淳于芬芳:这家伙没有再胖下去,但眼睛里闪烁狡黠,鼻子有了鹰钩倾向;那条永远不变的宽大腰带仍然是全身最触目的物件,让人想起一位重量级拳手。"很可惜,有些事你不明白,不是那块材料。"他随口说出一句。老肚带弓着腰:"是的,不过我会按您的意思办。您住哪个店,是不是先让人安装取暖设备?""不用了,我要试试冷冻健身法。"

二

矶滩角的风果然很大,也冷了许多,简直不像秋末。老鲐鱼见背了大包的淳于宝册敲门进来,欢天喜地,哈着气接下行李:"住这里委屈了您,不过今冬是不会让您挨冻的。"他指指大炕和桌椅:"怎么样?"原来炕上铺了崭新的被褥,桌上搭了洁白的网罩,还添了两把椅子。"一到冬天,我就会在炕洞里架上烧火,这屋里一准暖融融的,您看书呀会客呀就舒服了。"他回身端来注满水的新瓷壶,笑眯眯地凑近一点:

"老板儿,这回我可要让您高兴一次了,保准您听了会恣的。"

"有了新的拉网号子?"

"那个,比那个要紧多了。你们不是一直为号子里提到的'二姑娘'发愁吗?这孩子我还真找着了!"

淳于宝册一愣:"她真要在,往少里说也有几百岁了吧。"老鲇鱼不高兴了:"咦,老辈传下来的东西都是有鼻子有眼的,那时候人比现在靠谱儿。我这么琢磨,一遇到上年纪的就打听,后来总算理出个眉目来了。我这功夫可是为您下的啊。"淳于宝册点点头:"成,连同你上次唱过的号子,最后结账一起清吧。"老鲇鱼大嘴咧开了:"这是我从东边二十里外的一家亲戚那里打听来的,他年轻时当过海老大,吆喝一声吓得鸡狗不语。得了,我今晚上细细说给您,再白送一段新号子。"

淳于宝册在想别的,问:"吴沙原主任怎样了?他这些天还好吗?""也就那样。反正闲不住,村里事太多。本来我们矶滩角靠春夏秋三季游客就能赚一大笔,今后就难了。""为什么?""东西两边又拆又盖地闹腾,暴土扬扬的,谁还会来这里。"淳于宝册不再问。"上级又来村里开会了,还找了几个群众代表了解情况,其实是摸底,怕村头谎报军情。""谎报了吗?""怎么会。村里人都怕狸金,躲闪还来不及,怎么会引他们进来?另外两个村也跟我们差不多,只是村头叛了,老百姓也就没有办法。被喊去的几个代表说,俺就住这海草房了,高楼大厦留给你们吧。他们听了气不打一处来……"淳于宝册打断他的话:"狸金的名声真有那么坏?"老鲇鱼瞪着眼看他,这才后悔,拍拍头:"啊,狸金名声不好,老板儿好啊,我走哪都说'咱见老板儿本人了,那真是一个礼礼道道的好人'。"淳于宝册不想谈下去了。

午饭就在旅店里用。中午稍稍打个盹,醒来第一件事就是找吴沙原。他总觉得有太多话还没来得及聊，关于自己，关于对方。奇怪的是他觉得这多半生的肺腑之言，真的要在这个男人面前吐光了。他嫉恨这个人又喜欢这个人，想让其难堪又担心其受苦。"人老了就变得婆婆妈妈。"他心里这样说，想起来了二十多年前对另一些人是怎么办的：只要有人敢拦狸金的路，那就绝不客气。老政委夜间抚弄他一头鬃毛说："人到了紧要关头就得这样。"他无法看到自己暴怒的样子，据她说那鬃毛都一根根变直了。他去了吴沙原那儿，扑了个空。往回走时拐个弯，沿着黑石小巷往北走。

　　海边上的草顶长寮还在，不过里面的桌椅之类已经堆到了一起，看起来准备过冬了。这里的天冷得早，有点可惜。他望着能见度很好的大海深处，毫不费力就捕捉到那个最大的岛。回忆上次和蛹儿一起登岛时的所见所闻，特别是参观鸟类博物馆的一幕。对吴沙原来说，爱与痛就在对面的岛上，这种日子实在不好打发。

　　几个男孩在水边捡着彩色卵石，喜欢一阵又抛进海里。有一个胖胖的花花点点的红绿两色海星就在脚边，他小心地捏起，它一动不动。"或许已经死了。"这样想着，还是轻轻放到了水里。海边人很少，再往前走就剩下自己了。左边是那个高大的海蚀崖，此刻正是退潮时分，可以从崖下走过，一公里外就是另一个渔村了。他走着，一边看着脚下飞跑的小毛蟹，它们一边跑一边举着威吓的双螯。从崖下走出一个人，围巾飘飘，好像是个女的。啊，欧驼兰。

　　两个人似乎同时加快了步子。"是您，董事长先生！"她打起了招呼。淳于宝册站下，下巴那儿有些紧："天冷了，您该多穿一点。""没事，已经习惯了。我喜欢退潮时去崖下，那里的礁石刚出水，五颜六色漂亮极了。"她说着从包里掏出几个彩色圆润的卵石。

海蚀崖下

他感叹："太美了，比商店里摆的玉石都好。"他提议一起去崖下，她摇头："晚了，涨潮了。"他们只好一起往回走。

"您是刚刚到的？"她问。他说是的，这次带来了几本书，想在这儿清静几天。"您如果早来些日子，两边村子的推土机半夜里都响。他们搞野蛮施工。""这太不应该了，"他搓着手，"现在净是这种事情。"她不再移步，转脸看他："我一直想问您一句，又觉得这是狸金和村子的事情。我想说的是，海边这些历史悠久的海草屋全都推倒，那该是多大的遗憾！就它们形成的年代来看，完全值得申请遗产保护了！我对这一带海岸比较熟悉，知道保存得这么好的黑石小巷、老式海草屋已经不多了。更东边的村子早就实行过村落改造，地上是水泥路，墙面也贴了瓷砖。您是个写了许多著作的人，会理解这些，我想说的是，您为什么不去阻止狸金？"

淳于宝册每一句都听得仔细。他甚至在短短的时间里被说服了，而且没有任何异议。他知道对方一定随吴沙原看过了老肚带展示的规划图，甚至看过沙盘：西式小区、游艇码头、高级会所、现代泳场；当然，还有特意保留的一些海草房。他想说这出自西方顶级设计师之手，是上上下下无不为之惊叹的未来，可顿了顿还是没有说出。有什么不对劲儿，那张闪闪发光的图片好像一旦落在海边，显得太突兀也太陌生了。他正想着怎么说，对方开口了：

"你们要实施的那个计划，在许多地方都差不多。可你们要摧毁的这几个小渔村，走遍大江南北都很难见到。我痛心，只不知该怎么做。那天，在您高雅的宴会厅里我才明白，您为了欢迎我们点燃了壁炉，可那天温度一点都不低。这只是出于一种新的仪式或礼节，但并不适合……"

淳于宝册有些尴尬。他尽力冷静自己,想着所有理由。她停下来不再说什么。一群海鸥迎着东北风往上一旋,落在前边不远的沙岸。有一只躯体修长的鸥鸟往这边踯躅,直着脖子看过来。"我们非常感谢您那天的热情款待,也见识了艾约堡。"她加了这样一句,作为刚才的弥补。淳于宝册说:"啊,哪里哪里。"女学者又一次不自觉地代表了两个人答谢,这让他心中怅然。他回身看着海蚀崖说:"崖西和这边会有不同,这里不仅要保留一些海草房,还要建一座民俗博物馆。后者是我提议的,他们总算采纳了。这个馆在将来应该是当地的标志性建筑。"

"保留的那一点太少了,等于留了几个民居模型。我们希望几个村子全部保存下来。不然也只有在民俗博物馆里才能看到过去,是不是太可惜?这事儿要挽救还来得及,您的作用比我们任何一个人都大,可以说是关键作用。"她直直地看着他,又垂下眼睛。多么浓的睫毛,像假的差不多,问题是它是真的!淳于宝册有些急促地回应:

"您,您说得有道理,我基本同意。您可能不信,我在集团内部也表达了类似的意见。可公司联席会上的主调不是这样,加上地方主导,唉,有些理想真的无法实现!我当然欢迎这三个村子加入狸金,但不是把它们一口吞了消化掉,而是让它们一直活生生地存在,就像这道金海岸一样……"他说得有些动情,停下时还在心里自问:"是的,难道这不是我的真实想法吗?"

欧驼兰的眼睛眯了眯,不知是为了抵御海风还是一个习惯动作。她扫了他一眼,不再说什么。他们继续往前,一直走到那个闲置的草寮下边。淳于宝册声音放低:"还记得那个夏天,我们下了飞机赶到海边,就在这儿遇到了您,您和他坐在那个位置。"他伸手指了一下。"您的记忆可真好。""不是记忆好,是太让人难忘了。"她抬起头,马上被一对目光烧灼了一下。他迅速转脸看远处的海岛,咳了两声。天色有些晚了,橘红色铺展在海岸上,西部出现了絮状彤云。两人都觉得该分手了,临别时淳于宝册想到了一个提议,说:"您如果晚上有时间,咱们一起去吴沙原那儿怎样?开店的老鲇鱼搜集了'二姑娘'的故事,我们一起听听?"

欧驼兰那对离得有些远的眼睛一亮:"是吗?那太好了!"

淳于宝册走开了。他心里想:我更愿领着老鲇鱼去您那儿,因为您才是这方面的专家。

三

"我注意到两边村子的施工停下了,谢谢您!"这是吴沙原见到客人的第一句话。淳于宝册没有正面回应,而是转身看那几个书架,弓腰仔细看着书脊,故意将自己那排触目大作忽略过去。"啊,写丛林的,战争大全,动物故事,公司法和……爱情诗!"他小声念着,将诗集抽出。这本书他和蛹儿一同读过,甚至认为凡是着迷于这些句子的诗人,必定是一个心中拥有大爱而不得的人,无论男女。他试着说:"你应该推荐给那个民俗学家,保准她喜欢。""为什么?""三十多岁了,还没有个伴儿。"吴沙原脸上凝住了冷笑:"这就不是你我该操心的事儿了。人人都有自己的打算。"说到最后一句脸色肃穆起来,让淳于宝册想到了岛上那个小女子。"我们真的一样呢,是两个不幸的男人。"他心里闪过这样一句,把诗集插上书架。这会儿他才发现:那套簇新的著作中有一本夹上了书签。这家伙真的忙里偷闲看过了。

吴沙原不愧是个洞察秋毫的人,说:"大作又读了一些,内容可真多。你别说掌管一个集团,简直有治国安邦之才!"淳于宝册本想好好听下去,这会儿觉得有些讽刺的意味。对方又说:"其中还写到对爱情的看法,知道您是一个有情有义的人……"淳于宝册听到这一句,真想捉起那双瘦长的手。淳于宝册嗓子嘶哑了:"我说过,一个人所有的幸与不幸都是因为爱情,它很缠人……"

门响了,进来的是老鲇鱼。他喊着:"都这么早啊,我喝过糊糊一抹嘴就来了。"淳于宝册让他回头迎一下民俗学家,吴沙原说不必了。果然话刚停就有人敲门,欧驼兰来了。主人在桌上摆出两种饮料,还有一碟秋桃。欧驼兰从包里掏出一听咖喱蚕豆、一盒烤薯片。淳于宝册想到了包里有送给民俗学家的两件礼物:一瓶欧洲产红葡萄酒,一罐上好的咖啡豆。这将在一个适当的机会奉上。他觉得还应该带给这个村头一瓶高度白酒,来时竟然没有想到。

老鲇鱼知道今夜自己是主角,有些兴奋,未饮先醉地抓着咖喱蚕豆嚼着:"天底下还有这样古怪的豆子。如果不是大学问家拿来,我会以为是给海猪吃的东西。"欧驼兰笑了。吴沙原说:"乱说,掌嘴。"淳于宝册说:"今夜有一杯红酒才好!"他这样说,看着窗外吐放清晕的月亮。欧驼兰也看着窗户说:"多么好的空气!这个夜晚该去海边……"吴沙原说那就以后吧,只要我们愿意,这样的夜晚很多很多。他看着老鲇鱼:"开始吧,你从哪儿整来了'二姑娘'?唱吧。""不是唱,是说,末了缀一段号子。"

老鲇鱼清了清嗓子,突然做出要哭的样子,吸了两下鼻子:"大鱼吃小鱼,小鱼吃虾,虾吃沙,自古以来都是这个理儿。天下乌鸦一般黑,有权有势的人变着法儿享福。在千八百年前啊,咱这一带出了个俊闺女。俊成什么?猜猜吧。小猫见了不抬头,后生见了绕道走,因为害羞。传说年轻人迎上她看了,回家就睡不着觉,两腿在炕上打连枷,要死要活……"

吴沙原低下头:"太夸张了吧。"

老鲇鱼不理不睬:"想想看这是个什么宝物!这是咱劳动人民生出的好闺女,是吧?人穷志不短,儿女要双全!她就是海边三代拉网人的孩子,那一年十八岁,大眼忽闪忽闪,连上年纪的老人见了她都磕磕烟锅转身,不敢正眼看。她爹妈老实,叮嘱孩儿:好闺女别到外边,咱锁上大门织网!话是这么说,没有不透风的墙,最后还是让渔霸一家知道了。老渔霸让人为他张罗婚事,说这是最后一次成亲。"

三个人静静地听下去。

"这是闺女的一个大坎。爹妈一齐搂住孩子,生怕被人掳去。媒婆两头跑,回到老渔霸那儿添油加醋:'老爷赶紧差几个人抬来算完,抬来家就是小奶奶了。'老渔霸一拍大腿说:'来人!'麻绳和轿子一齐备下,一群凶汉吆吆喝喝出了门。老爹手握砍刀横在门口,闺女劝着爹,笑吟吟的。她坐上大轿,一帮人腿都软了,好不容易抬起来,歪歪扭扭抬回去。老东西端着水烟袋,穿着带寿字的衣裳来掀轿帘,一瞥见闺女就仰倒在地,再没缓过气来。"

老鲇鱼说得急,抓起杯子大饮一口:"他就这么死了!咱闺女没动一手指,谁也怨不着。要不说美女杀人不用刀嘛。渔霸的两个儿子四腿哆嗦，把人囚了。他们都想留给自己，谋划害死兄弟。老二先一步往老大杯里下了毒，没让他活过来。老二吃了甜饼，天不亮也死了。原来饼是老大送来的……"

吴沙原问："就这样了？"

"没，"老鲇鱼绷着嘴，"还没说拉网号子呢，你仨慢慢听。这闺女回家后又织起了渔网，可是奇事传得越来越远，有人一天到晚趴在墙头上，像大猫一样。闺女只好关到屋里干活。直闷了七七四十九天，她一摔织网梭子说：'我要出门！'谁也拦不住'二姑娘'，她大辫子上扎了红头绳，穿了碎花小夹袄，下身是条肥蓝裤。街上男人用袖口罩在脸上，看一眼闪一眼。她一直溜达到海边，一群人在那里拉网，见了她再也抓不紧缏绳了，网里的鱼全跑了……"

老鲇鱼喝口水，抓桌上的东西吃，说："遇到这么好的闺女，咱一点办法都没有。"一双大眼闪动着，像鱼眼。

四

"'二姑娘'时不时地出门。什么都是习惯，日子久了，为她要死要活的不多了，不思茶饭的倒不少。正经的人咬紧牙关，说：'这天儿真冷啊，让人受不住啊！'不正经的人嗷嗷叫，说：'这哪是人遭的罪啊，真不如死了好啊！'姑娘对本村哥叔从不怪罪，最舍不下的还是大海，一听拉网号子心里就发痒。有一天她又去了海边，海老大赶紧伸手拦下：'老天，你让俺打鱼的吃碗饭吧！'他一歪身子没拦住，眼见她走到一群打鱼人里去了。小伙子们一会儿蹦跳，一会儿趴在沙上。海老大哀求说：'好闺女快走开吧，他们一见你就害肚疼……'"

欧驼兰露出了笑容,小声赞许:"故事真有趣。"

"你以前听过?"老鲇鱼梦醒一般转过头。

"是的,内容不一样。这一带和东边流传的不同,不过都说她是个俊俏的海边姑娘……"她看看吴沙原:"故事的结局很重要。我们听听吧。"

老鲇鱼摆摆手:"这故事没有结局。"

吴沙原斜他一眼:"哪能没有结局?"

"我不是那意思。我是说这闺女的事儿还没完,到现在还没完……"

"那是怎么回事?"吴沙原觉得怪异。

"啊,是这么回事。后来闺女总是到海边,耽误拉网,海老大就找她爹妈商量,说快找个好人家嫁出去吧。村里都知道'二姑娘'要找婆家了,再也不能安稳,鸡狗不宁。可是无论谁提亲她都摇头:'不价!'就是'不嫁'的意思。爹妈劝她:'天下闺女哪有不嫁的?'她就是不嫁,一个人在海边来来去去。海老大说:'好闺女,你一来,满网的鱼都跑了!'因为拉网的人见了她身子就酥,那会儿怎么也抓不住绠绳了!这闺女聪明啊,她想出一个办法,让拉网的人全使用绊绳,一头拴上网绠,一头拴住身后的横棍!这法儿真好,所以从古到今都是这样拉大网,这是咱'二姑娘'的发明!从今以后她就在海边上随便来往了,听他们喊号子干活,大鱼堆得山一样高……"

老鲇鱼停下了。欧驼兰问:"这就是结局?"

"是这么着,后来男人们都知道她不会嫁人了,反倒高兴起来,

渔网库

为什么?"老鲇鱼说到这里摊着手,自问自答:"因为'二姑娘'等于是大伙儿的了!这么俊的闺女,单单归了哪一个,等于伤天害理!海老大对一帮拉鱼后生说:'都给我支棱起耳朵听好了,"二姑娘"是咱大伙儿的,谁也不准碰她,谁逾了规矩咱就捉了他沉海喂鱼!'就这么着,'二姑娘'到现在都是自由自在一个人……"

吴沙原"嗯"一声:"再后来呢?"

老鲇鱼张开大手:"她'仙化'了。"

"什么叫'仙化'?"欧驼兰身子微探。

"就是变了仙人。'二姑娘'如今是个仙人,专门保佑咱海边的人。她还是那副脾气,除暴安良,谁敢欺负咱打鱼的人,她在天上念个咒儿,那家伙就完了。"老鲇鱼郑重地宣告。

淳于宝册觉得头皮那儿悚悚的。

吴沙原说:"不错,'二姑娘'永远都是咱海边的福星,她在暗中护佑咱们……"

老鲇鱼吸着嘴角看看四周,细声细气说:"有人这些年真的见到'二姑娘'了!她还穿着那条一色蓝的大肥裤在海边转,是个大雾天……"

欧驼兰伸展了一下胳膊:"好故事。比起以前收集的几个,这个更有趣。真得好好感谢你的故事。"

月亮升起来。所有人都不再说话。淳于宝册拍了一下老鲇鱼的肩膀,记起了一个许诺:要为这次讲述付费。耽搁了一会儿,老鲇鱼回家了。淳于宝册提议去海边走走,三个人就一块儿出来了。

一天的星斗真亮!月亮掩不住繁星,一点点从夜幕深处透出。欧驼兰仰脸看着天空:"没有任何一个地方比矶滩角的夜晚更美!"吴沙原接答:"这里真的很好。"淳于宝册正想别的,这会儿附和:"是的。"他们踏得石路咔咔响,惊跑了几只猫。水浪缓缓扑打沙岸,有银色光点排成一串涌到近前,又一点点后退。海鸟在远处拍翅,更远处传来一声孤独的鸣叫。海蚀崖森森逼人。

三个人都不说什么。吴沙原捡起一块卵石弯腰投到海里,看着它在月光里跳跃,溅起一串水花。淳于宝册还沉浸在刚才的故事里,说:"我们夜间出来,说不定会碰到'二姑娘'呢。"欧驼兰点头:"会的。"吴沙原不无遗憾:"可惜她一直独身……"淳于宝册说:"我看这才公平。真正的美,大美,就该属于所有人。"

五

淳于宝册背囊里有一本诗集,每次翻开都浮想联翩。他认定诗是所有文字中最神秘也最容易变得无聊的东西。瞧这些句子虚虚实实,就像在手足无措的爱人面前言不由衷。说了什么、没说什么,只有天知道。魔鬼的语言,一个好魔鬼,它时常钻进心里。他多次想模仿它写上几笔,最后还是撕掉了。究其原因,认为最大的可能是小时候,也就是在李音身边时,老师并没有教给自己写诗。多么可惜!要知道人在世界上的某些时刻,除了使用诗句简直就无从表达。这不仅是爱,还有致命的哀伤,是它捂紧了人的嘴巴,咬啊挣啊,最后猛一张口唱出来哭出来。这大概就是诗的源头:从那儿开始,任其流淌,一路小心地绕过礁石,蜿蜒向前,直到抵达另一个心扉:爱你,千真万确。

他一大早撕毁了两张纸。总也不成。"我这辈子干什么都成:

小说家、政论家、企业家、在逃犯、阴谋家，干什么成什么，可就是当不成诗人！"他把书和纸笔掷到一边。

早晨起得早，算一算只睡了四个小时。老鲇鱼端了煎蛋和咖啡进来，这是按客人吩咐准备的。当他放下餐点出门时，淳于宝册一把抓住问："很早了，一直想问问你，家口在哪儿？"老鲇鱼一愣，答："她早就不在了，我现在一个人，不，"他用手拢在对方耳朵上，"我和一个'嘎乎'在一起，我常去找她。"淳于宝册问什么是"嘎乎"？"啊，就是相好的。不要告诉别人，这个，嗯，老板儿也有'嘎乎'吗？"淳于宝册笑得眼泪都出来了，使劲拍拍他的肩膀："妈的，这个谁没有！"

淳于宝册出门时紧了紧靴子带，似乎要走远一些。这只筒子稍长的皮靴不太适合远行，却让人显得有派，这是学老政委的。自从习惯了这种皮靴之后，他的脚臭明显地加重了，有时不洗脚躺到床上，与她比赛谁的脚更臭。他们身上总能保持洁净，唯独两脚是个例外。老政委说这总的来说是个良好的习惯，能够显示一个人大无畏的性格。就甩着这双奇臭无比的脚，他们有了女儿黑子，又有了儿子小四眼。老政委说："现在的人有了几个钱就娇气，这种坏毛病会让他们重新变成穷光蛋。"他们两人在这方面一拍即合，认为金钱作为一种坚韧而神秘的力量，可以用来办好这个世界上百分之九十的事情。至于那剩下的百分之十到底是什么，还需要研究。"这研究真是无穷无尽，比那个人的民俗学还要深奥。因为目标闪烁不定，就像在山沟里捉萤火虫，没完没了地折腾也没什么收获。"他想着老政委，狠狠地刹紧了带子。

淳于宝册想一直向西，去看看推土机留下的痕迹，顺便也考察一下那个村庄。他相信那儿没有一个人认识他。为了保险起见，他特意用一顶太阳帽遮去了鬈发，还戴了墨镜。当他走上街头时，竟有几个孩子嚷着："又有地质队来了！"他想摸一把糖果抛给他们，一抓口袋是空的。有两条瘦狗一直跟随他到村边，不再往前一步。秋末的田野有一层茸茸绿色，那是刚长出不久的麦苗。

他在村边站了一会儿，不知为什么不想走远了。沿着海边退潮时留下的印迹闲逛，不时抬头张望茫茫的大海。回到小店已是中午了，一点都不饿。"这些日子肚里装的东西够多了，该好好消化一下了。"他咕哝着洗把脸，放下厚窗帘，将自己笼在黑影里。

醒来后一直听到老鲇鱼在外面蹑手蹑脚走路，就打开了门。"啊呀老板儿好睡！我给您摘了一些秋桃，还有嫩花生。"老鲇鱼用一块花布包着东西，进门往桌上重重一放："桃子！"淳于宝册倚在炕上看他："想不到你是讲故事的高手。我算找对人了。什么时候领来'嘎乎'让我看看？""这个么……其实您是见过的。"淳于宝册心里一动：自己不认识几个村里女人啊！想了又想，想起一个人，"嗯，村东开小吃店的！"只这样想，说出的却是："人哪，没有爱情这东西还真不行。好好待她吧，做个重情重义的人。"

老鲇鱼搓着手，看着放在一边的红酒和咖啡豆。淳于宝册知道他在打红酒的主意，就说："这可不行。这是我准备送给'嘎乎'的。"老鲇鱼大笑："真有您的啊！您真行啊！"说完低头探身："您忘了我故事后边还要缀上一段拉网号子吗？没这号子故事就差多了！可我故意不唱，就为您一个人留着！这就唱吗？""啊，这就唱！"

老鲇鱼鼓着腮帮子唱起来。他唱得比哪一次都卖力，汗水一会儿就从额角淌下来……

第十五章

一

最后一场秋雨下了一天一夜,一个凄苦的季节结束了。气温骤降,寒枝摇曳,冬天在二十四小时内驾临。蛹儿巡视堡内各处,心里暖融融的。她发现锁扣的嘴角漾着幸福的微笑:一直为主人牵肠挂肚,当警报解除时,她是最早感到宽慰和高兴的人之一。老中医在东厅坐了一阵子,这次是例行问诊,同时还要做出冬令之初的详细医嘱。他与蛹儿的一席谈通常是极为重要的,这让艾约堡主任丝毫不敢马虎,一边听一边详细记录。蛹儿发现秋末初冬的老人脸色红亮,只是有些浮肿。印象中不少志业深厚的男子都有这样一副面容,比如记忆中哆哆嗦嗦的母校老教授,还有一个声名远扬的气功师。后者是和瘦子一起生活时认识的,这人能在五分钟内让自己的手指长出一厘米,令人难忘。"说说他近来的情况吧。"老中医掏出一个紫皮小本子。蛹儿已经习惯了这种交谈,每次除了择要介绍病人的日常起居之外,少不了要涉及一点儿隐私。每逢这时老人猫头鹰似的圆眼就不再眨动,目光轻轻滑过她的锁骨窝,然后一直盯着自己皱纹纵横的手背,满脸悲伤。"他有时能在那一会儿睡着,说起来没人信。"她语气中带出了一丝疑虑。老人"嗯"一声,淡淡一句为其解惑:"那是他实在困了。不过他真是喜欢你。"

蛹儿继续说刚刚过去的这个险象环生的秋天:"有几次眼看

到了一个坎儿上,那时候您天天端着紫药罐过来,不过他有时原样退回,有时暗中把药倒进了马桶。真正得益的还有海滨之行,他在那里安安静静读书,与一些粗人插科打诨,不知不觉树叶也就落光了。他把棘手的事儿全交给别人,自己学会了逍遥。那些日子我没跟在身边……"她说。老人赞一句:"你做得对。""可他还是让人放心不下,我睡睡醒醒,两次梦见有个女人没完没了地喂他桑葚,他吐得满地都是。"老人打断她的话:"海边有利于康复,因为海水是蓝的,蓝和绿是对人有益的颜色。"她想起试品煎剂时尝到的浓浓铁锈味儿,问老人,他说这是因为煅龙骨增加了一倍。"那种动物骨头有什么用?"她眨着好奇的眼睛。"哦,现在的病根儿说到底是'人心不古',要治,就得找这种在地下埋了几万年的古物。名利声色一旦动摇人的心志,就得用大力去镇慑。"蛹儿笑了:"我怎么觉得就像几十年前镇压反革命似的?"老人正色:"差不多吧。"她变得胆虚虚的:"我也属于'声色'吗?""你当然在此之列。"蛹儿不高兴了。老人用慈祥的目光安抚她,将刚才的话稍稍做了弥补:"不过谁也比不上你,我是说作为一味药的话。缺了你他还难说怎样哩。好生照护吧,忌生冷。""那个老政委怎样?""他从她身上没得什么益处。那好比嚼不烂的一块老牛肉……"老人觉得又一次说过了,赶紧刹住话头。

淳于宝册因为要和遥远的老政委通话,延宕到凌晨还没有人睡。他挂念女儿黑子的事,不过相信电话那端的人会处理妥当。果然,老政委说事情总算让人松了一口气,"我为这个瘦了三公斤,儿女不省心哪。"她在那头叹气。他能想象黑子搞出的窟窿有多大,连老政委都唉声叹气了。他试图安慰她,最后不无动情地说:"想你了。这个地方没有大皮靴阔阔响,让人心里没底。"老政委在抽烟,好像正把一口浓烟喷出来:"悠着点吧,你也有了一把年纪。"她吐出几句粗话,扣了电话。通话之后空空荡荡,让人倍感孤寂。此刻他才明白:她和两个孩子整整下半生都会住在那边,彼此都开始了另一段旅程。入睡时已到黎明时分,他做了一个奇异的梦:一个双眉高挑的绝色女子,穿了蓝色肥裤,细腰高臀飘飘走来,神采与丰姿引得他不顾一切跟上去。她瞥他一眼笑盈盈走开,他就一直追随。转过一座小山包,眼前出现了一个湖。她在湖前照了一下倩影,身子旋转,长辫子上的红头绳悠动起来。啊,这不是"二姑娘"吗?他惊呼一声,湖边女子飞跑起来,隐入一片浓绿之中。他正焦急,她从林中探头一笑。他的心扑扑跳,一直追到了一座明亮的建筑里。他努力辨认,很快认出这是那座闲置已久的半山别墅。大厅里依旧是一大束鲜花,后边端坐着"二姑娘":双眼微眯,一脸慈容。他想呼喊却不敢出声,梦醒了。

　　接近中午时分他才缓缓下楼,那个清晰的梦一直萦绕不去。他抬头张望,见锁扣正看着东厅:蛹儿走过来,老中医刚刚离去。"我做梦了。"他被她挽住胳膊时说。"是吗?来,为我讲一下吧。"他在餐厅坐下后仔细讲了一遍,特别解释了那个"二姑娘"的来历。蛹儿说:"女副总认识一个解梦的人。"淳于宝册盯着桌布出神:以前有过梦境应验的经历,这会儿还在想那个明眸皓齿的女子,想她那意味深长的一瞥。

　　不知是否为了找那个解梦人,淳于宝册去了总部。不到十分钟女副总就爬上了顶楼,气喘吁吁。他问:"情况如何?"她不知他问什么,漫无边际地说起来,先是抱怨老肚带,而后又说到了税务纠葛,骂一位征收处处长的姐夫。好不容易才说到一件新事:集团下边一个公司新招来一批家政培训班学员,姑娘们个个貌若天仙。"谁办的?""还有谁,这是我几年前提议的呀。""哦,好像有这么回事。"淳于宝册张望着窗外。她问:"您想出去走走?""也好。不过你先为我办件事,把那个会解梦的找来。"

一个镶金牙的老太太被送过来。她六七十岁,大眼,笑吟吟的,嘴巴涂了鲜艳的唇膏。他直接说了那个梦。女人将右手拇指和中指贴在一起滑动,眼盯着半空:"她没想把你引到海里去?""没有,她直接进了那座房子。""我知道了,"女人眯上眼,露出了两颗金牙,"这是个海神哪!她到处找供奉的地方,一直找到了你这儿。老板是个有神仙缘的人,一个大富大贵的人!"淳于宝册看着一旁满脸得意的女副总,没说什么。女副总的目光在两人中间穿梭,喘着。"还有什么?"他忍不住又问。老太太极为自信地沉沉下巴:"她找到了,今后就在老板的宝地上安家了!这是积了多少辈子的德啊……"

解梦人走了。淳于宝册却高兴不起来。他没有怀疑她的预言,决定将这个秘密藏在心里。他叮嘱旁边的女副总:"听听就好了。"女副总收起笑容:"明白。"他在心里感到为难的是那个半山别墅的用场。一想到它某一天要变得香火缭绕,就忍不住心疼。为驱除这种烦烦的心情,他想去楼下转转。女副总又惊又喜:"啊,去哪儿?""随便走走吧。"

女副总引路。开摆渡车的女工对女副总殷勤地笑着。下车后淳于宝册看到了路边墙上的大字标语,都是一些提气的时髦话,就闭闭眼:"抹了吧。""那换什么词儿?""画一群鸡吧。"她先是难以置信,而后轻松地笑了:"啊,大公鸡雄赳赳的!""公鸡一只不能要,那都是坏事的家伙。"说完是长长的沉默。她后来说了些什么,他都没有听到耳朵里去。一阵琴声传来,这让他立住脚步。女副总说:"前边就是家政培训班,大概正上课呢。"他迎着音乐走去。

一间宽敞的大屋子,当中铺了一些彩色垫子,沿墙还有一溜姑娘。有人弹琴,一位中年高个女子指导几个姑娘高高地跷腿,她们全都手扶墙边的木杆。他远远扫一眼就同意了女副总的话:个个貌美,少女;稍为遗憾的是长得太相似了,从形体到面容,再到年龄,简直分不出谁是谁。不过这儿有一种生气勃勃的感觉,这种气氛已经许久没有了。"招生时我再忙也要亲自过目,我喜欢长脸庞深眼窝的。"女副总说。他转脸看看她,发现这个女人恰好相反。不过在当年她可算出名的圆脸美人。"时尚总是流动不居的。"他心里说。墙上又有两句大字标语引得他仰脸。"个个貌美如花,人人初通瑜伽!""学跳舞吧!让脖子多长出二寸!"他愣了一下:"从哪里找来的词儿?""不是找来的,是新来的一个大学生想出的。""嗯,这个人在哪儿?""在仓库里记账。""待会儿把这小子给我找来。"

二

他从第一眼看到这个大学生,一个妥帖的外号就有了。小伙子刚刚二十四五岁,胸廓单薄,面色苍白,两臂细长。他不认识面前的董事长,有些顽皮地看着这个男人。可能由于戴了眼镜的缘故，小伙子的眼睛显得很大。淳于宝册觉得对方的头发鬈得比自己厉害多了，鼻中沟又深又黑，整个嘴部分成了显著的三部分。"这分明就是一只三瓣嘴的兔子嘛，眼镜兔。"淳于宝册暗暗说，有些喜欢。他问了小伙子一些平平常常的问题，对方回答得吊儿郎当。女副总很为这个青年惋惜。见面交谈不过十几分钟，他让小伙子离开了，然后交代女副总："让这个人找老楦子去，不要大材小用了。"她惊讶起来："就他？进秘书处？"

回去的路上淳于宝册兴致稍高一些，竟然开起了女副总的玩笑："倒回二十年就好了，你可以嫁给那个'眼镜兔'。""我才看不上那个痨病秧子。""你不会看人，瘦人有内劲儿。"她嘻嘻笑，他正色："咱们狸金这样的小伙子太少了，马屁精又太多了。"这句话让女副总沉思起来。她没有想到自己，而是想到了老肚带：一个可怜的应声虫。她觉得很可能是年龄的关系，自己与总经理相处越来越难了。好像看过一本书，上边说个别男人由于松果体分泌物的减少，性腺的衰退，使他们对女人有一种莫名的怨恨，因而打交道会日益困难。她随口说道："有个事情我一直没有讲。我想总经理老肚带欠我一个道歉！"淳于宝册站下："哦，你说说看！"她把目光转向半空游云："我都不好意思开口！他从来都不尊重自己的搭档！如果不是为了大局，我早就……不说别的，就说他常开的一句玩笑吧，那也绝对不是玩笑，而是，"她眼泪闪烁，"一种侮辱！他在飞机上说过，平时高兴也说，什么'同样是一个人体器官，瞧你发挥得淋漓尽致！'他以为我听不懂。"

淳于宝册眯眯眼，又用惊愕的眼神看过去。她说："我为公司付出了一切，您是知道的。"她开始擦眼。淳于宝册哼哼着："这谁听不懂啊！"她想从他脸上看到抱打不平的神色，却从嘴角那儿发现了一丝满意的微笑，"啊，您看他……""这个老肚带非揍一顿屁股不可了！"他恍然大悟般吐了一口气，语气加重，却仍然面无愠色。她看着他。好像就为了打消对方的疑虑，他又一次强调："这个人真的需要打打屁股。"

女副总长吸了一口气："女人是不能容忍这个的。要死要活地干不算什么，可被自己的顶头上司那样糟蹋，无论如何都……从来没人像他那样。"淳于宝册嘴角又有了笑容："所以我要惩罚他。其实你也明白，说真话是要付出代价的，这个没什么好说的。"

回到总部顶楼，淳于宝册很快钻进了那个冲浪浴缸。他用粗重的鼻息喷开浮起的药草屑末，觉得自己就像一头健硕的老牛。他闭上眼，一手松松地抓住扶手。好像从一份报纸上读到：一位有模有样的人物就在洗澡时晕厥了，结果窒息在豪华的浴缸里。他不止一次想过相同的结局，却毫无忧惧，"一切都是命定的。一个彻头彻尾的宿命论者什么都不怕。"他有些得意和轻松，这会儿脑子里又闪过那排翩翩起舞的女孩，记起了女副总。是的，许多年前她对老肚带提出一个建议：精心挑选一些上等女子做家政培训，然后分送给一些急需的人。"急需的人太多了。"老肚带生出一股无名火。女副总提示：这些年来对狸金鼎力相助的人，我们又能为人家做点什么？不过是解一下燃眉之急罢了。老肚带尽力冷静自己："妈的，我们做得已经够多了，连黄口小儿都成了我们的大股东！"培训班办了一段时间，老肚带告诉了董事长，带着歉意："本来这点鸡毛蒜皮是不该跟您说的。"淳于宝册当时正泡药浴，听到这个消息险些呛水，伸手撸去满脸药屑，盯着他问："就这么送走了？送到什么人家？"当时他没有听到老肚带的回答，却将这个问号压在了心底。这会儿他的耳畔突然又响起了那声询问，再次扑棱一声从水中爬出。

淳于宝册呆坐了许久，低头看着淋漓的胸部，道道小溪淌过鼓起的小腹汇向黑暗的下体，看去就像小解一样。泡浴时总是独自一人，以前老政委有几次要闯进来，他就从里面反锁了。她去了国外之后再也没有胆大妄为的人，浴室可以大敞着。仅有的几次打扰是应召而来的同一个人：淳于芬芳。他可以用各种话取笑对方，高兴了还会问几句床上的事。老肚带这时候是羞涩的，扭扭捏捏，让淳于宝册喜欢。他曾不无严厉地送上训诫："记住，那些无耻而又颇具姿色的女人毒性最大。"老肚带搓搓鼻子："明白。她能毒死五头牛。"这会儿他又想起了与淳于芬芳的对话，沮丧地爬下了台子：

"没有办法，我们一直在以毒攻毒。"

这个夜晚淳于宝册对蛹儿讲了解梦的事。蛹儿明白：这个梦已经在他脑子里刻下了深痕，短时间是摩擦不掉的。她其实也看重做梦，会记住那些费解而又怪异、事后却能一一应验的梦境。那差不多等于上天送来的谜语、象征或隐喻。她有时甚至认为世上最复杂难解的事物，神灵都会以做梦这种方式透露出一点消息。沉默了一会儿，她问："您真的相信吗？""我相信'二姑娘'变成了海神。可我不相信她喜欢咱这儿。""那就别放心上。"淳于宝册看着她在温温灯光下湿漉漉的嘴角，小心地拍拍她："说得轻松，我要能这样就好了。我倒感激海神给咱们一个机会。人老了，只想'日行一善'，不过就是这样也怕有些晚了。"蛹儿从他蔫蔫的目光中明白,这个人完全有可能将半山上那栋精美的建筑改成一座海神庙。如果真是这样,有点太可惜了。她心疼了,可也实在想不出可派什么用场。"求您千万别这样想了,狸金已经做了太多的善事,前后捐出了多少钱……"她抚摸他的手,想让他平静下来。他盯着夜色:"如果连我们都在地狱外边逍遥,那肯定就没有地狱这回事了。"

今夜两人都感到了寒冷。原来暖气早被关掉了。为了抵御袭来的寒意,他们相拥了一会儿。她想用柔情爱意驱散这个男人心头的阴郁。他身上汗津津的,喘息着说:"如果整个公司的人都像你这么努力,什么事情都会办好。"

他们仰躺着闲谈。蛹儿说今夜她的嗅觉格外灵敏,隔了这么远都能闻到那头花斑小牛在放屁。他马上驳斥:"胡说,咱们花君从来不会排气。"为了维护它,他甚至回避了那个不雅的字眼。她只想将他的思绪引开,小心地问到了矶滩角:这个冬天的风太大了,您肯定不会一个兴头上来又去那里吧?淳于宝册"嗨嗨"两声,很慎重的样子:"去年冬天我在那儿待着,印象好极了。那是个让人冷静的地方。海风一吹全身发紧,热气就收缩到很小的一块地方了。""收到了哪儿?""收到心口这儿。"蛹儿不作声了。她在想他内心里的隐秘:不畏严寒去矶滩角,只因为一个人心口发热,这热力甚至可以抵挡猛烈的北风。随着狸金这一摊子越来越大,还有年纪的增长,一个人的注意力难免松弛下来。然而这个人却在接近花甲之年,因为人人熟知的那种事儿,再次变得专注起来。她故意说:

"这个冬天您如果再去海边,我可要去照料您。"

他从她的口气中听出了任性和沉甸甸的固执，甚至还包含了一点挑战的意味。他俯身看了一下她那双在浑浑夜光中变成了浅紫色的眼睛，吸了一口凉气。他觉得她身上惯有的那种强大的自信力正在消失，这或许是一年来悄悄发生的；而且角色与功能的界限开始模糊，这有点糟糕。作为女性常有的缺陷，连如此聪明的人也未能幸免。好在她有过人的胸襟，这不仅指其内质，而且还包括外在形态。他开始伸手度量她的胸部，发出了由衷的赞叹："大春娃娃，你是狸金的大杀器，是吉祥物，是大后方。所以你不能到前线去。"蛹儿带出了委屈："您让我参加晚宴了，那不是去前线吗？"

淳于宝册的手停止了移动，像被不经意间戳中了。"那当然是。"不过他没有说出来。那个晚宴不仅是一次礼尚往来，而且还是一场虚荣而愚蠢的炫耀和试探。虽然他真诚地希望与那两个人进一步增进友谊，但也想让那个矶滩角的男子把所有的傲慢与得意暂且放一会儿，亲眼见识一下别的女人，这非凡的女人就属于艾约堡！就这样，他竟然在最后一刻做出了让她陪餐的决定。那个夜晚在脑海里清晰地划过。他咬咬牙关抬起头：

"那小子真是个不可救药的家伙！"

蛹儿知道他在说吴沙原。他太专注于矶滩角了，其实是围绕一个女人。也许正是这种罕见的专注使他暂时摆脱了可怕的"荒凉病"，就此而言所有人都要深深地感谢那个小渔村，感谢海草房里的那个女人。她觉得这作为一个秘密应该一丝不露地藏在心里。她明白，有朝一日，当他这种专注再也不能维持下去的一天，疾病就会复发。老天啊，海神啊，你们一块儿保佑吧。蛹儿惊讶的是自己这会儿也在求助海神！是的，狸金要拥有那片黄金海岸，从今以后真的离不开海神了。

三

　　冬天深入，干冷少雪。淳于宝册一直盼雪，记忆中的少年与青年时代总要度过一个大雪覆盖的季节：踏着山路和平原小径一步步走去。他从雪粉满挂的崖口上摔落，有几次还以为来到了人生终点。他在杳无人迹的地方呻吟，盼着一只伸来的援手。呻吟吧，为抵挡死亡的最后一击。忘不了呻吟就忘不了冬雪。"总不下雪，一准是老天爷在捣鬼！"他对前来告别的老肚带说。对方在这个无雪的冬季仍旧坐上商务专机穿梭，觉得这样的天气才利于出行。每到董事长口无遮拦诅咒上天，他就暗暗祷告一句："对不起，这可不是我的意思，老天爷多保佑吧。"老肚带这一次出差关系到一个几亿元的大项目，所以行前必得面见上司。随着时间的推移，董事长再也不像一开始那样兴奋了，早就失去了势在必得的劲头，听完之后只说一句："知道了，去吧。"老肚带告诉他一切都顺利，各个环节比预想的要好，主要是人脉给力，这比什么都重要。"那个曾经对蛹儿迷得要死要活的家伙，就是天天往艾约堡送花的主儿，您还记得吧？""当然，这个狗东西！""他这一回出了大力，还算义气。"老肚带一连夸了几个人，最后竟然泛起了无名火，因为想到了其他："倒是海边上那点小事成了麻烦，咱给磨成了好脾气。""我看你的脾气一点都没变好。"淳于宝册扔下一句。老肚带抓着稀疏的头顶："只要这个冬天冻不死，明年春天一定开花结果。""什么意思?""没什么意思爷爷,我是说实在受够了。"

老肚带和女副总几个人远走高飞,淳于宝册安安静静读书了。他把自己关在图书室里,端坐椅上,像一个用功的学生,腰吃不消就改坐沙发。这样读上两小时,又把沙发当成卧榻,两眼却很少离开纸页。那些待读的书全码在小桌上,一本一本挨着看。咖啡和茶香阵阵飘来,有人无声无响地搁在一边就走开了。过来侍候的通常是小溲、昆虫和锁扣,如果蛹儿来了她们就悉数退开。即便是后者也绝不在这时打扰他,不惊动一个人的神游。在真正的嗜读者这里,周边的一切都无声地隐退,越来越深地陷入一个迷宫。有时他甚至忘记喝水和小解,实在憋不住才跟跟跄跄奔往卫生间,出来时一边系腰带一边直赴那张沙发,口中念念有声,双唇嚅动不停。有一次蛹儿见他半卧在那儿小声读着,裤子还没整好。她为他系好,揩手,对方却浑然不觉。她去自己的角落读书,随书中角色悲伤。当她抬头寻找另一个人时,发现他仍旧伏在书中,一头微鬈的毛发轻轻颤抖。

"我这辈子荒废的时光太多了,这实在可惜。"他在难得的阅读间隙端起杯子说。她总是这样回应和安慰:不,您创造了一个狸金。他不记得多少次听同样的一句话,流露出苦涩的笑容:是吗? 狐狸发财了,可我还是一个穷人。"其实我是一个著作家,我是说自己应该成为这样的人。"他像嗓子不适似的伸理咽部,缓缓饮下一口。蛹儿点头:"您已经是了嘛。""但愿吧。我可以告诉你,我写的这些书,只记下了心中的十分之一或更少。我自己都奇怪,我对这个世界会有那么多话要说。""嗯,因为您的感情太丰富了,还有,您没完没了地想尽自己的责任。"淳于宝册使劲伸出下唇看她,咧开大嘴:"其实是,这个世界对我太无情了!它容不下我,可我偏偏不走,我要说待下去的理由,许多许多理由!"他背过身,似乎愤怒起来。接下去他的声音低得快要听不见了:"最后它,这个世界,还是听不明白。我也只好离开了……"

天一大早下了一点雪,浅浅的连地皮都没盖上。即便如此淳于宝册还是欣悦,想要出去走。他像模像样地武装了一下:戴上水獭皮帽子、围脖,穿上短绒大衣和长筒棉靴。他独自走了一会儿,又跳上区内摆渡车。他在半山别墅那儿站了一会儿,回身看自己在浅雪上留的脚印,犹豫着什么。庄严而沉静的松树、混杂林子,连鸟儿都不敢打破的安谧。这里真的像一座神庙,不错,它大概只适合比人类更高级的神灵居住,接受人类的顶礼膜拜。

从半山走开,一路向东。在艾约堡前边的弯道上站着一个人,当他看出是秘书白金,就转身朝另一个方向走去。他又记起了那一天的琴声,却无从寻觅。这会儿身后响起细碎的脚步声,白金呼着两道白气追来。他问:"你知道那帮跳舞的孩子吗?"白金点头。很快找到了那间温暖的大屋。一群女孩子好像待在春天里,几天不见,她们的脖子真的变长了,一个个向上伸展,像有无比开阔的天空等待飞升。"青春这种好东西,再多的钱也买不来。"他对一旁的白金说。对方愣怔怔地看着老板,好像看着一位哲人。

离开大屋子,淳于宝册让白金尽快为他找一位画家来。白金说这种物件很多的。果然只隔一天,一个生了大胡子、留了披肩发的四十多岁男人被领来了。男子掏出一张名片和一沓画页,淳于宝册瞥了瞥名片上印的一串"国际""著名",放到一边:"我让你设计一个海神像,能办到?"男子挠挠头,笑嘻嘻的:"这个不难,不过您老板得说细发点。""'二姑娘'这人你听说过没?""没,哪里闺女?有照片就好了。"淳于宝册低下头,很为难的样子。"如果没有照片,就得到庙里琢磨去。老板您说的是女的,女神,嗯,成。"淳于宝册挥挥手,白金想领人走开,刚走开几步后面又传来一声:"慢。"淳于宝册盯着画家说:"我可以给你相关照片参考,不过看了立马就得还我,不得翻拍。""这个嘛……"男子捻着胡须,"也行。"

三天后海神像草图完成了。它放在淳于宝册面前,令他大气不出。他对复杂而怪异的服饰视而不见,只定定地望着海神的眼睛。这是依据欧驼兰印在那本书勒口上的照片画成的,一点不错,是她,正在注视自己,湿润的双唇似乎开始活动。他小心地收起,又叫来堡里几个人审阅。昆虫和小溲、锁扣围着端详,品评不休:"是个古人儿。好看。""多俊的闺女,就是衣服太老气了。""我们挪步,她的眼神也会跟上。"最后看的是蛹儿,她在画像前久久沉默。"你看怎样?"他问。她抬起头:

"海神。"

"当然。我问你怎样?像不像?"

蛹儿抿抿嘴,努力寻思:"只觉得面熟。想不起,一时想不起,不过总觉得她的神气、嘴和眼那儿有点面熟……"淳于宝册暗暗叹气。"我想不起来。不过画得太好了,让人看一眼就忘不掉。"她十分肯定。"那就好。"他收起了画像。

第二天白金向蛹儿告急:老棺子一连三次求见董事长,本想推挡一下,又怕耽搁了正事。淳于宝册知道后说:"让他就来,我要问他回忆录重订的进度。"老棺子极少到艾约堡,这会儿像踏雪一样进到东厅,见了淳于宝册弯弯腰,右臂往下使劲垂了两下,让人想到清代宫廷礼仪。淳于宝册笑了。

问到回忆录,老楂子马上严肃,说正是为此汇报来了:"我可明白这比什么都重要,一丝儿马虎不得。上次为矶滩角那一男一女的事儿您狠狠教训了我,咱这回再也不敢了……"老楂子频频眨眼,做出一副聪敏的样子。淳于宝册一时糊涂,问:"一男一女?他们关你什么事儿?""关于他们的汇报材料啊,写得过于细发!"淳于宝册想起来,马上变得愤愤的:"哪里是什么细发,是胡写!""对,胡写。这一回又是这种事儿,那个新来的鬈毛眼镜狂得不得了,他把您的回忆录改花了,凡是写到女人的地方都要添油加醋……因为是您指派来的,咱也慎重……"淳于宝册一愣。老楂子带出了哭腔:"他把您路上遇到的'小狗丽'写得骚唧唧的,您也变成了情种,好像他在场看见了似的。兹事体大,我知道不请示不行了,所以……"

淳于宝册有了几分好奇,指示对方呈报,然后转换话题:"你刚才说到了矶滩角,这个冬天有没有听到什么?你们这帮人的耳朵像驴一样长。"老楂子得意地笑了:"啊,没什么,天一冷他们就老实了,一天到晚偎着火炉。""他们一起吗?""有时一起,有时分开。""偎着火炉干什么?"老楂子搓起了鼻子,搓得红红的:"看书呗,拉呱呗,反正也就那样了,海边冬天不好过啊!"淳于宝册觉得全是废话,就挥挥手打发了。

窗外起风了,地上的浅雪扬到了空中。"这个冬天属于你们两人,那就好好待着吧,春天一来什么都会变的。"他在心里默念,想起了老肚带临行前的那句话:这其实是为最后解决矶滩角的事儿划了一条底线。那将是海边小村痛苦的事情,可是没有别的办法,一切都将如期执行。他将海边的事瞒着老政委,免得她雷霆震怒。"这个冬天彼此都好好珍惜吧,各自安静,享受一段幸福时光。"他自语,抚摸胸口,无法想象自己将怎样出现在那两个人面前。

有人敲门,是秘书白金,携来一沓密封的打印稿。这是由眼镜兔重订过的一部分回忆录,许多段落已经做了醒目的标记。

四

尽管依旧寒冷,淳于宝册已经感到春天正匆匆赶来。他想继续蜷在艾约堡里,可还是不时泛起出门的冲动。他知道只要一踏上那辆吉普,就会摇摇晃晃一路向北。暂时不想打扰他人,却总想着那片海水。他犹豫着,有好几次提起背囊。他待在车子里,嗅着汽油味儿,摆弄扔在一旁的几本书,没有启动引擎。白金来过一次,隔着车窗看了看走开。当白金把那个火柴盒大小的手机递进来时,淳于宝册打开车门让他进来。老肚带他们早就飞回了,一直没有露面,有点反常。白金说总经理和身边几个人忙得很,一连多天去海边。他吃了一惊:"矶滩角?""不知道,不过肯定是为了那个项目。市里也有人来集团了,总经理接待了他们。"淳于宝册咕哝:"还不到春天嘛。""再有十天就立春了。""可离开冰还早着呢。"

引擎启动了。淳于宝册示意白金下车。"您去哪儿?""随便转转。"车子开得很慢,好像一个边走边想的爬行动物。白金目送它消失在远处,一回头看到了女副总的车子,后边还跟了一辆出租车。女副总让白金贴近打开的车窗,压低声音:"出租车里坐着吴沙原,他去艾约堡,让我拦下了。我们现在去总部,你先报告一下董事长。""他刚刚离开,没说去哪儿。""他肯定不见这家伙,不过得告诉一声。"白金拨打手机,女副总在等。白金放下手机说:"他请吴沙原过去,车子已经到了水库那儿。""这么冷的天,他要干什么?"

白金钻进出租车,说了句"追吧",车子就蹿起来。吴沙原面色凝重,一路不愿说话。绕过山角,一眼看到了吉普,它停在泛着光亮的冰面一旁。白金刚要下车,身后的大手拍了一下:请他待在车里。吉普已经熄火,车窗开了一半,淳于宝册朝外边望着,做着怕冻的夸张表情。吴沙原离车子一步之遥,淳于宝册才开门说:"老天,连个皮帽子都不戴,真是个'火孩儿'!"他大手张开,像要把人抱到吉普上。吴沙原身子一闪登上去。

两人坐在后座。淳于宝册从旁边摸出不锈钢扁壶递去,吴沙原嗅了嗅,呷一口。"我要不出来转几次,这个冬天就过不好。"淳于宝册喷着酒气。吴沙原语气冷淡:"淳于先生,我已经来了狸金两次,你的人都拦着不让见,说有什么话对两个老总说就好了。可我一定要见到你,我是你的客人。"淳于宝册笑眯眯地看着他的后脑勺:"他们哪见过头顶有两个毛旋的人!尊敬的阁下,这个冬天我过得好苦,就因为不能去你那儿喝酒,憋得要死。你终于来了,大概想我了吧?"吴沙原摇头:"您不可能在这个冬天去我们村子,因为快了!"

淳于宝册皱眉:"什么快了?"

"你们快要动手了。"

"啊?不会吧,那是两边的村子,不也停下了嘛。"淳于宝册透过车窗望了一眼十几米外的出租车,又看冰面:那儿融开了一池绿莹莹的水。吴沙原镜片后的眼睛沉沉地盯过来。淳于宝册问:"阁下就为这个?""是的。"吴沙原侧了一下身子,正对着淳于宝册:"这个冬天狸金的人一点都没闲着,正做最后准备,还划出了底线,不再后退一步。看来矶滩角只有接受这一条路,没有第二条路。我今天来就是想当面告诉董事长,矶滩角还想有第二条、第三条路,因为这个村子毕竟存在了七八百年,不能就这么完蛋。"淳于宝册抿嘴,点头:"是的……不过阁下,你能否告诉我他们的最新条件是什么?""就算淳于先生真的一无所知,"吴沙原离得更近,把说话节奏放慢,"保留矶滩角的原貌,成立分公司并拥有独立法人地位。主要是这些。"淳于宝册吸着凉气:"既然如此,矶滩角的损失又在哪里?""在于我们不同意。""就这些?"吴沙原点头:"就这些。"淳于宝册"啊啊"两声:"好吧。为什么不同意,你当然有许多话要说,可能一时说不完,也不想说。那就算了。不过阁下记住,我喜欢这个村子,也是你的朋友,所以对我来说面前只有一条路,那就是帮你们!"

这番话让吴沙原有些感动,接过扁壶大饮了一口,抹抹嘴:"那就好办了。让我告诉你吧,这个冬天你们的人一直在海边活动,还动员两边的村头去鼓动矶滩角一些人;更可恶的是与市镇派来的人一起分化我们,想让内部生乱;以施工为名切断水电长达两个星期……你们手中的牌是很多的,只打出了很少几张,矶滩角就不好招架了。我们得到的准确消息是,最迟开春,市镇联合工作组就要进驻矶滩角了。"

淳于宝册翘着嘴角:"这些野蛮的家伙就这个套路,一点新招数都没有！我信你的话。等着吧，马上找老肚带那帮小子算账，他们都想瞒哄我。"淳于宝册歪着身子到后边摸出一个小盒子，打开，立刻溢出逼人的香鲜气。原来是浓汁小鱼，黄脊背，扁扁的。他捏起一尾填进嘴里，又礼让吴沙原："老肚带和市镇那几个蠢货这回遇到了你这个对手，大概要改改脾气了。我估摸他们以前总是这一套，也总是得手。"吴沙原停止了咀嚼："不，他们对我太客气了，总算没有动武。狸金几年来与周边村子打交道可不这样，比较起来对我真是太客气了，算是一个例外。到现在我的腿没折眼没瞎，你看到了嘛！""这也太夸张了吧？""这样说还远远不够。哪个村子里如果出了碍事的人，不出半年就会被解决掉，结局各种各样，都是很平常的。有一个村子出了十几个强人，他们一直跟狸金对抗，最后有的家破人亡。有一个村头受尽折磨还是挺过来，结果上边很快收到一封控告信，如今声名狼藉，村子也完了。我说的不过是一小部分。矶滩角眼下没有任何胜算，所以要做好苦斗的准备，这就是我说的第二条、第三条路。"

淳于宝册不再吱声。这样停了很长时间，吴沙原打开了车门。阵阵冷风透进来，淳于宝册很快冻得脸色发紫。他凝视吴沙原，与对方的目光相撞时又转向一旁。他像说给自己："狸金只有承受各种传言，没有地方抱怨，也无法辩解。还好，我们都有时间，让时间去解决这一切、证明这一切吧。"他说着抬起了头："说说眼下吧，我能为阁下做些什么？"

吴沙原听出对方的声音有些颤抖，可能是冻的，于是把车门关上。"就因为你是矶滩角的客人，所以我才会找你。我这次已经讲明白了，今后再也不会为这个来狸金了。淳于先生能为我们做的事情很多,那就做你愿意做的吧。"

吴沙原跳下车。淳于宝册一时没有反应过来。当吴沙原走向出租车时,他才急急做个手势下车。天冷极了,西边出现了铅云。淳于宝册哈气,搓手,踏动双脚:"我还会去矶滩角的。请你……代问欧驼兰好……"

五

老肚带垂头丧气地告诉女副总:"去吧,传我们俩一块儿。"女副总瞥瞥他,暗自高兴:你欠我一个道歉哩,这回等着挨训吧。他们登上顶楼,一眼瞥见淳于宝册的脸色就有点忐忑:灰暗,眼圈发乌;衣衫不整,一件藏蓝色背心系错了一粒扣子。"你俩玩得高兴啊,飞来飞去。南方小吃怎样?"淳于宝册问得有气无力。老肚带把站得过近的女副总用拐肘拨了一下,鼻子发出一声"哼儿",想拦住她的多嘴多舌。他琢磨说什么,抿抿嘴:"忙着斗智哩,都不是省油的灯啊。""小吃怎样?酱猪脚?""事情一多也就顾不得了。""我看你越来越像'天蓬大元帅'了!"淳于宝册盯着对方又大又亮的皮带钎子。老肚带说:"过奖了。"女副总发笑。她知道董事长在骂他蠢猪呢。她上前半步抢答:"样样都挺顺利,可以说大功告成。"

她双手捧着高大的乳部。淳于宝册知道南方之行必是这个结局:一切都是既定的,不会有什么例外。正如老政委所言:而今好比跑马圈地,关键看谁能找到好马。对于狸金来说那几位特殊的股东就是好马,只能喂它最好的草料,而不能挥动鞭子。这些马脾气上来一尥蹄子就会把马厩踢翻。狸金那几匹价抵千金的名马是老政委找来的,也有女副总随手牵来的。"我记挂那边的'狮子头'和'小卤笋'。唉,听说一些好厨子跑到京城,他们溜号了。"淳于宝册一脸的惋惜。老肚带听到"厨子"两字来了灵感,一拍脑门说:"我一直记住您'君子远庖厨'的教导,不敢事事跟您唠叨。凡事只要做好就成,要办得利利索索……"

"瞧你这个大肚子,一看就是个好厨子!"

淳于宝册捅捅老肚带的腹部,朝女副总挤眼,旋即板起脸:"如果你把矶滩角这盘菜做夹生了,我就把盘子扣到你头上。我这个老食客不好侍候。"老肚带用鼻尖蹭一下绿松石戒指:"这个不会。我说过开春就把那一摊子了结。小小阴沟不会翻船。'小知青'也别太孬撒了,咱先把笼头给他拴上……""拴上了?"淳于宝册不愿正眼看他。"快了。""我看你先把自己拴上吧。"淳于宝册敲一下桌子。老肚带瞅瞅女副总,嘴巴颤了颤。"我问你,有人就要派驻工作组了?""这个是的。不过这事一旦定下,我们也不能插手。"淳于宝册弓着腰踱几步,吭吭着:"矶滩角是我疗养的地方,去一帮小杂毛闹腾,找死啊!"老肚带咧开大嘴:"那怎么办?这要难死活人啊!"女副总放下双手,淳于宝册一转脸,她再次抱住胸部说:"您就一百个放心吧,我会挡住那些杂毛,让您去好好休养……"

淳于宝册称赞她:"好!这事儿只有你能办好,因为你懂!再不能交给我孙子,你亲自料理吧,我相信你。"女副总两眼闪亮,拍手,往前凑一步,张了大嘴巴。淳于宝册马上嗅到了一股土腥气,躲开一点:"去办吧。"

屋里只剩下了两个人。老肚带委屈地垂着头。淳于宝册递去一杯咖啡,他没有接,说:"我知道您喜欢那些海草小屋,所以不再推掉它们……"淳于宝册笑眯眯地探过身子:"你对不住自己的副手啊,欠人家一个道歉。""狗东西。""这女人口重,大清早就吃鱼了。"老肚带又骂:"狗东西!"淳于宝册收起笑容:"好好待她吧,她的朋友蛮多。""她就倚仗这个。""你们俩为什么就不能做个朋友?"老肚带红着脸:"这不行。""她是怎样一个人?""这个……"老肚带呷呷嘴:"我在想那个'小知青',琢磨他身边的女人会是军师。"淳于宝册拍打他:"心思全在工作上,这怎么会办好副手的事。""我不会办她。""你碰过吧?""那是前些年,走走过场而已。"淳于宝册有了兴趣:"是吗?说给爷爷听听。"老肚带无助地看看四周,低下头:"年轻时不敢想这种事儿,后来又太忙……前些年刚能喘一口气,这才明白不该就这么过一辈子。我想认真地搞一些妇女了。万事开头难,就从身边副手开始吧,谁知她大嘴一咧我的心就凉了。""怎么就凉了?""不知道,凉了。"

淳于宝册笑了,离开解溲。回来时他见老肚带咬着嘴唇望着窗外出神,就夸:"多么实在的人。可惜这个年代容不下实心眼的人啊。交给你个任务,用实际行动给副手道个歉吧。"

"我办不到。"

淳于宝册自上而下看着淳于芬芳,觉得这个人比原来又胖了许多,胸部像女人一样大。他不无痛惜地叹了一声。

老肚带抬起头:"到底什么时候对矶滩角动手?"

"到我度假结束的那一天吧,再等一等。"

"等多久?"

"我也不知道……"

第十六章

一

淳于宝册让白金按时报告海边情况,说:"那儿就是大冷天也有海鸥在玩,它们胖胖的,胸脯和翅膀干干净净。"白金不太明白,但知道事关海边开发,不敢疏忽。他每隔一两天就报告一次,无非是"没有一点有动静","像过去一样"。有一天他说:"女副总去海边了,是一个人去的。"淳于宝册说:"她懂得跟人交朋友,人缘儿好。"随着天气转暖,杨柳的枝条变成了鹅黄色,他的心情好起来。蛹儿与他一起时,他更多地说到了正在重订的"回忆录",一起欣赏被老楂子标注过的段落。蛹儿一直盼着它们早日成书,看得十分认真,当看到那些标红的地方,立刻不安了:"这,这上面写的您全没做过啊!"

蛹儿料定他会打那个"眼镜兔"的屁股。她瞥瞥他,见他脸色阴沉,长时间盯着这些文字,一声不吭。这样一会儿,他把一沓纸推到一边,随手在一张信笺上画着什么。蛹儿并未在意,后来看了有些吃惊。她把这张纸撕碎扔进纸篓。他苦笑:"我像一个体面的恶棍!"蛹儿安慰他:"您不该这样作践自己。其实您的病也好了,一切顺顺利利的。""我的病没好。""早就好了!整整一冬都太太平平,春天就快来了。您该相信老中医。""我想给老中医开个药方:让女副总陪他一冬一春。"蛹儿不再说话,心里一阵难过。通过这番交谈,她真的怀疑他身上的警报还没解除。她发现他端杯子的手有些抖,几滴咖啡洒在前胸,赶忙找来一张餐巾围在颌下。这样做的时候,她觉得他真的像一个大孩子。

有人敲门,是领班锁扣。她说那个女副总又来求见了。淳于宝册匆匆放了杯子:"这可不能耽搁。"然后示意一起去东厅。

女副总庄重的面容令人难以习惯,他明白:有人接受了重任就再也不会笑了,如果是个女人,时间长了还会生出一层小胡子。他想逗逗她,还是忍住了,问:"军情如何?"女副总看看他身旁的蛹儿,咂咂嘴没说。"哦,不要紧,但说无妨。"女副总上前一步压低了嗓子:"那个人,就是'眼镜兔',恐怕要出点事了。"

淳于宝册的注意力开始集中。

"他恃才傲物,谁都不放在眼里。最气人的是他老虎吃天没有数,有事没事往家政培训班那儿跑,两眼睃摸女孩儿呢!"

他脸上的笑容一点点凝住了。

女副总拍着腿,动作像男人:"这可不行!那是他沾的地方吗?"她的鼻中沟绷紧了,紧盯着淳于宝册:"董事长您看,是不是让保安处给他弹弹脑壳?""嗯,这个嘛,你先管管这小子吧!你说得对,那实在不是他沾的地方。"

蛹儿听得明白,心里有些愤怒。女副总说:"这是我报告的第一件事。第二件是开海了,海边上又该热闹了,以前每年海边几个村子都要一块儿过'开海节',今年没有。""为什么?""因为我们的项目马上要动手了,这些村子全都没了兴头。"淳于宝册抬起头:"怎么才能让他们有兴头?"女副总颇为难:"恐怕没什么好办法,打鱼人心思不在海上,也就不想过这个节了。"淳于宝册摇头:"这不好,这可不好。"他马上想到了那个民俗学家:"说不定

337

她每年都要盼着这个节日,这个春天会让她失望的。""您算说对了!往年的这个时候她可起劲了,一直在台前台后忙,过节那天不停地拍照……"

蛹儿端详着心事重重的淳于宝册。他在屋里踱步,又趴在窗前看着,过了一会儿对女副总说:"你该鼓励那三个村子把'开海节'过好,其他另说。"女副总垂着眼:"老肚带一冬天都在海边串通事儿,村里人受了惊吓。他如今谁的话都不听。"她一边说一边观察对方脸色。淳于宝册骂道:"这个大肚子浑蛋!""现在我只好千方百计收拾残局。您知道我前一段差不多跟那个民俗学家成了朋友,还送过她礼物。我想看她绣的鸳鸯,人家小心地防着我。我送她一小袋'开海节'吃的'小巧饼',她说'谢谢……'"淳于宝册听着,她停下来,他就催促:"说下去。她这个冬天过得可好?"女副总点头又摇头:"这人皮儿细发,冷飕飕的海风一吹红濡濡的。她屋里那个大火炉是旧社会传下来的,热力忒足,一准儿冻不着。不过看那模样还是不高兴,想想看,村子被惊动了,她是村子的客人,还不要怀揣小兔突突跳?"

淳于宝册低下头,这会儿想着欧驼兰,想她屋里那个高达腰际的老式火炉。

"我得到一个消息,民俗学家要去岛上参加'开海节'了,她是不会放过这个机会的。"

"哪个岛?对面那个大岛?"淳于宝册提高了声音。

"不,听说是去东边那个小一点的岛,那里有个海神庙,每年这时候人山人海香火特旺。"

淳于宝册呻吟一样:"老天,原来是这样。你总是把最重要的

开海第一天

事情放在后面说……"

二

淳于宝册决定去那个岛上参加"开海节"。这对他是件新鲜事，当然最有吸引力的并非这个节日。他让人把有关日程一一搞得精细，还顺便将整个海岛的情况做了详尽了解。它是近海第二大岛，居民一千三百余户，百年来渔事兴旺，渔民富裕，而今已经拥有十多艘远洋捕捞船，还搞起了海水养殖。岛上无一例外开展了旅游业，有好几处所谓的"渔家乐"餐馆，还有中等规模的三家旅店。当他得知欧驼兰不仅要去过节，还要在岛上小住几日，立刻高兴起来："要弄清她住哪一家店，住多久，有没有同行的人。"白金报告说只有欧驼兰一人，至少要住一个星期，除了参加"开海节"还要做全岛勘察。他有些兴奋。离启程还有三天，该准备海岛之行了。

女副总对他竖起拇指："您总是举重若轻。"他看着她："说说看。""矶滩角的吴沙原听那个女人的，所以您去海岛散心，顺便也把她拿下。"他差点跳起来："拿下？我是山大王？"女副总捂着嘴笑："我是说您会让她放明白一点，站在咱们一边。"淳于宝册脸色不悦："为咱吹枕边风？""反正那个男人一定会听她的。拿下她，就等于拿下了小村一半。""那就将她拿下。"

蛹儿帮他细细地收拾零碎物品。罐头、防叮药膏、维生素丸，还有那本情诗。她不愿他独自成行，提出让秘书白金跟随："万一有个三长两短……不要忘了您也有了一把年纪。""我如果老糊涂了，就按你说的去做。"蛹儿不再吱声。"给我管好后方，等战斗结束了,我会给你请功。"他拍拍她。

这是一个清风拂面的早晨。他把一个大包扔进吉普后备厢,然后发动引擎。天稍冷,穿一件灰色大衣,围上围巾,棉帽放在一旁。包里有两件夹克,其中一件是皮的。没带西装。蛹儿望着车子远去,对白金说:"他觉得自己还年轻。过了七十岁生日,就离不开人了。"

吉普开得很快,兴冲冲宛如人的心情。"由于条件所限,我的青年时代竟然没有谈过恋爱。这么倒霉的人不多,还不如一只兔子。"他口中喃喃,又加了一句:"还不如一只鸟。"他拍打方向盘:"这种事儿够麻烦够刺激,非得有一颗年轻人的心脏不可。老天爷可怜一匹老马吧,别再用鞭子抽它,它会自奋蹄哩。"他加了一下油门。太颠了,路永远不好。他想象见面的一刻:她会以为这是一种巧合,真的,一个大老板春天里无所事事,游兴大发,来参加"开海节"了,不愧是个奋起直追的民俗爱好者!"啊,幸会幸会,您来了,真是太让人高兴了!"他们互致问候,一次美妙的邂逅就开始了。

车子直奔海边码头:几只混装船,要开向不同的岛屿。他在嘈杂的人声里把车开上甲板。船工穿了油渍斑斑的蓝衣服,脾气特大,骂咧咧的。他好不容易才把车子停好,固定,开始眯上眼想上一次的海岛经历。吴沙原迷恋的小女人,还有鸟类博物馆。那个馆真不错,既解决了吴沙原情敌的职位问题,又养了这么多奇珍异鸟。"咱们这儿怪鸟真多!"他心里发出一声慨叹,"什么时候这些怪鸟全都消失了,这个世界也就没什么意思了。"

蓝缎子一样的海面被剪开。巨大无匹。美。他像上次一样从车上望着,一直到靠岸。这儿比想象的还要拥挤,小港上除了接人接货的,还摆放了一长溜海鲜摊子。有一只特大的粉红色乌贼吸引了他的注意,探头看了许久,摊主冲他大声喊:"这家伙还是活的,快搬车上吧!"他赶紧踩了一下油门。啊,又是海草房,乌黑的海岛石铺路;刺目的是零零散散的新建筑,它们一律贴瓷砖,一层或两层,远看就像一只卧地大鸟难以愈合的创口。那家旅店的名字叫"天合",同样是一座令人不快的二层新楼,唯一给人安慰的是它的名字。他想象这种巧合也许是一种天意,急于知道前一天抵达的那位女房客在哪儿。他与店主搭讪,问明天的节令,问每到这时就多起来的游客。店主说哪里人都有,北方的南方的。"有说京腔儿的?""那是,什么人都有,还有帽子上插羽毛的人。"问不出那个民俗学家。他对羽毛之类不感兴趣。

时间还早。他把东西放好,想出去走一走,特别要去一下明天举行开海仪式的地方。他的房间在二楼,是仅有的一个小套间。下楼后特意看了用餐的地方:几张棕色圆桌,空无一人,墙上的电视机开着。刚刚出门,一抬头就看到了那个帽子上插羽毛的女人。从背影上看这个人身材颀长,细腰圆臀,扭动幅度很大。黑色礼帽上有两支红色鸟羽,像招摇的小旗子。他忍不住快走两步,想从正面看一眼。有些失望。太浓的妆,蓝眼睑假睫毛,胸前还垂了一串大个儿黄珠。他转脸去看别处。

海岛西北部有一座黑苍苍的海神庙,它的一侧就是新搭的台子。这座土台已经装饰得有些俗艳,花花绿绿披挂了不少东西,大横幅和彩灯十分显眼。有人在试音响,不断发出"啊啊""喂喂""妹妹你坐船头啊……"不多的游客在徘徊,都是像他一样提前观瞻的人。他进了那座小庙,发现海神像是新塑的,颜色太重了,香火呛人,无法久待。出了庙门一眼看到远处有一个背了挎包的女子,那挎包带子可真长。他屏住呼吸。她往这边走来,近了,一个陌生人。

绕过台子往北往东,是十分清寂的海岸。远处有另一些小岛的影子,有不多的几条船。腥腐味很重,臭,原来是近岸养殖场散发出来的。它的模样像水田,近岸海面仿佛全都变成了水耕地。可惜。这么好的海岛被"水田"围起,真不敢想象。他由此又想到了矶滩角:那儿就不见这样的"水田"!可见那个"小知青"是个倔家伙,也是个有大主意的人,所以他才能把那个民俗学家紧紧地吸住。近岸气味越来越难闻,他拐进村子。

留意了一下岛上,小吃店很多。天近中午时几乎每个店都忙碌起来,好像一下拥出了几十倍的客人。他至少转过了五六处小店,发现它们都大同小异,无非是各种鲜活的海产,外加岛民的原始烹制。他想看到一个熟悉的身影,没有。他在离开的最后一个小店里又看到了那个插羽毛的女人,她正在吃拳头大的牡蛎,一眼看到有人注视自己,就举起啤酒杯做了个敬酒的动作。他点点头,走开了。

在下榻的旅店用餐并非上选,这里的食物通常比不上外面的新鲜,而且价格不菲。淳于宝册喜欢这里的清寂:那些不安分的外地人都跑到全岛各处了,午晚餐冷清得很。他坐在一个角落,像在家里用餐一样仔细披好餐巾,然后细细地咀嚼。服务员端来一大盘煮黄蛤,让他悄声发出一句惊叹。正剥着美丽的壳子,又有人进来。他吸吮着嫩嫩的蛤肉,一抬头舌头像被钳住,"哎哟"连连,

343

慌慌地站起揖手。"啊，是您，淳于先生！"进来的人正是那个一直没有露面的女子，是欧驼兰……她的眼睛里闪烁着明确无误的惊喜，这让淳于宝册泛起一种感激之情。他镇定了一下，微笑，露出了结实而整齐的牙齿，期待地站在桌前。她走上来。轻轻一握。软而暖的手，小手。他好像第一次注意到她的手原来那么修长。这可不是劳动人民的手，而是……民俗学家的手。

"我如果没有猜错，您是奔这里的'开海节'来的。"他请她坐在对面，"真想不到！太好了，竟然在这里碰到了一位大专家！"

"您很久没有去矶滩角了。这个冬天比去年冷。还好，正好在炉边读读书，其中就有您的书。"

淳于宝册觉得脸上有些烫："啊，见笑见笑，您真的读了，浪费宝贵时间。"他一边说一边示意服务员加餐，把菜谱推到客人面前。欧驼兰说这怎么好，他说晚餐您请好了。"我第一次读到大企业家这么丰富的文字，吃惊的是那么多与工作无关的内容。这些部分让我更感兴趣。"欧驼兰说着，把那只很少离身的长带挎包小心地移到腿上。他问她住哪一层？她说一层，靠最里边的一间。"这是多么好的请教机会！可是实在害怕打搅您。与我的闲逛不同，您这次可是专业考察啊！"淳于宝册一脸的诚恳，但不乏热切。欧驼兰微笑摇头："没那么严重。看过了多次这种节日，虽然这个岛是第一次来。明天我们一起去参加吧……"

用餐时淳于宝册才知道，欧驼兰提前来到这里一天，已经访过了几位老渔民。人和人多么不同，这位女子竟如此敬业，一丝不苟，永远从零开始。他说自己刚到海神庙那儿去过，觉得那里打扮得有些花哨。她同意："是的，其他地方也是一样，花钱越来越多，离原来的节庆面貌越来越远。领导太重视了，请了城里歌手，还要一遍遍让岛上老渔民排练。""排练什么？""祭海神，喊拉网号子，词儿都是新的，岛上老人有些烦了。""原来这样。您见过排练吗？"欧驼兰点头："就在小学操场，下午还要排练。""我们一起去看看好吗？""好的。"

三

淳于宝册和欧驼兰一起来到了小学操场。这所古旧的学校引起了他的好奇：由青黑色的海岛石垒成的一座大四合院，中间是半个足球场大的石板地，就是操场了。房子原先可能是海草做顶，而今覆了半新的瓦片。它们除了比一般民居高大一些，其余没什么差别。欧驼兰说：上午问过，这里几十年前属于岛上一户最大的人家，后来这户人家跑了，房子就收归村子。"那就是'渔霸'了。"他说。"是富裕人家，岛上老人说这家人其实蛮和善的，每到开海节，所有祭品都由他们一手操办。"淳于宝册见东墙根下聚起一帮腰上拴红绸子的人，知道是来参加排练的，其中有好几个老人。他们往那儿走去。有人向欧驼兰打招呼，相互之间显然有些熟了。欧驼兰指指淳于宝册，对一个脸上有黑斑的老人说："您好，这位先生也是专门来听号子的。"老人说："嚯咦。"她又说："如果唱原汁原味的，那更好。"老人说："嚯咦。"

原来老人是全岛最有名的"号子王"，领唱号子已经有五十多年了。说到明天的表演，老人张大嘴巴："新手占一半儿，不过是意思一下吧。"他说话声音很大，可能耳朵不太好。旁边一位四十多岁的汉子凑到跟前夸老人:"不是吹,'老号头'那些年方圆百里是最有名的!没有不服的!有一年外港停了一艘天津来的大船,是大帆船啊,急着张篷出海,哪知雨后篷缏又湿又涩,怎么也升不起大篷!最后急得没辙了,就来请咱'老号头'了。他带着一帮兄弟赶去,喊起了'张篷号',眼瞅着就把大篷给张起来了!"老人在一边听明白了,眨巴着眼睛,越眨越快,突然迎着一伙人喊了一声:"嘿嘿……吼……哟呼咳!咳!"

十几个人像一下被唤醒了似的,一齐伸长了脖子呼应:"咳呀嘿呀嘿……哎哈咳咳!嗨嗨呀哎……嘿嘿!嘿嘿!"

"哟啊嚷哦……嚎嚎!嚎依呀咳……咳咳!"老人的声音变得粗浊可怕,两手扬起,像拽住了千斤重物,猛地下沉复又举起,眼睛尖厉厉的有些吓人。

"嚎喂喂嗨呀吼……嚎哎嗨!嗨哎嘿!咳!咳咳!嚎喂喂嗨呀吼……嚎哎嗨!"所有人都瞪起大眼盯住老人空中的一双手,那十根粗钝的手指翘动着,每一翘都引起雷鸣似的暴吼,震得人耳朵发疼。这样连续喊唱了一阵,就像急雨浇泼。老人仰头眯眼,紧咬的牙关松开,吐出缓慢悠长的一声:

"咿呀咿嗨……哎哎……咿呀咿呀……"

所有人都随上这声长叹,像踩在颠簸的甲板上晃动。每只手都抓紧了什么,那只能是湿漉漉的缏索,决不松开,勒紧,坚持,正在度过生死攸关的时刻。嗞嗞的声音响起来,随时有断裂和崩毁的危险。一霎时静到了极点,无一丝杂音。这样约有半分钟,只听"噗嚓"一声,老人鼓大的嘴巴吐出一口气,接着是更猛烈的呼号。急促无比的和声紧紧追上,再无一丝松懈,缏索一扣连一扣刹紧,蠕动,绷直,水珠四溅。大篷往高桅上攀爬,吱嘎有声,缏索在风里一下下跳动,像弓弦一样弹响了,海鸥嘎哦乱叫。"啊啊哦哦,咳哉!咳哉!呼呀依呀!嚎……嚎……呼啊呼啊……着!着!呼——啊——!"

汗水像雨点一样甩下,所有人都齐齐地停住。老人的衣怀不知何时敞开了,胸口冒着热气。淳于宝册张大的嘴巴合不上,看老人,又看欧驼兰。"啊,大篷就这样……张起来了!"他惊叹,声音颤抖。

欧驼兰靠近了老人,低声说着什么。老人一边打手势一边点头。几个年轻人目不转睛地看过来,脸色赤红。她赞叹:"真是了不起,这是我听到的最棒的'张篷号'!明天这样唱多好啊!"一个中年人撇嘴:"那不能。那要听'上网号'和'捞鱼号',最后是'竖大桅号'。""我听过'竖大桅号',那是响亮雄壮的……"她说。中年人摇头:"这号子太短,要重复五六遍才成,词儿也换成'盛世呀!出航呀!'夯啊!嗨呀夯啊!盛世呀!咳呀咳呀……这样哩!"

他们说话时老人已经解下了红绸,掏出烟锅吸烟。一个戴眼镜的男子走过来,瞥瞥欧驼兰和淳于宝册,对蹲下的一伙人说:"下午是最后的排练了,主要是练练队形,明天要拍电视。"老人没有搭理那个人,磕磕烟锅说:"红绸子真别扭,我说过,这又不是扭秧歌。""没有红绸子就没有气氛,咱这是过节。还有,你们喊号子那会儿要凑近麦克风,把胳膊举起来,这样。"眼镜做了一个示范动作。

为了不影响排练,欧驼兰和淳于宝册退远一点,然后走出来。淳于宝册一直沉浸在刚才的号子中,耳畔又一次掠过少年时代采石场的呼吼……他说:"您该录下那个'张篷号',太好了。"她点头,表示没有错过。"明天的阵仗可能很大,真让人期待。"他说。"是

347

的,这些年类似的活动越来越隆重,可惜太注重表演了。实际上真实的号子并不是这样的,比如刚才,多半时间里旋律性很弱节奏性很强,这才突出了它的功能。只有劳动强度较小时号子才变得抒情,调子委婉……你听到了吗?前边每两小节为结构单元,交替响应在整个过程中,以二十小节为一个乐段,分成了三段。第二十节平稳缓和,后边就越来越快了……"她详细解说,后来觉得一对热切的目光盯在脸上,就停下来。

"啊,是这样!您可以教给我的真是太多了……"淳于宝册由衷地感佩,尽量让自己与之保持一个适当的距离:"我在听号子时什么都忘了,那会儿好像就站在雨后的港口上,一颗心也悬起来……"

按照约定,晚饭就在旅店用,由欧驼兰付款。饭后淳于宝册提议到海边走走,她同意了。街灯稀疏,好在一会儿月亮就升起来。清冷的海边只有三三两两的人,都是一些外地游客。两个人没有多少话,就这样无声地漫步。淳于宝册今夜有一种特异的感觉,感激这明亮的月光、月光下的人。他觉得无声之声的交谈随着月色流淌,缓缓的,徐徐的。玫瑰花一样的芬芳涨起来,渐渐淹没了一切。似乎有令人窒息的幸福感,他把夹克松开了一点。

"我越来越明白您为什么一直待在乡下了,您喜欢海。小村子是养人的,而大地方总是耗人。像今夜,多么静……"淳于宝册想说点什么,却又觉得不得要领。

欧驼兰看着月光下墨蓝色的海面:"这儿才是真正的大地方啊!"

他们走了一个多钟头才回到旅店。淳于宝册登上二楼走廊正好遇到帽子上插羽毛的女人。他闪身让过,她却磨磨蹭蹭,羞涩地看他一眼:"先生,咱们是邻居!"原来她就住在二楼最东边一间,正好在欧驼兰上边。错身而过时他看清了,这个女人的一双大眼圆鼓鼓的,结膜发黄,三十多岁,上唇生了一丛纵纹。她一边下楼一边回盼,诡秘地点头。

这一夜睡得并不沉实,天刚蒙蒙亮外面就传来了喧声。原来今天是非同寻常的一日,街上一大早就有大喇叭唱起来。淳于宝册在空荡荡的餐厅里等了一会儿,只好自己用餐。他回屋里取了一点东西,在一楼尽头的房间那儿犹豫一下,还是敲了门。她开门就说:"我们该出发了。昨晚休息一般,就早起了……"他发现她的气色很好,没有一点缺少睡眠的样子。他附和:"是啊,是的。"他夜间醒来几次,总是听到门外长廊上有蹑手蹑脚走路声,有一次忍不住开门,什么都没看到,才知道是错觉。

海神庙前边的小广场早就挤满了人,多得让他们吃惊。人流还在汇聚。靠近庙门有一个铁铸的大香炉,正燃着几支碗口粗的香柱。鞭炮震耳欲聋,到处都是炸开的彩色纸屑,人们在烟雾里咳成一片。淳于宝册和欧驼兰捂着口鼻,躲闪飞溅的鞭炮,寻着空隙往台前移动。欧驼兰有几次陷入挤成一球的人丛中,淳于宝册不得不扯起她的手。她额上挂着汗珠,抹了灰痕,泛红的脸庞别有一种妩媚。她喘着抽手,这让他意识到应该早些松开。一阵深沉的呜呜声响起来,一时压住了脆亮的爆竹,原来是身穿绣了金线的蓝色衣服、头扎红布的十几个壮汉肩扛大铜号走来。一些维持秩序的警察为他们开路,粗暴地推开人群,让两支一丈多长的金闪闪的大号呜咽着挨近台子。与此同时,抬着剃得光光、染成了朱红色的二十八头大猪的方队也走上来。这些猪肥极了，都是精心挑选的大家伙，这会儿一齐摆在香炉前，成为献给海神的主要祭品。大喇叭一阵阵嘶叫，有人上台拍打麦克风。一些穿正装的人登台，排成一溜，双手放在小腹上。司仪大声宣布："开海节正式开始！"

宣读祭词，颂海神，祈福佑，然后就是唱拉网号子。领号人仍然是那位老人，不同的是他和一伙人都被描成棕红色的脸庞，粗眉倒立，威猛吓人。老人由于紧张不适或其他，嗓子有些变，合唱的人显得尖声辣气，有几次还走了调。喊出的词儿都是新的，断断续续模模糊糊，只有"盛世""大潮"几个字听得清。"这实在太乱了，耳朵和嗓子都受不了。"淳于宝册想安慰欧驼兰，声音里带着深深的歉意。他甚至想说："这样的地方我一点都不在乎，可怎么能让您……您是怎样宝贵的人啊！不能让您受这份活罪，这简直太过分了，让您受惊、受累了！"但他没有说出。他多么想牵着她的手挤到场外，可当转脸时竟呆住了：她满脸欣悦，饶有兴趣地看着这场闹剧从头至尾演下来。他心里叹道：真是民俗学家啊！当这样的学问家原来需要无比的耐力和宽容，而自己在这些方面就差多了，大概要一辈子跟她学习才行。这样想着就安定了一些，换了一种从善如流的虚心与谦和，默默地站在她身边。

四

轰轰烈烈的节日只半天就过去了。从岛外拥来的人开始沿着海边游玩，又很快被养殖场的臭气给驱散了。他们到一些海鲜小店尝过了当地所有的水产，又钻到纪念品小铺里买了一些贝壳项链之类,准备回程了。淳于宝册觉得自己和民俗学家一样,随着外地客人的撤离、岛上重新找回安静而高兴起来。他庆幸她并没有马上出岛的打算,为接下来不受打扰的日子做着准备。他知道会有彼此邀请的机会,交谈也会深入。在这种客客气气的气氛中,可以感受最熟悉也是最陌生的什么东西,这一切都是人生至为稀珍的元素。他发现自己变得小心翼翼,掩藏着男人的殷勤与体贴,用庄重和自尊包裹着男女之间常有的一些小破绽。这样的日子漫长而又短促,美好极了又煎熬极了,他在一天里要无数次忍住敲门的冲动,费力地寻觅各种相会的理由。他认为请教才是再自然不过的口实。

"我感到遗憾的是,这一次没有听到拉网号子,没有听到'二姑娘'的名字,不明白这是为什么,难道相距不足一小时的水路,差别会有这么大?"早餐后他们一起步出餐室,他一边问一边放缓了脚步,沿着一楼走廊往前。再有两三米就是她的房间了,他希望能受邀喝一杯热茶。欧驼兰好像十分欣赏这个半路入行、有了一把年纪的民俗爱好者,而且稍稍有些感动,不得不像一个好的学者那样诲人不倦,回答:"不,他们昨天没有机会唱出来,因为太长。还有几种号子也没唱,比如'摇橹号'和'廷鲅号'。最后一种号子是别处少有的,在喜获丰收的归途才唱,很有意思。我前一天录制了它,等有时间会放给您听。"

他马上表示了惊讶和急切的心情。正常情形是对方会将不能即刻满足他人要求的原因加以说明,比如说"抱歉,我还有别的事情,改日吧"之类。可是欧驼兰这会儿微笑着点点头,显然要进屋去。他在心里原谅了她,心想女人嘛杂事儿多,有那么多针头线脑,化妆描眼儿,整理采访笔记,说不定还要去卫生间方便哩!他这样想着,忍住不快和遗憾挪动脚步,但转身的一瞬还是鼓鼓勇气问:"您今天上午出门吗?"

"不。就自己闲待一会儿。"

"如果不唐突的话,想请您去我那儿喝咖啡,我有上好的,比上次送您的更好!"

她几乎没怎么犹豫就答应了:"谢谢,再过半个小时吧,一会儿去您那儿。"

他觉得只有这个上午的交谈才是正式的,而来岛上之后,也包括以前的矶滩角之行,两人之间的所有谈话,不论长短都有点草率和应酬。这一次她将应约而至,在遥远的岛上,只有两个人。以前的谈话总有他人在场,尤其是那个"小知青"在一旁。这种差别太大了,简直有本质的差异。他貌似轻松,实际上如履薄冰,害怕任何莽撞和失误将一场谈话弄糟了。在她到来前的这三十分钟里他认真考虑了一番,最先想到的就是一定要回避矶滩角的话题。他不认为那个吴沙原是一个人拿主意,特别是刚刚过去这个冬天的狸金之行,很难想象欧驼兰会对事情的来龙去脉一无所知。一旦纠缠到这上边就尴尬了,会浪费和错失最宝贵的机缘。到底说些什么?拉网号子?当然。

她来了,愉快,矜持,彬彬有礼。待她坐下,端起香气四溢的咖啡,他就说道:"我前不久做梦了,哦,就是那个老鲐鱼讲了那个故事之后,我梦见了'二姑娘'。她在梦中的模样清清楚楚……"

"啊,讲给我听听!"她真的好奇,端起的杯子又放下了。

"怎么说呢,我醒来甚至记住了她的眼神、她的五官,一切都清晰得很。她在湖边上看我一眼,我就一直跟上她往前走,来到了树林茂密的小山下,那儿有一座闲置多年的建筑。我随她进门,惊讶地发现她就坐在厅堂正中,前边的案几上是一大束鲜花……"

"很美的一个梦!"

"是的。我后来想,这个'二姑娘'其实就是传说中的海神。我是从梦中、从她端坐的模样想到的。"

欧驼兰点头:"您说得很好,这样一来就把那个美丽的传说与海边祭祀传统连在了一起。这是一个神话故事,它把虚幻的东西具体化、现实化和生活化了。从民俗学的角度看也是极有意义的。"

淳于宝册像一个受到夸奖的学生那样,不安地搓手。他的喘息声加重,眼睛看着别处,感叹说:"我们应该有自己当地的、熟悉的海神,让它有更好的居所。'二姑娘'再也不能到处流浪了,她受的苦太多了……所以,"他仰脸看她,"我在心里做了一个决定,就是把半山上的那幢别墅改成一座海神庙。"

欧驼兰的神色凝重了一些,好像在考虑这个突然发生的事件是否真实。她细细品味,说:"啊,这咖啡很香。"

淳于宝册的脸色有些红。他站起又坐下,当发现自己有些急躁时,就轻轻咳了几声。再次开口时嗓子沙沙的:"这里的海风还是比对岸凉……啊啊,我刚才说了'二姑娘',总觉得她梦中的模样再熟悉不过,后来才明白,她长得就像一个人,我是说像您,眼睛、脸庞,这是真的……"

"淳于先生,您太夸张了……"

"这是真的!我不会在这样严肃的事情上开玩笑,一点都不能!我只好如实地说出来,梦中见过的那个人就是这样,但愿这样说没有冒犯您……"

欧驼兰笑了："这怎么会？淳于先生，这对我只能是难以承受的赞美，我知道，您并不是在故意恭维我。"

是她的笑声而不是说出的内容，让淳于宝册感到了刺痛。但同时他心中泛起的是一种强烈的执拗，这使他沉着了一点，用缓和而清晰的声音说道："我很高兴有机会能当面说出这个梦。我是说，您就像那个传说中的人一样，离现实很遥远，却又近在眼前！是的，不过，您对我们永远像是一个美丽的传说……"

欧驼兰的笑容凝在了嘴角："您的话就像绕口令一样。"

"可对我，自从那个夏天海边草寮见过那一刻开始，这个传说就驻在心里不走了……"

"草寮？您说的是矶滩角？"

淳于宝册担心的那三个字还是出现了。他后悔提到了它，可在记忆深处那是永远无法忘却的一个镜头。他有些难过地垂下了头，双手叉在一起，像为犯下的无法挽回的过失而痛疚。

值得庆幸的是对方没有继续说那个小渔村，沉默了一会儿，开始翻动随身的挎包。他看着她的纤手想：我可握过它啊，那么柔软，那么热；就因为如此，它才格外有力量；它可以把最暴烈的生命驯服；它能挽救也能摧毁，就看它愿不愿意，想帮助谁、偏向谁；它是每个世纪都参与扭转乾坤的一种微妙而实在的力量；它是入画入诗之物，不过它的主人大半对这些一无所知……挎包里的东西找到了，原来是一个比眼镜盒只大一点儿的音箱。她说：

"听听'廷鲅号'吧，我之前说过它。"

她按了一个键，又调试一下手机。他一直看着她频频移动的灵巧的手指，觉得这已经足够了，身上的潮涌往上泛，从下部漫起，很快把整个人都淹没了。他闭上眼睛,紧咬牙关,等待这一刻过去。他的下巴抖动得厉害,以至于不得不抓紧沙发扶手,手心很快变得汗溻溻的。他长叹一声睁开了眼睛。

"嗨哟哎!啊嗨嗨……花红李子甜啊,嗨哟,老橹把子一路呀啊呀,嗨哟哎!使把劲儿哎嗨!小红鞋儿呀,啊呀!嗨哟哎……老橹把子呀啊呀,一路呀,花红李子甜啊,嗨哟,小红鞋儿呀,啊呀!嗨哟哎……"

淳于宝册被这悠长的调子引开了思绪,沉浸到无边无底的深处,像害怕溺水一样抬起下颏,呼吸急促。"这要命的号子啊,比那些粗烈的号子可怕一百倍。这是魔音,是海神施放出来的……"他紧闭双眼呻吟着,像乞求一样说:

"这号子快让人喘不上气来,它让人眩晕……"

五

月亮刚升起的那一段时间,淳于宝册又听到了门外轻轻走路的声音。他知道这是恍惚造成的。捧了一会儿书又放下,打开电视。动物世界的故事:为了争夺交配权,一些野物正展开血腥的搏杀和角逐。关上,不想看这个老套而永恒的故事。他知道不同生命间的贪婪和欲望是相似的,不同的是有时候会以隐性的方式存在,不那么赤裸裸的,或转移到其他方面……电视机的喧声一停,门外的声音又变得隐约可辨。他把门打开,接着吓了一跳:那个帽子上插羽毛的女人真的在走廊上漫步。"啊,原来是你,你还没离开?"他发觉自己的声音有些粗暴,小声补充一句:"抱歉。"女人喜盈盈地凑近:"先生啊,没有,多么好的月亮!""是的。"他仰脸看看天上,就要关门。女人上前一步,浓烈的香水味儿扑面而来:"我第一眼就觉得您面熟,可又不敢相认。""不会吧,您找谁?"他稍稍有些紧张。女人双手捧着触目的胸部,这个动作让他想到了女副总。她说:"您记不得了?十年前的那一次,那是我的初夜……""是吗?有这么好的事儿?不过太巧了就不真实了!"他像一个年轻人一般灵捷,转身,重重地合上门扇,按着胸口:"抱歉!"

他冷静了一会儿,觉得刚才那个女人有一句说得很对:今夜月亮好极了。真可惜,如此折腾一番来到一座岛上,却要躲开芬芳的夜晚。他有了一个想法,就是驾着吉普走远一点,到接近小港的地方看看对岸,吹吹凉风,或者找家小店独酌一会儿。这样的夜晚如果和蛹儿在一起就好了,她从不让人寂寥。怅怅地下楼,出门走开十几米,一回身看到一楼尽头的窗子亮着,站住了。他攥着手中的钥匙,最后还是转回,沉着地敲门,发出直接的邀请:想不想乘车去远一点的海边?是的,屋里太闷了。她显然并无热情,但也没有拒绝。

今夜风大了一些。漆黑的海面上卷来微微波浪,接近沙岸时变成了粗长的银链,唰唰地缠绕。他们将车泊得离小港远一点,发现这里的海岸干净得很,可能是全岛唯一没有被近海养殖弄脏的地方。远处是对岸灯火,是一个个村落。"淳于先生,您能分得清哪里是矶滩角吗?"他在心中哀叹:没有办法,这终归是无法绕开的话题。他伸手指了指。"晚上看那里离这么近,白天如果有雾就看不见了。"她说着靠近一点,像是不经意地问:"您认为对岸的小村还能存在多久?"

"矶滩角?我想它会一直存在下去!"

他口气里有一种不容置疑的坚毅，说完直直地看着对岸，好像在等待再一次攻伐。

"谁能保护它？谁有这样的力量？您吗？"

淳于宝册转脸，伸出食指："是您，一位民俗学家！"

欧驼兰口气冷冷的："我们在谈论一个渔村的命运，您明白我的意思。这不该调侃，尽管您觉得这很有趣。您是很轻松的，以逸待劳。可是对另一些人来说整整一年多都是很煎熬的，他们的心情糟透了。"

淳于宝册退开一步："他们不会比我更作难！我想告诉您的是，不是别的，就是您让我改变了主意！本来我不愿过深地介入这个海边开发项目，因为它已经是当地政府的事。狸金的工作班子也很庞大，我其实早就是一个名义上的人物了，您也看到，我的兴趣和精力全在别的地方，近年也像您一样着迷于民俗学……是您让我认识到一座七八百年的小渔村的珍贵，于是我就全力阻止人们拆毁它，如果有可能，我们要把它原汁原味地保存下去，一直到另一个七八百年！"

他说得急促而恳切，额上渗出了汗水，伸出手帕揩拭。欧驼兰的目光一直没有离开他的眼睛："是吗？既然如此，为什么一定要兼并它？"

"是啊，为什么？"淳于宝册望着夜海，"我也这样问过。狸金和市里的回答是，在这样一个时代，只有资本的介入才能切实有力地保护一个古老渔村。"

"这是一个什么时代？"

"拆毁重建的时代。"

"可是众所周知,你们狸金紧跟了这个时代,你们如果能够保护矶滩角,那就等于说黄鼠狼在保护鸡!"欧驼兰的声音提高了,说完又加一句:"对不起,这个比喻很不像样子……"

"我不在乎……"淳于宝册像是用尽了力气,气息变得微弱。他好像胃部不适,揉了几下腹部,不太流畅地说下去:"没什么,我理解您的担心和……不过说真的,哪怕就为了您能够在自己喜欢的地方安静地工作,我也会倾尽全力,我现在可以向您做出保证,请您……记住我今夜的话!"

欧驼兰仍旧看着他的眼睛,月光下双目专注:"我会记住。不过我想让您也记住,无论是我还是您,任何一个人,比起矶滩角这样一座历史悠久的渔村,都是十分渺小和短暂的。我们很小,很短暂,海和沙岸很大,它们对我们意味着永恒……"

"爱也是永恒的!"

淳于宝册突兀地吐出这样一句,连自己也觉得奇怪。

"爱是各种各样的。"欧驼兰说。

剩下的时间两人都不再说什么。他们往背风的地方走去,向西。在更远一点,几乎是正西方向,透来密密的灯火,让两人久久遥望。淳于宝册说:"那就是最大的岛了,上边有个鸟类博物馆,您可能看过。""是的,很宝贵的一个地方。""它的头儿,就是馆长,您见过吗?"欧驼兰摇头。淳于宝册声音涩涩地说:

"就是这个人,曾经是一个少尉,他抢走了吴沙原的女人。"

"抢走?"

"啊,也许不该这样说。反正小村里的那个人难过极了,他会远远地盯着这个岛,盯上一辈子……"

第十七章

一

艾约堡一片沉寂。静谧中传来浅浅一嚏，随着干草和花卉的气息散开。无所事事的几个人各自回到自己的角落：翻动考勤簿，打开速记册浏览，检查几处空气调节阀，坐守通往东厅的电梯间。一只过冬的秋虫在角落鸣叫，锁扣搜寻不得，保洁员取来杀虫剂，被她瞪了一眼。她认为声音的源头在花君那儿，走近了，它正懒懒地咀嚼，身上发出微微畜臭。锁扣把鼻子贴近，一种招人疼怜的乳臭未干。她从牛厩出来正看到蛹儿抱了一大摞书钻进电梯。那个人连楼都懒得下了。这座石头堡垒是整个狸金的内核，它的当中还有一个核儿，被小心地一层一层包裹，在柔软无比的丝绒里蜷着一个巨大的婴儿。此刻这个婴儿正在安睡，或两眼半睁，手脚并用伸一个懒腰，黎明来临。这里运行着与外部世界截然不同的某种时制，不是夏时制，而是另一种时制。初来堡内工作的人往往需要半年多才能适应，而才分过人的蛹儿仅仅用了两个月就顺应自如了。这种特异的时制对习惯按部就班的人是很难应付的，但只要是会睡懒觉、失眠、梦游或凌晨时分喜欢躲猫猫的人，生活在这儿很快就如鱼得水了。需要记住的只有一项：少言寡语。所有巧嘴滑舌和喧哗之徒会立刻被赶走。

有个新来的保洁员曾在暗地里叫淳于宝册"老山货"，锁扣吓了一跳。因为这在当地通常指那些生了杂毛的老兔子。她认为这个女孩非辞退不可,为了稳妥起见还是报告了主人。令她想不到的是他亲自接见了这位眼角吊起的小姑娘,赞许说:"这么会取外号的孩子我还是第一次遇到。"尽管如此,无论是锁扣还是别人,谁都不敢使用小姑娘为他取的外号。前几天锁扣亲眼看到董事长带着倦容归来,闪着血丝的双眼盛满了不安。接下来的这段时间陷入了静默,到处无声无息,就像一块儿进入了冬眠。她心里怯怯地问一句:"'老山货'怎么了?"

淳于宝册错过几次早餐或午餐是再正常不过的。室外隔壁应有尽有,除了水酒还有一套简易炊具。贮柜中林林总总,甚至可以找到像石头一样硬的荷兰干酪、甜如蜜饯的沙特大椰枣。对他而言春眠是零零碎碎凑起来的,这种情形大致是老政委离开后才有的,也算利弊兼具:半夜伏在窗前嗅着绵绵青草香气,听小虫低吟浅唱,有一种特别的安慰。这样的季节最笨的家伙才舍得呼呼大睡呢。睡不着就看书,在笔记本上画着。"这次海岛之行我不得不做出一个承诺,而后就是践诺,不然就成了'无赖'。"他写下这几句,咬住了笔头,又加一句:"不过我的承诺是向海神做出的。"他盯着这几个字,想到了半山上那座美轮美奂的建筑。

梦中再也没有出现海神。琐碎的梦十分凌乱,很难记住,这都是春天的特征。有一次梦中似乎出现了一个女人,但浓浓的海雾挡住了她,加快步子追上去,这才发现她帽子上有两支翘翘的羽毛。他心情不佳,拖着步子下楼,第一个遇到的就是心事重重的锁扣。他注意到这位领班瘦了许多,美中不足的是屁股变得更大了。"董事长去东厅?""怎么?"锁扣两手往胸前比画了一下:"她又来了。"

淳于宝册"哼"一声，不紧不慢用过早餐，擦擦嘴巴站起。秘书白金候在东厅，见他乘电梯上去，会意地点点头。女副总的样子让淳于宝册吃了一惊。"董事长，我还是不得不报告，出了……大事！"他一怔。她把汗湿的一绺头发挽一下，回头睒一眼说："那个'眼镜兔'到底做大了，他不听我的话，最后被保安处提走了，刚过去两天人就……"

"怎么回事？你从头讲。"他毫无预料，一下站起。

"我以前说过，他有事没事就往培训处跑，不出事才怪！我按您的指示严肃警告过他。谁知这家伙暗中一点都没停。结果就十几天的工夫，他搞上了一个女孩，小姑娘要死要活的。进了保安处哪有好事，那帮人的脾性……前天夜里人就过去了。"

"去了哪里？"

"……死了。"女副总看着神色冷峻的淳于宝册，两手从胸前绝望地垂下。

他吸着凉气，盯住她："到底怎么回事？""我，唉，简单点说是上边来人了，那人非要见您不可。""那为什么不告诉我？"她脖子缩了一下，双下巴抖得厉害："不是他本人，是他儿子！我说您去外地了，他死活不信，说'董事长不懂事，就找个懂事的来'，我要陪他，他说年轻人才懂事。实在没法，我就让一个小姑娘去陪餐。谁知道她就是'眼镜兔'的女友。那会儿他疯了一样冲进去，差点把那人的肋骨撞断……保安处只好出面，事情太突然了。"淳于宝册伏在窗上许久，回身时脸色铁青："去一趟吧。"

女副总一路上都在说明情况："这事儿到现在为止不超过四个人知道，对外只说他喜欢体育，登山时从崖上掉下。伤得太重，后背和两肋都有瘀青,头上的血擦干了……本来我们会处理好的,可考虑到是您亲自安排的人……"他一言不发,只往前赶。跨进保安处的一间屋子,一眼看到铺了单子的铁床上躺了一个人,全身蒙起。脸色青魃魃的保安处处长弓着腰过来,女副总用一个严厉的手势将其挡在远处。淳于宝册走到床前,轻轻说一句:"你们出去。"

"眼镜兔"睡着,再也醒不过来了。"你是个天才,孩子!真可惜,我们本来有机会好好喝一杯的,唉,咱们相识得太晚了。就像古人说的,'芳兰当户不得不锄',那里实在不是你沾的地方。你落在一伙狠人手里,他们不会饶过你。我会厚待你的父母,放心走吧。我要以最严厉的方式惩罚凶手,我说话算话!好孩子,真对不起。好好走吧。我没有对你说过,我第一眼就相信咱们会成为朋友,成为一对无话不谈的忘年交,只是来不及了……"

泪水盈满,顺着鼻子流下。他狠狠抹了一把脸,把门打开。

女副总和处长进来。他没看那个哆哆嗦嗦的男人一眼,只哈气一般对女副总说一句"走",就出来了。"您可能想不到,这小子太花也太有本事了,只不过几句话几个眼神,水光溜滑的大闺女就跟他走了。真小气,完事后就给人家一支冰激凌。小姑娘对他迷得呀……"女副总还在唠叨,他不得不呵斥一声:"你懂个屁。"

他们徒步往前,几次放走停在一侧的摆渡车。过了五六站路,一直走到离半山不远的小湖旁。柳叶已经发绿了。他们坐在树下连椅上。"'眼镜兔'没有父母了,是姐姐带大的。他对不起家里人。"女副总望着湖水,难过起来。她想提报一笔不小的抚恤金,可淳于宝册赶在前边说出了更大的数目,把她吓了一跳。"我没听错吧,这……为什么?""因为他是一个天才,还爱好体育。"

他打发她走了,独自在湖边坐了很久。悲伤难忍,泪水全淌在心底,再过一会儿就要溢满呕吐。他知道这不仅是因为"眼镜兔"的事。他突然想到了老榆沟那个黑夜,那座腥臭的老碾屋。他还看到了野椿树下老奶奶的白发。他闭闭眼,抬头望向西边的半山,在心里呻吟:"老师,那是我为李伯伯准备的晚年居所,可他厌恶这里,走开了……"这样说着,泪水哗哗流下来。

秘书白金在小湖一边徘徊,见这边招手赶紧过来。淳于宝册问:"有什么事吗?""副总刚才一急就忘了报告,她让我转告,前几天有人到海边抓人了。""啊?有这种事?抓了多少?""不知道,她没有讲。"淳于宝册翘翘手指:"你让她,不,让老肚带跑步到湖边来!"

二十分钟过去,一辆黑色轿车嚓一声停在湖边。老肚带夹着大黑皮包从车上钻出,脚一沾地就颠起来,喘着站定:"您找我?"淳于宝册目光落在对方的尖头皮鞋上,觉得这是他所看到的最丑的鞋子。他忍住厌恶:"不是让你跑步来吗?""我怕您着急。""你要尽快甩掉这个猪肚子,不然就会蠢得让狸金砸锅卖铁!"

老肚带稀疏的头发分成了两绺,这种发式让淳于宝册觉得丧气。他忍不住,问得粗声大气:"你知道有人进村了?""您说海边?没有啊,副总跟有关方面谈好,这个春天不再派驻工作组。""我说抓人!他们抓人!"老肚带"哎哟"着:"这可不是计划中的,那属于突发事件。事情是这样,那两个村子本来全都办好了,已经按人头签字画押,可是近来发现有人暗中串联想翻盘,这可是大事啊!如果不能及时阻止破坏分子的非组织活动,下面所有步骤都得泡汤！矶滩角不过是捎带上……""你参与了？""我……知道这事儿。"淳于宝册怒喝："为什么不报告？""您去岛上过节了……""副总同意？""她是后来知道的。再说她管不着这档子事。"

淳于宝册这一刻明白：老肚带已经刹不住车，女副总在暗暗提醒自己。他不再啰唆，简明扼要做出指示：不管使用什么方法，要让那些人越快越好地撤出，赶紧放人，如果三天做不到，那就先脱你的裤子打屁股，其余的吃不了兜着走。

"我的爷爷，再宽限几天怎样？"

"没有那么多时间了，三天后我就去矶滩角度假。"

二

老鲇鱼见了淳于宝册高兴得像过节一样。"我一个冬天都盼您来，还做了鱼冻，这只有咱才做得出！"他摊开一双大手："鲷鱼肉加海毛菜熬几个时辰，再撒上海胆和五香粉，嗞儿嗞儿！""最后是什么？""啊，这样。"老鲇鱼做出端杯呷酒的模样。淳于宝册笑了，收了笑容问："能讲讲一冬一春发生的事儿吗？""这个，"老鲇鱼瘪起嘴，"海边村子不太平啊，我估摸着要出大事，吴沙原大冷天敞着怀上街……""那又怎么了？"老鲇鱼"哧哧"两声，做出骇人的眼神："老板儿不知道，俺这村头火性大，真火攻心才这样，大冷天敞怀！那年冬天，就是他老婆跟人走时，他就这样……"

淳于宝册咽下一个惊惧，一时未语。"丢了老婆和村子，这对他大概都差不多。老天爷,两边村子暗中闹起来了,捉走了几个人,后来又放回。咱村也进人了,不过前天撤走了。肯定要出大事,就像往年闹长毛一样,海边不宁了……"老鲇鱼沮丧地看看他。淳于宝册觉得一股寒气从头灌到脚,搓着手:"来一杯,不,一壶滚烫的茶。"

足有多半天把自己关在屋里,没做任何事情。他于午后出门,无心闲逛,而是一直往北,穿过一条黑石胡同。前边有许多声音,他加快脚步,一抬头就看到了大海,啊,今天是一种浅蓝色,美极了。沙岸上有一些人,并不拥挤,疏疏朗朗,从衣着上看是外地游客。他的目光往东一点,看到了长长的草寮。啊,正在迎接夏天,和当年一模一样!他加快步子赶过去,找个位子坐下。摊主告诉他:随着天气越来越热,这里的客人就会多起来。尽管用过了午饭,他还是要了一杯散装啤酒,点了一大盘黄蛤,二十只椒盐琵琶虾。摊主在一旁看着,小伙子提前穿了夏装,头上捆了一块花布,神气俊爽。"你们村的人都不怕冷,这本事了得!"他呷了一大口,举起拇指,想的是冬天敞衣上街的吴沙原。

离开草寮,感到了微微的酒意。站在村头巷口,想着至关重要的一次拜访。看看手表是下午三时十分,这个时间不舍午休的人也该醒来了。他想去民俗学家那儿,因为无论如何,共同经历了那个岛上节日之后,就算十分熟悉的朋友了。这个下午他不再有单独探访的纠结:终究可以像吴沙原那样独自造访了。他在那幢常常落下海鸥的海草屋前端量了一会儿,没发现任何禽类。前院的美人蕉开放了,旁边一株刚刚植入的木槿还没有结苞。

民俗学家像接待一位旧友那样欢迎了他,不过仍然让人感受到一点距离：问候，礼让，称"先生"或"您"。"我是从海边草寮那儿来的，夏天还没到，可是我们先喝上了。"他爽朗地说着，故意把声音提得很大。她只用稍低一点的声音回应，似乎提醒这仍然是一次矜持温婉的室内交谈。果然，他再次开口，声音就变得低沉了许多。她问："您终于能够放松一下了。这次会多住一段吗？""是啊，这儿是最好的度假地了。大海鸟真好，海风也好。穿过一片海草房往北，觉得像来到了古代。"他搓着手，暗暗扫一眼她潜伏的胸部，心里骂一句"该死"。她微笑，露出洁白的牙齿。他把惊叹埋在深处：只有爱着大海的女学者才会长出这样迷人的牙齿！他想起老政委有一次像扒开马嘴那样检查了自己，说他牙齿内扣，就像马牙，预示了过人的精力。他同意她的推断，无论这副伤痕累叠的身躯挣扎多久、发出多少哀号，直到逼近花甲之年的今天也还方兴未艾呢。可是即便如此，他仍旧不敢大意，试探，抚摸，然后起跳——一跃而起，俘获！"年纪不饶人啊。"他这样提醒自己。

欧驼兰可能在整理什么，一支浅紫色的笔放在一叠纸前，这会儿忙里偷闲把它们收入抽屉。他想：美丽字迹秘不示人，像少女一样羞涩。一切都需要保密，听说学术成果在公开发表前通常被视为秘密，尽管也没有什么。这是禁忌，隔行如隔山，说不明白，到了一位女学者这儿就尤其如此。他在琢磨：怎样将一个至关重要的决定告诉她？如果此举不慎就会适得其反，让小鸟儿在惊吓中撂下食儿就跑，飞没了影。要得体，让一切自然而然地发生，徐徐展开，摊平，小鸟先疏疏落落地啄几粒，然后再面对一大片吃物，领受一顿盛宴。

他琢磨着从哪儿入手。他盯了一眼那个开启又合上的抽屉，说："您又在整理采访了。您那么注重实地勘察，真了不起。我想您工作得一定十分顺利。""写写停停，总被新的发现打断，有时就得放一放。"他好奇了："还有什么事情更迫切？您是为这部书来的……"欧驼兰点头："当然。不过它不会是完全独立的工作，还要连带许多许多。""能说说看吗？"淳于宝册又变得像一个小学生那样谦卑了，身体不自觉地前倾。

欧驼兰抿抿嘴，用纸巾按了按："因为去的地方太多了，民俗、遗产保护和发掘，很多的。越来越感到自然生态与文化生态变得严峻，它们与物质发展紧密相连。灾难性的后果已经出现，而我们有责任用数据和量化资料做出提醒……"她好像觉得说多了，闭上嘴巴。

淳于宝册一个字都没有放过。他尽管有些迷惘，也还是发出了赞赏："啊，是这样！责任……一定的！"他抬起头："所以，我认为您不仅是一个民俗学家，而是一个大处着眼的战略家，所以，我一直在想，我们是多么需要您！当事业发展到了一个阶段，也就来到了何去何从的十字路口。我们是多么需要您……"

他的脸红涨起来，好像在说什么羞于启齿的事。因为紧张，手心里又冒汗了。他嗫嚅："总之是勉为其难的，实在不好意思。您的任务太艰巨了，不该添乱才好，可我们也实在没有办法……这是真的，是由衷之言。"

他两手放在膝上，正襟危坐。

欧驼兰歪头看他，像端详一个陌生人："我听不懂淳于先生在说什么。"

"因为我还没有说完。是这样，"淳于宝册将挂在椅背上的一个包取了，翻找一下又放在原处，"可能放车上了，无所谓……因为狸金要有一系列的项目投入和转型开发,海边只是极小一部分。所以,一切都需要从文化层面来进行把握、审视和判断。显而易见,我们要有高端人士的帮助,而这个人不是别人,就是您。"

欧驼兰渐渐听出了眉目,神情放松了。她两手捧着杯子端上嘴边:"我可不是什么'高端人士'。"

"您可以这样说,但对我们狸金来说,您是最合适的人。"

欧驼兰摆手:"您错了,对您和您的事业来讲,我完全不是您想象中的那一类人……"

淳于宝册由于急切,好像再也不想听她说下去了,而要一鼓作气将重大的事情讲完,讲得清清楚楚。他站起来摆手,又叩桌子,这才将对方的话拦下。他见她沉默了,就将杯中的水一口喝掉,又分别将两个杯子一一注满,把其中一只推过去:"集团经过长期考虑,决定聘一位文化总监。这可不是一个名誉职务,而是赋予重大责任的岗位。由于这对我们是至关重要、对乙方您也是极为慎重的选择,所以才有必要开诚布公地、坦率地当面商谈彼此条件、责任与义务等。我们初拟的待遇条款包括月薪二十万、提供居所等,一个合约期为五年。当然还需交由乙方讨论和调整,预留了空间。我们期待愉快的合作,因为这是真正的双赢。您可以对有关条款提出修订,并咨询自己的律师,然后再……啊,大致这样吧。"

淳于宝册觉得正在冷静下来。他不再盯着她看,只看自己的手,双眉微蹙。欧驼兰一直很有兴致或很认真地听,最后说:"瞧您出手多么阔绰!真可惜我无法接受,没这个机会了。"

"说说看,为什么?"

"因为我是公职人员,一个拿月薪的研究员。我私下里再拿另一份工资或劳务费,这不太合适。"

"有这个规定和限制?如果有,我们将严格为您保密,并作为一项法律责任写进合作条款里……"淳于宝册进一步解释:"我们拥有顶尖的律师团队,各种文书一应俱全,每年都签大量合约呢,这个尽可放心。"

欧驼兰摇头:"虽然我还有点摸不着头脑,不过您这样一说就更不恰当,甚至有些荒唐了。规定与限制是一回事,我说过,对于您和您的事业来讲,我完全不是您想象的那一类人,您明白这句话的意思吗?"

淳于宝册看着她的眼睛:"……不太明白。"

"那就直接、简单地说吧,我不是那种参与建设的人,而是站在反面的人。就是说我不仅不能帮助你们,还会破坏你们。"

"破坏?为什么?"

"因为我和许多人一样,把狸金视为了敌人。我们只希望它早些失败、溃败。这是真实的想法,现在只能如实告诉您。"

长长的沉默。淳于宝册鼻翼上显出一丝笑意,额上有了微微汗粒。他的目光从自己手上移到欧驼兰的脸上,越来越沉。这沉重终于压得对方有点不适。"对不起。"他站起。欧驼兰以为一切至此为止,他会取起椅子上的皮包走人。没有,他踱到书架前,瞥几眼那一排装帧得过于精美的书,然后久久端量架子上的彩色卵石、海星标本。有一柄粗短的擀面杖,他取在手里,抚摸着,转身说:"请原谅,是我误解了。我们认识了一年多,原以为已经是朋友了。至少我一直将您当成民俗方面的老师……"

欧驼兰也站起,递过杯子:"不,当您作为一个写书的人、一个民俗爱好者时,我们可以有一些交流,而且还很愉快。当您代表一个集团与我谈判的时候,我们就不再是朋友了。"

淳于宝册低头看着杯子,像在犹豫喝还是不喝。他放下杯子:"我想问吴沙原,他也是您这个态度?"

"我不能代他回答。人的想法总有很多差异,他除了自己,背后还有一个矶滩角,就像您背后还有一个狸金一样。你们已经接触很多了,你会亲自了解他的。"

淳于宝册苦笑:"抱歉,他还没有像您今天这么直爽。不过我要感谢您今天的这一番话,这使我明白,怎样才能做您的朋友……我会继续把您当成一位民俗学老师,也希望您不要拒绝……"

"这可不敢当。不过再有机会,还会一起听听拉网号子的……"

三

淳于宝册回到旅店叮嘱老鲇鱼:自己在海边着凉了,需要好好休息,任何人不得打扰。说完将屋门闩上,又顶了一把椅子,蒙头躺下。身上发冷,竟有些颤抖。他记得小时候每有这种情形,老奶奶都会给他加盖被子并将四角按实,让他发一身大汗。这会儿他真的准备尝试一下,可刚闷了几分钟就受不了。头埋在黑暗中就像伸手不见五指的黑夜:走过了太多的长夜,到处一片漆黑。老榆沟的昨天,三道岗的昨天,两个村庄之间的无边荒野,到处都是这样的黑夜。他匆匆追赶,奔跑,满怀惧怕,最终才迎来熹微。可是今天好像一步踏空,又重新跌进了黑暗。这该是昏睡的时刻,哪怕做一个噩梦也好。可怎么也睡不着。他掀了被子,发现外面黑漆漆的，看看表，已是凌晨三点。他从炕上爬起，开门去看星辰。老鲇鱼的窗子黑着。他在院里呆坐一会儿，又起来走动。

老鲇鱼被惊醒了，从窗上探头问："那是谁？啊？啊啊老板儿！"他缩回头，一会儿就披着衣服出来了："原来老板儿是个夜猫子！""嗯。我是被你的鱼冻馋起来的，想把你叫起来。两个光棍汉喝一杯？算了，别惊了你的'嘎乎'梦！"一提"嘎乎"两字，老鲇鱼兴奋了："别说，咱真想她。来，咱们这就整盘鱼冻喝酒……"

淳于宝册与老鲇鱼相对而坐，炕上摆了一张原木桌，桌上一盘鱼冻。"这么坐在炕上吃喝，是旧社会大地主大渔霸才能办的事儿。"老鲇鱼双手举杯，一口饮下。鱼冻真有滋味，细品会留下深厚的余香。淳于宝册咂嘴，又问一遍做法。狸金的餐桌上该有这东西。他们喝的是威士忌，老鲇鱼抱怨这是"药酒"，说喝这种酒糟蹋了鱼冻，于是起身取来白干。淳于宝册今夜觉得这种烧酒才合胃口，连喝几杯。可能因为不同的酒相掺，两个人很快晕了。老鲇鱼斜眼盯去："您上次带的礼物交给了'嘎乎'，就是那个民俗学家，可您知道她是谁的'嘎乎'？吴沙原的！""这麻烦了，惹了村头儿。""可不是嘛，换了别人开店，早给您下了蒙汗药。"淳于宝册捏捏他的鼻子："这么忠？对客人下手？""那当然！他第一个女人被岛上家伙抢走，第二个又被住店的抢走，我这个开店的算什么！"老鲇鱼面目凶疵疵的，不过很快低头自语："老虎不吃人时，逗玩蛮好的，可千万不要忘了它是老虎……""谁是老虎？"老鲇鱼垂下眼皮："您是老虎啊。""我有这么凶？""这会儿不凶。"老鲇鱼看着泛亮的窗户："忘了告诉您，傍晚吴沙原来过了，您正睡。"淳于宝册"嗯嗯"着："我每一次来你都会马上报告？""那是肯定的。"

天大亮了。淳于宝册头疼欲裂。老鲇鱼拖着腿离开刚一会儿，吴沙原敲门了。"我琢磨这个春天您一定会来，总算等到了。"吴沙原说着，吸吸鼻子，嗅到了酒气。淳于宝册将残留的鱼冻和杯子收拾一边，在小桌上换了茶壶。他请吴沙原盘腿坐在对面。"我们海边的人才这样坐，淳于先生习惯吗？""习惯，好极了。"他从对方进门那一刻就在暗暗观察，想看到某种得意和沾沾自喜。不甚明显。不过他发现这个"小知青"新理了发，一头毛楂更短更硬，顶部那两个毛旋令人生畏地变得簇新。至于这个男人是否掌握了自己与欧驼兰的谈话内容，暂时还无从得知。不过这也是早晚的事。淳于宝册从心里认为，民俗学家绝非那种浮浅虚荣、动辄炫耀的人。可是想到这里不仅没有一丝安慰，反而有了更深的沮丧。他强打精神接待吴沙原，心里想：咱们把要说的话全都说出来吧，毕竟春天到了，这个季节对矶滩角和狸金来说都是至关重要的。

"董事长先生，我首先得感谢您，没有您的帮助，这个春天我们这里就会是另一副模样了。"吴沙原直截了当。

"没什么。我只要答应了就一定去做……"

"可是我们村里人都明白，您不会一直帮下去，春天过去还有秋天，该来的还是要来。村里人把我的本领估计得过大了，以为我是孙悟空呢，希望我们之间把所有问题都解决掉。其实我没有这样的本事，不要说一个村，就连自己的老婆都保不住，您知道的……"

淳于宝册脑海里马上闪过了海岛鸟类博物馆：小个子女人、

长了黑痣的馆长。一种深深的同情和怜悯。他低低头又仰起,像做了一个肯定的动作:"你可不能这么丧气,伙计,不管怎么说你是好好爱过一场的人,有的人一辈子都没有这么一场,那才可怜。这个人到死以前,最想做的一件事就是轰轰烈烈地来这么一场,可是很难。"淳于宝册盯着他的一对毛旋加重了语气:"没有比这种事更难的了!"

吴沙原此刻不想讨论爱情,抿抿嘴:"矶滩角眼下最挂念的是怎么安安稳稳过下去。爱不爱的,那都是人的命。"

"啊,一下说到了点子上!阁下啊,你不觉得这才是最残酷的吗?这个世界上唯一不听摆布的就是'命'了!无论一个人怎么努力都没用,该怎样还怎样……"

"可是,"吴沙原看着他,"每个人都要挣到最后一刻,这口气不能松,就像我们矶滩角,就像现在!"

"现在你们的目的已经达到了,我不知你们还想要什么?村子原封不动地保存下来,一切也许,不,一切也只能比过去更好!两边的村子做梦也不敢想这么优厚的条件!我最不明白的就是你们还想要什么?"

吴沙原蹲在炕上:"我已经说过多次,来自狸金的任何条件,无论怎样,我们都不想要。一句话,我们就是我们,不想与你们发生关系。"

淳于宝册觉得头顶刺痛。他伸手拍打自己的头,用力之大吓了自己一跳。他闭上眼等巨大的不适过去,缓缓睁开眼:"对不起,夜酒喝多了……哦,明白,阁下表达过类似的意思。不过城市化是大势所趋,我们只能在局部改变一点儿,说白了不过是名义上的兼并,你们失去了什么?"

"我们失去的太多了!我们不再是独立的村子,我们成了砧板上的肉!只要你们愿意,随时都可以剁烂……"

"这怎么可能?"淳于宝册不得不立即打断他,"你们是独立法人!你以为公司法是吃素的?你以为那些条款可以随便践踏?阁下错了,你不该和村里人一样,想到哪里说到哪里!"

吴沙原冷笑:"'法'是很多的,就看谁来用。既然有这么多'法',两边的村子还是没能保住,他们交出了祖祖辈辈过活的地方,马上要拍拍屁股走人。用不了几代,谁还记得有这两个村子!你们各种办法都用上了,他们手无寸铁。你们夺走了土地,等于夺走了全部,现在,今后,一块儿给夺走了!"

"可是阁下,我们付出的是很大一笔,每个人的基本生活保障和……"

"他们穷,你们就趁机把他们一锅端了。穷是暂时的,土地是永久的,你们把土地从他们脚底下抽走了!"

淳于宝册为了克制头痛紧咬牙关。他不得不忍住钻到每个毛孔里的烦躁和厌恶,还有暴怒。他意识到这场谈话几乎没有必要,可能老肚带是对的,自己把简单的事情搞复杂了。当然这其中有许多缘故。这真是一个例外……他提议到海边走一走:"我想吹吹海风,再待下去就得发昏。"

两个人出门了。他们避开村里人,从清冷的胡同穿过。沙岸上人不多,海里有三三两两的船。为了躲开那个草寮,淳于宝册往海蚀崖方向走去。崖头绿莹莹的,鸥鸟翻飞。淳于宝册发现身边的吴沙原不时地瞟一眼远处的岛:青魃魃的岛影就在对面。爱这种玩意儿忘不掉。"妈的,我们心里被人填上了一撮火药!"他突然说道,"我是说,咱俩今天火气太大了。其实什么话不能慢慢谈?咱们都是嗜读的人,抱着一本书,没有老婆也能熬过一冬一春!"

淳于宝册拍着对方的肩膀,想让他高兴一些。可吴沙原好像没有这样的心情。"你如果早些成亲会好一点。反正也就那样了,让它过去吧。"淳于宝册吐出这样一句规劝,然后盯着对方的脸:沉着如故,一点变化都没有。

快到崖边了,两人一起坐下。这儿是半圆形的小湾,夏天就是迷人的浴场。淳于宝册又想起了秘书处那几个小子的添枝加叶:一个将裸体埋进沙子,另一个款款而来……"嚯咦,瞧见了?多胖的两个家伙!"淳于宝册指着不远处落下的一对鸥鸟。吴沙原转脸看看,没有说话。

"淳于先生,您的书我已经读了许多,这个冬天没少翻它……"

淳于宝册精神一振:"想不到你花了那么多时间……谢谢了。"

"我是把您当成一个对手去读的,需要了解您到底是怎样一个人。就像打仗,战前侦察是必需的,这个工夫谁也省不得。"吴沙原脸上有了一丝笑意。

淳于宝册皱皱眉,苦笑。

"那么一大堆文字,想把自己全藏好也不可能。您说得太多,这就暴露了自己……"

淳于宝册把呼吸放得轻轻的。

"您并不是一个表里如一的人,也不像传说中那么胆大包天。您也很虚弱……"

淳于宝册不再看他,背过身看大海。有一阵雾气遮住了远处的岛，又一点点离去。

四

　　淳于宝册睡了一夜，头痛缓解了。可身上仍旧沉沉的，像是经历了千里跋涉。醒来第一件事是回忆海边那场谈话。尽管当时疲惫之极，头脑昏沉，对方出其不意地敲击在某个部位，还是引起一阵抽疼。他觉得遇到了一个真正的对手：对方直言不讳地指出这是一场战斗。他终于明白了老肚带以前报告的关于矶滩角的情况，原来那真的相当于敌情总汇。吴沙原从那时到现在几乎没有停止构筑工事，一直准备着一场恶战。对手明白狸金征讨的残酷和每战必胜的决心，已做好最坏的打算。吴沙原以及身边的每一个人都得到了充分动员，他们不想放弃每一寸土地。与周边两个村子不同的是，矶滩角的绝大多数人抱定了同一决心，而这是狸金以前从未遇到的。

　　淳于宝册想到这里出了一身冷汗："小知青"知己知彼，而自己却做得似乎不够。"你这家伙知道怎么对付一个上过'流浪大学'的人。"他自语，徘徊，心有不甘，马上要找吴沙原。

　　吴沙原不在。跟几个人打听了，才得知他正忙着渔事及其他：先是开会，而后乘船出海，前后左右的人都在奔波。这使淳于宝册意识到对方比预料的还要忙。整整两天过去，吴沙原的门还是紧紧锁闭。第三天老鲇鱼说："吴头儿去岛上了，为了远洋船队的事，刚刚回来。"淳于宝册到了傍晚时分去叩门，发现还是锁住的。夜里九时，老鲇鱼说："吴沙原刚开过会哩，您如果不睡，他就过来。"

老鲇鱼特意准备了一壶浓茶，把小桌搬到了炕上，让两位盘腿而坐。几天不见，吴沙原好像更瘦了，嘴上有了白屑。淳于宝册说："瞧瞧，你那么辛苦，我在这儿闲读。"他添了茶，说："如果阁下同意，日后我也要像欧驼兰那样租下一幢海草房，在这里做一个老书虫。"吴沙原放下杯子："整个矶滩角您都要了，何况是一幢小屋！"

淳于宝册神色沉沉，问："你认为狸金做得到吗？"

"现在没有狸金做不到的事。只要掌握一点要领，你们想要的都能得到，许多年来一直是这样。"

"要领？什么要领？"淳于宝册不由得伸长了脖子。

吴沙原没有回答。淳于宝册等不到答案，就盯着杯子，仿佛一切都在水中。"有人把狸金说成十恶不赦，看不到它流血流汗走过来！我想从你嘴里听到一个公平……"他声音不高，有些颤抖。

"流血，是的。二十年来死伤多少人，总能统计出来。过去有个词儿叫'巧取豪夺'，今天已经过时了，因为太麻烦，不如'豪取豪夺'。可以说狸金的巨大财富中，占绝大比例的都是不义之财！你们毁掉了水、空气和农田，还把财富转移到国外！可是真正的大罪并不是这些，不是……"

吴沙原双手按住桌子，气息变粗。

淳于宝册瞪着他，想捕捉下面每一个字。没有，只有静静的夜色。他不得不问："是什么？"

"是因为有了狸金，整整一个地区都不再相信正义和正直，也不信公理和劳动，甚至认为善有善报是满嘴胡扯……"

窗外有一只小鸟在叫。淳于宝册站起，像要摔门而去，又重新坐下。他的眼睛变得焦干，用力搓了搓，想看清近在咫尺这个人。

镜片后面是一双死死盯来的眼睛。他把目光移开,伸手端杯,却把杯子碰翻。"我发现已经扯得太远了,谈到天亮都会是一个吵。我的回忆录快出来了,如果你读过它,"淳于宝册把嗓子压低,"我真希望你读读它,那时也许就会有不同的看法。当然,你会说作恶者完全可能有饱受凌辱的昨天,这个我同意,可是,可是你对我真的太悲观了……"

吴沙原点头:"会读的。请您谅解和相信我刚才的话,那不是一时的气话。我和我的朋友始终认为,这一场下来,胜的一方会是狸金。可见我们矶滩角的人从来没有高估自己。不过我今天想要告诉您的是,你们虽然会胜,却不会'完胜',不会胜得那么痛快和彻底。您知道为什么?"

"为什么?"

"因为前边有了许多失败者,我们要做好准备,并且下定决心。如果是一个人在做,你们消灭这个人也就结了,所以要有许多人接力做。我们也会'上访',却绝不会天真到只做这一件事。公开才是最大的力量。我们会在这个过程中失败,但你们也要承受最不愿承受的那一份……"

淳于宝册没有疏漏任何一个字。他倾听时双手一直抓紧两膝。嗓子干哑,咳,连饮几口。"我想,欧驼兰和她的朋友一定参与了。你们认为掌握了足够的证据;哦,我记起了,欧驼兰说过'数字''资料'这些话!我现在才明白是一种威胁!你今夜的话也是……威胁……"他的声音越来越低,透出了懊丧。

吴沙原要告辞了,跳下炕来说:"我不过是实话实说罢了。今天不说,以后也会说的。"他手搭在淳于宝册肩头,"我说过我们会失败,而你们会胜利。这是实话。"

五

淳于宝册收拾零零散散的东西,老鲇鱼进来了,一眼看出他要离开。"老板儿就这样,说走就走。""我得好好感谢你的鱼冻。"老鲇鱼圆圆的双眼很亮:"啊,好吃啊,好吃啊!"他说着跑开,一会儿提来一个小铝桶,里面当然是鱼冻。淳于宝册谢过收下。出门时捎一个大包,边走边看两旁的海草屋。车子发动了,却迟迟没有上路。从车窗望去,五十米外的屋顶上有一只洁白的海鸥。摇下窗子做个告别的手势,轻轻踩下油门。

在临街小吃店那儿停留片刻。如果没有猜错,他透过窗子看到了老鲇鱼的"嘎乎"。车子在乡间路上摇晃,驶得很慢。车内一角响起了琴声,初觉怪异,后来才想起是火柴盒大小的东西在叫。里面是白金尽可能压抑的急躁:"老肚带和女副总都想和你通话。可能有什么急事。"他把关机键按了,却仍然嚷:"别扰乱我度假!告诉他们,我上'流浪大学'去了!"他把小盒子啪啦扔开,脚下随之用力。车子疯癫一般,跑过百余米又变得懒洋洋的。"我去哪儿?"他自问一句,摇摇头。不想回狸金。有一阵他真想开着这辆老吉普往南往西再往南,把当年刘小晌走过的路从头来过一遍。"瞧着吧,这一路是非走不可的。我也许要走个不停,直到死在路上……"他拍打方向盘,嚷叫。这样晃晃荡荡往前,直走了半个时辰,来到一座熙熙攘攘的小城。这个原本再熟悉不过的地方,这会儿却让他两眼陌生。交警吹着口哨,用黑胶棍嘣嘣敲着车体,他打开车门喃喃有声。折腾了一阵继续往前，头上出汗了：刚才一直在背诵宝书……在十字路口一家不大的书店跟前停下，进门后贪婪地钻到架子中间。有些失望。他拍拍脑袋，猛地记起小城西郊那儿有一家最棒的书店，它灯火通明，芬芳四溢。"那是我的！我的读书地！我的老窝！"他连声呼叫着大步出门，踉跄着上车。接下去的路顺畅自如，一会儿就驶到一座小楼下边。女贞树和紫叶李长得油汪汪的，掩映着一条青砖小路，一直绕到僻静的小楼西侧。他从防火通道拾级而上，直到踏在门前的棕垫上，这才觉得需要安抚一下那颗心。"它还像当年那么慌，什么都没变。"一边念念有声，一边从皮包里翻找那串钥匙，足足找了五分钟。顺利地开门，静极。拉开窗帘，熟悉的一切：地毯微旧，案几蒙尘。打开水龙头即哗哗流淌。橱子里衣服还在，毛巾、内衣、一打袜子。拉开通往一楼的那扇门，马上传来轻轻的走动声、压低的说话声、咖啡和茶香。有人在打哈欠。他把门合上。

　　这里是一处心底驿站。他决定今天就在这里过夜，于是动手烧水，打开柜子找东西：茶和咖啡稍稍过期，高脚杯晶莹闪亮，酒柜贮备满满。饮了一会儿茶，做起保洁员，动手吸地，擦拭书架和桌子。忍不住抽出几本书，一本封面缠绕深紫色花纹的精装诗集吸引了他。"一个情种，才华由娘胎带来！"他嘟囔，把书插回。在使用清洁剂洗刷马桶和浴缸时不小心溅到手上，匆匆用水冲洗。一切做完已近中午，出门买一些必需品：吃物和佐料，还有一大束鲜花。

　　草草用过午饭，盯着水瓶里的百合、红掌、太阳花、勿忘我、玫瑰和卷丹。百合的气味浓极了，可以迅速驱散空寂和陈暮。好了，一切皆备,该通知一个人了。电话很快接通。当蛹儿得知他在何方发出了邀约,激动得半晌无语。"好的,马上动身,等我啊。"悄悄一声,像响应一次偷情。他默默等待,几乎无心再做什么。算了一下,如果坐交通车至少需要一个半小时,坐专车仅用四十五分钟。他料定她会瞒着所有人,"所以,路上摇晃一个多钟头,我的小傻瓜。"他撩着窗帘看着外面,目光落在小径旁的青石凳上:就在那儿,蛹儿素来敬重的一位老教授长泪垂落,突然单腿跪地,把她吓坏了。

淳于宝册等人时,又读那本情诗。差不多快要置身世外了,恍惚中屋门一响。他一个扑棱跳起,看表,果然是一个小时四十分。他们拥在了一起。蛹儿闭着眼睛抱住他横在胸前的一只手,咬了咬,臂上毛发让双唇痒痒的。有一股淡淡的海腥气。"我一个人在艾约堡睡不着,半夜钻到你的屋子里,头拱被子嗅着老熊味儿。"她伏在他胸前说。淳于宝册用力拥一下,算是对哼哼唧唧的回报。他在分离的这些天几乎没有想到她,包括深夜无眠时。海风强劲,吹跑了她身上的麦黄杏味儿。而此刻,这熟悉的气味一阵阵浓烈起来,快要令人鼻塞。他齉着鼻子说出的亲热话格外动人,只一句就让她热泪涔涔。

凌晨时分她睡着了。他踱到厅里。桌上是晚餐的半杯酒,他把它喝光了。打开通往一楼的门,揿亮所有灯。营业厅空无一人,群书悄立,咖啡机安歇了。书架间的红毯上有一片废纸,他捡了放在纸篓里。找到茶吧区的一张沙发,这是当年的读书地。他仰躺着眯上眼,快要睡着时却被脚步惊醒了。她裹着紫绸睡衣,赤脚。紧凑的形体,微胖,不可容忍的宝物。他让她坐在身旁。"您太累了,

还是休息吧。"她偎紧了说。他仍旧眯着眼,过了一会儿,像梦呓般说了一句:

"这会儿,老政委那边还是白天吧?"

蛹儿起身:"那要算算时差。想她了?"

"我们算是真正地分开了。彼此都不需要了。这个年头,总是像她这一类人出去吃洋面包……"他哈欠连连,说下去:"我坐在这里想,也许自己这辈子全弄错了。我该和你打理这家小店,守着它过一辈子。我们都嗜读,这么多书,该满足了。不过我也要把你锁在楼上,这事儿千万马虎不得……"

他们交谈,断断续续,直到黎明才上楼去睡。醒来已近中午,蛹儿系上围裙进了厨房。淳于宝册想起什么,飞快下楼。一会儿他提着东西兴冲冲地闯进来。

"这是什么啊?"蛹儿吸着鼻子凑到跟前。

他把东西高高举起:"鱼冻。"

一句出口,好像有一阵拉网号子从耳侧轰鸣而过。一股悬空巨浪扑卷而来,狠狠地砸在墙上……他摇晃了一下,急急地伏向窗前。

附录：

校园记

一

老榆沟是小宝册全部的世界。山村靠近大沙河，有平地，可以盖许多石屋。一所小学校建在沙河旁的高地上，那儿树木葱茏。老奶奶在天气好的时候牵着小宝册的手出门，一直走向村外。她喜欢晒太阳，喜欢在阳光下看他倔倔的一张小脸。小宝册不爱说话，大眼亮闪闪地看着高地上的房子，它们掩蔽在绿树下。钟声清脆，一群孩子在树下蹦蹦跳跳。"孩子，等你长大一点，我就送你去那儿。"她把他揽在身边，觉得又小又热的两只胳膊像绳子一样勒紧了她的腿。他望向远处的眼睛里闪着疑惑，一会儿又是惧怕。"孩子们都在这里，你和他们一起读书，放学时奶奶来接你。"老人把他抱起来，大概为了让他看得更清楚。

从那儿走开，他们又来到一道土崖下，这里有一棵半残的老榆树。老奶奶捋下一串串叶子："我要做一张榆叶瓜面饼。有榆钱就好了，榆钱又香又甜。榆钱被人抢光了。"她把树叶儿兜在衣襟里，一手牵着小宝册往回走。地上一只蚂蚱跳着，小宝册盯住不动。"走吧孩子，回家吃香喷喷的榆叶瓜面饼！"回到家里，她把榆叶儿捣碎，又加了地瓜面和玉米粉，做成一张大饼。锅里添了一点油，饼一放进去就发出嗞嗞声，冒出的香味让小宝册发呆。饼熟了，棕黄色,真香。奶奶把饼掰开,让他看里面嫩绿的榆树叶儿:"大口咬,好孩儿!"他大口咬。有些烫,飞快咀嚼,吞下,泪水涌出。老奶奶给他喂饼,自己忘记了吃。"只要吃得饱,人就像梧桐苗一样往上长!"老人摸着他乌黑的头发,发现这发梢有些鬈曲。"是个小鬈毛儿?哎哟宝孩儿!"她亲他的脑壳。

夜里小宝册缩在奶奶怀中,享受一天里最好的时光。刮风的日子让村里民兵兴奋,他们背着枪在大街上溜达,总要转到这幢小屋跟前,砰砰敲门。"谁呀?"奶奶穿上衣服,坐起来。"开门吧,反正不是一般社员哪!"奶奶出去开门,几个民兵带着逼人的寒气闯进来,背了枪,往炕上睃着。小宝册蜷在棉被中,他们用枪托捅捅他。

奶奶被人喊到场院上干活,剥玉米皮和晾晒地瓜。她不能把小宝册留在家里,就让他跟在身边。看场院的老头恶狠狠地盯住她:"不干活吃什么?你们两个害人虫被全村养着?"她反驳:"我们不是害人虫。"老头的胡子翘着:"我说是就是!你敢犟嘴?"她不再吱声。一天的活儿忙下来,奶奶不停地捶腰,小宝册就用小拳头帮她捶。往回走的路上要穿过一片收过的玉米地,他们总是趁这工夫采一点嫩野菜、捉几只蚂蚱。夏天分一点麦子,秋天分半麻袋玉米、一篮地瓜。奶奶小心地剔去沙子,淘几遍,磨成粉,做成香喷喷的野菜饼。"孩子多吃一些,奶奶就等着你长大了。"小宝册在奶奶的鼓励下大口咬饼,像一只小鸟那样伸长了脖子。

小宝册长到奶奶胳肢窝那么高了。她抱他时不像过去那么省力了。他六岁了,该入学了。奶奶领着他去小学校,一步步登上高坡。几只彩色的鸟从树隙飞过,田野吹来一股青生气。在一间宽敞的屋子里,新入学的孩子进进出出。屋里有一个男子,眼睛很大,微笑着看他和奶奶。他从来没见过这么好的笑容,也没见过这么干净的人,更没见过这么明亮的屋子。男子指着课本上的一个字母读道:"'啊'!"奶奶学了一声,他才怯生生地随上。那人大声赞扬:"读得好。真好。"在新生登记表上,男子郑重地写上了"淳于宝册"四个字。

入学的前一个星期小宝册几乎没说一句话。旁边的同学大声说话、朗读,他只在心里读。奶奶每天黄昏都等在路边,站在一棵野椿树下。十几个同学排着队走出校门,走过奶奶身边时,她就跟上。回到家里,他不停地说着学校的一切:老师、同学、窗前的鸟,特别是老师:"他摸我的头……"奶奶眼里渗出了泪花,把他搂在怀里。"好孩子裤子短了一截,衣服也不合身了。"她觉得孩子自上学后就变了,眼里闪着笑,个子突然高了。"你就要变成一个大小伙子了,好孩子,奶奶要为你做一套新衣裳。"

奶奶到山隙里采药材,晒干了卖到代销点。药材少,采药人多。为了采到更多的药材,她就往深处走,翻到山崖的另一面。有一次她从高处跌下,腿差点摔折,血把鞋子都染红了。她卖了药材,可是换来的钱不够用。她狠狠心卖掉一篮瓜干,买回一些粗白布,准备给孩子裁一套衣服,再给自己做一双布袜。她用槐树花给粗布染色,然后就准备裁衣了。不知在孩子身上试了多少次,下剪刀时手都打战。针脚密密,缝得结实。宝册穿上新衣照镜子,差点认不出自己。美中不足的是衣服大了一点,奶奶说到了明年的这个时候,它就再合身不过了。

只有极少数的孩子才有新衣服。去了学校,一大群人围上他,有的还到近前嗅一嗅。一位男老师拉着他的手问:"谁为你做了这么好的衣服?""奶奶。""啊,多巧的手!瞧这衣领做得多漂亮……"他知道这是校长,叫李音。

二

　　天下着毛毛雨。黄昏时分宝册和同学走出校门,远远看到那棵野椿树了。树下没有奶奶的影子。穿过小巷,走到尽头那幢小石屋。刚走进院门就吓得身上一栗:一个民兵背着枪站在院子当心,恶狠狠地盯着他。屋里传出了一声厉喝:"你说不说?"他吓坏了,叫着"奶奶"扑进屋里,一下凝在了那儿。钎子叉腰站着,奶奶蹁腿坐在泥地上,那里有一摊水,有一把跌破的葫芦瓢。他扑到奶奶身上,钎子把他揪开:"再问一遍,偷了多少花生?"奶奶爬起来,去扯宝册。钎子再次喝问:"这是第几次?"奶奶盯住钎子:"我饿得眼花,拿了自己吃!""有人从你兜里翻出来!你敢偷!"钎子喊一声,外边的民兵进来翻找。所有的旮旯全翻遍了,打碎了好几个坛罐,没有找到一粒花生。

　　事后宝册才明白:奶奶去场院做活时,常把一些花生藏在身上。她把花生炒熟捣碎掺在萝卜条里,做成他最爱吃的咸菜。事情被发现了,从那以后再也没有喷香的咸菜了。他恨死了钎子。奶奶说钎子和他爹是全村最狠的人,所有被他们打过的人都不会忘记那抡成花儿的皮带。钎子开始惩罚奶奶,要把她赶到磨盘山:那是大山深处做苦工的地方,村里人要轮换进山,曾有人最后死在山里。奶奶苦苦哀求,说我还有个孩子要拉扯。

钎子的远房伯伯是管事的人,他总算手下留情。老奶奶没去磨盘山,不过从那天起要天天扫街:从东扫到西,从南扫到北。她年纪大了,腰疼得直不起来。宝册说:"我再也不上学了,要帮你扫街。"奶奶板着脸说:"好好上学,奶奶的话你不听,奶奶就什么指望都没了。"

奶奶扫街时害了风寒,一直躺在炕上。宝册不能上学,守在老人身边。他没有做过饭,这会儿模仿奶奶,竟然做出了稀粥和咸菜,蒸出了窝窝头和地瓜。他给奶奶喂饭,去合作医疗请医生,余下的时间就做功课。奶奶终于能起床了,走路还要扶着墙壁。钎子手下的人闯进小院,见人病成这样,才没有催促扫街。春天过去,他开始上学。奶奶的头发在一冬一春里全白了,牙齿也快脱光。她夜里咳嗽,入睡很难,断断续续给宝册讲了妈妈最后的日子。她让他记住:母亲是冤死的。"人这一辈子要受多少苦楚,看看你妈就明白了。"她咳得憋气,说不下去,宝册就为她拍打后背。他想让她停止诉说,可总也做不到。后来他才明白,奶奶觉得来日无多,急着把亲人的事情说给他。可怕的日子逼近了,宝册发现她收养的那只猫不安地转动,望着他一声声长叫。夜里她咳、憋气,还是想讲故事。春天的花儿全谢了,绿叶长出,奶奶的路也走到了尽头。

这个逼仄的小石屋只剩下他一个人,他饿得爬不起来,已经奄奄一息了。他记得眼前一阵摇晃,昏睡过去。不知过了多久,他被一只手摇晃、拍打,慢慢睁开眼睛,这才看到有人蹲在身边。啊,是李音校长和几个同学。他们把他扶起,又找到他的书包。

最吸引宝册的就是李音的小屋,那扇暗绿色的小门后边藏了一个迷人的世界：桌上放了一本本油印刊物，旁边是一个小书架。他看着架上的书，两眼灿亮，伸手抚摸。"你喜欢哪一本就取下，慢慢读。"李音欣喜的目光落在他鼓鼓的额头上，好像要验证什么似的，又伸手摸了一下。奶奶有时也要这样，那是担心他着凉，试试热不热。他觉得他们的手是不同的，一个粗粗的硬硬的，一个这么柔软。两只手同样温暖。校长李音特别喜欢读书，亲手办了一份油印刊物，会刻蜡版，还会拉琴。晚饭后的一段时间，他会在办公室拉一会儿琴，然后就回宿舍写上很久。

第一次来这个小屋，李音就给了宝册一本书，还有一个硬壳笔记本。

小学六年很快结束，所有同学都升入初中。这是一处联合中学，他们可以就地升学，而且可以与原来的老师在一起。李音继续陪伴七年级的学生，这让宝册十分高兴。初中的第一年宝册在那份油印刊物上发表了新的作品，这使他成为全校最令人羡慕的学生。有一次一位新来的老师问：哪一个叫淳于宝册？当时正是课外劳动时间，大家正在空地上栽菊花。宝册前边是一大丛白色的雏菊，他默默无声地干着。老师没有打扰他。

宝册正给菊花培土，突然觉得脸上一阵刺疼。他抬头，看见树隙里走来几个人：有两个背枪的人，枪上有刺刀；民兵旁边走着一个过早披了翻毛羊皮大衣的人，还有一个穿旧军装的人，是钎子。钎子从远处盯住他，一直走过来。那双骇人的目光像锥子。这时来了一位女老师，钎子问她："校长哪去了？老贫管来了也不出来欢迎？"女老师回答了什么，宝册没有听清。他再次抬头看那个穿翻毛羊皮大衣的人，知道这个人就是"老贫管"。

三

老贫管原来就是老榆沟的人，是钎子的远房伯伯。他与钎子第一次来学校不过是顺路，正式就职隆重多了：村里和公社都有领导来，还要开大会。李音校长代表全校师生致辞说："我们学校今后有了主心骨！"老贫管在台上不停地吸着长杆烟锅，吸完了就插到后衣领上。会场上站了十几个背枪的民兵，脸色乌紫的钎子是这些人的头儿，这会儿扎了宽皮带，还插了一支土制手枪"鸡捣米"。最后请老贫管讲话，他咳一声，往地上吐一口说："我这人不识字，如今倒管起识字的人了。上级要干我就干！别的不管，只管学校走正路！"他说着瞥瞥四周，又说："我只管这个！"全场响起热烈的掌声。

欢迎会后，钎子像警卫员一样跟在老贫管身边，在校园到处溜达。李音校长要陪他们，钎子一挥手说："忙你的去！"两个人在宿舍、操场、校办工厂、校办农场转了一圈，往回走时看到了下课的一位女教师，钎子就拦住了她。她的脸很快红了，想绕开走，钎子又一次挡住："你见了老贫管一点礼貌都没有！"老贫管扬扬手："别难为人家老师！"

学校变化很大：学农学工的次数成倍增加，农场扩大了，校办工厂也增加了三个车间，所有师傅都是从公社农机厂来的。全校大会不断召开，上体育课的操场变成了会场，忆苦会、批斗会、老红军报告会轮流举行，参加会议的除了全校师生，还有附近村庄的人，形成了人山人海。老贫管每次会议都参加，坐在台上慢悠悠地吸烟，不慌不忙，磕磕烟斗，往地上吐一口，然后讲话。他的口气一点都不凶，都是平常话，指着台上的一溜坏人说："人哪，要务正！走邪路不行！钎子，钎子在哪里？"一个穿旧军衣的人蹦上台子，一站定就给老贫管打敬礼。老贫管说："你也不用打敬礼，我跟你说，瞅见最边上那个老头了吧？不能把绳子刹那么紧，他还得喘气！"钎子说："是，得喘气……"说着朝旁边的民兵甩甩头，他们就上台给那人松了绳子。

学校为了表示对老贫管的敬重，要出一期刊物专号。李音在蜡版上刻出了一幅老贫管穿了翻毛羊皮大衣、手持烟斗的画像。老贫管看了，伸手摸了摸说："手艺好，人也不孬，我看让你当校长算是找对了人！"有人写了欢迎老贫管的快板和顺口溜，还写了诗。宝册这一次写不出，因为想起了陪在老贫管身边的钎子。他恨钎子。他知道钎子腰上的宽皮带抽过许多人。他一想起这个人把奶奶踹在地上、押她去扫街的情景，两手就胀得发疼：有一天雪下得大极了，他回家不见奶奶的影子，就跑到了街上，一眼看到老人浑身上下都糊满了雪，成了雪人，还在一下下扫街。他喊她回家，她说："不把雪扫完不让我走。"他哭了："奶奶，雪还下，你怎么扫得完。"

三年初中一闪而过。有三分之一的学生可以升高中，要到二十里之外那个更大的学校。宝册没有可能升学，因为让他上完初中已经是天大的恩赐了。李音惋惜之极。宝册明白，等待他的就是一把开山的镢头，或许还要被赶到磨盘山里，那就一辈子出不来了……李音忍住泪水安慰他："毕业了要继续写作品，我有更多的书送你。"他点头，一声不吭。

让宝册大出预料的是,就在毕业的前一个星期,李音专门为他的事情恳求了老贫管。因为校长终于想出了一个办法让他留校,就是去校办工厂。李音对老贫管说:"这个孩子忒聪明,我想好好培养他。"老贫管想起了李音为他画的那幅画像,一阵高兴,问:"怎么培养?升学可不行。""是的。就让他进校办工厂吧。"老贫管拍拍膝盖:"这主意不孬。这事儿咱说了就算。"当李音将这个消息告诉宝册时,他流出了眼泪。他实在舍不得学校,舍不得离开李音,舍不得那悦耳的琴声和散着浓浓墨香的油印刊物。

校办工厂实行三班制。这儿实际上是公社农机厂的分部,平时制作农机配件,加工一些简单的机器部件。宝册穿上机工制服,开始了不同班次的轮换。所有人都不喜欢上夜班,唯有宝册例外。夜班人少,活儿比白天轻,难的是要熬过漫漫长夜。别人打瞌睡时,正是宝册读写的大好时光。李音整个小书架上的书全被他读完了,一个厚厚的笔记本也写满了。李音想看一下他的本子,他红着脸没有交出,只把其中的几篇抄下来。李音惊讶极了,在他眼里这已经是个书写的天才了。

如果上夜班,白天除了休息,还有半天可以自由支配。宝册真想学琴啊,每天听到琴声都伫立不动。无论是雨天雪天,只要丝丝缕缕的声音从远处传来,他一定会放下一切奔去。半年过去,他已经能够拉出简单的曲子。刊物还在印出,上面总是有宝册的文章。

一个淅淅沥沥的雨天,宝册正从车间里出来,刚踏上甬道就听到了琴声。他马上加快了步子。可是当他快要走到办公室门前时,琴声戛然而止。他觉得雨水突然加大了,三两步跨过几片水洼,一抬头就发现屋前停了一辆吉普。他第一次见这样的车子。屋内,一位军人模样的人正与校长谈话,脸色严厉,旁边还有一个年轻一点的人在本子上记着什么。隔着玻璃听不清他们谈话,但他能感受到紧张的气氛。身后响起了啪啪的溅水声,老贫管匆匆赶来了,他冲宝册挥着手:"走开去走开去!"

就从这个雨天开始,宝册再也没有听到琴声。几天后传来一个惊人的消息:李音青岛的家里出事了。他跑到宿舍,敲打那扇绿色的小门,门没有开。他等候在通往办公室的小路上,截住了一位老师。对方先是一声不吭,后来告诉他:"李音父亲出了问题,已经……被带走了。不过校长不会有事的!"宝册身上一阵发冷,说不出一句话。

一个星期之后李音真的出现了。他关在宿舍里两天,谁也没有见到。第三天他踉踉跄跄走出屋子,可是再也不能回办公室了。上边宣布:李音不再担任校长了,改做勤杂工。李音对老贫管说:"我希望能到校办工厂。"老人点头:"那就工厂嘛!"

李音像所有校办工厂的人一样穿上了蓝色工装。宝册既为老师难过,也有一种幸福:可以更多地和他在一起。

脱 逃 记

一

宝册被关进了一间有铁棂的小屋中。除了按时送饭，整整一天没人理他。这使他想起了被钎子锁入黑碾屋的日子。这会儿感到庆幸的是，自己及时将书和笔记本藏了起来，如若不然，那些人就会顺藤摸瓜，找到老榆沟。他头顶全是汗珠，心跳急一阵缓一阵。咬紧牙关吧，自己就是三道岗的人。我什么错都没有，什么都没干。这样想着，用力抖动身上的铁链，它的一头拴住脚踝，一头系在床上，床板那儿有个铁环。他抖得太响了，门岗进来狠狠抽了他一个耳光。"你们凭什么把我锁起？我是一个赶路的贫农！"他大声嚷叫，怒不可遏。门岗是个脸上生满了黑点的高颧骨，他皱皱眉头退了一步，猛地扑上来踢打，一边踢打一边喊："我叫你贫农！我叫你贫农！"他两手举在头上护着自己，手铐磕疼了对方，让这家伙愈加气恼，直到累得上气不接下气才停手，吐着说："都拴在床板上了还嘴硬！告诉你吧，你犯下的是死罪，就得戴上手铐脚镣拴在床板上！"

门岗的话让宝册出了一身冷汗。他头蒙蒙的，看着生锈的锁链。他终于明白：如果真是自己干的，那肯定就是死罪了！这没有丝毫可怀疑的！问题是自己实在冤枉！他觉得没有比自己再不幸的人了！他明白：自己死也不会认下这桩大罪的，他要好好活着，他还有一件大事没有完成，那是李音最后的嘱托。

夜晚来临。一盏亮得吓人的灯悬在头顶，前面是一张黑色铁桌，有两个人坐在桌前，他给捆到了铁椅上，缠了好几道锁链。"说说吧，哪里来的、作案动机、一共几次。情况已经掌握，从头核实一下。"年纪稍大的人语气沉着，还点了一支烟。旁边的年轻人唰唰写着什么。宝册回答得也很沉着：三道岗人，贫农；没有作案。"那你跑什么？""因为害怕。""怕枪毙吗？""怕……"宝册忘记了自己是被捆上的，两腿一蹬要站起，发出咔啦啦的响声。那个人把烟按灭："再捆一道！"立刻有人进来加固了几道绳子，他再也动不了。审问的人背着手走到近前，转了一圈，从头顶往下看着，怒喝一声："你坏透了！"宝册闭着眼睛回应："你们抓错人了！我不过是个过路的！""是吗？你进城干什么来了？""我……要饭的，一边要饭一边找营生。"那人哼哼笑："你这回算是找着了营生。告诉你，用不了三天我们就能搞清你的来历。"

第一次审讯就此作罢。押回黑屋后，有人端来笔和纸让他写写画画，他写了。"你再写，写什么都行。"他写了一会儿，那人又逼他画。他画了一棵树，那是记忆中的野椿树；再画，树下站着老奶奶。他的泪水涌出来，看着这张不成形的画、几行歪歪扭扭的字。那人把纸取走。三天过去，第二次审讯开始了。铁桌前的人翻着一叠纸，一会儿瞅他一眼，目光越来越严厉，最后喝道："不错，你是三道岗的人。不过我问你，你是怎么失踪了十几年的？"宝册松着的一口气咽回去，两脚用力蹬地说："老鹰把我叼走了。""嗯，好大的鹰。那你怎么没有跌死？""我给扔在了草垛上。""好理由。后来又怎么过活？去了哪里？怎么上学？怎么返回村子？——说来，说不出就别想喘着气离开。"宝册的思绪从草垛上开始，那是模糊的记忆。再后来是逃窜,是哭喊妈妈,是被好心人领回家,是一点点长大……再后来呢?啊,是迎着梦里的呼喊一路往南、往西。跑啊跑啊,一边跑一边长,长成了十六岁的人,头发像麻绺一样密,硬倔倔的。就这样跑回了生我的村子,一头撞进了妈妈的小院,拱在草垛里睡着了。

宝册半睁半闭着眼睛,像是极力回忆出这一切,断断续续说出来。审讯的人待他停下,咬着嘴唇看看旁边记录的人:"把这些没边的谎话全记下,好跟他算账。"宝册大声嚷:"不是谎话!""嗯呀?那好,你给我说出读书那个学校,报上名儿来,天底下我没有找不到的地方!"宝册这一下难住了。他想啊想啊,吸吸鼻子说:"那是半路上碰到的,记得半拉屋子都塌了,名儿忘了。""忘了?""忘了。"审讯人走过来,说一声"那好",猛地给了他一个耳光。这一下好狠,他觉得耳朵鼻子全流出血来。那人拳脚并用,拧他的脖子,一下下击打他的下巴。血从口中喷出,胸前湿了一大片。他一声不吭。他好像听到了黑碾屋中的呼喊:"打!打得他递哎哟!""不,决不,不递哎哟!"这是他在那一刻对自己的叮嘱。

他昏厥过去。醒来已是黄昏。旁边是半馊的稀粥、一个窝窝、一块咸菜。他一见了食物就条件反射般伸出手,可是抓到手里才知道没法吃饭:牙齿和嘴唇都被血糊住。他用力张嘴、蠕动舌头,费了不知多少力气才张开一道缝,无论如何咬不动干硬的窝窝。半夜里有人进来,是个穿黑呢制服的中年人。这人衣兜上插了钢笔,又从口袋中取出眼镜戴了看他。另一个年轻人也跟进,两人耳语了一会儿。

天明时两个背枪的人打开监室,吆喝说:"起来吧,有任务!"

他不知等待自己的是什么,仍旧趴在床上。有人上来打开他脚踝上的链子,将人与床板分离开来,但脚镣仍未除去。他们架着他半拖半走出门,阳光刺得睁不开眼。穿过一个过道来到了院子,那儿停了一辆汽车,车上已经站了不少人,他给拖上去。上了车他才看清:全都是戴了牌子的人。他明白了,一定是游街。他被塞到全身散发恶臭的人中间。车厢里还有几个扎皮带的人,他们一律真枪实弹,枪上还有刺刀。

车子启动了。身边一个人绝望地呻吟,小声咕哝什么。

二

宝册觉得有个尖厉的声音灼烫逼人,从头顶灌入体内,整个人都被它占据:全身都在嘶叫,一会儿尖亮一会儿粗浊,盖过了心跳和街市上的所有声息。太阳升到半空,好像它就是声音之源,从高阔撒下的巨喙,一落地就破碎了,银屑从半空、人隙、屋脊上掠过。他受不了这撕心裂肺的声音,想用双手堵塞耳朵,可惜双臂被绳索捆住,腕上是锃亮的手铐。沉沉的牌子挂在颈上,金属丝就要勒进颈骨。一个清晰的念头突破无数音障挤进意识中,触到一个逼近的结局:这是告别之旅,这条路是人世间最长也是最短的。他看到了拥来的人流追逐汽车,一些人举着拳头威吓车上的人,还有人呆滞地望着。身后的人耸动背上的绳结,这个动作告诉他有一个专门的擒手,自己作为一个猎物此刻是属于这个人的。他无法回头,不知这个背了刺刀的家伙的模样。仇恨使他暂时摆脱了爆裂的声波,记起一生中最重要的事情:向亲人告别。

妈妈、老奶奶、路边的野椿树、三道岗的老妈妈。最后让他热泪翻滚的是李音。他好像站在一个雾气腾腾的崖口,在两个世界的分岔处。他因为震惊而合不拢嘴,直直地望着自己的学生,好像问:"为什么是你?"他的喉部被卡住,无法回答,只能用心声,用目光,回告亲爱的老师:"是的,是我。这太糟糕也太不巧了,命运的手指选中了我,让我一大早赶来。老师,我也许不是这条路上最可怜的人。老师,让我跪在你跟前,让你为我摘去头发上沾的脏物,听我倾吐满腔愧疚:亲爱的老师,我对不住您,因为自己的莽撞和大意,未能一路赶到青岛,没有见到您的父亲,没有完成您最后的嘱托。这将是我终生的疼,是最后耽搁的大事,是再也无法弥补的亏欠。"

汽车被人群堵住。呼号阵阵猛烈。太阳转向南方。宝册觉得从头顶进入的那个银亮的声音急速缩为一个硬块,卡住了心窝。他双眼快要瞪裂,因为浓雾后面那个身影不见了。他发不出呼喊,只好咽下诅咒。"我的老师,就在这儿分手吧!"他闭上眼睛,愿从黑夜到黑夜,到没有一丝光色的世界里去。车子摇晃向前,走走停停。四处静得吓人,一睁眼才发现出了城区。他真想大喊一声:你们要让我们去哪儿?这样想,喊不出。背上的那只手紧扣绳结,怕他死命一挣跳车。那根本不可能。不过他慌促中做了最后一梦:梦见自己真的跳下汽车,身后马上响起枪声,他飞驰入林,在石滩上打滚,跌进急流,随着回旋沉入水底,然后,逃脱。

汽车在泥路上剧烈颠簸。太阳转到了正南。一片人声又响起来,额头好像糊满了蜂群,嗡嗡响。宝册心上咔嚓一声:到了。一阵粗喝,推搡。每个人都被一把刺刀逼住,有人拉住绳结一起往下跳。只听咔咔啪啪,所有人都跌在地上,一个老太太跌得满脸是血,还未来得及呻吟,后边的人就猛地将她拽起。十多个人被一条绳子系成一串,牵拉往前。人山人海挤满一条河道,干涸的河道散发出一阵恶臭,与此起彼伏的口号声一起扑来。一排背枪的人无比愤怒和厌烦,将枪横在胸前,毫不留情地推拥躁动的人群。人群照旧往前。宝册明白所有人都对他们好奇,不顾一切地往前,只想看一眼,记住恐怖和绝望。如果没有那些武装人员的保护,那么这十几个囚犯就会被踩成烂泥。一排大喇叭发出怒吼,原来是呵斥一浪高过一浪的人流。宝册抬头远望,发现不远处是苇席围起的一个土台,台上坐了一溜人,两侧站了背枪的人。他看到了一架转盘机枪,一个半躺半卧的人抱在胸前,枪口指向人群。事后很久他才明白:那是为其他的人准备的,如果发生了什么凶险,这挺转盘机枪就会向人群射出愤怒的子弹。

大会开始了。听不清词句,因为台子上的喇叭声和人群喧声交织一片。宝册听到了河道里的沙子发出嗞嗞声,就像在油锅里煎东西。一群鸟儿飞向空中。宝册紧闭双眼,却能看到自己缩成一个炽白的光点,向着正南方的太阳投射过去。那个遥远阔大的光晕覆盖了全部世界,耳边荡动一声逼问:"你叫什么?从哪里来?到那里去?"他差一点脱口而出:"我叫淳于宝册。"在千钧一发之时他一个机灵睁开双眼,大声喊:"我从三道岗来,我叫刘小晌!"回应之后,他再次感受了背后那只手,它凶狠地提拉,接着又被踢踹。啊,又听到了四周涌动的人声,它们像秋风里的苇草一样摆来摆去。他被拽起,和另外几个人一起牵着,在几个背枪人中间蠕动。他再次被拖上汽车。

三

　　宝册仍旧被扔进那个又阴又湿的黑屋，看守将他重新锁在床板铁环上。手脚上的链子碰得咔咔响，无法入睡，疲惫到极点才能合一会儿眼，像沉到昏沉的水底。这不是睡眠，而是窒息。刚刚挨到午夜，又有人打开屋门，两个人站在床边。一个身披黄大衣的中年人紧紧皱眉，接过旁边人手中的本子翻弄几下，咕哝："孩子嘛。"又提高声音说："起来。"他一手扶着铁环，全身颤抖站到床下，铁链拉直了。黄大衣嗓子沉沉，鼻音很重，问的都是以前重复多次的内容。这个人对他的幼年经历表现出非同一般的兴趣，细细询问死里逃生的一瞬：老鹰怎样将他从空中抛下。"哦，好极了，你应该当空降兵！"旁边的人笑了。"把脚链除去，手铐就够了。""是的首长！"

　　从这一天开始宝册不再被拴在床板上了，这使他无比感激那个解放自己的人。一股希望的水流在周身流淌，很快把死寂的泥土浇灌一遍，使之发出欢快的吸吮声。他在心里默念：我一定活下去，拼死也要离开这里，我对李音发过誓，要完成他的嘱托。我已经实现了誓言的一半，另一半还在。我一定抓住这条命，不让它断掉，它要像榆树根一样结实。"老师，我会从笼子里飞出去，我是一只饿不死也打不死的野鸟……"夜里他摸着胸口，觉得那儿空空的，啊，原来丢了最宝贵的东西，它们在挣命时一路贴紧这儿，那是几本油印刊物和两个笔记本。他痛极了。那里面藏下昨天的全部，它们没了。他双手攥拳，想的是怎样才能重返那个凶险之地，去那个巷子。他此刻最担心的是雨雪风霜把那些纸页沤烂。老天爷，帮帮我吧。

天亮时睡着了。刚打个盹就被喊起,一个腰上拴了短枪和胶皮棍的人盯住他:"小灶没了,吃大锅饭去。"他什么都不明白,僵在那儿。"我敲你几棍才肯挪窝儿?"那人一手按到了棍子上。宝册赶紧爬起。院子里已经有了几个囚犯,一律只有手铐没有脚镣。旁边是一辆帆布篷车,押车人等在那儿。"往上爬,别他妈愣着!"几个囚犯慌慌地上车,因为铐子碍事,有人爬了几次没有成功,押车人就用枪托顶他们的屁股。车子很快驶出城区。所有人都坐在车厢里,背枪人放下布帘,车里黑洞洞的。宝册的眼睛渐渐适应了,数了数,一共六个囚犯,押送员三个。肚子咕咕响,又渴又饿。中午时分车子停在路边,一个背枪人从屁股下拖出一只木箱,打开,立刻飘散出食物的诱人气味。是棕黑色的窝窝,还有一点咸菜。他们六个人狼吞虎咽,背枪人跳下车,就近铺开一块帆布坐下用餐。宝册咬一口窝窝,眼睛盯住车下,想的是怎样脱身。这儿是丘陵,车子停在坡路边,三十米远处是一片玉米地,绿色连接着远处的山包。如果能钻进那片绿蓬蓬的地方,可以一口气窜到山包。啊,没人会在那儿追到自己,那时将变成一只山猫野物,腾跳翻跃,像黄鼬一样在树枝上飞跑……他闭上眼睛。口中的窝窝又黏又苦,几口吞下。他知道手上的铐子除不去也就无法逃脱,因为既跑不快,也无法攀住山上的枝丫。

车子继续往前。翻过丘陵进入山地,这里山高,树木稀疏,连年大旱熬死了所有的绿色。宝册看着光秃秃的山岭,心也焦了。车子在山隙里拐了半天,终于在天黑前来到了目的地。原来这是一处真正的监狱,有高墙和铁丝网,有持枪士兵。宝册明白了,原先待的地方可能是临时审讯用的,现在是根据被捕人的罪行大小,重新处置。可他不知道自己的罪行有多大,需要监禁多久。这种日子真可怕。绝望只要一泛上来,他就咬紧牙关挺住,然后暗中叮嘱一句:忍住,再等等看。八个人一个监室,上下床叠放。可喜的是手铐除掉了。宝册自被逮住的那一日起双手就是缚住的,这会儿获得的宽松让人幸福极了。他用力伸展双臂,活动手腕,把锈住的关节重新转动起来。夜晚照样开着可恶的灯,窗户上也透进强光。他把头埋进枕头,这样才有黑夜,有温暖的记忆。他在心中呼叫一些名字,他们是亲人和老师。睡前最后想到了一个名字,让他吃了一惊,这是被捕后第一次想到的人:小狗丽。啊,那个半路相逢的姑娘,曾问过自己能否在归途中找她。睫毛上渗出泪花,睡着了。

统一号服,灰色。每人领到镐头、锤子和铁钎。排队向前,持枪人押解。巨大的石坑出现了,一个大采石场。嘭嘭咔咔的敲击声,石头开裂声,从早到晚。早午两顿饭都在工地,晚饭才回到高墙内。太阳升起后,花岗岩发出刺眼的光,烤得人眼花头昏。宝册和一个右手蜷缩的中年人一起做活,对方因为残疾只能持钎不能抢锤,而且只用半残的那只手,原来担心落下的锤子废掉另一只。他告诉宝册,自己的手指是被村头儿折断的,宝册大惊:"怎么折?""他们绑住我,握住手指使劲一扳,断了。""为什么?""我爸是他的仇人。可我没见过爸,他早死了。我不小心顶撞了村头,他就把我绑起来关了三天,折断了我的手指。我痛得受不住,跳起来用头撞破了他脑壳,就进来了。"宝册一声不吭。中年人叫"鸡爪",是看守为他取的外号,他也认了。宝册得知他在监中待了五年,但不知道还要待上多久。他说五年里已经换了三个地方,都是做苦工,挖石墨矿,开山洞,又来到这里。"我们这样的人主要是跟石头打交道,跟最硬的东西对命。"他说。"那总得有个头吧！什么时候才能出去？我什么罪都没有……""鸡爪"摇头："没有指望。慢慢磨吧，性子火暴了不成。在石墨矿那会儿，有个小青年，嫩得胡子还没长出来哩，一天到晚想出去。他吞过钉子，说起来没人信，还把窗户上的插销弄下来吞进肚里，你想想人急了什么做不出来！他们把他拉到医院割开肚子取出东西，缝一缝还是送回来。他没有指望，后来就一头撞死在石坑里。"宝册忍住了没有叫，心怦怦跳。这样待了一会儿他才故作镇静问："就在这儿的采石场？""不，石墨矿嘛，离这里还有一百多里。"宝册相信他的每一句话，这个人经历得太多了，想想看，整整关了五年。真不敢想自己在这样的地方会熬上五年。他暗暗发誓：我不会撞死自己，我要活着出去，这是一定的。

一天中午刚吃过饭，离上工还有一点时间，宝册心头一热，就冲着一个背枪人走去了。所有人都转脸盯他。背枪人猛地摘下枪指着他："站住！你想干什么？"他慌促中举起双手又放下："我想，我想找首长，有要紧事报告……"那人收起枪，上下端量，喝道："前边走！"他就往前走了。背枪人在后边吆喝，拐来拐去，来到了离采石场几十米远的一座小屋。这不过是看守换班歇息的地方，最大的头儿只是一个组长。宝册见一张棕色木桌前坐着一个二十多岁的人，鼻子红红的。他叫了一声："首长。"这个称呼让桌前的人得意起来，眯着眼拉长声音问："什么事啊？"宝册憋得脸色紫红，下了一个决心："我是被冤枉的，不知怎么被押到这里了，我什么都没做，半路上……"红鼻子从桌子后面转出来，伸手拧住他的耳朵，小拇指抠进耳垂下边，用力，疼死了。宝册喊起来，那人就更加用力。宝册叫得更响了。从屋外跑进两个背枪的人，红鼻子冲他们嚷:"还愣着。给这小子醒醒脑。"两个人架住宝册就往外拖。宝册拧着脖子喊"首长",谁也不理,一直拖出屋子,拖到臭烘烘的茅厕跟前,猛地将胳膊拧到背后,按紧在墙上。胶皮棍嘣嘣响,每一下都疼到骨头。"叫你犯浑!叫你耍刁!叫你吃饱了撑的!"胶皮棍击打屁股、大腿,落在踝骨上时,宝册就倒在了地上。

四

一只鸟在高空唱着,不倦地唱了一个上午,中午又唱。它心里有多少欢乐、多少歌?总是这么唱啊唱啊。宝册一下下抡着锤子,心思全在那只鸟的歌唱中。他试图听到明确无误的内容,当然全无可能。他自以为从中听到了这样一串词儿,虽然不敢肯定,还是高兴起来。那鸟儿小嘴真巧,嘀嘀啦啦地唱,唱的全是他一个人的秘密,是昨天,是埋在心底的往事:"还记得你要学琴了学我唱歌,我叫云雀我一天到晚只有快乐风风火火,我从老家来看你飞了三天三夜好事多磨,找也找不见又饿又渴打听大爷大娘讨来发面馍馍,去了三道岗又追那只大鹰,它把你摔上了高高的草垛,我看到了我听说了我回头告诉李音,他想你念你还把你装在心窝……"泪水在眼中旋转,握钎的"鸡爪"哼着:"慢慢熬吧,心上长出茧子也就好了。"宝册看着他的残手,发现萎缩的断指上有了茧子。这个人受了多少苦,看样子打谱一直受下去。宝册不想知道太多,只想猜测这个苦命人:这辈子都被亲生父亲害了,可是却连父亲什么样子都不知道。这个人肯定没有见过李音那样的人,更没有听过那样的琴,不然他就熬不下去了。宝册真想告诉他:听到天上的鸟儿在唱吗？那是我老家的一只鸟儿，它千里万里来寻我，催我回家、回家。只这样想，抿抿焦干的嘴唇，一个字都没有吐露。

冬天到了。山里的夜晚冷极了，比老家的冬夜更冷。那个小石屋有奶奶温暖自己，所以不知不觉就躲过了十几个寒冬。后来的天真冷，他一个人蜷在炕上，浑身抖着等候天明。炕洞里没有点火，因为没有柴火，也不想让屋里暖和，仿佛憋着一股劲儿想冻死自己。他没有死，反而在那些可怕的冬夜长得越来越大，成了一个真正的大人。他的嘴唇上有了一层浅浅的绒毛，后来又变黑了，这让他有些慌乱。他记得从山地一直往南逃奔，有一天在水洼跟前蹲下，一眼就看到了唇上的颜色。同时记住的还有那双大而阴沉的眼睛，他明白：所有想杀人的都有这样一副眼神。他害怕这样的眼神，怕它泄露心头的秘密。他试着眯起眼睛，可是只要稍一放松那种眼神又出来了。他很少照镜子，害怕那目光刺伤自己。冬夜监舍里，其他七个人呼呼大睡，只有他一直睁着眼睛，面对墙壁，掩去令人惧怕的目光。"我一定得逃出去，死也要死在外边。"他把这句誓言重复一遍，闭上眼睛。刚刚睡着，门嘭一声打开，巨大的声响把所有人都惊醒了。原来是监房的头儿领着两个人进来，也许嫌室内还不够亮，打开了功率很大的手电在八个床铺上照来照去。照了一会儿，挨个看清了脸，这才离去。他们走后，下铺的人说："也许哪个家伙交了好运，溜号了……"

采石场有人腿折了，大呼小叫一会儿，背枪的就让人把他抬到地排车上，指指宝册："拉车！"宝册始料未及，心里一阵高兴。一个人押着他们出了采石场，先去高墙内的医疗室，耽搁一会儿又拉出来。地排车上的人嗷嗷叫，押车人大骂："狼嗥似的，狗日的玩意儿！"车子拐出高墙就被喝停了,一会儿又出来一个人,腰上挂了一把短枪,宝册愣了一下:是那个折磨过自己的红鼻子。红鼻子也认出了他,说:"好好干活,路上犯浑我立马崩了你。"说着拍拍腰上的枪。宝册低下头。他们要去十里之外的一所矿山医院,那里最擅长医治骨折的人,也是这个采石场的合作部门。路窄窄的,在山隙里蜿蜒,上下坡很多。有好几个上坡宝册根本拉不动,两个押车人骂着用脚蹬车尾,车子上坡后宝册已经累得上气不接下气。红鼻子对另一个人说:"他如果敢尥蹄子,回头就把他阉了。"两人哼哼笑。

宝册低头拉车,暗暗留意路旁。两边全都光秃秃的,没有草丛灌木更没有树林。如果这会儿纵身蹿到坡地上,无论跑多快,身后的两支枪都没法躲避。一颗心狂跳,管不住这颗心。这是唯一的机会了,是老天爷给的。他做梦都不敢想这样的日子会到来。有好几次上坡时,那两个人骂咧咧地在后边蹬踹,车子几乎粘在了地上。当车杆扬起,他就能一个翻身跃出十几米,然后像兔子一样四蹄奋飞。他相信自己在山地里不输兔子。可是身后有两个子弹上膛的家伙,而路边连一棵草都没有。他忍住了。这个机会一旦糟蹋了就不会有第二次。车子下坡时要努力挺住,两脚抵紧路面,让车子不至于快速冲下去。这会儿没法脱身。他恰在这时候看到了旁边的斜坡,一颗心又狂跳起来:只要顺着坡地滚落下去,一眨眼就是五十步之外,那时就可以沿着沟底往前猛蹿,一口气蹿出几百米,然后再翻过山包,扎进大山。那两个人一开始会倚仗手里的枪,但只要几枪打不中,再要追赶就来不及了。他竭尽全力想让车子停上一瞬,可惜坡太陡了,他几乎要被下冲的车子顶翻。一转眼就是一百多米过去,路边的斜坡消失了,他好不容易才让车子稳住,扭头去看那道诱人的长坡。

矿山医院有个带铁棂的监室,宝册给关在里边。铁棂有拇指那么粗,小窗高过了头顶。他相信这是专门为自己这样的人准备的,根本没有可能逃出去。屋内有便桶、一张小床,咣当关上铁门,连看守都没了影子。这里除了可以撞墙之外什么都做不了。屋内大白天都黑乎乎的,充斥着霉味和臭气。蟑螂在地上跑,大蜘蛛悬在天花板上。两天食水一次性放进来,装在一个木桶中,里面是几个窝窝和一钵咸糊糊。他吃着窝窝,搅动一下糊糊,看着泛上来的几片菜叶,突然想起了途中的某一夜,那是终生难忘的一夜:小狗丽将他安置在空无一人的公社拖拉机站宿舍,还从食堂弄来馒头和稀粥、两只又大又香的烤红薯。啊,小狗丽,世界上还有这么好听的名字,哪怕只为了再叫一声,也要拼死一挣。他一直想着那个长长的斜坡:归途上那段路就是上坡了,那会儿两个持枪人就要到后面去蹬车,一个美妙的机会也就来到了。他激动得浑身发烫,饭也吃不下,在屋里急急转动。不知到了什么时候,只从高高的小铁窗上看到了几颗星星。

再次上路。车上的人一条腿安了夹板,被粗粗的东西裹住,只要车子一颠就哼叫。红鼻子遇到下坡路就要坐在车上,好像刚刚发现了窍门似的。他高兴时会用手枪顶住宝册的后脑,说:"只要我的手指一勾,你的脑袋就得开花,信不信?"宝册不吭一声。"信不信?""信。""你他妈真是有福,跟我们一起出官差。""是的,首长。"两个押车人哈哈大笑。下坡路过了,红鼻子还不下车,宝册拼力拉车,一寸寸往前挪动。红鼻子很不情愿地下车。宝册留意路旁,这次决不会放过那个机会了。记忆中来路的三分之二处就是那个地方,他曾抬头看过附近的两个山包、稍远处裸露着石头的山顶。两只燕子在路旁滑翔,像在陪伴这辆车。宝册的目光追逐着两只燕子,当它们往上飞时就与远处的山顶形成了一条直线。宝册的心加快了跳动。脚下逐渐加高的路面就是那座大山的隆起造成的,当这车子越来越沉的时候,也就到了那道长长的斜坡了。

车子慢极了。最陡的上坡还没有到来,宝册故意提前放缓步子。两个押车人不愿弯下身子推车,只用脚在后面蹿和蹬。宝册大口喘息,停下擦汗,车杆高高扬起时,就像锚在了地面。红鼻子骂着:"两条腿的驴不行!不行!"宝册像是憋了一口气,弓下身子拱一道陡坡,车子还是不愿挪动。这一下两个押车人只好用力推车了。宝册故意将车子拖得靠近左边一点,扶住车杆,只让那两个人往前推。红鼻子大喘着停下,宝册就设法让车子往后滑动,两个人只得再次推车。最陡的上坡到了,宝册嘴里发出拼力的声音,然后猛地把车杆一竖,身子一跃就翻到了路基下边,瞬间滚动在长长的斜坡上。两个押车人跳起来,看着滚下去的人。红鼻子掐着腰说:"这小子一脚蹬歪了,这回要摔个腿断胳膊折!"正说着,滚到了沟底的人一个扑棱跃起,弓下身子沿着沟底一阵猛跑。红鼻子这才反应过来,抽出手枪嚷:"妈的,狗日的要逃!"钝钝的枪声响起来。手枪打了几发都没有命中,红鼻子骂一旁正在单腿跪地瞄准的人:"快开枪你这个孬货!你瞎鸟摆弄什么!"噼噼啪啪一阵响,两只伴飞的燕子逃离了。

从半上午时分到天黑,宝册一直在蹿蹦跳跃。先是瞄准了那座怪石裸露的山顶,到了山下又开始绕行。这不是攀山赶路,这是挣命。他知道:自己成了。

喜莲和山福

一

　　整整一夜都在奔走。走得越远越好。天亮时山影甩在身后，来到了丘陵地区。随着视野变得开阔，村庄出现了。他沿着一条小河往前，一直走进了一个可爱的小村：几十户人家散在河的两岸，到处都是香气扑鼻的桐花。这儿比以前经过的"壶里寨"还要小，可是看上去比那儿富裕一些。宝册实在太累了，多想找个歇脚的地方。大清早有人挑着水桶到田里去，他一直跟着，搭讪着要帮对方干活。挑水的是个上年纪的人，知道他是出来讨要的就连连叹气："这么年轻就吃百家饭了，前几天路过的都是老人和娃娃。"宝册说自己最想凭力气吃饭，如果有地方干活是求之不得的事。老人说："那得问问三爷了。"

　　三爷六十多岁，是小村的头儿，看了宝册问："就你一个？"宝册说："我老伯领几个人在河的上游干，我顺河下来找营生。"三爷思量了一会儿说："这里挣不到钱，不过吃饭管饱。"宝册答应下来，三爷就让人领他去了一个半塌的孤屋。这个地方糟透了，好在炕还是完整的，可以躺下来。他要为两户孤寡老人照管菜园干零活，剩下的事就是帮一个长了翻鼻孔的代销点女售货员推车进货。这个代销点只卖油盐酱醋和铁锹镢头等，小得不能再小，隔一段时间需要到二十里外的镇子去进货。售货员是三爷的女儿，她见了宝册只说了一个字："臭"。宝册知道身上的棉衣有股怪味，

矶滩角菜园

浑身上下脏极了。第一次进货她要陪着,说以后熟了就自己去吧:"只要别拐跑了我的货就成。"宝册没有反驳,只有庆幸。第一次来到镇子上,热闹的街道让他想到了走过的县城。他们一块儿把货物装到小推车上,宝册还是不愿离开。他让她在车子跟前等一会儿,然后反身进了临街的商店。他为自己买了单衣、一个粗布挎包,包里装了两本书和一个笔记本、一支笔。

第二天一大早翻鼻孔女售货员就来敲门。宝册已经换上了单衣,洗去了脸上的泥尘。开门时对方喊:"哎哟!"她愣住了。"我都不认得你了。我这么早来这儿,知道为什么?"宝册摇头。"看看你是不是没了。"宝册张大了嘴巴。"睡这个凶屋的人,没人能活着出来,都这样说。"她说着拨开他进屋,看看打扫干净的炕、灶台,皱着眉头笑起来,"我叫'喜莲',你叫什么?说大名!"宝册觉得这个名字好听,认为对方虽然长了翻鼻孔,可那双眼睛真不难看:明亮清澈,像兔子眼。他想了想,从自己拥有过的两个名字里各取一字,说:"我叫'宝晌'。""够怪,姓什么?""姓宝。""真够怪。"喜莲说着跑开了,一边跑一边说:"你等我。"她只一小会儿就转回来,手里提着吃的东西:一大块黑面锅饼、一个咸菜疙瘩。

宝册动手将塌下一半的屋顶修好,又将窗子破损处钉好。他自己都不知道为什么要这样用心,只朦胧觉得会在这儿住很长时间。这有点像一个家了,是多年来没有住过的好地方。可后来喜莲再次描述了这间屋子,又使他增添了忧愁。那会儿他对三爷表达谢意,她终于忍不住了,说:"哼,我爸其实是个坏人!"宝册惊呆了。"这话我只对你一个人说了。这间屋打我生下来就没人住过,因为它太凶了!告诉你吧,哪个村里都有凶屋,不过凶成这样的还没见过哩。""怎么个凶法？"喜莲用力瘪着嘴，做出夸张的表情："前一晚上住进去，第二天一早就剩一小堆白骨了。"宝册跳起来。喜莲伸手比画："妖怪把人啃得干干净净，吃上一夜，细嚼慢咽的。""可我怎么好好的？""你是有大福的人，再不就……村里人说只有更凶的人才能压住凶屋，那时妖怪就变老实了。"宝册吸了一口凉气，不再吱声。喜莲笑嘻嘻的："可俺看你一点都不凶，多俊气的人哩！"她的翻鼻孔仰得更厉害了，一脸欣悦。宝册心中惊叹：一点不错，我就是那个更凶的人！

从这天开始他就睡不踏实了。有一天半夜他梦见从屋角蹦出一个白色的小老头，手持一拃长的小银刀过来，跳上他的肚子看了一会儿，然后就细细地剜起来。他疼得大喝一声，醒来了。整整一天都琢磨那个古怪的梦，又害怕又好奇。夜深人静时，他找了把铁锹挖起了屋角。挖了一会儿，铁锹碰到了坚硬的东西，弯腰去掏，摸到了一个瓷坛。他把洞口开大一点，一个米斗那么大的浅绿色瓷坛取出来。好沉。他不敢开坛，端量着，认为十有八九是一坛酒。心里一热就去开坛。老天，是一坛银元宝！他傻了眼，一时顾不得高兴，呆坐那儿，一直坐到黎明都不知该怎么办。天亮了，他把坛子藏好，然后再把挖开的屋角填得和原来一样，又堆上一些杂物。

喜莲再次见到他吃了一惊："眼里有血丝，害怕了吧？"他摇摇头。她看着他："头发又长又乱，我给你剪剪？"他还没等答应，她就出门去了，一会儿取来一把剪刀、一块白布。她咔嚓嚓剪着，一把小梳子拨来拨去，前前后后看。宝册第一次嗅到她身上的气味，不知怎么总把这气息与一头花斑小牛混而为一。有一种臭臭的奶腥气。他心里充满感激,身上有些胀。"多么好看,换了一个人!我爸见了你一准不认得了。"她拍拍手:"我爸的头也是我剪。"这一天又到了去镇上进货的时候,宝册推着车上路,一路都在想那坛银元的事。一不小心就成了大富翁,真是做梦都想不到。可是如果带上这坛财宝远走高飞,自己就真的变成一个坏人了。他十分为难。

车照旧推进临街商店的后院。这一次来得早,他放下车子在店里转了一会儿,最先去的地方又是文具柜台。这儿比那个"撒羊城"商品丰富多了,书和纸也多一些。他买了几张纸,最后指着宝书说:"我请一本。"从店中出来,不知不觉到了十字路口。拐角处有卖鞋子和糖果的,他买了一双胶布鞋,又买了十颗像玻璃球似的糖果。填到嘴里一颗,甜到胸口。不远处有一簇人围着什么,他凑过去。原来墙上有一张布告,很旧了,上面有雨淋的痕迹,但内容依稀可辨。他不敢细看,先是慢慢挪步,然后飞一般离去。那个商店的后院里,小推车上的货物已经装满,一个穿蓝衣服的人正一边清点一边往本子上记着。

喜莲的小店偶尔来喝零酒的老人。这些人半站半伏在酒坛边,两眼尖尖地盯住喜莲的酒勺伸入坛子,而后就是一点点品尝。下酒的东西有时是几颗花生,有时是临时向喜莲讨来的盐粒。宝册来时如果没人,喜莲就会从货架上摸出一块饼干给他。他回赠的是一粒花花绿绿的糖果。喜莲吮着说:"我见过,不舍得买。不过我是全村最有钱的人,你信不信?"宝册说:"我不信。""你以后会信。"

宝册已经有几夜没有睡好,两眼血丝越来越多。他不论去地里做活还是夜里读书,想的都是那个瓷坛的事。一个阴雨天,喜莲打发了最后一个喝酒的老头,来找宝册。宝册心事重重地交给她一对元宝,说这是家传的宝物,一直带在身上,不知怎样用,如果能卖掉,就一半归她一半归自己。喜莲大惊:"呀,你家分了浮财?"宝册点头:"浮财。"喜莲说这样的大宝贝可不能告诉她爸,自己去镇上试试。她当天就去了,回来后两手背在身后找到宝册,说:"猜猜看。"宝册猜了两次都猜不准,她抽出一只手,把一叠钱重重地按在他的胸口。宝册忍住了激动,下巴那儿胀胀的。

过了不久,宝册又交给喜莲四只元宝。喜莲有些害怕:"你就是个财主!该押上你游街了!不过我不会告诉我爸的,他是个坏人。这是咱俩的事。"像上次一样,换来的钱每人一半。宝册把簇新的钱与那些油滋滋的旧币积在一起,分藏在不同的地方。意外的收获令人大喜过望,又让他慌乱,真不知以后会怎样。读书吧,它们差不多都背得下来。他想起在学校有读不完的书,都是李音的,那是多么瑰丽的一个世界!他那时有无边的想象,思绪神秘而快乐,一支笔代他倾诉不停。他觉得感激和思念一样多,欢乐和忧愁一样多,它们写也写不完。可是这会儿书实在太少了。

喜莲常在这里待上很久。她看着他的头发说:"你是被我修剪了才好看的。"他没有应声。她又说:"我喜欢外地人。"他还是不吭声。"我以前说过,我是有钱的人,现在告诉你吧,"她瞥瞥门外,凑近,"代销点每年都能赚一点,我没有吱声,留下来做嫁妆。"他不明白她为什么要说这些,但预感到要发生什么,而且不会是太好的事情。果然,喜莲的呼吸渐渐粗重,又凑近一点:"你如果愿意,我就让爸来找你。不过你肯定不知道我有多好。"宝册离开一点看她,承认是好的,只是鼻孔翻得厉害了一点。她的胸部可能因为兴奋或憋气,这会儿可真大,以前从来没有注意过。她喘了一会儿,索性闭上眼睛,把嘴噘起来说:"快亲吧。"他将后悔如此顺从地接受了命令,紧紧缚住了她的身体。啊,贴紧了才得知她原来这样肥胖结实,浑身上下紧绷绷的。她被碰到了,大呼小叫却又极力压低声音:"我快死了,就差一点了,你这就让我死了吧!"她的呼叫吓得宝册一惊,猛地松开,把她推到一边。"你,怎么了?"宝册低下头,擦一下哗哗流下的汗水:

"我有媳妇了。"

喜莲站起,握着拳头上下晃着:"你骗人!"宝册筋疲力尽坐在炕上。他想起的是许久以前的那个夜晚,即公社拖拉机站度过的一夜。"小狗丽,"他在心里呼叫,"我答应过回去找你,我得说话算话。"喜莲过来揪他的耳朵:"你胡说!告诉我你是不是胡说?""不是。""那么真有这个人?她叫什么?""'小狗丽'。"

二

这是一个不眠之夜。宝册情急之下拿另一个人来抵挡了。可是他又安慰自己:真的有"小狗丽"这样一个人呀,而且是个好姑娘。他想过,如果自己和"小狗丽"在一起,老奶奶会高兴的,李音也会赞同的。他一遍遍回忆他和她的匆匆相识:她用拖拉机拉了自己一程又一程,还给吃给喝。她戴了套袖,穿了带油渍的制服。多帅气的姑娘,我真的喜欢她,心甘情愿。夜深了,他一遍遍看着这个逃窜之路上的居所,不知怎样才好。他心里为难之极：恨不得今夜就找喜莲认错，可一会儿又害怕了，怕第二天再见到她。他仿佛从夜色中看到了李音责备的目光，听到了一声询问：你准备在这里过一辈子？他胸口被什么撞得发疼，一只手按在那儿："不，我只走到半路，我还要往前！我一定会走到那个地方……"

天亮前的一段时间宝册再也没有停歇。他把粗布背包装得满满的，里面有棉衣、书本、鞋子。然后就是写一封信了，这对他好像有点难。他要将这封信留给喜莲。他写道：你是多好的人，还有你爸三爷，让一个又饥又渴的人找到了歇息地，免得饥困而死。我一辈子都不会忘记这儿，它为我遮风挡雨，让我把身子养壮了继续上路。我得如实说，那些银元宝，它不是我的，它就是凶屋的，它藏在这里，所以理该是你的。我有十万火急的事儿，不得不走，再不走就来不及了。我也许有一天会路过这里，不过你千万别等啊。天快亮了，我这就走。

宝册踏上村路，回头看着朦胧中的小村，满是不舍和感激。他双腿有力，这力气超过了以往任何时候。他明白这是小村给自己的滋养。渐渐村子看不见了，这才停下：我往哪里去？首先是找对一条路，然后才是更具体的打算。他想起了在镇上看到的那张布告，知道一切远未完结，也就是说无论榆树沟还是三道岗，甚至是时时盼念的那个青岛，眼下都不能接近了。先是活下去，是等待，找一个更好的时机。他的两腿再次变得沉重。"自己是去一个地方，那儿很远很远，那儿还不是青岛。到底能不能走到那里，我也不知道。我说不清那是一个什么地方，不过我要往前，不能停下……"他在心里告诫自己。

三

在夏天将尽的日子里他再次找到了做工的机会。那是一处林场找人伐树,他被雇了去。做工的大半都是附近村子的人,还有外地讨饭的青壮年。伐木工具是斧子和锯子,两人一组,拉一个大锯,他们叫它"快马"。宝册和一个瘦瘦的十五岁男孩一组,男孩张着一对大大的门牙看他,叫他"宝哥"。男孩叫"山福",瘦,然而全身都是力气。这里付工钱按伐倒的树木计算,所以工地上没有一个人懒散。宝册和山福对坐,中间是一棵大树,两人一推一拉拽那个"快马"。大树岿然不动,碧绿枝丫举向高空,像一个英气逼人的男子。哧哧的拉锯声响了许久,树桩已锯开一半。大树还是威风凛凛地挺立。锯到三分之二时,要用斧子在开锯的另一面砍一个长长的豁口,这样两人奋力推一会儿,大树就倒下了,发出震撼半个林子的"啪啦啦"巨响。大树倒地时拍起一阵沙尘,细小的枝丫和碎屑溅到四周。

他们拉锯时要说点什么。山福说:"宝哥,俺妈做了春卷儿,你吃吧?"宝册谢了他。"我妈怕活儿重,给我加了干粮。"原来他的爸爸在水利工地塌方中丧命了,如今只有他和妈妈两人过活。宝册特别问了那个工地的名字,吸了一口凉气:自己就从那儿跑出来,它离"撇羊城"不远。休息时山福从一边包裹中找出一个土布包,解了好几层,露出了深棕色的地瓜面卷儿。他递给宝册一个。真香,夹层里有韭菜花和碎蚕豆,放了一点油。从来没吃过这样的美食。山福吃过了春卷儿,舔着手指:"妈说这回挣了钱,要给我买一支笛子。""乐器？你会？"山福摇头："听人吹过，天天想学。"宝册的手搭在他的肩上，没说什么。

伐树场上偶尔发生事故：有人抡斧子砍伤了自己的脚，血流如注；还有人不小心被倒下的树砸到了。宝册随处留神，除了自己躲闪，还特别提醒身旁的小弟。山福很快将宝哥当成亲哥一样，无话不谈。夜里就在白沙上搭起窝棚，棚顶是树枝做成的，地上铺了厚厚的干草和叶子。他们从棚顶的空隙里能看到点点星辰，入睡很晚。谈天说地，说小时候的水渠、小鱼和养过的鸟。"我喜欢一只紫色的大蝈蝈，一直听它唱到冬天。冬天，我把蝈蝈笼包在棉花里，它还唱、唱，最后还是死了。我哭了。"山福说到这儿沉默了，过了一会儿又问："你养过什么？""我，"宝册嗓子低得快要听不见了，"我和奶奶养过猫。""我爸也喜欢猫。他去南山工地前猫还在，后来……后来就，"山福哽了一下，"后来猫没了，它找爸爸去了。"

大雨要来了。天阴，雷在逼近。林场领工的满树隙乱窜，催促大家快些把手头的大树伐倒，抓紧时间装车，不然大雨一浇车就出不了林子。大家手忙脚乱，空气中的湿气陡然浓了。鸟儿们逃到更远的地方，偶尔传来"嘎呀"一声，像哀鸣。山福挥动斧子砍树，宝册接过来继续砍。大树推倒了，然后再用斧子削砍树冠。到处都是大树倒地声。领工的吆喝人去装车，声气越来越粗。他们俩穿着树隙往前，山福跑在前边，不时要停下来等一下宝册。宝册的脚被一棵酸枣树钩住了，血渗出来，"哎哟"一声弯下腰。山福想跑回来帮他，刚移动脚步见他已经站直了，也就转身继续往前。就在这一瞬间，一声"噼噼啦啦"的声音响起，是一棵大树倒地前的呻吟。宝册大睁双眼喊一声"山福！"声音还没落地，"轰啪"一声，碎屑和沙土溅起来，刚刚站在那儿的山福不见了。宝册大嚎一声扑到颤动的大树前，一眼看到了压在树下的山福。山福看着他，口中涌出血来，想说什么。宝册喊叫，发疯一样掀抬大树，几个人跑过来……全都来不及了，山福闭上了眼睛。

这个秋天是黑色的。宝册觉得一个亲弟弟没了。这是失去的又一个亲人。相处短短的时间，可亲情的浓淡不仅取决于时间。他无法在林场继续待下去，必须离开。他将一点工钱交给了那个小村的人，他们瞒着老妈妈来料理后事。这种事能瞒多久？

他背着行囊走开，一颗心疼得打战。

(2016年4月1日—2017年12月6日于济南、龙口、泰安)